바다
사이
등대

THE LIGHT BETWEEN OCEANS
by M. L. Stedman

이 도서의 국립중앙도서관 출판예정도서목록(CIP)은
서지정보유통지원시스템 홈페이지(http://seoji.nl.go.kr)와
국가자료종합목록 구축시스템(http://kolis-net.nl.go.kr)에서 이용하실 수 있습니다.
(CIP제어번호: CIP2015005982)

M. L. 스테드먼
장편소설

홍한별
옮김

The Light Between Oceans

바다
사이
등대

M.L. Steadman

문학동네

일러두기

1. 주석은 모두 옮긴이주이다.
2. 본문 중 고딕체는 원서에서 이탤릭체로 강조한 부분이다.

부모님을 추억하며

바다 사이 등대

차 례

1부

The
LIGHT
BETWEEN
OCEANS

1926년 4월 27일

기적이 일어나던 날, 이저벨은 벼랑 가장자리에 무릎을 꿇고 앉아 파도에 떠내려온 목재로 만든 작은 십자가 옆을 지키고 있었다. 통통한 구름 한 점이 달팽이처럼 느릿느릿 4월 말의 하늘을 지나가고 있었다. 섬 위에 펼쳐진 하늘은 그 아래 대양을 거울에 비춘 상처럼 드넓었다. 이저벨은 방금 심은 로즈메리 관목 주변에 물을 좀 더 뿌린 다음 땅을 다졌다.

"……우리를 시험에 들게 하지 마옵시고 다만 악에서 구하옵소서." 이저벨이 속삭였다.

한순간 아기 울음소리가 들린 듯했다. 이저벨은 환청을 들은 듯한 느낌을 떨쳐버리고, 따뜻한 물에서 새끼를 낳으려고 해안 쪽으로 헤엄쳐오는 고래떼로 눈길을 돌렸다. 고래 꼬리가 태피스트리를 뚫고 나오는 바늘처럼 이따금씩 물 위로 뾰족 솟아올랐다. 다시 아기 울음소리가 들렸다. 이번에는 이른 아침의 산들바람을 타고 더 또렷이 귓가에 와 닿았다. 있을 수 없는 일이었다.

섬의 이쪽에서부터 아프리카에 이르기까지 존재하는 것은 오직 광활한 바다뿐이었다. 여기 벼랑 아래에서 인도양은 남빙양과 합쳐져 끝없는 양탄자처럼 펼쳐졌다. 이런 날에는 바다가 무척 단단해 보여 그 푸른빛 위를 걷고 또 걸으면 마다가스카르까지도 갈 수 있을 것 같았다. 섬 반대편은 100마일 정도 떨어진 오스트레일리아 본토를 갈망하듯 바라보았다. 이렇게 동떨어져 있기는 하지만 섬은 본토의 일부이기도 했다. 턱뼈를 따라 뾰족뾰족 솟은 치아들처럼 대양저에서 솟아오른 해저산맥 가운데 하나인 이 섬은, 항구를 향해 마지막 항로를 아무런 의심 없이 달리는 배들을 집어삼키려고 바다 밑에 도사린 산맥들 가운데 가장 높았다.

그에 보상이라도 하려는 듯 바위섬인 이곳 야누스 록에는 등대가 있었고, 그 불빛은 반경 30마일의 바다를 안전하게 비춰주었다. 매일 밤 등대가 돌면서 내는 웅 소리가 허공에 울려퍼졌다. 등대는 공평무사하게, 암초들을 나무라지도 않고 파도를 두려워하지도 않으면서, 누구든 요청만 한다면 구해주겠다는 신호를 보냈다.

울음소리가 계속 들려왔다. 저멀리 등대에서 문이 덜컹 열리더니 톰의 호리호리한 형체가 등탑 회랑에 나타났다. 톰이 쌍안경으로 섬을 훑었다. "이지!" 톰이 소리쳤다. "보트예요!" 그러고는 작은 만 쪽을 가리켰다. "바닷가에 보트가 있어요!"

톰이 사라졌다가 잠시 후 1층에서 다시 모습을 드러냈다. "안에 누가 있는 것 같아요." 톰이 소리쳤다. 이저벨은 최대한 서둘러서 톰을 따라갔다. 작은 해안으로 가는 가파른 길에서 톰은 이저벨의 팔을 잡아주었다.

"보트가 맞아요." 톰이 말했다. "이런 맙소사! 사람이 있어! 그런데—"

남자는 의자 위에 고꾸라진 채 움직이지 않았지만, 울음소리는 계속 들렸다. 작은 보트로 달려간 톰은 쓰러진 남자를 일으키려다가 울음소리가 들려오는 뱃머리 안쪽으로 눈을 돌렸다. 톰이 담요 뭉치 같은 것을 들어올렸다. 부드러운 연보라색 여성용 카디건에 싸인 조그만 아기가 울고 있었다.

"세상에!" 톰이 외쳤다. "이럴 수가. 이지—"

"아기잖아요! 아, 하느님! 아, 톰! 톰! 나한테 줘봐요!"

톰은 아기를 이저벨에게 건네고 낯선 남자를 살펴봤다. 맥이 뛰지 않았다. 돌아보니 이저벨은 조그만 아기를 샅샅이 살피고 있었다. "이 사람은 이미 죽었어요. 이지, 아기는 어때요?"

"아기는 괜찮아 보여요. 상처나 멍든 데도 없고요. 정말 조그맣네요!" 이저벨은 이렇게 말하고는 아기를 얼렀다. "괜찮아, 괜찮아. 이젠 안전하단다, 아가. 넌 안전해, 예쁜 아가야."

톰은 꼼짝 않고 서서 남자의 시신을 어떻게 해야 할지 생각하다가, 자기가 꿈을 꾸는 건 아닌가싶어 눈을 꾹 감았다 떴다. 아기는 울음을 멈추고 이저벨의 품에서 색색 숨쉬고 있었다.

"이 사람은 겉보기에는 다친 것 같지도 않고, 병에 걸린 것 같지도 않아요. 오랫동안 바다에 떠다닌 것 같지도 않고요…… 그랬을 리가 없어요." 톰이 말을 멈췄다. "아기를 집으로 데려가요, 이지. 난 시신을 덮을 만한 걸 가져와야겠어요."

"하지만……"

"저 길로 시신을 끌고 올라가기는 어려울 거예요. 도와줄 사람이 올 때까지 이대로 두는 게 낫겠어요. 새나 파리가 달려들면 안 되니까, 창고에 있는 캔버스 천으로 덮어두면 될 것 같아요." 톰은 침착한 목소리로 말했지만, 과거의 그림자가 눈부신 가을 햇살을 가리기라도 한 듯 손끝과 얼굴에 냉기가 느껴졌다.

면적이 1평방마일인 야누스 록은 대부분이 풀밭이었다. 몇 마리 안 되는 양과 염소와 닭을 충분히 먹일 수 있는 풀이 자라고, 작은 채마밭도 있는 푸른 섬이었다. 나무라고는 삼십여 년 전인 1889년에 등대를 건설하러 파르타죄즈 곶에서 온 일꾼들이 심은 노퍽 소나무 두 그루뿐이었다. 그보다 훨씬 오래전에 프라이드 오브 버밍엄 호가 대낮에 욕심 사나운 암초에 부딪혀 난파됐을 때 만든 무덤도 몇 있었다. 등대는 나중에 영국 배 한 척이 등명기를 실어와 세웠다. 아무리 척박하고 접근하기 힘든 곳에라도 가져가서 조립만 하면 되는, 당대 최고의 신기술로 만든 등명기였다.

해류가 온갖 물건을 실어오기도 했다. 난파선의 잔해, 차 상자, 고래수염 등 갖가지 표류물들이 소용돌이치며 밀려왔다. 이런 물건들은 아무 때나 불쑥 바닷가에 나타나곤 했다. 등대는 섬 한가운데 견고하게 자리잡고 있었고, 등대 옆에는 등대지기의 오두막과 창고가 수십 년 동안 매서운 바람에 시달려 겁먹은 듯 웅크리고 있었다.

이저벨은 포근한 노란색 담요에 싼 아기를 안고 부엌의 식탁 의자에 앉아 있었다. 톰은 집 안으로 들어오면서 발깔개에 장화 밑창을 천천히 닦은 다음 굳은살 박인 손을 이저벨의 어깨에 얹었다. "시신은 잘 덮어줬어요. 아기는 어때요?"

"여자아이예요." 이저벨이 웃으며 말했다. "목욕을 시켰어요. 건 강은 괜찮은 것 같아요."

아기가 톰의 눈빛을 빨아들이기라도 할 것처럼 눈을 동그랗게 뜨고 톰을 바라보았다. "대체 이게 무슨 일인가싶지?" 머릿속에 맴돌던 생각이 불쑥 톰의 입 밖으로 나왔다.

"우유도 먹었어요. 그랬지, 아가?" 이저벨이 아기를 어르며 말 했다. "정말 예쁜 아기예요, 톰." 이저벨이 아기에게 입을 맞추었 다. "얼마나 고생했을까."

톰은 소나무 찬장에서 브랜디 병을 꺼내 잔에 약간 따른 뒤 한 입에 넘겼다. 아내 옆에 앉은 톰은 품안의 보석을 살피는 이저벨의 얼굴이 빛나는 것을 보았다. 아기는 이저벨의 시선을 따라가며 눈 을 맞췄다. 시선으로 붙들고 있지 않으면 이저벨이 사라지기라도 할 것처럼.

"아, 아가." 이저벨이 노래하듯 말했다. "가엾은 아가." 아기가 이저벨의 가슴팍에 얼굴을 부비며 파고들었다. 이저벨의 목소리에 는 울음기가 섞여 있었다. 보이지 않는 존재의 기억이 톰과 이저벨 사이에 맴돌았다.

"당신을 좋아하네요." 톰이 말했다. 그러고는 거의 혼잣말처럼 웅얼거렸다. "우리도 이랬을 텐데, 그런 생각이 들어요." 톰이 얼 른 덧붙였다. "그러니까…… 내 말은…… 당신 모습이 정말 잘 어울린다는 얘기예요." 톰이 이저벨의 뺨을 어루만졌다.

이저벨이 톰을 마주보았다. "알아요, 무슨 말인지. 나도 똑같은 생각을 했어요."

톰이 아내와 아기를 감싸안았다. 톰의 입에서 술냄새가 났다. 이저벨이 나지막이 말했다. "톰, 너무 늦지 않게 발견해서 정말 다행이에요."

톰은 이저벨에게 입을 맞추고 아기 이마에도 입술을 갖다 댔다. 세 사람은 아기가 버둥거리며 담요 속에 있던 손을 빼낼 때까지 한참 동안 그러고 있었다.

톰이 기지개를 켜며 일어났다. "그럼, 이제 가서 보트가 발견되었다고 무전을 보내고, 시체를 실어갈 배를 보내라고 해야겠어요. 미스 머펫한테도 연락하고."

"잠깐만요!" 이저벨이 아기 손가락을 어루만지며 말했다. "꼭 지금 알려야 할 필요는 없잖아요. 저 불쌍한 사람 상태가 더 나빠질 것도 아니고요. 그리고 아기는 배라면 원 없이 탔을 텐데, 잠깐만 기다려줘요. 조금 쉴 수 있게."

"사람들이 오려면 어차피 몇 시간은 걸릴 거예요. 아기는 괜찮을 거예요. 당신이 잘 달래놔서."

"조금만 더 있어봐요. 그래도 크게 달라지는 건 아니잖아요."

"일지에 전부 기록해야 해요. 무슨 일이든 바로 보고해야 한다는 거 당신도 알잖아요." 섬을 지나쳐가는 배와 날씨부터 등대 설비 이상까지 등대 주변의 중요한 사건을 모두 기록하는 것도 톰의 임무였다.

"내일 아침에 해요, 응?"

"하지만 저 보트가 큰 배에서 내려진 거면요?"

"구명정이 아니라 그냥 보트잖아요."

"그렇다면 지금쯤 육지 어딘가에서 아기 엄마가 애타게 찾고 있을 거예요. 당신이라면 어떤 심정이겠어요?"

"카디건을 봤잖아요. 엄마는 물에 빠져 죽었을 거예요."

"여보, 우린 아기 엄마에 대해 아무것도 몰라요. 저 남자에 대해서도 그렇고."

"내 말이 가장 그럴듯한 설명 아니에요? 갓난아기가 부모를 두고 혼자 돌아다닐 리는 없잖아요."

"이지, 그건 모르는 일이에요. 우리가 어떻게 알겠어요."

"그럼 갓난아기가 엄마 없이 배를 타고 바다로 나온다는 게 말이 돼요?" 이저벨은 아기를 조금 더 가까이 당겨안았다.

"이건 중대한 사건이에요. 사람이 죽었다고요."

"하지만 아기는 살아 있어요. 아기가 불쌍하지도 않아요?"

이저벨의 목소리에 담긴 무언가가 톰의 마음을 흔들었다. 톰은 이저벨의 말에 반박하지 않고 잠시 생각해보았다. 이저벨은 아기와 조금이라도 더 같이 있고 싶은 것이다. 그 정도는 누릴 수 있게 해줘야 할 것 같았다. 침묵이 흘렀고, 이저벨은 톰을 물끄러미 바라보며 말없이 애원했다. "그래요, 정 그래야겠다면……" 톰은 뜻을 굽히긴 했지만 말이 쉽게 나오지 않았다. "타전하는 건 내일 아침으로 미룰게요. 하지만 내일 날이 밝고 등명기를 끄면 바로 보내는 거예요."

이저벨이 톰에게 입을 맞추며 팔을 꼭 잡았다.

"등롱*에 가봐야겠어요. 증기관을 교체하던 중이었거든요." 톰

---

* 등대에서, 등명기가 설치된 공간.

이 말했다.

　등대로 가는데 이저벨의 고운 노랫소리가 들려왔다. "남풍아 불어라, 불어라, 불어라, 푸른 바다 위로 바람아 불어라." 아름다운 노래였지만 등대 계단을 오르는 톰에게는 전혀 위로가 되지 않았다. 이저벨이 원하는 대로 해주기가 왠지 불안했지만 톰은 애써 마음을 가라앉혔다.

1

1918년 12월 16일

"네, 알겠습니다." 톰 셔본이 말했다. 톰은 무더운 바깥 못지않게 후덥지근한 소박한 방에 앉아 있었다. 시드니의 여름비가 창문을 내려치기 시작했다. 길 가던 사람들이 비를 피할 곳을 찾아 달렸다.

"아주 힘들다는 얘기요." 책상 너머에 앉은 남자가 몸을 앞으로 내밀며 강조했다. "절대 만만치 않을 거요. 바이런베이*가 가장 일하기 힘든 등대는 아니지만, 그래도 당신이 어떤 상황에 놓이는 건지는 확실히 알고 가야 할 거요." 남자는 엄지손가락으로 파이프에 담뱃가루를 꾹꾹 눌러 채우고 불을 붙였다. 톰의 이력서에는 당시 여느 남자들과 비슷한 이력이 적혀 있었다. 1893년 9월 28일생. 육군으로 참전. 국제 선박신호와 모스부호 사용 경험. 신체 건강. 명

---

* 오스트레일리아 동부에 있는 도시. 등대가 유명하다.

예제대. 등대관리청 규정에는 퇴역 군인 우대 조항이 있었다.

"아무리 그래도—" 톰은 말을 멈췄다가 다시 이었다. "무슨 말 씀인지 알겠습니다. 하지만 서부전선만큼 힘들지는 않을 겁니다."

남자는 다시 전역증을 자세히 살피더니 고개를 들고 탐색하듯 톰의 얼굴과 눈을 살폈다. "그럼요. 아마 그럴 거요." 남자는 규정 을 읊기 시작했다. "근무지까지 이동하는 비용은 개인이 부담합니 다. 대체직이기 때문에 휴가는 없습니다. 정규직이 되면 삼 년 계 약이 끝날 때마다 한 달의 휴가가 주어집니다." 남자는 굵은 펜을 집어 앞에 놓인 서류에 서명했다. 그리고 스탬프를 잉크패드 위에 서 앞뒤로 굴리며 말했다. "연방등대관리청에 입사한 것을 환영하 오." 남자는 서류 세 군데에 스탬프를 찍었다. '1918년 12월 16일' 이라는 글자의 덜 마른 잉크가 서류 위에서 반짝거렸다.

뉴사우스웨일스 해안에 있는 바이런베이에서 다른 등대지기 두 사람과 그들의 가족과 함께 지내며 육 개월간의 대체직 근무를 하 는 동안 톰은 등대지기 생활의 기본을 익혔다. 그후에는 태즈메이 니아 섬 남쪽에 있는 마추이커 섬으로 옮겨가 일을 계속했다. 일 년 내내 비가 내리고, 태풍이 몰아치면 닭이 바다로 날려가는 거친 섬이었다.

등대에 있을 때면 톰은 수시로 전쟁을 떠올렸다. 그리고 자기 옆 에 있던 전우들의 얼굴과 목소리, 온갖 고비마다 자기 목숨을 구해 준 사람들, 죽어가며 자기에게 마지막 말을 남긴 사람들에 대해서도. 톰은 힘겹게 웅얼거리던 그 말들을 잘 알아듣지 못했으면서도 고개를 주억거렸었다.

톰은 힘줄 몇 가닥으로 간신히 붙어 있는 다리를 질질 끌지도, 내장이 꿈틀거리는 뱀장어처럼 몸에서 쏟아져나오는 일을 겪지도 않았다. 가스 때문에 폐가 녹아버리거나 머리가 이상해지지도 않았다. 그렇지만 톰도 마찬가지로 상흔을 가지고 있었다. 그때 해야만 했던 일들의 기억을 지닌 채 계속 살아가야 하기 때문에. 톰은 마음속 깊이 드리운 그림자를 떨치지 못했다.

톰은 그 생각에 빠지지 않으려 애썼다. 그러다가 폐인이 된 사람들을 많이 봤기 때문이다. 그래서 뭐라 불러야 할지 모를 그것을 피해가며 살았다. 꿈에 그 무렵이 나올 때면, 톰은 여덟 살쯤 된 아이의 모습으로 손에 피를 묻히고 서 있었다. 조그만 아이의 몸으로 총검을 든 사람들에게 맞서고 있는, 양말이 흘러내렸지만 그걸 끌어올리려면 손에 든 총을 내려놓아야 해서 걱정하는, 그 무거운 총을 들고만 있기에도 버거운 어린아이. 엄마는 어디에 있는지 찾을 수 없었다.

그러다 잠에서 깨면 사방을 둘러보아도 바람과 파도와 빛, 등명기를 작동시키는 정교한 기계장치뿐인 곳으로 되돌아와 있었다. 늘 돌고 있는, 늘 어깨 너머를 돌아보는 불빛.

사람들로부터, 기억으로부터 더 멀리 벗어날 수만 있다면, 시간이 잊게 해줄 것이다.

서해안에서 수천 마일 떨어진 야누스 록은, 오스트레일리아 내에서는 톰이 어린 시절을 보낸 시드니에서 가장 멀리 떨어진 땅이었다. 그렇지만 1915년 톰이 군 수송선을 타고 이집트로 떠날 때 마지막으로 본 오스트레일리아의 모습은 바로 야누스 등대였다. 올버니*에서 몇 마일 떨어진 바다까지 유칼립투스 냄새가 희미하게 풍겨오다가 그 냄새마저 사라지자, 느닷없이 톰은 자신이 그리워하게 되리라곤 상상도 못했던 것들에 대해 그리움을 느꼈다. 그리고 나서 몇 시간이 흘렀고, 오 초에 한 번씩 지속적으로 선명하게 깜박이는 빛이 보이기 시작했다. 그곳이 바로 고국의 가장 바깥에 있는 땅이었다. 그 기억은 작별의 입맞춤처럼 남아, 이후 수년간 계속된 지옥 같은 나날 속에서 톰의 곁을 지켜주었다. 1920년 6월, 야누스에서 급히 사람을 구한다는 소식을 들었을 때 톰은 그곳의 불빛이 자기를 부르는 듯한 느낌을 받았다.

대륙붕 가장자리에 위태롭게 자리잡은 야누스 록은 인기 있는 근무지가 아니었다. 근무 조건이 최악이라 급료가 다른 데보다 약간 높긴 했지만, 전임 근무자들은 그 돈을 받고 할 일은 아니라고 말했다. 조금 더 준다고 해봤자 박하기는 마찬가지였기 때문이다. 톰의 전임자였던 트림블 도허티는 자기 아내가 국제신호기를 올려서 지나가는 배에 신호를 보낸다고 보고해 물의를 일으켰다. 상부에서는 두 가지 이유에서 이 보고를 마땅치않아했다. 첫째로는 몇

---

* 웨스턴오스트레일리아 주 남부에 위치한 항구도시.

해 전에 등대 사무국이 야누스에서 깃발로 신호 보내는 것을 금지했기 때문이었다. 배들이 깃발 신호를 보려고 등대로 접근하다 사고가 날 위험이 있어서였다. 둘째로는 문제의 그 아내가 얼마 전에 세상을 뜨고 없는 사람이기 때문이었다.

이 문제를 두고 프리맨틀과 멜버른 사이에 서신이 부지런히 오갔다. 프리맨틀 사무국에서는 도허티가 여러 해 동안 업무를 훌륭하게 수행해왔다는 걸 강조하며 도허티를 옹호했고, 멜버른 본청에서는 효율성, 비용, 규정 준수를 내세웠다. 결국 임시직을 고용하고 도허티에게는 육 개월 병가를 주는 것으로 절충이 이루어졌다.

"원래 야누스에는 독신 직원을 보내지 않아요. 아주 외딴 곳이라서요. 아내와 가족이 있으면 정서적으로 안정될 뿐 아니라 실생활에서도 큰 도움이 되거든요." 지역 사무국 직원이 톰에게 말했다. "하지만 임시직이니…… 이틀 뒤에 파르타죄즈로 떠날 겁니다." 사무국 직원은 이렇게 말하며 톰에게 육 개월간의 임무를 주었다.

준비할 것은 별로 없었다. 작별 인사를 할 사람도 없었다. 이틀 뒤 톰은 더플백 하나만 메고 배에 올랐다. 증기선인 프로메테우스 호는 오스트레일리아 남쪽 해안을 따라 시드니에서 퍼스까지 몇 군데의 항구에 중간 기항하는 배편이었다. 뱃머리 쪽의 상갑판에 있는 몇 안 되는 객실은 일등실이었다. 톰은 한 늙은 선원과 같이 삼등실을 썼다. "오십 년째 이렇게 여행을 다니고 있지. 감히 나한테는 돈 내라는 소리를 못해. 해봤자 욕만 먹거든." 늙은 선원은 이렇게 말하더니 내내 가까이 두고 홀짝이던 독한 럼 술병으로 다시 주의를 돌렸다. 톰은 술냄새를 피하기 위해 낮 동안에는 갑판 위를 돌아다녔다. 밤이 되면 보통은 갑판 아래 선실에서 카드 게임이 벌어졌다.

여전히 사람을 흘긋 보기만 해도 참전했던 사람인지 아닌지 알수 있었다. 그냥 느낄 수 있었다. 다들 자신과 같은 부류의 사람과가까이 있고 싶어했다. 배에 타자 톰은 자신을 중동으로, 프랑스로실어갔던 군 수송선이 떠올랐다. 배 위에 오르자마자 거의 동물적인 감각으로 누가 장교였는지, 누가 사병이었는지, 누가 어디에서복무했는지 알아차렸다.

수송선에서 그랬던 것처럼 이 배에서도 지루함을 달랠 오락거리를 찾는 데 관심이 모아졌다. 정해진 게임은 진부할 정도로 빤했다. 일등실 승객에게서 물건 하나를 빼오는 사람이 승자가 되는 게임. 하지만 아무 물건이나 되는 것은 아니었다. 여성용 속바지여야했다. "입고 있던 걸 가져오면 상금 두 배."

주동자는 담뱃진으로 손가락이 누렇게 물들고 콧수염을 기른 맥고완이라는 남자였다. 맥고완은 승무원에게서 승객 정보를 얻어냈는데, 후보군은 그리 많지 않았다. 일등실은 고작 열 개였다. 변호사 부부(이들은 피하는 게 좋을 것이다), 노부부 몇 쌍, 노처녀 한쌍(해볼 만했다)이 있었다. 하지만 가장 좋은 목표물은 혼자 여행하는 부잣집 딸이었다.

"벽을 타고 올라가서 창문으로 들어가면 돼." 맥고완이 말했다. "누가 같이 가겠나?"

위험한 장난이었지만 놀라울 것도 없었다. 톰은 전쟁에서 돌아온 뒤 이런 이야기를 수없이 들었다. 사람들은 충동적으로 목숨을 걸곤 했다. 철도 건널목 차단기를 장애물 넘기를 하듯 뛰어넘기도 하고, 살아나올 수 있는지 시험해보려고 거친 파도 속으로 뛰어들기도 했다. 전장에서 죽음을 피한 사람들이 이제는 죽음의 유혹에 중독된 것 같았다. 이젠 죽음과 싸울 필요가 없는 자유로운 신분인데도. 어쩌면 그냥 말로만 떠들고 허풍인지도 몰랐다.

다음날 밤 톰은 평소보다 더 지독한 악몽을 꾸다가 깨어났다. 톰은 악몽을 떨쳐버리려고 갑판 위로 나왔다. 새벽 두시였다. 이 시간에는 어디든지 마음대로 갈 수 있어서, 달빛이 물 위에 생긴 항적을 비추는 것을 보며 천천히 걸어다녔다. 배가 부드럽게 흔들렸다. 계단 난간을 붙들고 상갑판으로 올라간 다음 그 위에 잠시 서서 신선한 바람과 밤하늘에서 쏟아지는 흔들림 없는 별빛을 온몸으로 받았다.

그때 곁눈으로 선실 하나에서 불빛이 가물거리는 게 보였다. 일등실 승객들도 잠이 안 올 때가 있나보군. 톰은 생각했다. 순간 어떤 육감이 발동했다. 뭔가 불길한 일이 벌어진 듯한, 설명하기 어렵지만 익숙한 느낌이었다. 톰은 조용히 불 켜진 일등실로 걸어가 창문 안을 들여다보았다.

불빛이 흐릿한 가운데 여자가 벽에 바싹 붙어 있는 모습이 보였다. 여자 앞에는 한 남자가 서 있었고, 여자는 남자가 손을 대지도 않았는데 벽에 못 박힌 듯 붙어 있었다. 남자는 여자의 코앞에 자기 얼굴을 들이대고, 톰이 자주 봐온 음흉한 웃음을 짓고 있었다. 톰은 바로 남자를 알아보았고, 상금을 건 내기를 떠올렸다. 멍청한 놈. 톰이 문손잡이를 돌리자 문이 그냥 열렸다.

"물러나." 톰은 선실로 들어서며 말했다. 목소리는 나지막하면서도 위엄 있었다.

남자는 목소리의 주인이 누군지 보려고 몸을 돌렸다가 톰을 알아보고 씩 웃었다. "깜짝 놀랐네! 승무원인 줄 알았잖아! 좀 도와주지그래. 난 그냥—"

"물러나라고 했잖아! 당장 꺼져."

"아직 볼일이 안 끝났는데. 이 여자 재미 좀 보게 해주려고." 남자한테서 술냄새와 찌든 담배 냄새가 풍겼다.

톰이 남자의 어깨를 쥐고 힘을 주자 남자가 비명을 내질렀다. 남자는 톰보다 6인치 정도 더 작았지만 그래도 주먹을 치켜들었다. 톰은 남자의 손목을 꽉 쥐고 비틀었다. "관등성명을 대라!"

"이병 매켄지. 군번 CX3277." 묻지도 않은 군번까지 자동적으로 튀어나왔다.

"이병, 이 아가씨께 사과하고 당장 침상으로 돌아가라. 그리고 정박할 때까지 갑판 위에는 얼씬도 하지 마라. 알겠나?"

"네, 알겠습니다!" 남자는 여자 쪽으로 몸을 돌렸다. "죄송합니다. 다치게 할 생각은 없었습니다."

여자는 여전히 겁먹은 채 보일 듯 말 듯 고개를 끄덕였다.

"이제 나가봐!" 톰이 말했다. 순식간에 술이 확 깬 남자는 눈치를 보며 허둥지둥 밖으로 나갔다.

"괜찮으십니까?" 톰이 여자에게 물었다.

"아, 그런 것 같아요."

"어디 다친 데는 없으신가요?"

"네……" 톰에게 하는 말이라기보다 혼잣말인 것 같았다. "저한테 손을 대지는 않았어요."

톰은 여자의 얼굴을 들여다보았다. 잿빛 눈을 보니 이제 마음이 조금 진정된 것 같았다. 여전히 손으로는 잠옷 목둘레를 움켜쥐고 있었고, 풀어내린 짙은 색 곱슬머리가 팔을 덮고 있었다. 톰은 벽에 걸린 가운을 내려 여자의 어깨에 걸쳐주었다.

"고맙습니다." 여자가 말했다.

"무척 놀라셨을 겁니다. 우리 중에 아직 문명 세계에 적응하지 못한 사람들이 있는 것 같아 유감이네요."

여자는 아무 말도 하지 않았다.

"그자가 다시 말썽 부리는 일은 없을 겁니다." 톰은 소동중에 바닥에 엎어진 의자를 일으켜세웠다. "신고를 하든 말든 그건 알아서 결정하십시오. 다만 제가 보기에 그 사람은 지금 온전한 상태가 아닙니다."

여자가 반문하듯 톰을 쳐다보았다.

"거기 있다보면 사람이 달라집니다. 무엇이 옳고 그른지 알 수 없게 되죠." 톰은 선실에서 나가다 문가에서 다시 여자를 돌아보았다. "원하신다면 신고하실 권리가 있습니다. 하지만 안 그래도 이미 힘들게 살고 있을 겁니다. 아까도 말씀드렸지만, 원하는 대로 결정하십시오." 그 말을 남기고 톰은 문밖으로 사라졌다.

2

파르타죄즈는 오스트레일리아 대륙 남서쪽 귀퉁이에 삐죽 튀어
나온 곳으로, 1826년에 영국이 대륙 서쪽을 식민화하기 한참 전에
이곳에 발을 들여놓은 프랑스 탐험가들에 의해 이런 이름을 얻었
다. 그후 개척민들이 조금씩 올버니에서 북쪽으로 올라오거나 스
완 강 유역 식민지에서 남쪽으로 내려와 그사이의 광활한 처녀지
를 차지했다. 사람들은 목장을 만들기 위해 대성당처럼 높이 치솟
은 나무들을 베어 넘어뜨렸다. 낯빛이 창백한 사내들이 짐말을 끌
고 넓지도 않은 길을 한뼘 한뼘 힘들게 닦았다. 사람 손길이 한 번
도 닿지 않았던 땅이 불태워지고 껍질이 벗겨지고 측량되어 지도
에 담겼다. 상상도 해보지 못한 절망, 죽음 혹은 행운을 가져다줄
지도 모를 이곳 남반구에서 운을 시험해보려는 사람들이 한둘씩
흘러들어와 땅을 나눠가졌다.

바람에 날리는 먼지처럼 흘러들어온 사람들이 두 대양이 만나는

이곳 파르타죄즈에 정착했다. 깨끗한 물이 있고 항구가 있고 좋은 토양이 있기 때문이었다. 파르타죄즈 항은 규모로는 올버니 항과 비교도 되지 않았지만 인근에서 나는 목재, 백단유, 소고기를 실어 내보내는 데 유리했다. 작은 사업체들이 생겨나 바위에 붙은 이끼처럼 명맥을 이었고, 학교도 생기고, 서로 다른 찬송가와 건축양식을 고수하는 교회들도 생겼다. 그리고 벽돌과 돌로 지은 튼튼한 집도 몇 채, 비막이 판자와 함석으로 지은 집도 무수히 생겼다. 서서히 상점들, 마을회관, 심지어 댈게티 축산영농회사까지 생겼다. 물론 술집도 생겼다. 그것도 아주 많이.

초창기의 파르타죄즈 사람들은 진짜 삶이 펼쳐지는 곳은 여기가 아니라 다른 곳이라는 생각들을 했을 것이다. 바깥세상 소식은 나무에 매달린 빗방울이 떨어지듯 드문드문 흘러들어왔다. 1890년에 전선이 들어오면서 전보를 통해 소식이 약간 빨라졌고 그뒤 전화도 몇 대 들어왔다. 그러다가 1899년 보어전쟁 때는 심지어 남아프리카 트란스발에 파병도 했고 사상자도 몇 명 나왔다. 그렇더라도 파르타죄즈는 대체로 늘 무대 밖에 있었고, 아주 나쁜 일도 아주 멋진 일도 일어날 수 없는 곳 같았다.

물론 서부에도 사정이 전혀 다른 곳이 있었다. 내륙으로 수백 마일 들어가면 있는 캘굴리에서는 사막 아래에 묻혀 있던 금맥이 발견되었다. 외바퀴 손수레와 사금 채취용 접시를 들고 몰려왔던 사람들이 고양이만큼 커다란 금괴를 주고 자동차를 사서 떠나기도 했다. 캘굴리에는 '크로이소스'* 같은 이름이 붙은 거리도 생겨났다. 그럴 만도 했다. 세상은 캘굴리가 가진 것을 원했다. 파르타죄즈가 가진 것은 보잘것없는 목재와 백단유뿐이었다. 캘굴리가 누리는 것 같은 눈부신 호황은 꿈꿀 수 없었다.

그런데 1914년에 상황이 달라졌다. 파르타죄즈에도 세상이 원하는 무언가가 있었던 것이다. 젊은이들. 건강한 남자들. 도끼를 휘두르거나 쟁기를 잡고 열심히 살아온 사내들. 지구 반 바퀴 너머에 있는 전쟁의 제단에 바칠 가장 좋은 제물이 될 청년들이었다.

1914년, 사람들은 그게 그저 깃발을 휘날리며 새 가죽 냄새가 나는 군복을 차려입는 일인 줄로만 알았다. 그러다 일 년이 지나자 그들은 삶을 다르게 느끼기 시작했다. 파르타죄즈 사람들이 구색을 맞추기 위한 들러리가 아닐지도 모른다는 생각이 들었다. 씩씩하고 소중한 남편들과 아들들은 돌아오지 않고 전보만 날아들었다. 그 종이쪽, 충격으로 굳어버린 손에서 떨어져 칼날처럼 날카로운 바람에 날려가버린 종이쪽은 자신이 젖 먹이고 씻기고 야단쳤던 아이가, 자신을 울리고 웃겼던 그 아이가 이제 세상에 없다는 말을 전해주었다. 파르타죄즈는 뒤늦게, 엄청난 진통을 치르며 세상 속으로 들어간 것이다.

물론 아이를 잃는 일은 흔히 겪는 일이다. 임신을 한다고 무사히 아이를 낳는다는 보장도 없고, 아이를 낳았다고 그 아이가 오래 산다고 보장할 수도 없다. 자연은 튼튼하고 운좋은 자만 이 세상을 누릴 수 있게 허락한다. 어느 집이나 성경 표지 안쪽을 들춰보면 죽은 가족의 이름이 빼곡히 적혀 있었다. 묘지에 가보아도 뱀에게 물렸거나 열병에 걸렸거나 마차에서 떨어진 아이들, "쉬, 쉬,

---

* 기원전 6세기 리디아의 마지막 왕. 큰 부자로 유명했다.

울지 마, 아가"라는 엄마의 말을 영원히 따르게 된 아이들을 볼 수 있었다. 남은 아이들은 상을 차릴 때 한 자리 적게 놓는 것에 익숙해졌다. 새로 동생이 태어났을 때 껴서 앉는 것에 익숙해졌던 것처럼. 밀밭에 키울 수 있는 것보다 훨씬 더 많은 수의 밀알을 뿌리듯이 신은 여벌의 아이들을 뿌린 다음 헤아릴 수 없는 천상의 계획에 따라 아이들을 거둬가는 것 같았다.

공동묘지는 이런 죽음을 늘 충실히 기록해왔다. 유행성 독감에 걸리거나 물에 빠져, 혹은 목재에 깔리거나 벼락을 맞아 세상을 떠난 어린 목숨들의 이야기를 꾸밈없이 들려주는 비석들 가운데 몇몇은 빠진 이빨처럼 굴러다니기도 했다. 그렇지만 1915년부터 묘지는 더이상 진실을 말하지 않았다. 바다 너머에서 소년들과 청년들이 무수히 죽어갔지만 묘지는 아무 말도 하지 않았다.

젊은 몸뚱이들이 머나먼 곳의 진흙탕에 묻혔기 때문이다. 지휘관들은 상황과 전세가 허락할 때에는 얕은 무덤을 파게 하고, 전사자들의 팔다리를 최대한 꿰맞춰 한몸으로 만든 다음 간략한 의식을 곁들여 매장했다. 그리고 기록을 남겼다. 나중에는 무덤 사진을 찍었고, 가족들은 2파운드 1실링 6펜스를 내면 공식 추모 현판을 받을 수 있었다. 좀더 시간이 지난 뒤에는 전몰용사기념비가 우뚝 솟아났다. 죽음을 기리기 위해서라기보다는 주로 죽음을 통해 얻은 것이 무엇인지, 승리가 얼마나 좋은 것인지를 보여주기 위해서였다. 어떤 사람은 그걸 보고 이렇게 중얼거렸다. "승리하고 죽었다니. 그런 승리가 무슨 소용인가."

남자들이 숭숭 빠져나가면서 파르타죄즈는 스위스 치즈처럼 구명투성이가 되었다. 징용이 있었던 것은 아니었다. 전장에 억지로 나간 사람은 아무도 없었다.

가장 잔인한 경우는 살아 돌아왔다는 이유만으로 "운이 좋다"는 말을 들어야 했던 사람들이었다. 이들이 돌아오던 날 아이들은 예쁜 옷을 차려입고, 심지어 개들의 목줄에도 리본을 묶어 장식하고 모두 '환영의 집'에 모였다. 귀향 군인이 뭔가 이상하다는 것은 개들이 가장 먼저 알아차렸다. 한쪽 눈이나 다리가 없는 겉모습 때문만은 아니었다. 사람 자체가 사라진 듯했기 때문이었다. 몸뚱이는 그대로 남아 있었지만 다들 여전히 '전투중 행방불명' 상태였다. 새들러 방앗간에서 일했던 빌리 위샤트 같은 사람이 한 예였다. 남들이 부러워할 만한 좋은 아내와 세 아이를 둔 사람이었는데, 가스를 마신 탓에 숟가락을 들었다 하면 짚 써는 기계처럼 손을 덜덜 떨며 수프를 식탁 사방에 뿌려댔다. 손이 떨려서 단추조차 채울 수 없었다. 밤이 되어 아내와 같이 있을 때에는 옷도 벗지 않으려 하고 침대 위에 몸을 웅크리고 누워 울부짖었다. 젊은 샘 도싯은 갈리폴리 상륙작전에서 살아남았지만 뷜쿠르 전투에서 두 팔과 얼굴 반쪽을 잃었다. 과부였던 샘의 어머니는 자기가 죽고 나면 누가 아들을 돌볼까 걱정하느라 밤에 잠을 이루지 못했다. 아들을 데려갈 만큼 모자란 아가씨가 있을 리 없었기 때문이다. 스위스 치즈의 구멍처럼 무언가가 빠져 있으니.

한동안 사람들은 게임중 갑자기 규칙이 바뀌었을 때처럼 당혹스러워했다. 사람들은 젊은이들이 헛되이 목숨을 버린 것은 아니라는 사실에서 위안을 찾으려 했다. 젊은이들은 정의를 위한 위대한 투쟁에 참여한 것이었다. 그런 믿음으로 어미새 목구멍에서 터져

나오는 울음 같은 절박한 분노의 울부짖음을 억눌러보려 했다.

전쟁이 끝난 뒤 주민들은 술주정과 주먹다짐을 일삼거나 일자리를 구하고도 며칠 못 버텨내는 귀환병들을 관대하게 대하려 애썼다. 읍내 상점들도 그럭저럭 제자리를 찾아갔다. 켈리는 계속 식료품상을 했다. 푸줏간은 여전히 렌 브래드쇼 노인이 운영했는데, 그 집 아들은 가게를 물려받고 싶어 안달이었다. 아들이 고기 토막이나 돼지 볼살을 집으려고 카운터에서 몸을 숙일 때 아버지 자리를 지나치게 많이 침범하는 걸 보면 속내를 알 수 있었다. 잉크펜 부인은(이 부인은 결코 이름으로 불리는 일이 없었다. 여동생이 사석에서는 팝시라고 부르지만) 남편 맥이 갈리폴리에서 돌아오지 못하자 말편자 작업장을 이어받아 운영했다. 잉크펜 부인의 표정은 말발굽에 박는 철처럼 차가웠고 심장도 마찬가지였다. 건장한 남자 일꾼을 여럿 거느렸는데, 손가락 하나로도 들어올릴 수 있을 것처럼 가냘픈 부인에게 모두들 "네, 잉크펜 부인. 아뇨, 잉크펜 부인. 세 자루 있습니다, 잉크펜 부인" 하며 정중하게 대했다.

사람들은 외상을 줘도 될 사람과 선불을 요구해야 할 사람, 환불 요청을 들어줘도 될 사람이 누군지 알았다. 무시모어의 포목점 겸 잡화점은 크리스마스와 부활절 시기에 특히 장사가 잘됐고, 겨울이 다가오면 뜨개용 털실도 잘 팔렸다. 여성용 속옷도 꽤 짭짤한 수입을 가져다주었다. 래리 무시모어는 누가 자기 이름을 잘못 발음하면 뾰족한 콧수염 끝을 매만지며 고쳐주곤 했다("마우시모어가 아니라 무시모어입니다"). 무시모어는 서클 부인이 자기 가게 옆에 모피점을 열자 언짢아하며 경계했다. 모피점이라고? 파르타죄즈에? 말도 안 돼! 채 육 개월도 되지 않아 모피점이 문을 닫자 무시모어는 온화한 웃음을 지으며 "이웃끼리는 서로 도와야지" 하면서 재고품을 싼값에 사들여 캐나다로 떠나는 증기선 선장한테 두둑한 웃돈을 받고 팔았다. 선장 말로는 캐나다 사람들은 모피라면 사족을 못 쓴다고 했다.

이렇듯 1920년대에 파르타죄즈는 오스트레일리아 서부의 다른 소읍들처럼 약간의 자긍심과 쓰라린 경험이 뒤범벅된 곳이었다. 중앙로 가까이에 있는 조그만 풀밭 한가운데에 화강암 기념비가 새로 세워지고, 남자들의 이름이 죽 이어졌다. 드물긴 해도 열여섯 살밖에 안 된 소년들의 이름도 있었다. 많은 사람들이 이들이 돌아오기만을 숨죽여 기다렸지만 이제 이들은 돌아와서 땅을 갈지도, 나무를 베지도, 학업을 마치지도 못할 것이다. 서서히 삶은 씨실과 날실이 교차하여 짜이는 직물처럼 다시 학교, 직장, 결혼 등을 통해 서로 엮이기 시작했고, 타지 사람들에게는 보이지 않을 연결 관계가 수놓였다.

일 년에 단 네 차례 오가는 생필품 배편 하나로만 연결된 야누스 록은 실이 풀린 단추처럼 이 직물 가장자리에 느슨하게 매달려 있었다. 금세라도 떨어져서 남극으로 흘러가버릴 것처럼.

파르타죄즈 곶의 길고 좁은 부두는 지금 사람들이 배에 실으려고 짐수레에 쌓아 부두 위로 끌고 가는 자라목*으로 만들어졌다. 드넓은 파르타죄즈 만은 투명한 옥색으로, 톰이 탄 배가 그곳에 닿았을 때에는 깨끗이 닦은 유리처럼 빛나고 있었다.

배 위의 사내들이 이따금 소리를 치거나 휘파람을 불면서 화물을 밀고 당기며 부산히 짐을 싣고 부렸다. 뭍 위의 사람들 역시 목적지를 향해 걷거나 말을 타거나 마차를 타고 가느라 분주했다.

온통 분주하게 움직이는 가운데 유일하게 느긋해 보이는 한 사람이 있었다. 젊은 여자가 갈매기들한테 빵을 주고 있었다. 여자는 빵조각을 매번 다른 방향으로 던져, 새들이 빵을 서로 차지하려고 다투고 우짖는 것을 보며 웃었다. 전속력으로 날아든 갈매기 한 마리가 한입에 한 조각을 받아먹고 그다음 것까지 먹으려고 다시 달려들자 여자는 더 크게 웃음을 터뜨렸다.

톰이 쓸쓸함이나 무례함이 담기지 않은 맑은 웃음소리를 들은 것은 실로 오랜만이었다. 햇살이 따사로운 겨울 오후였고, 톰은 바빠 가야 할 곳이 있는 것도, 해야 할 일이 있는 것도 아니었다. 만나야 할 사람들을 만나고 서명해야 할 양식에 서명하고 나면 며칠 뒤 야누스로 가게 될 것이다. 그렇지만 지금 당장은 작성해야 하는 일지도, 닦아야 할 프리즘도, 채워야 할 기름통도 없었다. 그때 정말 즐거워 보이는 한 사람이 눈에 띈 것이다. 순간 그 모습이 전쟁이 정말로 끝났다는 확실한 증거처럼 느껴졌다. 톰은 부두 근처 벤치에 앉아 햇볕을 쬐며 여자가 까르르 웃는 모습을, 짙은 색 머리카락이 바람 속으로 던져진 그물처럼 흩날리는 모습을 보았다. 그리고 파란 하늘을 배경 삼아 실루엣으로 보이는, 여자의 섬세한 손가락을 눈으로 쫓았다. 그러다가 여자가 귀엽게 생겼다는 걸 알아

---

* 호주 남서부 일대에 자생하는 나무.

챘다. 그러고 나서 계속 보니 미인인 것 같다는 생각이 들었다.

"뭘 보고 웃는 거예요?" 여자가 소리쳐 묻는 바람에 톰은 흠칫 놀랐다.

"죄송합니다." 톰의 얼굴이 붉어졌다.

"웃은 게 왜 미안해요!" 여자는 큰 소리로 말했지만 목소리에는 어쩐지 슬픔 같은 게 어려 있었다. 여자가 얼굴 표정을 누그러뜨리더니 말했다. "파르타죄즈 사람이 아니네요."

"네."

"전 여기 사람이에요. 여기서 나고 자랐죠. 빵 좀 드려요?"

"괜찮습니다. 배고프지 않아요."

"그쪽보고 먹으라는 게 아니에요! 갈매기한테 먹이라고요."

여자가 손을 뻗어 빵조각을 건넸다. 일 년 전이었다면, 아니 어쩌면 하루 전이었어도, 톰은 거절하고 그 자리를 떠났을 것이다. 하지만 그 순간에는 그 따뜻함과 자유와 웃음 때문에, 그리고 알 수 없는 무언가 때문에 빵을 받지 않을 수 없었다.

"갈매기가 나한테 더 많이 오게 할 수 있어요." 여자가 말했다.

"좋아요, 어디 해봐요!" 톰이 말했다.

"시작!" 여자가 소리쳤고, 두 사람은 빵조각을 사방으로 높이 던졌다. 그리고 갈매기들이 끼룩거리며 덤벼들어 무리끼리 사납게 날갯짓을 하자 둘 다 고개를 숙이고 몸을 움츠렸다.

마침내 빵이 다 떨어지자 톰이 웃으며 물었다. "누가 이겼어요?"

"아! 승부를 가리는 걸 깜박했네." 여자가 어깨를 으쓱했다. "비긴 걸로 하죠."

"좋아요." 톰은 다시 모자를 쓰고 더플백을 집어들었다. "이제

가봐야겠어요. 고마워요. 재밌었어요."

여자가 웃었다. "그냥 유치한 장난인걸요."

"유치한 장난이 재밌다는 걸 다시 깨닫게 해줘서 고마워요." 톰이 말하고는 넓은 어깨에 가방을 둘러메고 읍내 쪽으로 몸을 돌렸다. "오후 시간도 재밌게 보내세요." 톰이 덧붙였다.

톰은 큰길가에 있는 하숙집의 초인종을 눌렀다. 이곳의 관리인은 후추통처럼 통통한 육십대의 뮤잇 부인이었다. 부인은 대뜸 톰을 다그쳤다. "편지를 보니 독신이고 동부에서 왔던데, 지금은 파르타죄즈에 있다는 걸 기억해주면 좋겠어요. 여긴 기독교 시설이라 술이나 담배는 가지고 들어올 수 없어요."

톰은 뮤잇 부인이 손에 쥐고 있는 열쇠를 받아들려 했지만 부인은 열쇠를 꼭 쥔 채 계속 잔소리를 늘어놓았다. "이상한 짓도 금지예요. 나도 다 알아요. 댁이 떠나고 나서 내가 침대시트를 문질러빨 일은 없었으면 좋겠네요. 무슨 말인지 알겠죠. 현관문은 열시에 잠그고, 아침식사는 여섯시에 나오니까 그 시간에 안 오면 아침은 없어요. 저녁은 다섯시 삼십분이고 이것도 마찬가지예요. 점심은 알아서 드시고요."

"알겠습니다, 뮤잇 부인." 톰은 미소를 지으려다가 그것도 규칙 위반일 것 같아서 그만뒀다.

"온수를 쓰려면 일주일에 1실링을 추가로 내야 해요. 그건 원하는 대로 해요. 당신처럼 젊은 양반들은 찬물로 씻어도 아무 문제 없을 거라고 생각하지만." 드디어 뮤잇 부인이 방 열쇠를 내밀었다. 톰은 뮤잇 부인이 절룩거리며 복도를 걸어가는 뒷모습을 바라보면서 남편 때문에 남자들을 그런 시각으로 보게 된 것일까 궁금해했다.

건물 안쪽 구석진 데 있는 작은 방에서 톰은 더플백을 끌러 비누와 면도기를 꺼내 단 하나뿐인 선반 위에 가지런히 올려놓았다. 내복과 양말은 접어서 서랍에 넣고 셔츠 세 벌과 바지 두 벌, 가장 좋은 양복과 타이는 좁은 옷장 안에 걸었다. 톰은 책 한 권을 주머니에 넣고 읍내를 둘러보러 나갔다.

톰 셔본이 파르타죄즈에서 완수해야 할 마지막 임무는 항만관리소장 부부와의 저녁식사였다. 퍼시 헤이즐럭 소장은 항구에 들고나는 모든 것을 감독하는 사람으로, 늘 신참 야누스 등대지기가 섬으로 출발하기 전에 집으로 초대해 식사를 대접하곤 했다.

톰은 오후에 세수와 면도를 다시 하고 머리에 포마드를 바르고 셔츠 목에 칼라를 달고 양복을 차려입었다. 전날까지만 해도 맑았던 날씨가 바뀌어 구름이 끼고 남극에서 건너온 바람까지 사납게 불어 코트도 챙겨 입었다.

톰은 대도시 시드니에서 살던 습관 때문에 시간을 넉넉히 잡고 하숙집에서 나왔는데, 파르타죄즈가 워낙 작은 동네이다보니 약속 시간보다 일찍 헤이즐럭 소장의 집에 도착하고 말았다. 소장 부부는 활짝 웃으며 톰을 맞았다. 톰이 일찍 온 것에 대해 사과하자 헤이즐럭 부인은 손뼉을 딱 치면서 이렇게 말했다. "어머, 셔본 씨! 일찍 올수록 고맙지 사과는요! 게다가 이렇게 예쁜 꽃도 가져왔네

요." 헤이즐럭 부인이 늦장미 향기를 맡았다. 톰이 뮤잇 부인 마당
에서 돈을 내고 꺾어온 꽃이었다. 키가 작은 헤이즐럭 부인은 한참
아래에서 톰을 올려다보며 말했다. "어머나! 셔본 씨는 등대만큼
키가 크네요!" 그러더니 자기 말이 우스운지 키득거렸다.

소장이 톰의 모자와 코트를 받아들며 말했다. "응접실로 가세."
부인이 바로 말꼬리를 달았다. "거미가 파리에게 말했네!"*

"저 사람은 정말 못 말린다니까!" 소장이 말했다. 톰은 긴 저녁
이 되겠구나 생각했다.

"셰리주 할래요? 아니면 포트와인?" 부인이 물었다.

"제발 이 친구 그만 괴롭히고 맥주 좀 가져다줘요, 사모님." 소
장이 웃으며 말했다. 그리고 톰의 등을 탁 쳤다. "어서 앉아서 그간
살아온 이야기 좀 해보게."

때마침 울린 초인종이 톰을 구했다. "실례하겠네." 소장이 말했
다. 현관에서 목소리가 들려왔다. "시릴, 버사. 와줘서 고마워요.
모자 이리 줘요."

소장 부인이 맥주 한 병과 유리잔을 은쟁반에 받쳐들고 들어오
며 말했다. "셔본 씨 소개해주려고 동네 사람을 몇 초대했어요. 여
긴 아주 인심 좋은 동네거든요."

소장이 새로 온 손님들과 함께 돌아왔다. 지역도로위원회 위원
장인 시릴 치퍼라는 뚱뚱한 남자와 비쩍 마른 아내 버사였다.

"이 동네 도로에 대해 어떻게 생각하나?" 시릴이 소개가 끝나자
마자 물었다. "예의 차리지 말고 솔직하게 말해보게. 동부하고 비

---

* 메리 호윗의 유명한 동시 「거미와 파리」의 첫 구절.

교해서 어떤가?"

"아 여보, 불쌍한 사람 좀 괴롭히지 마요." 버사가 말했다. 부인이 끼어들어줘서 마음속으로 고마워하는 참에 때맞춰 초인종이 다시 울려 톰은 안도했다.

"빌, 바이얼릿. 와줘서 고마워요." 소장이 현관문을 열고 말했다. "이저벨, 넌 갈수록 더 예뻐지는구나."

소장은 잿빛 구레나룻을 기른 건장한 남자와 뺨이 발그레하고 다부져 보이는 부인을 응접실로 안내했다. "이쪽은 빌 그레이스마크고, 아내 바이얼릿, 또 딸—" 소장이 몸을 돌렸다. "어디 갔지? 아무튼 딸도 있다네. 곧 올 걸세. 빌은 학교 교장이라네."

"반갑습니다." 톰은 인사하며 빌과 악수를 나누었고 부인에게는 예의바르게 고개를 숙였다.

"그래, 야누스에서 잘 지낼 수 있을 것 같나요?" 빌 그레이스마크가 물었다.

"곧 알게 되겠죠." 톰이 말했다.

"황량한 곳인데."

"그렇다고 들었습니다."

"야누스에는 도로가 없다네. 당연한 이야기지만." 시릴 치퍼가 끼어들었다.

"네, 그렇겠죠." 톰이 말했다.

"도로가 없는 곳은 아무래도 높게 쳐줄 수가 없지." 치퍼는 도로가 없다는 게 도덕적 결함이라도 된다는 듯 말했다.

"거기에 도로가 없다는 건 문제 축에도 못 낄 겁니다." 그레이스마크가 말했다.

"아빠, 그만하세요." 사라졌던 딸이 톰이 등지고 있던 문으로 들어왔다. "불쌍한 분한테 굳이 암울한 이야길 할 필요는 없잖아요."

"아! 내가 곧 올 거라고 했지." 헤이즐럭 소장이 말했다. "이쪽은 이저벨 그레이스마크. 이저벨, 셔본 씨란다."

톰이 인사를 하기 위해 일어났고, 두 사람은 눈이 마주치자마자 서로를 알아보았다. 톰이 갈매기 이야기를 꺼내려는 순간 이저벨이 말을 막았다. "만나서 반갑습니다, 셔본 씨."

"톰이라고 불러주세요." 이저벨이 갈매기들한테 빵을 던져주며 오후를 보낸 게 비밀일지도 모른다는 생각이 들어 톰은 이렇게만 말했다. 톰은 이저벨의 장난기 어린 미소 뒤에 또 어떤 비밀이 숨어 있을까 궁금했다.

저녁 시간은 순조롭게 흘러갔다. 헤이즐럭 부부는 톰에게 이 지역의 역사와 등대가 건설되던 때의 이야기를 들려주었다. 소장의 선대先代에 있었던 일이었다. "무역에 아주 중요한 역할을 하지." 소장이 힘주어 말했다. "남부 해안은 표면 물살만 해도 위험한데 바다 밑에 암초까지 숨어 있거든. 안전한 운송이 산업의 필수 요소라는 건 말할 필요도 없을 걸세."

"안전한 운송의 진정한 기반은 당연히 좋은 도로고." 치퍼가 다시 자신의 유일한 화제에 대해 한바탕 늘어놓기 시작했다. 톰은 열심히 들으려고 했지만 자꾸 이저벨 쪽으로 시선이 갔다. 의자 위치 덕분에 톰 외의 다른 사람들에게는 보이지 않는 자리에 앉은 이저벨은 시릴 치퍼가 한마디 할 때마다 진지한 표정을 흉내내며 우스꽝스러운 손짓을 해 보였다.

이저벨의 무언극은 계속되었고, 톰은 웃지 않으려고 갖은 애를 썼지만 결국 웃음이 터지고 말았다. 톰은 얼른 기침이 나온 척했다. "괜찮아요?" 소장 부인이 물었다. "물 좀 가져다줄게요."

톰은 고개도 들지 못하고 계속 기침을 하며 말했다. "고맙습니다. 저도 같이 가겠습니다. 갑자기 웬 기침이······"

톰이 자리에서 일어서는데 이저벨이 아무 일도 없었다는 듯 태연한 표정을 지으며 치퍼에게 말했다. "톰이 돌아오면 자라목으로 도로를 만든 이야기도 들려주세요." 이저벨이 톰을 돌아보며 말했다. "얼른 다녀오세요. 치퍼 위원장님은 재밌는 이야기를 많이 알고 계시거든요." 이저벨은 천진난만한 미소를 지어 보였다. 톰과 눈이 마주치자 이저벨의 입술이 살짝 떨렸다.

모임이 거의 끝나가자 손님들은 톰에게 야누스에서 잘 지내라고 행운을 빌어주었다. "셔본 씨는 잘해낼 거요." 헤이즐럭이 말했고 빌 그레이스마크도 동의한다는 듯 고개를 끄덕였다.

"고맙습니다. 오늘 만나 뵈어서 즐거웠습니다." 톰이 말하며 남자들과는 악수를 나누고 여자들에게는 고개를 숙여 인사했다. "덕분에 오늘 오스트레일리아 서부 도로 건설에 대해 아주 자세히 들었습니다." 톰이 이저벨에게 조용히 말했다. "언젠가 보답할 기회가 있으면 좋겠네요." 그리고 모임은 추운 겨울밤 속으로 흩어졌다.

3

랠프 애디콧 선장은, 서남쪽 해안에 있는 등대 여럿을 돌며 생필
품을 공급해주는 윈드워드 스피릿 호가 낡긴 했어도 양치기 개처
럼 충직한 배라고 말했다. 아주 오래전부터 이 배를 운항해온 랠프
는 늘 자기가 세상 최고의 직업을 가졌다고 자랑처럼 말했다.

"자네가 톰 셔본이군그래. 즐거운 항해에 동승한 걸 환영하네!"
톰이 야누스 록으로 가기 위해 새벽 일찍 이 배에 올랐을 때 랠프
가 배를 가리키며 말했다. 페인트칠은 소금기로 벗겨져나가고 갑
판은 맨 나무뿐인 배였다.

"반갑습니다." 톰이 랠프와 악수하며 말했다. 엔진이 공회전하
면서 뿜어져나온 경유 매연이 폐 속으로 들어왔다. 선실 안도 갑판
위보다 그리 따뜻하지는 않았지만 적어도 휘몰아치는 바람은 피할
수 있었다.

부스스한 붉은 곱슬머리의 젊은이가 선실 뒤쪽 해치문을 열고

나타났다. "준비됐어요, 선장님. 다 고쳤어요."

"블루이, 이 친구가 톰 셔본이야." 랠프가 말했다.

"안녕하세요." 블루이가 위로 올라오며 말했다.

"안녕하세요."

"무지하게 춥네요! 모직 내복 챙겨 왔길 바랄게요. 여기가 이 정도면 야누스는 장난 아닐 거예요." 블루이가 손에 입김을 불며 말했다.

블루이가 톰을 데리고 다니며 배 위를 구경시켜주는 동안 선장은 마지막 점검을 했다. 낡은 깃발 조각으로 앞쪽의 소금투성이 유리를 닦은 다음 선장이 외쳤다. "밧줄 준비 완료. 출항 준비." 선장이 스로틀*을 열었다. "가자, 할망구, 어서 가자고." 선장이 웅얼거리며 배를 정박지에서 조심스레 빼냈다.

톰은 테이블 위의 지도를 들여다보았다. 크게 확대된 지도인데도 야누스는 해변에서 멀리 떨어진 점 하나로 보였다. 톰은 고개를 들어 눈앞에 펼쳐지는 드넓은 바다에 시선을 고정하고 소금기 진한 공기를 들이마셨다. 혹시라도 마음이 바뀔까봐 육지 쪽은 돌아보지 않았다.

출항 후 한참을 달려 배 아래 수심이 깊어지자 물빛이 더욱 짙푸러졌다. 가끔씩 랠프가 흰꼬리수리나 뱃머리 쪽에서 장난치는 돌고래떼 같은 볼거리들을 가리켰다. 수평선을 따라 지나가는 증기선의 굴뚝을 보기도 했다. 블루이는 이따금 조리실에서 나와 이 빠진 법랑 잔에 차를 따라주었다. 랠프는 톰에게 끔찍했던 폭풍과 서

---

* 연료나 기체의 흐름을 조절하여 엔진의 출력을 높이거나 낮추는 기계 장치.

남쪽 해안의 등대들이 겪은 놀라운 사건들에 대해 이야기해주었다. 톰은 동쪽으로 수천 마일 떨어진 곳에 있는 바이런베이와 마추이커 섬에서 지낸 이야기를 짤막하게 들려주었다.

"흠, 마추이커에서 살아남았다면 야누스에서도 견뎌낼 수 있을 거야. 그럴 수 있을 걸세." 랠프가 말했다. 그리고 이어 손목시계를 보았다. "시간 날 때 좀 자두게. 아직 갈 길이 머니까."

톰이 침상에 잠시 누웠다가 다시 선실로 올라오는데, 블루이가 낮은 목소리로 랠프에게 무어라 말하자 랠프가 고개를 젓는 게 보였다.

"사실인지 궁금해서요. 물어봐서 안 될 건 없잖아요?" 블루이가 말했다.

"뭘 물어봐요?" 톰이 물었다.

"그게……" 블루이가 랠프를 쳐다보았다. 블루이는 호기심과 랠프의 날카로운 시선 사이에서 어쩔 줄 몰라하다 얼굴을 붉히며 입을 다물었다.

"알았어요. 신경 안 쓸게요." 톰은 이렇게 말하고는 바다를 내다보았다. 물범의 몸빛 같은 재색으로 바뀐 바다에 너울이 일고 있었다.

"그때 전 너무 어렸거든요. 나이를 속여서 지원했어도 엄마가 절대 보내주지 않았을 거예요. 그런데 그런 얘기를 들어서……"

톰이 무슨 말이냐는 듯 눈썹을 추켜올리며 블루이를 돌아보았다.

"십자훈장을 받았다면서요." 블루이가 참지 못하고 물었다. "야누스 지원 서류에 그런 내용이 있었다던데요."

톰은 물에 시선을 고정했다. 블루이는 맥이 빠진 듯 혹은 당황한 듯했다. "그게, 제가 참전 영웅과 악수했다면 정말 자랑스러울 것 같아서요."

"그런 쇳덩어리 하나 받았다고 영웅이 되는 건 아니에요. 정말 훈장 받을 자격이 있는 사람들은 대부분 이제 여기 없어요. 그렇게 대단하게 생각할 일은 아니에요." 톰은 이렇게 말하고는 해도로 눈을 돌렸다.

"저기 보여요!" 블루이가 외치며 톰에게 쌍안경을 건넸다.

"앞으로 여섯 달 동안 자네한텐 저기가 '즐거운 나의 집'일세." 랠프가 클클 웃었다.

톰은 쌍안경 렌즈로 바다 괴물처럼 물 위에 불쑥 솟은 땅덩이를 살펴보았다. 한끝의 벼랑이 가장 높고 거기에서부터 반대쪽까지 완만한 비탈이 펼쳐진 섬이었다.

"네빌 영감이 우릴 보면 반가워하겠군." 랠프가 말했다. "갑자기 트림블이 문제를 일으키는 바람에 은퇴한 영감을 다시 데려다 앉혀놨으니 달가울 리가 있나. 그렇지만 한번 등대지기는…… 등대가 비어 있는 걸 보고만 있을 순 없지. 입만 열면 불평하던 사람이라도 말이야. 미리 말해주는데 이 양반은 유쾌하다고는 할 수 없는 사람일세. 네빌 휘트니시 영감은 말이 거의 없어."

부두는 해안에서부터 족히 100피트는 될 정도로 길게 뻗었고, 만조와 거친 파도를 고려해 높게 지어져 있었다. 고지대에 있는 부속 건물까지 생필품을 들어올리기 위한 도르래도 있었다. 뚱해 보이는 험한 인상의 육십대 남자가 부두에서 배가 정박하기를 기다리고 있었다.

"랠프, 블루이." 남자가 형식적으로 고개를 까닥하며 말했다. "대체직 근무자군." 톰에게는 이 말이 전부였다.

"톰 서본입니다. 반갑습니다." 톰이 대답하며 손을 내밀었다.

노인은 이 몸짓이 무슨 뜻인지 기억나지 않는다는 듯 잠시 멍하니 있더니 위압적으로 톰의 손을 잡아당겼다. 팔이 빠지나 안 빠지나 테스트라도 해보겠다는 듯이. "이쪽이오." 노인은 톰이 짐을 챙기기를 기다리지도 않고 터벅터벅 등대 쪽으로 출발했다. 새벽에 출발해 이른 오후까지 한참을 파도 위에서 흔들린 터라 단단한 땅이 어색해서 톰은 더플백을 들고 비틀대며 등대지기 뒤를 따라갔다. 랠프와 블루이는 짐을 부릴 채비를 했다.

"여기가 관사요." 휘트니시가 골함석 지붕을 씌운 야트막한 건물로 다가가며 말했다. 건물 뒤쪽에는 커다란 빗물받이 물탱크 세 대가 있고, 옆에 있는 창고에는 살림살이와 등대에 필요한 물건이 비축되어 있었다. "가방은 현관에 내려놓으시오." 휘트니시가 현관문을 열며 말했다. "일러줄 것이 많으니 서두릅시다." 휘트니시는 방향을 돌려 곧바로 등대로 향했다. 나이는 많았지만 몸은 경주견처럼 날랬다.

잠시 후 등대 이야기를 시작하자 노인의 말투가 달라졌다. 충직한 개나 아끼는 장미나무에 대해 이야기하는 듯한 말투였다. "지어진 지 꽤 오래되었지만 아직도 아름답지." 휘트니시가 말했다. 하얀 석조 등탑이 칠판 빛깔의 하늘에 분필처럼 우뚝 솟아 있었다. 섬에서 가장 높은 벼랑 가까이에 130피트 높이로 지어진 등대는 톰이 일했던 다른 어떤 등대보다 높았다. 톰은 등대의 높이에 놀라고 그 늘씬한 우아함에 감탄했다.

녹색문을 열고 안으로 들어가자 실내는 예상과 크게 다르지 않았다. 내부는 몇 걸음이면 가로지를 정도로 좁았고, 두 사람의 발소리는 녹색 유광 페인트를 칠한 바닥과 둥근 회벽에 오발탄처럼 튕겨 메아리쳤다. 가구는 찬장 두 개와 조그만 테이블 하나가 전부였는데 둥근 벽에 맞도록 뒤쪽을 둥글게 깎아서 곱사등이 같은 모습으로 벽에 붙여놓았다. 한가운데 솟아 있는 굵은 철제 원기둥은 등롱까지 쭉 이어져 등명기를 회전시키는 태엽 장치의 무게를 감당했다.

한쪽 벽 옆에는 폭이 2피트 정도인 좁은 나선형 계단이 위층으로 이어져 있었다. 노인을 따라 더 좁은 다음 층으로 올라가니 이번에는 반대편 벽에 계단이 있었다. 그런 식으로 계속 올라가보니 등롱 바로 아래층인 5층의 전망실이 나타났다. 이곳은 등대 관리의 핵심 장소로, 책상 위에는 일지, 모스 전신기, 쌍안경이 놓여 있었다. 등대 안에 침대나 기대어 앉을 수 있는 가구를 들여놓는 것은 당연히 금지되어 있었다. 수십 년 동안 우락부락한 손들을 타서 팔걸이가 반들반들 닳은 등받이가 곧은 나무 의자 하나만 자리를 지키고 있었다.

기압계는 한번 닦아줘야겠다고 생각하며 실내를 둘러보는데 해도 옆에 놓인 무언가가 시선을 끌었다. 대바늘이 꽂힌 털실 뭉치와 이제 막 뜨기 시작한 목도리 같았다.

"전임자 도허티 거요." 휘트니시가 고갯짓으로 가리키며 말했다.

톰도 등대지기들이 근무중 무료한 시간을 보내기 위해 다양한 취미 생활을 한다는 걸 알았다. 조개껍데기 같은 걸로 조각을 하거나 체스 말을 만들기도 했다. 뜨개질을 하는 사람도 드물지 않았다.

휘트니시는 근무 일지를 기록하는 법과 날씨 관찰법을 일러준 다음 톰을 등명기가 있는 다음 층으로 데려갔다. 그곳은 유리벽을 고정한 격자 모양 살대 외에는 사방이 온통 유리로 둘러싸여 있었다. 바깥쪽에는 철제 회랑이 탑을 빙 둘러싸고 있고, 둥근 지붕을 따라 구부러진 위태위태해 보이는 사다리는 꼭대기 풍향계 바로 아래의 좁은 디딤대로 이어졌다.

"아름답네요." 톰이 회전하는 받침대 위에 놓인, 자기 키보다 더 큰 렌즈를 보며 말했다. 그것은 마치 유리로 만든 벌집, 프리즘으로 이루어진 궁전 같았다. 여기가 빛, 투명함, 정적으로 가득한 야누스의 심장이었다.

늙은 등대지기의 입술에 보일 듯 말 듯 웃음이 스쳐지나갔다. "내가 꼬마일 때부터 여길 알았지. 맞아, 정말 아름답지."

이튿날 아침, 랠프가 부두에 서서 말했다. "출발할 준비가 거의 끝났네. 다음에 올 때 신문 좀 모아다줄까?"

"몇 달 지난 뉴스가 무슨 소용 있겠어요. 차라리 그 돈으로 좋은 책을 한 권 사는 게 나을 것 같아요." 톰이 대답했다.

랠프는 주위를 둘러보며 모든 게 제자리에 있는지 확인했다. "흠, 그럼 그러든가. 나중에 마음 바뀌어도 어쩔 수 없네."

톰이 쓸쓸하게 웃었다. "그 말씀이 맞을 것 같네요."

"언제 시간이 이렇게 흘렀나 싶을 정도로 금세 우리가 돌아올 걸

세. 잊고 지내다보면 석 달은 후딱 간다고!"

"잘 관리만 하면 등명기는 아무 말썽 없을 걸세." 휘트니시가 말했다. "인내심과 상식만 있으면 되지."

"잘해보겠습니다." 톰은 이렇게 말한 다음, 밧줄을 풀고 있는 블루이에게로 몸을 돌렸다. "석 달 뒤에 또 보는 거죠?"

"그럼요."

배가 물거품을 일으키고 연기와 소음을 내뿜으며 바람을 뚫고 나아갔다. 엄지손가락으로 반죽 위를 누르는 것처럼 배는 잿빛 수평선 안으로 점점 깊숙이 파고들다가 결국 완전히 사라져버렸다.

순간 정적이 찾아왔다. 사방이 고요한 것은 아니었다. 파도는 계속 바위에 부딪쳐 부서지고, 바람은 귓가에서 웅웅거리고, 꼭 닫히지 않은 창고 문은 불만스러운 듯 쿵쿵대고 있었다. 하지만 톰 안의 무언가가 몇 년 만에 처음으로 잠잠해졌다.

톰은 벼랑 꼭대기로 올라가 섰다. 염소 방울 소리가 들렸다. 닭 두 마리가 투닥거렸다. 문득 이런 소소한 소리가 특별한 의미로 다가왔다. 살아 있는 것의 소리였던 것이다. 톰은 등롱으로 가는 184개의 계단을 올라 문을 열고 회랑으로 나왔다. 바람이 잡아먹을 듯 덮쳐와 톰을 다시 문 안으로 밀어넣었다. 톰은 다시 힘을 그러모아 밖으로 나와 철제 난간을 꼭 붙들었다.

처음으로 톰은 눈앞에 펼쳐진 장엄한 풍광에 자신을 맡겼다. 해발 수백 미터 위에서 내려다보니 아래쪽 벼랑에 온몸을 부딪쳐오는 바다가 아찔할 만큼 매혹적이었다. 바닷물이 흰 페인트처럼, 걸쭉한 우유처럼 출렁였다. 이따금 포말이 씻겨 가면 짙푸른 밑칠이 드러나기도 했다. 섬 반대쪽 끝은 줄줄이 늘어선 거대한 바위가 파도를 막아줘서 그 안쪽 물이 욕조에 담긴 것처럼 잔잔했다. 톰은 자신이 땅 위에 발을 딛고 선 것이 아니라 하늘에 매달려 있는 듯한 느낌을 받았다. 아주 천천히 회랑을 한 바퀴 돌면서 이 모든 것의 공허함을 받아들였다. 자신의 폐로는 이 많은 공기를 다 들이마실 수도, 눈으로는 이 드넓은 공간을 다 볼 수도, 귀로는 넘실대며 으르렁거리는 이 대양의 소리를 다 들을 수도 없을 것 같았다. 아주 짧은 순간, 자기 존재의 경계가 사라져버린 것 같았다.

톰은 눈을 깜박이며 얼른 고개를 흔들었다. 정신이 혼미해지는 것 같아 자신의 심장박동에 귀를 기울이고, 땅을 딛고 있는 발과 장화 안의 발꿈치에 집중했다. 그리고 가슴을 활짝 펴고 섰다. 등대 문의 경첩이 헐거워진 것을 발견하고는 그것에 정신을 집중했다. 그것부터 시작하기로 했다. 무언가 구체적인 것부터. 톰은 무언가 구체적인 것에 매달려야 했다. 그러지 않으면 정신과 영혼이 추를 잃은 풍선처럼 어딘가로 날아가버릴지도 몰랐다. 피와 광기 속에서 보낸 사 년 동안 그를 버티게 해준 것도 바로 그런 구체적인 것들이었다. 참호에서 십 분 동안 눈을 붙이면서도 자기 총이 어디에 있는지 정확하게 아는 것. 늘 방독면을 챙기는 것. 부하들이 명령을 정확하게 이해했는지 확인하는 것. 몇 년 뒤, 몇 달 뒤 일은 생각하지 않는다. 바로 지금 이 시간, 혹은 다음 시간만을 생각한다. 그 나머지는 허황한 추측일 뿐이다.

톰은 쌍안경을 들고 생명체의 흔적이 더 있는지 숲을 훑었다. 염소와 양을 찾아서 수를 헤아려야 했다. 구체적인 일과에 매달리는 거다. 놋쇠 부속에 윤을 내고, 유리창을 닦아야 한다. 먼저 등롱 유리를 닦고 그다음에는 프리즘이다. 윤활유를 칠해 톱니바퀴들이 부드럽게 돌아가게 하고, 수은통에 수은을 충전해 등이 매끄럽게 회전하게 하자. 톰은 생각 하나하나를 사다리의 가로대로 삼아 스스로를 다시 현실 세계로, 이 삶으로 끌어당겼다.

그날 밤 톰은 수천 년 전 파로스 등대*에 불을 밝혔던 사제들처럼 천천히 조심스럽게 등을 밝혔다. 먼저 조그만 철제 계단을 통해 등명기가 있는 곳으로 올라갔다. 점등을 하기 위해 기름접시 아래에 불을 피우자 기름접시가 달궈지며 기름이 증발해 기체 맨틀로 올라갔다. 그때 맨틀에 성냥불을 갖다 대자 증기가 하얗고 눈부신 빛을 내며 타올랐다. 톰은 아래층으로 내려가 모터를 가동시켰다. 등명기가 5초에 한 번씩 빛을 내보내며 정확하고 규칙적인 리듬으로 회전하기 시작했다. 톰은 펜을 들어 큼직한 가죽 장정 일지에 이렇게 적었다. "점등 오후 5:09. 풍향 북-북서, 풍속 15노트. 짙은 구름, 돌풍. 풍랑계급 6." 그러고 나서 자기 이름의 이니셜인 'T. S.'를 적었다. 몇 시간 전에는 휘트니시가, 그리고 그전에는 도허티가 남긴 이야기를 이제 톰이 이어가는 것이었다. 톰은 빛을 지키는 사람들의 끊이지 않는 사슬의 일부였다.

모든 게 문제없이 돌아가자 톰은 오두막으로 돌아갔다. 자고 싶은 생각뿐이었지만 일을 하려면 식사를 잘 챙겨야 했다. 부엌 옆의 식료품 저장고 선반에 절인 소고기, 콩, 배, 정어리 통조림이 있었고 설탕과 박하사탕이 담긴 커다란 통도 있었다. 죽은 도허티 부인

---

* 고대 이집트 알렉산드리아 파로스 섬에 세워진 등대로, 등대의 원형이 되었다고 하나 지금은 전해지지 않는다.

이 박하사탕을 좋아했다고 들었다. 톰은 첫날 저녁으로 휘트니시가 남기고 간 댐퍼 빵* 한 조각을 자르고 체더치즈 한 조각과 쭈글쭈글한 사과 한 알을 곁들였다.

부엌 식탁 위에 놓인 등유 램프의 불꽃이 가끔씩 흔들렸다. 바람이 오랜 원한이라도 갚는 듯 창문을 휘갈겼고, 파도는 천둥소리를 내며 철썩였다. 지금 이 소리를 듣는 사람이 자기 하나뿐임을, 사방 수백 마일 안에 사람이라고는 자기 혼자뿐임을 떠올리자 톰은 가슴이 아려왔다. 벼랑 위 둥지에 깃드는 갈매기들과 얼음장 같은 물속에서 안전한 산호초 안에 꿈쩍 않고 떠 있는 물고기들을 생각했다. 모든 생명은 쉴 곳을 필요로 했다.

톰은 램프를 들고 침실로 갔다. 벽에 납작한 거인 같은 모습의 그림자가 어렸다. 톰은 장화와 옷을 벗고 내복 차림으로 침대에 누웠다. 머리카락은 소금기에 절어 끈적끈적했고 살갗은 하도 바람을 맞은 탓에 쓰라렸다. 톰은 이불 안으로 기어들어갔다. 몸은 여전히 파도와 바람에 흔들리는 듯한 느낌이었지만 이내 꿈속으로 빠져들었다. 밤새도록 등대가 불침번을 서며 어둠을 칼날처럼 갈랐다.

---

* 밀가루와 베이킹소다로 반죽해 만드는 오스트레일리아 전통 빵.

4

동이 트고 등대 불을 끄고 나면 톰은 그날의 업무를 시작하기 전에 자기의 새로운 땅을 탐사하러 다녔다. 섬 북쪽에 있는 화강암 절벽은 그 아래 대양을 향해 굳은 턱을 벌리고 있는 듯 보였다. 땅은 남쪽으로 비탈져 내려오다 얕은 석호 밑으로 얌전히 잠겨들었다. 이 호숫가에 있는 수차水車로 샘물을 오두막까지 퍼올렸다. 신비롭게도 대륙에서 대양저를 따라 이곳과 그 외의 다른 섬까지 민물이 흐르는 물길이 있었다. 18세기에 프랑스 사람들이 이런 현상을 거론했을 때에는 허황된 이야기로 치부됐지만 마치 자연이 마법을 부리기라도 한 듯 대양 곳곳에서 민물이 발견되었다.

톰은 자신의 일상을 만들어나가기 시작했다. 규정에 따르면 일요일마다 해군기를 올리게 되어 있어 가장 먼저 이 일을 챙겼다. 또 군함이 섬 옆으로 지나갈 때에도 규정에 따라 깃발을 올렸다. 등대지기들이 이 규정을 두고 뒷말을 한다는 것도 알았지만 톰은 오히려 틀에 박힌 절차에서 편안함을 느꼈다. 사실상 아무런 쓸모도 없는 일을 한다는 것이 호사스럽게, 문명의 사치처럼 여겨졌다.

톰은 트림블 도허티가 방치해두었던 망가진 것들을 고치기 시작했다. 가장 중요한 것은 물론 등대로, 등롱 유리벽 격자 살대에 접착제를 발랐다. 다음은 습기 때문에 불어난 나무 책상 서랍을 사포로 갈아 모양을 잡고 쇠솔로 문질렀다. 페인트가 닳아 벗겨진 층계참에는 녹색 페인트를 덧칠했다. 육지에서 페인트공이 와 등대 전체에 새로 페인트를 칠하려면 아직 한참 있어야 할 것이다.

등대는 톰이 관심을 쏟은 보람을 느낄 정도로 하루하루 달라졌다. 유리는 반짝거리고 놋쇠는 빛나고 등명기는 수은통 위에서 바람을 탄 도둑갈매기처럼 순조롭게 회전했다. 이따금 톰은 바위에 앉아 낚시를 하거나 석호 모래밭을 따라 걷기도 했다. 그리고 나뭇간에 사는 검은 도마뱀 한 쌍을 친구로 삼아 닭 모이를 조금씩 나눠주기도 했다. 식료품은 아껴가며 먹었다. 생필품 보급선이 오려면 몇 달을 더 기다려야 했기 때문이다.

힘들고 바쁜 직업이었다. 등대지기는 생필품 보급선을 타는 사람들과 달리 노조가 없어서 급료나 노동조건을 개선해달라고 파업을 할 수도 없었다. 지치고 힘들 때도 있었다. 엄청난 속도로 다가오는 폭풍 때문에 걱정하기도 했고, 우박 때문에 채마밭이 엉망이 되어 낙심하기도 했다. 하지만 그런 일들에 지나치게 마음쓰지 않는다면 자기가 누구이고 무얼 해야 하는지를 잊지 않을 수 있었다. 톰은 등대가 계속 빛을 밝히게 하면 되었다. 그뿐이었다.

붉은 빰에 구레나룻을 기른 산타할아버지 같은 얼굴이 활짝 웃었다. "톰 셔본, 무사히 지냈나?" 랠프는 그렇게 말하더니 대답을 기다리지도 않고 정박용 말뚝에 묶을 굵은 밧줄을 톰에게 던졌다. 석 달 만에 본 톰은 선장이 지금껏 봐온 여느 등대지기보다 건강하고 편안해 보였다.

톰은 등대에 필요한 물품들이 올 것은 알고 있었지만 신선한 식료품이 배달될 거라고는 예상 못했다. 게다가 배편으로 우편물을 받을 수 있다는 걸 까맣게 잊고 있었기 때문에 랠프가 떠나기 전에 편지봉투들을 건넸을 땐 깜짝 놀랐다. "깜빡할 뻔했군." 랠프가 말했다. 지역등대사무국에서 보낸 편지에는 뒤늦게 임명과 근무 조건을 확인하는 서류가 들어 있었다. 귀환병 담당 부서에서는 참전 군인들에게 장애연금이나 사업 자금 대출 같은 혜택을 주겠다는 소식을 알려왔는데, 자신과는 상관없는 내용이라 톰은 다음 편지를 뜯었다. 연방은행 계좌에 있는 500파운드에 4퍼센트 이자가 붙었다는 내용이었다. 톰은 손글씨로 주소를 쓴 편지는 마지막까지 뜯지 않고 남겨두었다. 자신에게 안부 편지를 쓸 사람은 있을 것 같지 않아, 누군가가 좋은 뜻으로 형이나 아버지에 대한 나쁜 소식을 전해주려고 쓴 편지가 아닐까 두려웠기 때문이다.

그러다 마침내 톰은 봉투를 뜯었다. "톰에게. 바람에 날려가거나 바다로 쓸려가지는 않았는지 궁금해 편지를 썼어요. 도로가 없어도 큰 문제는 없는지……" 톰은 편지 하단으로 내려가 서명을 확인했다. "이저벨 그레이스마크 드림." 편지의 요점은 톰이 그곳에서 너무

56

외롭지 않았으면 좋겠다. 야누스 근무가 끝난 후 어디로 가든 떠나기 전에 들러 인사하고 갔으면 좋겠다는 것이었다. 이저벨은 등대지기가 등탑에 기대어 휘파람을 불고 있고 그 뒤에는 거대한 고래가 입을 쩍 벌리고 물에서 솟아오른 장면을 편지에 그려놓았다. 또 이런 글귀도 덧붙였다. "그전까지는 고래한테 먹히지 않게 조심해요."

톰은 편지를 보고 웃음이 났다. 그림이 우스꽝스러워서. 그리고 무엇보다 그 순수함에. 어째서인지 그 편지를 손에 들고 있는 것만으로도 몸이 가벼워지는 것 같았다.

톰은 돌아가려고 짐을 챙기는 랠프에게 물었다. "잠깐만 기다려줄 수 있으세요?"

책상으로 달려가 종이와 펜을 꺼냈다. 편지를 쓰려고 앉았지만 뭐라고 써야 할지 떠오르지 않았다. 그렇다고 아무 말이나 쓰고 싶지는 않았다. 이저벨이 웃음 짓게 하고 싶었다.

이저벨에게

다행히 바람에 날려가거나 (더 멀리) 바다로 쓸려가지는 않았어요. 고래는 많이 봤는데 아직까지는 날 먹으려 하지 않네요. 나를 먹어봤자 아마 별맛 없을 거예요.

난 대체로 잘 지내고 있어요. 도로가 없어도 잘 견뎌내고 있고요. 당신은 동네 새들의 식사를 잘 챙기고 있을 거라 믿어요. 석 달 뒤에—어디로 가게 될지는 몰라도—파르타죄즈를 떠나기 전에 뵙기를 고대합니다.

뭐라고 서명을 해야 하지?

"다 됐나?" 랠프가 외쳤다.

"거의 다 됐어요." 톰은 랠프에게 대답하며 이렇게 써넣었다. "톰." 봉투를 봉하고 주소를 써서 선장에게 건넸다. "저 대신 이것 좀 부쳐주실 수 있어요?"

랠프는 수신인을 보더니 윙크를 했다. "내가 직접 배달하지. 어차피 거기로 지나가거든."

5

육 개월의 대체직 근무가 끝난 뒤 톰은 뜻밖에도 뮤잇 부인의 하
숙집에 다시 머무는 기쁨을 누리게 되었다. 야누스 등대지기가 끝
내 공석이 되었던 것이다. 트림블 도허티는 정신을 추스르기는커
녕 간신히 붙잡고 있던 끈마저 놓아버리고 올버니의 화강암 절벽
에서 몸을 던졌다. 사랑하는 아내가 탄 배로 뛰어내린다고 철석같
이 믿고 뛰어내린 것 같았다. 그래서 톰이 뭍으로 호출된 것이었
다. 야누스의 정식 근무자로 채용되는 데 필요한 서류 작업도 처리
해야 했고, 공식적으로 근무를 시작하기 전에 며칠의 휴가도 주어
졌다. 톰의 능력이 입증됐기 때문에 프리맨틀 사무국에서는 그 자
리에 다른 사람을 구할 이유가 없었다.

"좋은 아내를 맞는 게 중요하다는 걸 잊지 말게." 톰이 사무실에
서 나가려는데 헤이즐럭 소장이 말했다. "도허티 부인은 혼자서도
등대를 관리할 수 있을 정도였지. 트림블하고 같이 산 세월이 워낙

길었으니까. 등대에서 살 수 있는 여자는 특별한 여자라네. 적당한 사람을 찾으면 재빨리 낚아채게. 알다시피 자네는 오래 떠나 있어야 하니까……"

톰은 뮤잇 부인의 하숙집으로 돌아가면서 등대에 있는 몇몇 유품을 생각했다. 도허티의 뜨갯감, 식료품실에 고스란히 남아 있는 도허티 부인의 박하사탕. 사람은 떠나도 흔적은 남는다. 톰은 슬픔에 무너져내린 남자의 절망감을 생각했다. 벼랑 끝에서 한 발을 더 내딛는 건 그렇게 어려운 일이 아니다.

파르타죄즈로 돌아오고 나서 이틀 뒤, 톰은 그레이스마크네 응접실에 고래 등뼈처럼 뻣뻣하게 앉아 있었다. 새끼를 거느린 독수리처럼 날카로운 눈으로 부모가 고명딸을 지켜보고 있었다. 톰은 적절한 대화 주제를 생각해내려 고민하다 별수없이 날씨와 바람 이야기를 꺼냈고, 오스트레일리아 서부 다른 지역에 사는 그레이스마크의 친척들에 대한 이야기를 나누었다. 톰 자신의 이야기보다는 이런 것들에 대한 이야기가 그나마 쉬웠다.

톰이 떠날 때 이저벨이 대문까지 배웅 나와 물었다. "언제 떠나요?"

"이 주 뒤에요."

"그럼 그 기간을 최대한 활용해야겠네요." 이저벨이 긴 토론의 결론을 내리듯이 말했다.

"그래요?" 톰은 놀라면서도 한편으로는 기분이 들떴다. 누군가의 손에 이끌려 왈츠를 추는 듯한 느낌이었다.

이저벨이 웃었다. "네, 그래요." 반짝이는 눈을 통해 이저벨의 마음이 들여다보이는 듯했다. 그 맑음과 꾸밈없음이 톰을 끌어당겼다. "내일도 오세요. 만 쪽으로 소풍 가요."

"아버님께 먼저 허락받아야 하지 않을까요? 아니면 어머님께?" 톰은 고개를 갸웃했다. "그러니까, 이런 질문은 실례겠지만, 나이가 어떻게 되세요?"

"소풍 갈 만한 나이는 됐어요."

"그러니까 숫자로 따지면 어떻게……?"

"열아홉이에요. 거의 열아홉. 그러니까 부모님은 제가 알아서 할게요." 이저벨은 그렇게 말한 다음 손을 흔들고는 안으로 들어갔다.

하숙집으로 돌아가는 톰의 발걸음이 가벼웠다. 이유를 설명하기는 어려웠다. 톰은 이저벨에 대해 아는 게 거의 없었다. 이저벨이 많이 웃는다는 것, 그리고 톰의 가슴속에 무언가 좋은 느낌을 솟게 한다는 것 외에는.

이튿날 그레이스마크의 집으로 향하며 톰은 긴장된다기보다 두 번째 방문이 이렇게 금방 이루어진 것에 어리둥절한 기분이었다.

그레이스마크 부인이 문을 열어주며 미소지었다. "시간을 정확히 맞추네요." 부인이 눈에 보이지 않는 체크리스트에 표시라도 하듯 말했다.

"군인 때 습관이……" 톰이 대답하려는데 이저벨이 나타나 소풍 바구니를 톰에게 건넸다. "바구니를 무사히 목적지까지 운반할 것을 명합니다." 이저벨은 이렇게 말하고는 몸을 돌려 어머니의 뺨에 입을 맞췄다. "다녀올게요. 엄마."

"햇볕에 있지 말거라. 얼굴에 주근깨 생길라." 그레이스마크 부인이 딸에게 말했다. 이어 톰에게는 말은 부드럽게 하면서도 표정은 완고하게 지어 무언의 메시지를 전달했다. "즐거운 시간 보내요. 너무 늦지 않게 돌아오고요."

"고맙습니다, 부인. 일찍 돌아오겠습니다."

이저벨이 앞장서더니 읍내 거리를 몇 블록 지나 바닷가로 향했다. "어디로 가는 거예요?" 톰이 물었다.

"비밀이에요."

두 사람은 양옆으로 관목이 빽빽하게 엉킨 흙길을 따라 곶으로 갔다. 이곳의 나무들은 내륙 깊숙이 있는 숲에서 자라는 나무들처럼 거대하진 않아도 소금기와 매서운 바람을 견딜 수 있을 정도로 옹골찼다. "좀 걸어야 하는데, 힘들지 않겠어요?" 이저벨이 물었다.

톰은 웃음을 터뜨렸다. "아직까지는 지팡이를 짚지 않고도 걸어다닐 수 있어요."

"전 그냥, 야누스 섬에서는 별로 걸어다닐 일이 없을 것 같아서요."

"하루종일 등대 계단을 오르내리니 다리 운동은 충분히 돼요." 톰은 여전히 이저벨에 대해, 자신의 균형을 살짝 흔들어놓는 그녀의 묘한 능력에 대해 파악하는 중이었다.

갈수록 나무는 드문드문해졌고 파도 소리는 커졌다. "시드니에서 왔으니 파르타죄즈가 무척 따분하게 느껴지겠어요." 이저벨이 불쑥 말했다.

"사실 여기를 안다고 할 만큼 오래 있었던 건 아니잖아요."

"그건 그렇네요. 하지만 시드니는…… 엄청 크고 바쁘고 멋질 것 같아요. 대도시잖아요."

"그래도 런던에 비하면 작은 동네예요."

이저벨이 얼굴을 붉혔다. "아, 런던에도 가보신 줄 몰랐어요. 런던은 진짜 도시겠죠. 언젠가 한번 가보고 싶어요."

"여기가 살기는 더 좋을 거예요. 런던은 글쎄요, 휴가 때 다녀올 때마다 무척 암울했어요. 잿빛에 우울하고 시체처럼 차갑죠. 저라면 파르타죄즈를 택할 것 같아요."

"제일 아름다운 지점에 거의 다 왔어요. 제 눈에는 여기가 제일 아름다워요." 숲에서 나오자 바다 쪽으로 쭉 뻗은 지협이 나타났다. 겨우 몇백 야드 정도의 폭에 길고 헐벗은 땅으로 사방에서 파도가 넘실대고 있었다. "여기가 파르타죄즈 곶의 곶이에요." 이저벨이 말했다. "제가 제일 좋아하는 곳은 저기 왼쪽, 큰 바위가 있는 데예요."

두 사람은 지협 한가운데까지 계속 걸었다. "바구니는 거기 두고 따라오세요." 그러더니 이저벨은 갑자기 신발을 벗고, 바닷속으로 쏟아지듯 늘어선 검은 화강암 바위들 위로 달려갔다.

톰은 이저벨이 지협 끄트머리에 다다랐을 때쯤에야 겨우 따라잡았다. 바위가 둥그렇게 원을 이룬 곳에서 파도가 철벅거리며 소용돌이를 만들고 있었다. 이저벨은 땅에 엎드려 머리를 바위 가장자리 너머로 내밀었다. "들어보세요." 이저벨이 말했다. "물이 만들어내는 소리를 들어보세요. 꼭 동굴이나 성당 안에 들어와 있는 것 같아요."

톰은 몸을 앞으로 내밀고 귀를 기울였다.

"바닥에 엎드려야 해요." 이저벨이 말했다.

"그러면 더 잘 들리나요?"

"아뇨. 그래야 파도에 쓸려가지 않거든요. 바위 틈 사이로 갑자기 큰 파도가 솟구쳐오를 때가 있는데, 방심하다가 눈 깜짝할 사이에 저 바위 아래로 떨어질 수도 있어요."

톰은 이저벨 옆에 엎드려서 머리를 바위 너머로 내밀었다. 파도가 울부짖고 메아리치며 철썩거렸다. "야누스가 생각나네요."

"거긴 어때요? 이런저런 이야기는 많지만 실제로 거기 가본 사람은 거의 없거든요. 등대지기하고 생필품 보급선을 타는 사람들 말고는요. 몇 년 전에는 의사가 한 번 간 적이 있어요. 어떤 배에 장티푸스가 돌아서 배가 그 섬에 격리됐었거든요."

"야누스는…… 글쎄요, 이 세상 어떤 곳과도 같지 않아요. 완전히 다른 세상이죠."

"날씨가 혹독하다고 들었어요."

"그럴 때가 있어요."

이저벨이 일어나 앉았다. "외롭지 않아요?"

"엄청 바빠서 외로울 틈이 없어요. 늘 뭔가 고치고 확인하고 기록해야 하죠."

이저벨은 잘 믿기지 않는다는 듯 고개를 갸웃했지만 더는 묻지 않고 다른 질문을 던졌다. "거기가 좋아요?"

"네."

그 대답에 이저벨이 웃음을 터뜨렸다. "정말 말이 없으시네요, 그렇죠?"

톰이 일어섰다. "배고프지 않아요? 점심때가 됐을 거예요."

톰은 이저벨이 일어날 수 있게 손을 잡아주었다. 손바닥에 모래를 잔뜩 묻힌 그 손은 조그마하고 부드러웠으며 무척 여렸다.

이저벨은 톰에게 로스트비프 샌드위치와 진저비어를 건네주었고, 후식으로 과일 케이크와 말린 사과를 내놓았다.

"그런데…… 원래 야누스 등대지기가 올 때마다 편지를 보내나요?" 톰이 물었다.

"'올 때마다'라뇨! 새로 온 사람은 당신이 몇 년 만에 처음인데요."

톰은 잠시 망설이다가 다시 물었다. "왜 편지를 쓴 거예요?"

이저벨은 톰을 보고 빙그레 웃더니 진저비어를 한 모금 마시고 대답했다. "같이 갈매기 먹이를 주기 좋은 사람이어서? 심심해서? 전에는 등대로 편지를 보내본 적이 한 번도 없어서?" 이저벨은 눈가로 흘러내린 머리카락 한 가닥을 쓸어올리고는 바닷물을 내려다보았다. "안 보내는 게 나았을까요?"

"아, 아뇨, 난 그런 뜻이 아니라…… 그러니까……" 톰은 냅킨으로 손을 닦았다. 늘 살짝 균형을 잃는다. 그에게는 새로운 경험이었다.

톰과 이저벨은 파르타죄즈 부두 끝에 앉아 있었다. 1920년이 거의 저물어가고 있었다. 바람이 잔물결을 일으켜 정박한 배를 찰싹찰싹 치고 돛대에 걸린 밧줄을 잡아당기면서 노래했다. 항구 불빛이 수면을 물들였고 하늘에는 별이 가득했다.

"하지만 전부 알고 싶다고요." 이저벨이 맨발을 물 위에서 달랑 달랑 흔들며 말했다. "더 할 얘기가 없다고만 하지 말고요." 이저 벨은 톰이 사립학교에 다녔던 시절과 시드니 대학에서 공학 학위를 받은 것 등의 기본적인 이야기들을 캐냈지만 들으면 들을수록 호기심이 더 커지는 듯했다. "난 들려줄 이야기가 많아요. 할머니는 어떤 분이셨는지, 나한테 어떻게 피아노를 가르쳐주셨는지, 내가 어릴 때 돌아가신 할아버지는 어떤 모습이었는지. 파르타죄즈 같은 곳에서 학교 교장의 딸로 산다는 건 어떤 건지, 휴 오빠와 앨피 오빠는 어떤 사람들인지, 오빠들이랑 보트를 타고 나갔던 강 낚시는 어땠는지." 이저벨은 물을 내려다보았다. "아직도 그때가 그리워요." 이저벨은 손가락으로 머리카락 한 가닥을 꼬며 무언가를 생각하는 것 같더니 숨을 들이마셨다. "이건 마치…… 당신이 발견해주길 기다리는 하나의 우주 같은 거예요. 그리고 난 당신의 우주를 알고 싶은 거고요."

"또 어떤 게 궁금해요?"

"음, 이를테면 가족에 대해서요."

"형이 있어요."

"형 이름 물어봐도 돼요? 잊어버린 건 아니죠?"

"쉽게 잊어버릴 것 같지는 않은데요. 세실이에요."

"부모님은요?"

톰은 돛대 끝에 걸린 빛을 보며 눈을 가늘게 떴다. "부모님의 어떤 게 궁금해요?"

이저벨은 등을 펴고 톰의 눈을 깊숙이 들여다보았다. "그 안에서 도대체 무슨 일이 벌어지고 있는 거예요?"

"어머니는 돌아가셨어요. 아버지하고는 연락하지 않고 지내요."

이저벨의 숄이 어깨에서 흘러내리자 톰이 끌어올려주었다. "춥지 않아요? 돌아갈까요?"

"왜 말하고 싶어하지 않는 거예요?"

"정말 듣고 싶다면 이야기해줄게요. 그냥 별로 이야기하고 싶지 않을 뿐이에요. 과거는 과거로 두는 게 좋을 때도 있으니까요."

"가족은 결코 과거가 될 수 없어요. 어딜 가든 늘 곁에 있는 존재라고요."

"그렇다면 더 불행한 일이겠네요."

이저벨이 몸을 일으켰다. "됐어요. 그만 가요. 우리가 어딜 갔나 엄마 아빠가 걱정하실 것 같아요." 두 사람은 냉랭하게 부두를 따라 걸었다.

그날 밤 톰은 침대에 누워 이저벨이 그렇게 알고 싶어하는 자신의 어린 시절을 생각했다. 톰은 지금껏 누구에게도 그 시절에 대해 이야기한 적이 없었다. 지금 그 기억을 더듬다보니 깨진 이 위를 혀로 훑을 때처럼 깔쭉깔쭉한 통증이 느껴졌다. 여덟 살 때 아버지의 옷소매를 잡아당기며 울던 자신의 모습이 떠올랐다. "아빠, 제발. 엄마 돌아오게 해주세요. 제발요, 아빠. 엄마 보고 싶어요!" 아버지는 먼지를 털어내듯 톰의 손을 쳐냈다. "다시는 이 집에서 네엄마 이야기 하지 마라. 알겠니?"

아버지가 응접실에서 성큼성큼 걸어나가자 톰보다 다섯 살 많고 덩치가 훨씬 컸던 형 세실이 톰의 뒤통수를 세차게 갈겼다. "내가 뭐라고 했어, 바보야. 그런 소리 하지 말라고 했지." 그러고는 아버지와 똑같은 거만한 걸음걸이로 아버지의 뒤를 따라 나갔다. 어린 소년은 응접실 한가운데에 혼자 서 있었다. 아이는 엄마 냄새가 배어 있는 레이스 손수건을 주머니에서 꺼내어, 눈물과 콧물이 손수건에 묻지 않게 조심조심 뺨에 갖다 댔다. 손수건을 꺼낸 것은 눈물 콧물을 닦기 위해서가 아니라 감촉과 냄새를 느끼고 싶었기 때문이었다.

톰은 위압적이던 텅 빈 집을 생각했다. 방마다 내려앉은 숨막힐 것 같던 침묵. 수시로 바뀌던 가정부들이 완벽하게 관리해서 살균제 냄새가 나던 부엌. 톰은 어느 가정부가 손수건을 빨아서 다려놓은 것을 보았을 때의 고통과 끔찍했던 가루비누 냄새도 떠올렸다. 톰의 반바지 주머니에서 손수건을 발견한 가정부는 당연히 손수건을 빨았고, 그렇게 엄마 냄새는 사라졌다. 톰은 온 집 안 구석구석을, 지워져가는 엄마의 기억을 되살릴 수 있는 것은 무엇이라도 찾으려고 찬장까지 다 뒤졌다. 하지만 엄마가 썼던 방에서조차 광택제와 좀약 냄새밖에 나지 않았다. 엄마의 넋까지 몰아내버린 것 같았다.

파르타죄즈에서 두 사람이 같이 찻집에 있는데 이저벨이 다시 시도해왔다.

"뭘 감추려는 게 아니에요. 지난날을 들추는 게 시간 낭비 같아 그러는 거예요." 톰이 말했다.

"저도 캐물으려는 건 아니에요. 그냥…… 당신이 지금까지 살아온 삶이 있고 이야기가 있는데, 난 뒤늦게 나타난 거잖아요. 그저 알고 싶은 것뿐이에요. 당신에 대해서요." 이저벨은 잠시 망설이더니 조심스럽게 물었다. "지난 이야기가 안 되면, 미래의 일은 이야기해도 돼요?"

"엄밀히 말하면 미래에 대해서는 이야기할 수가 없죠. 우리가 상상하는 것이나 바라는 것에 대해 이야기할 뿐이니까요. 그건 엄연히 다른 거예요."

"알았어요. 그럼 바라는 게 뭐예요?"

톰은 잠시 머뭇거렸다. "삶이오. 그거면 될 것 같아요." 그리고 깊이 숨을 들이마시고는 이저벨에게 되물었다. "당신은요?"

"난 늘 온갖 것들을 꿈꿔요!" 이저벨이 목소리를 높였다. "주일학교 소풍날 날씨가 좋으면 좋겠고, 웃지 마세요, 좋은 남편하고 집 안을 가득 채울 정도로 많은 애들이 있으면 좋겠어요. 크리켓 공이 유리창을 깨뜨리고 부엌에는 스튜 냄새가 가득하고요. 딸들은 같이 크리스마스 노래를 부르고 아들들은 공을 차고…… 아이들 없이 사는 건 상상할 수도 없어요. 그렇지 않아요?" 이저벨은 잠시 다른 생각에 빠지는가싶더니 이렇게 덧붙였다. "물론 지금은 아니고요." 이저벨이 주저하듯 말했다. "세라처럼 되고 싶지는 않거든요."

"누구요?"

"세라 포터라고 예전에 같은 동네에서 살았던 친구예요. 같이 소꿉놀이를 하곤 했어요. 세라가 저보다 나이가 많아서 늘 엄마 역할을 했죠." 이저벨의 얼굴이 어두워졌다. "세라가 열여섯 살 때…… 일이 있었어요. 부모님이 세라를 사람들 눈에 띄지 않게 퍼스로 보냈어요. 아기는 고아원으로 보냈고요. 입양될 거라고 하긴 했지만, 아기 발이 기형이었어요.

나중에 세라는 결혼했고 아기는 잊혔어요. 그런데 어느 날 세라가 나한테 같이 퍼스에 가달라고 부탁했어요. 몰래 고아원에 가보자고요. '유아 보호시설'이라더니 정신병원하고 다를 게 없었어요. 톰, 당신은 엄마 없는 아이들로 가득한 수용소를 본 적이 없을 거예요. 아무도 그 아이들을 사랑해주지 않아요. 세라는 남편한테 한마디도 꺼내지 못했어요. 말했다면 당장 쫓겨났을 거예요. 지금도 세라 남편은 아무것도 몰라요. 우리가 고아원에 갔을 때 세라 아기는 여전히 거기 있었어요. 세라는 그냥 보고 있을 수밖에 없었죠. 그런데 우스운 건 세라가 아니라 내가 감정을 주체하지 못해 계속 울었다는 거예요. 그 조그만 얼굴들을 보는데 정말 마음이 아프더라고요. 아기를 고아원에 보내느니 차라리 지옥에 보내는 게 나을 것 같았어요."

"아이한테는 엄마가 필요해요." 톰은 생각에 잠겨 말했다.

이저벨이 말했다. "세라는 시드니로 이사 갔어요. 그뒤로는 소식을 못 들었어요."

톰은 파르타죄즈에 머문 이 주일 동안 매일 이저벨을 만났다. 빌 그레이스마크가 이렇게 갑작스럽게 관계가 진전되는 게 옳은 일이냐고 못마땅해하자 바이얼릿은 이렇게 대꾸했다. "여보, 인생은 짧아요. 이저벨은 똑똑하고 제 앞가림은 할 줄 아는 아이예요. 게다가 요즘 같아서는 팔다리가 온전히 붙어 있는 남자를 만나기도 쉽지 않고요. 완벽한 짝을 찾을 생각은 버려요……" 바이얼릿은 파르타죄즈가 작은 동네라 두 사람이 걱정할 만한 일을 벌일 장소가 없다는 걸 잘 알았다. 조금이라도 부적절한 행동을 하면 수많은 눈과 귀가 바로 알려줄 것이다.

톰은 자신이 이저벨을 만날 시간을 간절히 기다린다는 데에 크
게 놀랐다. 어떻게 했는지 모르지만 이저벨이 톰을 무장해제 시키
고 말았다. 이저벨이 들려주는 파르타죄즈의 역사와 사람들 이야
기도 재미있었다. 이저벨은 프랑스인들이 두 대양 사이에 있는 이
곳에 파르타죄즈라는 이름을 붙인 게 그 단어가 '가른다' 또는 '잘
나눈다'는 뜻을 담고 있기 때문이라는 이야기, 자신이 나무에서 떨
어져 팔이 부러졌던 이야기, 오빠들과 같이 뮤잇 부인의 염소에 물
감으로 빨간 점을 찍은 다음 뮤잇 부인 집 문을 두드려 염소가 홍
역에 걸렸다고 말했었다는 이야기 등을 들려주었다. 또 조용히, 느
릿느릿, 오빠들이 솜 전투에서 전사했다는 것과 부모님이 다시 웃
는 날이 오기를 얼마나 바라는지에 대해서도 이야기했다.

하지만 톰은 조심스러웠다. 이곳은 워낙 작은 마을이었다. 그리
고 이저벨은 자신보다 훨씬 어렸다. 등대로 돌아가면 다시는 이저
벨을 만나지 못할지도 몰랐다. 다른 남자들이었다면 어떻게든 자
기 욕심을 채우려 했을지 모르지만, 톰에게는 도덕성이 자기가 지
금껏 겪은 일에 대한 해독제와 같았다.

이저벨은 이 새로운 감정을, 이 남자를 만날 때마다 느끼는 흥분
같은 것을 무어라 불러야 할지 알 수 없었다. 이 사람에게는 뭔가 신
비한 구석이 있었다. 미소 뒤의 그 사람은 여전히 먼 곳에 가 있는
듯했다. 이저벨은 어떻게든 그 사람의 마음속에 들어가고 싶었다.

이저벨이 전쟁을 통해 깨달은 건 아무것도 확실한 건 없다는 사

실이었다. 중요한 일을 미뤘다가는 놓치고 만다는 것. 소중히 여기는 것을 삶이 앗아가버리면 다시는 돌이킬 수 없다는 것. 이저벨은 마음이 다급해졌다. 기회를 잡아야 했다. 다른 사람이 끼어들기 전에.

톰이 야누스로 돌아가기 전날 저녁, 두 사람은 바닷가를 따라 산책했다. 1월이 시작된 지 이틀밖에 되지 않았는데, 육 개월 전 톰이 파르타죄즈에 처음 온 뒤로 수년은 지난 기분이었다.

이저벨은 해가 하늘에서 미끄러져내려와 세상 끝 잿빛 바닷속으로 잠기는 모습을 바라보았다. 이저벨이 입을 열었다. "부탁 하나 들어줄래요?"

"네. 뭔데요?"

"저…… 키스해주세요." 이저벨은 한달음에 말해버렸다.

톰은 바람결에 자신이 잘못 들은 게 아닐까 생각했다. 이저벨이 계속 걷고 있었기 때문에 더 그렇게 생각할 수밖에 없었다. 이저벨이 도대체 뭐라고 말한 걸까 톰은 계속 궁리해보았다.

그러고는 대충 짐작해서 대답했다. "나도 보고 싶을 거예요. 그런데…… 다음 휴가 때 만날 수 있을까요?"

이저벨이 이상한 표정을 지어 보여 톰은 불안해졌다. 어스름이 내려앉았는데도 이저벨의 얼굴이 빨갛게 달아 있는 듯 보였다.

"미안해요, 이저벨. 말주변이 없어서…… 이런 상황에서는."

"이런 상황이 어떤 상황인데요?" 이저벨은 톰이 늘 이런 식일지도 모른다는 생각에 가슴이 무너지는 것 같았다. 항구마다 여자 한 명씩.

"그러니까…… 작별 인사 하는 거요. 난 혼자서도 잘 지내요. 다른 사람하고도 잘 지내고요. 그런데 이 상태에서 저 상태로 전환하는 건 힘이 들어요."

"알겠어요, 그렇다면 쉽게 해드리죠. 전 그냥 갈게요. 지금 당장." 이저벨이 몸을 홱 돌려 바닷가를 떠나 걷기 시작했다.

"이저벨! 이저벨, 기다려요!" 톰이 달려가서 이저벨의 손을 잡았다. "이러지 마요…… 이대로 보내고 싶지 않아요. 당신이 하라는 대로 할게요. 당신이 보고 싶을 거예요. 당신하고…… 그러니까, 당신하고 같이 있으면 좋아요."

"그럼 날 야누스로 데려가줘요."

"네? 야누스에 놀러가고 싶어요?"

"아뇨. 거기서 살려고요."

톰이 웃었다. "이런, 당신은 가끔 진짜 폭탄을 터뜨린다니까요."

"진심이에요."

"그럴 리 없어요." 톰은 이렇게 말했지만 이저벨의 표정을 보니 진심일지도 모른다는 생각이 들었다.

"어째서요?"

"글쎄요, 이유가 수백 가지는 떠오르네요. 가장 분명한 것은 야누스에서 지낼 수 있는 여자는 등대지기의 아내뿐이라는 거고요." 이저벨은 아무 말도 하지 않았다. 톰은 이저벨 쪽으로 고개를 기울였다. 그렇게 하면 이저벨의 속내를 더 잘 이해할 수 있기라도 한 듯.

"그럼 나랑 결혼해요!"

톰이 눈을 끔벅거렸다. "이지…… 난 아직 당신을 잘 몰라요. 그리고 우린 아직…… 아직 키스조차 안 한 사이라고요."

"드디어 나왔네요!" 이저벨은 해결책이 아주 분명하다는 듯 말하더니 까치발을 하고 톰의 머리를 자기 쪽으로 끌어당겼다. 무슨 일이 벌어지는 건지 채 알아차리기도 전에 이미 톰은 키스를 당하고 있었다. 서툰 솜씨지만 엄청난 힘이었다. 톰은 이저벨에게서 몸을 떼어냈다.

"이건 위험한 장난이에요. 아무한테나 갑자기 키스하면 안 돼요. 진심이 아니라면요."

"난 진심이라고요!"

톰은 이저벨을 응시했다. 이저벨의 눈빛은 도전적이었고 조그만 턱은 고집스러워 보였다. 이 선을 넘으면 어떻게 될까? 빌어먹을! 점잖은 행동 따위, 올바른 행동 따위 알 게 뭐야. 여기 아름다운 여자가 키스해달라고 하는데, 해는 졌고 휴가는 끝났고 내일 이 시간이면 아무도 없는 그 빌어먹을 곳 한가운데에 혼자 있게 될 텐데. 톰은 이저벨의 얼굴을 손으로 감싸쥐고 고개를 숙이며 말했다. "그렇다면 이렇게 하는 거예요." 그러고는 천천히 입을 맞춰 시간이 서서히 사라지게 만들었다. 지금껏 이런 느낌의 키스를 한 적이 있었던가. 톰은 기억해낼 수 없었다.

마침내 톰이 몸을 떼어내고 이저벨의 눈가로 흘러내린 머리카락 한 가닥을 쓸어올려주었다. "이제 집에 데려다줄게요. 안 그러면 당신 부모님이 나를 잡으러 수색대를 보내실지도 몰라요." 톰은 이저벨의 어깨를 감싸안고 모래밭에서 나왔다.

"진심이에요. 결혼하자는 말."

"나랑 결혼하겠다니 정말 바보로군요. 등대지기는 돈도 많이 못 벌어요. 등대지기의 아내도 고생을 많이 하고요."

"난 내가 뭘 원하는지 알아요."

톰이 걸음을 멈췄다. "내 말 좀 들어봐요. 어른인 척 훈계하고 싶지는 않지만, 당신은…… 나보다 훨씬 어려요. 난 올해 스물여덟이라고요. 그리고 당신은 남자를 많이 만나봤을 것 같지도 않고요." 사실 키스하려고 힘으로 덤빈 걸 보면 이저벨은 남자를 한 번도 사귀어본 적이 없는 것 같았다.

"그게 무슨 상관이에요?"

"그러니까…… 음, 처음으로 그런 감정을 느꼈다고 해서 그게 진짜일 거라고 착각하면 안 된다는 거예요. 시간을 두고 생각해봐요. 열두 달 뒤에는 당신이 나를 까맣게 잊었을 거라는 데에 내 전 재산을 걸겠어요."

"더 해줘요." 이저벨이 말하며 다시 입을 맞추려고 손을 뻗었다.

6

　맑은 여름날이면 야누스는 마치 까치발을 하고 선 것처럼 보였다. 다른 때보다 물 위로 더 높이 솟아 보이는데, 조수 간만의 영향 때문만은 아니었다. 비바람이 몰아치는 날은 그리스신화의 여신처럼 모습을 숨기고 사라지기도 했다. 바다 안개가 피어오를 때면, 소금 결정을 가득 머금은 따스한 공기가 빛을 가렸다. 육지에 산불이 나면 그 연기가 이 머나먼 곳까지 날아오기도 했다. 시커멓고 끈끈한 재가 저녁놀을 선연한 붉은빛과 금빛으로 물들이고 등롱 유리를 그을음으로 덮었다. 그렇기 때문에 이 섬에는 빛이 아주 강하고 밝은 등대가 필요했다.

　회랑에서 바라다보이는 수평선은 40마일에 걸쳐 펼쳐져 있었다. 한 뼘 땅을 놓고 전쟁을 벌인 게 불과 몇 년 전인데, 동시대에 이런 끝없는 공간이 존재한다는 사실이 비현실적으로 느껴졌다. 몇 걸음이면 가로지를 흙투성이 땅에 '저들의 것'이 아니라 '우리의 것'

이라는 꼬리표를 달아놓기 위해 무수한 인명을 희생해가며 싸웠지만 이튿날이면 다시 빼앗기기 일쑤였다. 이러한 꼬리표를 향한 집착 때문에 지도 제작자들이 이 바다를 두 개의 대양으로 나누어 이름 붙였을 것이다. 어디까지가 인도양이고 어디부터가 남빙양인지 그 정확한 경계를 말하기는 불가능한데도. 나누기. 이름 붙이기. '다른 점' 찾기. 그런 일들은 변함없이 계속된다.

야누스에서는 말할 일이 없었다. 톰은 몇 달 동안이라도 자기 목소리를 듣지 않고 지낼 수 있었다. 어떤 등대지기들은 엔진이 고장나지 않았는지 한번 가동해보는 것처럼 일부러 노래를 부르기도 했다. 하지만 톰은 침묵 속에서 자유를 느꼈다. 바람 소리를 듣고, 섬 위 생명체들을 세심하게 관찰했다.

이따금, 마치 바람을 타고 온 것처럼, 이저벨과의 입맞춤이 의식 속으로 흘러들어왔다. 입술의 감촉, 온몸으로 전해져오던 그 부드러움. 그러고 나면 이런 날이 오리라고는 상상조차 할 수 없었던 때가 뒤이어 떠올랐다. 이저벨 옆에 있기만 해도 톰은 자신이 더 깨끗하고 새로운 존재가 되는 느낌을 받았지만 그 느낌은 그를 다시 어둠 속, 살점이 찢기고 팔다리가 꺾인 아비규환 속으로 데려갔다. 톰은 그걸 견디기가 힘들었다. 죽음을 목격하고도 그 무게에 무너지지 않는다는 게 힘겨웠다. 자신만 멀쩡히 살아 있어야 할 이유가 없었다. 문득문득 자신이 울고 있다는 걸 깨닫곤 했다. 톰은 죽음이 자신은 모른 척하고 채가버린 옆에 있던 사람들을 생각하며 울었다. 자기가 죽인 사람들을 생각하며 울었다.

등대에 있을 때는 매일매일 기록을 했다. 일지를 적고, 무슨 일이 있었는지 보고하고, 삶이 계속된다는 증거를 만들었다. 시간이 흐르면서 허깨비들이 야누스의 투명한 공기 속으로 흩어지기 시작하자 톰은 자기 앞에 놓인 삶에 대해 조금씩 생각해보았다. 지난 몇 년 동안은 기대를 갖는다는 게 불가능해 보였던 앞날에 대해서. 이저벨이 톰의 생각 안에 있었다. 이 모든 것에도 불구하고 해맑게 웃고, 주변 세상에 대해 끊임없이 궁금해하며, 무엇에든 확신이 넘치는 이저벨이. 헤이즐럭 소장의 조언을 떠올리며 톰은 나뭇간으로 가서, 말리나무 뿌리 한 조각을 골라 들고 작업장으로 향했다.

야누스 록
1921년 3월 15일

이저벨에게
이 편지가 당신에게 잘 전해졌으면 좋겠어요. 나는 잘 지내요. 이상하게 들리겠지만 난 여기 있는 게 좋아요. 조용한 게 편하거든요. 야누스에는 뭔가 신비한 데가 있어요. 내가 가본 어디와도 달라요.
당신이 이곳의 해돋이와 해넘이를 볼 수 있으면 좋을 텐데. 그리고 별들도요. 밤이면 하늘이 별들로 붐벼요. 별자리가 하늘을 미끄러져 지나가는 걸 보다보면 시계를 보는 것과 약간 비슷한 것 같아요. 날씨가 얼마나 험했든, 일이 얼마나 꼬였든, 별은 변함없이 뜰 거라는 생각이 마음을 달래줘요. 프랑스에서도 그랬어요.

거리를 두고 볼 수 있게 해준다고 할까요. 별들은 사람이 존재하기 전부터 그 자리에 있어왔고, 무슨 일이 벌어지건 아랑곳없이 계속 반짝여요. 난 이곳 등대 불빛도 그렇다고 생각해요. 지구로 떨어진 별조각이라고요. 무슨 일이 일어나건 계속 빛나죠. 여름이건 겨울이건 비바람이 몰아치건 화창하건, 늘 그 자리에 있을 거라는 건 두말할 나위가 없죠.

이제 그만 떠들어야겠네요. 내가 정말 하려던 말은, 편지와 함께 내가 조각한 조그만 상자 하나를 보낸다는 거예요. 쓸모가 있으면 좋겠어요. 보석이나 머리핀 같은 걸 넣어둘 수 있을 거예요.

지금쯤은 마음이 바뀌었을 거라고 생각하지만, 괜찮다는 말을 하고 싶어요. 당신은 정말 멋진 사람이고 당신과 함께한 시간은 정말 즐거웠어요.

내일 배가 와요. 그때 랠프 선장님 편에 보내겠습니다.

톰

야누스 록
1921년 6월 15일

이저벨에게

배가 떠날 준비를 하는 동안 서둘러 편지를 씁니다. 랠프 선장님이 당신 편지를 전해주었어요. 소식을 들으니 반갑습니다. 상자가 마음에 들었다니 기뻐요.

사진 고마워요. 당신 모습이 정말 예뻐요. 하지만 실제 당신만큼 대담해 보이지는 않네요. 사진을 등롱에 둬야겠어요. 당신이 창밖을 내다볼 수 있게요.

당신이 물어본 것처럼 그렇게 이상하게 생각되지는 않았어요. 그러고 보니 전쟁중일 때 사흘간 휴가를 받아 영국에 가서 결혼을 하고 돌아와 다시 전투에 뛰어든 사람들이 꽤 있었어요. 대부분은 자기가 죽을지도 모른다고 생각했는데도요. 아마 여자친구들도 그렇게 생각했겠죠. 난 운이 좋으면 이곳에서 장기 근무를 하게 될지도 모르니 잘 생각해봐요. 당신만 괜찮다면 나도 모험을 할 준비가 되어 있어요. 12월 말에 특별 휴가를 신청할 수 있으니, 그때까지 충분히 시간을 갖고 생각해봐요. 당신 마음이 바뀌더라도 이해해요. 만약 그 마음에 변함이 없다면, 언제까지나 당신을 아끼고 지켜주겠다고, 좋은 남편이 되도록 최선을 다하겠다고 약속할게요.

당신의 톰

그다음 육 개월은 천천히 지나갔다. 전에는 기다릴 무엇도 없이 하루하루를 마지막 날인 것처럼 맞이하는 데 익숙했었다. 하지만 지금은 결혼 날짜가 있었다. 준비해야 할 것이 있고 허가받아야 할 것이 있었다. 조금이라도 시간이 나면 오두막을 돌아보며 수리해야 할 데를 찾았다. 부엌 창문이 꽉 닫히지 않았다. 수도꼭지가 뻑뻑해서 돌리기 힘들었다. 이저벨이 여기에서 살려면 뭐가 필요할까? 결혼 전 마지막으로 올 보급선에 방을 새로 칠할 페인트, 화장대 위에 놓을 거울, 새 수건과 식탁보를 주문했다. 낡은 피아노가 있어서 악보도 주문했다. 톰은 피아노를 치지 않았지만 이저벨이 피아노 치는 걸 좋아한다는 것을 알았다. 톰은 잠시 망설이다가 목록에 새 침대시트, 새 베개 한 쌍, 깃털이불 한 채도 추가했다.

마침내 그날이 왔고, 톰을 데려갈 배가 도착했다. 톰이 자리를 비우는 동안 등대를 맡아줄 네빌 휘트니시가 부두로 올라섰다.
"모든 게 제대로 되어 있나?"
"그럴 겁니다." 톰이 말했다.
잠깐 둘러보고 나서 휘트니시가 말했다. "자네는 등대 관리하는 법을 아는군. 그 점은 인정하지."
"고맙습니다." 톰은 무뚝뚝한 휘트니시에게서 칭찬을 듣자 진심으로 뿌듯했다.
"준비 다 됐나?" 랠프는 출항하려고 밧줄을 푸는 참이었다.
"신만이 아시겠죠." 톰이 말했다.
"그 말이 정답이군." 랠프가 수평선 쪽으로 시선을 돌렸다. "가자, 예쁜아. 무공훈장 수훈자 셔본 대위를 애인에게 데려다주자꾸나."
휘트니시가 등대에게 그러듯 랠프는 배에게 말을 걸었다. 아주 친밀한, 살아 있는 생명체를 대하듯이. 그걸 보고 톰은 등대나 배 역시 사람이 애정을 줄 수 있는 대상이구나 생각했다. 톰은 등탑을 뚫어지게 바라보았다. 다시 등대를 보는 날에는 삶이 완전히 달라져 있으리라. 톰은 갑자기 가슴이 철렁했다. 이저벨이 자기만큼 야누스를 사랑할까? 자신의 세계를 이해할까?

7

"무슨 말인지 알겠어요? 등대가 수면보다 높기 때문에 빛이 둥근 지구 저편까지, 수평선 너머까지 가는 거예요. 섬광 자체는 닿지 않아도 어렴풋한 빛이 어리죠." 두 사람은 등대 회랑에 서 있었다. 톰은 이저벨의 등뒤에서 이저벨을 감싸안고 몸을 기울여 턱을 이저벨의 어깨에 얹고 있었다. 1월의 해가 이저벨의 짙은 빛깔 머리카락에 금빛 얼룩을 만들었다. 1922년이었고, 야누스에 둘만 있게 된 지 이틀째였다. 퍼스로 짧은 신혼여행을 갔다가 바로 섬으로 온 참이었다.

"미래를 보는 것 같아요." 이저벨이 말했다. "배가 도움을 필요로 하는지 알기도 전에 시간을 앞질러 가서 구해주는 거잖아요."

"등대가 높으면 높을수록, 렌즈가 크면 클수록 빛살이 멀리까지 가요. 이게 등대 중에서도 섬광이 가장 멀리 뻗는 등대예요."

"평생 이렇게 높은 곳에는 처음 올라와봐요. 꼭 하늘을 나는 것 같아요!" 이저벨이 이렇게 말하며 톰의 팔을 풀고 회랑을 한 바퀴 돌았다. "아까 불빛 쏘는 걸 뭐라고 부른다고 했죠? 무슨 단어가 있었는데……"

"표지. 등대는 저마다 표지가 다 달라요. 이 등대는 이십 초에 한 바퀴씩 돌면서 네 번 불빛을 내보내죠. 오 초에 한 번씩 깜박이는 걸 보고 지나가는 배가 여기가 야누스라는 걸 아는 거예요. 르윈이나 브레이크시나 또다른 곳이 아니라요."

"배들은 어떻게 아는 거죠?"

"배에는 항해중에 지나칠 등대의 목록이 있어요. 선장들에게는 시간이 돈이에요. 되도록 지름길로 가서 화물을 최대한 빨리 내리고 새 짐을 싣고 싶어하죠. 항해 시간이 줄어들면 선원에게 줄 임금도 절약되니까요. 여기 등대는 배들에 가까이 오지 말라고 경고하는 역할도 하고, 방향을 꺾으라고 일러주기도 하는 거예요."

이저벨은 등롱 유리 안쪽에 드리운 진한 검은색 커튼을 보며 물었다. "저건 뭐에 쓰는 거예요?"

"보호용이에요. 렌즈는 어떤 빛이든 가리지 않고 확장하니까요. 조그만 불꽃의 광도를 수백만 촉광으로 높일 수 있는 렌즈를 가리지 않은 채 종일 햇빛을 받게 하면 어떻게 되겠어요. 사람이 십 마일 떨어진 곳에 있을 때는 아무 문제 없지만, 바로 코앞에 있다면 좋지 않죠. 그래서 렌즈를 보호하는 거예요. 사람도 보호하고요. 만약 내가 대낮에 커튼을 치지 않은 등롱 안에 들어간다면 바싹 타버릴걸요. 안으로 들어와요. 어떻게 작동하는지 보여줄게요."

두 사람이 등롱 안으로 들어가자 철문이 등뒤에서 철컹 소리를 내며 닫혔다. 두 사람은 등명기 입구를 통해 안쪽으로 들어갔다.

"이게 1등급 렌즈예요. 가장 큰 거죠."

이저벨은 렌즈의 프리즘이 무지개를 만드는 것을 보았다. "정말 예뻐요."

"가운데 두꺼운 부분을 눈알이라고 불러요. 이 등명기는 눈알이 네 개 있는데, 표지 종류에 따라 눈알 수가 달라져요. 광원이 눈알 하고 정확히 같은 높이에 있어야 빛이 렌즈를 통해 수렴돼요."

"눈알 둘레에 있는 이 동그라미들은 뭐예요?" 이저벨이 과녁판의 고리 모양으로 렌즈 중심을 둘러싼 호弧에 대해 물었다.

"안쪽의 여덟 개는 빛을 굴절해요. 빛이 달나라로 가거나 바닷속으로 가면 아무한테도 도움이 안 되니까, 똑바로 앞으로 가게 빛의 방향을 돌리는 거죠. 금속판 위아래에 있는 둥근 프리즘들이 보여요? 열네 개가 있는데 중심에서 멀어질수록 두꺼워져요. 이 프리즘들은 빛을 반사해서 가운데 쪽으로 보내 빛이 사방으로 퍼지지 않고 하나의 섬광으로 모이게 해요."

"그래서 밥값 안 하고 달아나는 빛이 하나도 없게 만드는군요." 이저벨이 말했다.

"그렇다고 할 수 있죠. 그리고 이게 바로 등이에요." 톰이 등명기 한가운데의 철제 받침대 위에 철망으로 덮여 있는 조그만 장치를 가리켰다.

"별로 대단해 보이진 않는데요."

"지금은 그렇죠. 하지만 저 철망은 백열맨틀이라는 건데, 기화한 기름이 타오르고 증폭되면 별처럼 빛나요. 오늘밤에 보여줄게요."

"우리만의 별이네요! 세상이 우리만을 위해 존재하는 것 같아요! 햇빛과 바다에다가, 그리고 우리 둘은 서로를 위해서만 존재하잖아요."

"내 생각에 등대는 내가 등대를 위해서 존재한다고 생각할 것 같은데요." 톰이 말했다.

"꼬치꼬치 간섭하는 이웃이나 따분한 친척도 없고요." 이저벨이 톰의 귀를 잘근잘근 깨물었다. "당신하고 나만……"

"동물들하고요. 다행히 야누스에는 뱀은 없어요. 아래쪽 섬에는 우글우글하다지만. 그래도 사람을 무는 거미가 한두 종 있으니까 조심해야 돼요. 또……" 톰은 섬의 동물들에 대한 설명을 제대로 마칠 수가 없었다. 이저벨이 계속 키스를 퍼부으며 귀를 깨물고 손을 톰의 바지 주머니 속에 넣는 바람에 말을 제대로 하기는커녕 생각조차 하기 힘들었기 때문이다. "내가 하려던 말은……" 톰이 말을 이으려고 애썼다. "잘 알아둬야 해요. 반드시 조심해야—" 이저벨의 손이 목표물에 닿자 톰은 신음 소리를 냈다.

"내가……" 이저벨이 킥킥거렸다. "이 섬에서 가장 위험한 동물이에요!"

"여기선 안 돼요. 등명기 안에서는. 우리—" 톰이 숨을 깊이 들이마셨다. "아래층으로 내려가요."

이저벨이 웃었다. "아니, 여기서요!"

"등명기는 관유물이에요."

"그럼…… 일지에다 기록해야 하는 거예요?"

톰이 어색하게 헛기침을 했다. "엄밀히 말하면…… 아주 정교한 장비들이라 당신이나 내가 상상도 못할 만큼 가격이 엄청나요. 어딘가 망가지기라도 하면 변명거리를 지어내야 할 텐데 그러고 싶진 않아요. 어서, 아래층으로 가요."

"내가 싫다면요?" 이저벨이 계속 짓궂게 장난쳤다.

"음, 그러면 하는 수 없죠. 내려가도록 만들 수밖에." 톰은 이저벨을 번쩍 안아올린 다음 이백 개 가까운 좁은 계단을 내려갔다.

"여긴 천국이에요!" 이튿날 이저벨이 잔잔한 옥빛 바다를 내다보며 말했다. 톰이 암울한 날씨에 대해 미리 단단히 경고해뒀지만, 바람은 이저벨을 환영하기 위해 휴전이라도 한 듯했고, 태양은 밝고 따스하게 빛났다.

톰이 이저벨을 석호로 데려갔다. 두 사람은 깊이가 6피트도 채 안 되는 넓고 잔잔한 진청색 물웅덩이에서 수영을 했다.

"당신이 좋아하니 다행이에요. 삼 년 뒤에나 뭍으로 휴가 갈 수 있으니까요."

이저벨이 톰에게 팔을 둘렀다. "나는 내가 있고 싶은 곳에, 같이 있고 싶은 사람과 있어요. 다른 건 아무것도 중요하지 않아요."

톰은 이저벨을 안고 천천히 빙글빙글 돌며 말했다. "가끔 물고기가 바위 틈 사이를 통과해 이 안으로 들어오기도 해요. 그럼 그물로 건져도 되고 손으로도 잡을 수 있어요."

"이 웅덩이는 이름이 뭐예요?"

"이름은 없어요."

"뭐든지 이름이 있어야 하지 않아요?"

"음, 그러면 당신이 붙여봐요."

이저벨은 잠시 골똘히 생각했다. "이에 이곳을 '천국 호수'라고 명명합니다." 이렇게 말하고는 물을 바위에 튀겼다. "여기가 내 수영장이에요."

"위험한 일은 거의 없을 거예요. 그래도 혹시 모르니까 조심해야
해요."

"무슨 말이에요?" 이저벨이 듣는 둥 마는 둥 계속 헤엄치며 물
었다.

"물이 평소보다 훨씬 높게 들어오거나 폭풍우가 몰아칠 때가 아
니라면 상어가 바위를 넘어 들어오지는 않을 거예요. 그 점에 있어
서는 안전한 편이겠지만……"

"그런데요?"

"다른 것들을 조심해야 해요. 예를 들면 성게 같은 거요. 물속에
서 바위 위를 걸을 때 조심해요. 성게 가시가 발에 박히면 곪을 수
도 있어요. 또 노랑가오리가 물가 모래에 숨어 있을 수도 있는데
꼬리에 있는 가시에 독이 있어서 밟으면 위험해요. 혹시라도 가오
리가 튀어올라서 심장 근처를 찌르기라도 하면……" 톰은 이저벨
이 조용해진 것을 알아차렸다.

"괜찮아요?"

"당신이 그렇게 줄줄 읊는 걸 듣고 있으니 이곳이 어쩐지 다르게
느껴지네요. 도움 청할 곳은 저렇게 멀리 있는데."

톰이 두 팔로 이저벨을 안고 기슭으로 올라갔다. "내가 당신을
돌봐줄 거예요. 걱정 마요." 톰이 웃으며 말했다. 톰은 이저벨의 어
깨에 입을 맞춘 뒤, 이저벨의 머리를 모래 위에 누이고 입술에 키
스했다.

이저벨의 옷장 안에는 두꺼운 모직으로 만든 겨울옷들 옆에 꽃무늬 원피스 몇 벌이 걸려 있었다. 빨기 쉽고 튼튼한 재질의 이 옷들은 닭모이를 주거나 염소젖을 짤 때, 채소를 수확하고 부엌 청소를 할 때 입기 적당했다. 톰과 함께 섬을 돌아다닐 때는 톰의 낡은 바지와 셔츠를 입었는데, 바짓단은 한 뼘 넘게 접어올리고 낡은 가죽 허리띠로 허리를 조여 입었다. 이저벨은 맨발로 느끼는 땅의 감촉이 좋아서 틈만 나면 신발을 벗고 돌아다녔다. 하지만 화강암 벼랑에 갈 때는 발을 보호하기 위해 캔버스화를 신었다. 이저벨은 자신의 새로운 세계를 구석구석 탐험했다.

이곳에 온 지 얼마 되지 않았을 때의 어느 날 아침, 이저벨은 자유로운 느낌에 취해서 실험적인 시도를 해보기로 했다. "이 새로운 차림새는 어때요?" 정오에 톰의 점심으로 샌드위치를 들고 전망실에 올라온 이저벨은 실오라기 하나 걸치지 않은 모습이었다. "이렇게 날이 좋을 때는 옷이 필요 없을 것 같아요."

톰은 눈썹을 치켜올리며 보일 듯 말 듯 웃음을 지었다. "좋네요. 하지만 곧 불편해질 거예요." 톰은 샌드위치를 받아들며 이저벨의 턱을 쓰다듬었다. "등대섬에서 살아남으려면 반드시 해야 하는 게 있는데…… 정상적인 상태를 유지하는 거예요. 규칙적으로 식사하고, 꼬박꼬박 달력을 넘기고……" 톰이 웃었다. "……그리고 옷을 챙겨 입고요. 정말이에요."

이저벨은 얼굴을 붉히고 오두막으로 돌아가서는 옷을 여러 겹 챙겨 입었다. 캐미솔, 페티코트, 원피스, 카디건. 그리고 고무장화를 신고 나가서는 따가운 햇살 아래에서 엄청나게 열심히 감자를 캤다.

이저벨이 톰에게 물었다. "이 섬의 지도 있어요?"

톰이 웃었다. "길 잃을까봐요? 여기 온 지 벌써 몇 주나 됐잖아요. 물을 등지고 가기만 하면 곧 집이 나올 거고, 등대 불빛을 보고 찾을 수도 있고요."

"그냥 지도를 보고 싶어서요. 한 장은 있을 거 아녜요."

"물론 있죠. 이 지역 전체가 나온 지도가 있긴 한데 당신한테 무슨 쓸모가 있을지 모르겠네요. 여기서는 갈 데도 별로 없잖아요."

"제 뜻을 들어주세요, 서방님." 이저벨이 말하며 톰의 뺨에 입맞췄다.

그날 늦은 오전, 톰이 부엌에 커다란 두루마리를 들고 나타나서는 과장된 몸짓으로 절하며 이저벨에게 건넸다. "분부대로 대령했사옵니다, 마님."

"감사합니다." 이저벨도 같은 말투로 대꾸했다. "이것으로 되었습니다. 이제 가보셔도 좋습니다."

톰의 입가에 웃음이 맴돌았다. "무슨 꿍꿍이지, 아가씨?"

"신경쓰지 마요!"

그뒤 며칠 동안 이저벨은 아침마다 탐험에 나섰고, 오후에는 톰도 업무가 바빠 얼씬거릴 염려가 없는데도 굳이 문을 닫고 침실 안에 틀어박혔다.

어느 날 저녁 이저벨이 설거지를 마치고 나서 두루마리를 가져와 톰에게 건넸다. "선물이에요."

"고마워요." 밧줄 매듭법에 관한 낡은 책을 읽고 있던 톰이 흘긋 쳐다보고 말했다. "내일 갖다놓을게요."

"당신한테 주는 선물인데요."

톰이 이저벨을 쳐다보았다. "지도잖아요."

이저벨이 장난기 어린 웃음을 지었다. "보지도 않고 어떻게 알아요?"

두루마리를 풀어보니 무언가가 달라져 있었다. 지도 전체에 작은 글씨들이 적혀 있고 색연필로 그린 그림과 화살표 표시도 있었다. 톰의 머릿속에는 지도도 정부 자산이니 다음 시찰 때 골치 아픈 일이 생기겠다는 생각이 제일 먼저 떠올랐다. 지도 곳곳에 새로운 이름이 적혀 있었다.

"어때요?" 이저벨이 웃었다. "섬 곳곳에 이름이 없다니 말도 안 되는 거 같아서 이름을 붙여줬어요. 어때요?"

작은 만, 벼랑, 바위, 풀밭 등지에 모두 '천국 호수'처럼 이저벨이 붙인 이름이 작은 글씨로 적혀 있었다. 바람모퉁이, 믿을 수 없는 바위, 난파선 해안, 고요한 만, 톰의 망루, 이지의 벼랑 등등.

"이 장소들이 각각 구분되는 곳이라고는 생각해보지 않았어요. 그냥 전부 야누스라고만 생각했지." 톰이 웃으며 말했다.

"전혀 다른 곳들이에요. 저마다 다른 이름을 가질 만해요. 집 안의 방들처럼요."

사실 톰은 집도 하나하나의 방으로 이루어졌다고 생각하지 않았다. 그냥 '집'일 뿐이었다. 톰은 섬이 쪼개어진 것이 어쩐지 슬펐다. 좋은 곳과 나쁜 곳, 위험한 곳과 안전한 곳으로 나뉘었다는 것이. 톰은 섬 전체를 하나로 생각하는 게 더 좋았다. 그런데다 자기 이름을 달고 있는 지명까지 있어 마음이 불편했다. 톰은 원주민들이 땅을 생각하는 방식처럼 야누스가 자기 땅인 게 아니라, 자기가 야누스에 속한다고 생각했다. 톰에게 주어진 일은 그저 그 섬을 돌보는 것뿐이었다.

톰은 자기 작품을 뿌듯해하며 웃는 아내를 쳐다보았다. 이저벨이 섬 곳곳에 이름을 붙이고 싶어한다면 안 될 것도 없었다. 어쩌면 이저벨도 언젠가는 톰이 이곳을 바라보는 방식을 이해하게 될지도 모르고.

톰은 전우 모임 초대장이 날아오면 늘 답장을 보냈다. 인사말을 적고 돈도 약간 동봉했다. 그렇지만 모임에 참석한 적은 한 번도 없었다. 등대섬에 사니 가고 싶어도 갈 수 없긴 하지만. 사람들이 옛 전우를 만나 그 시절 이야기를 나누면서 위안을 얻는다는 것은 알지만 톰은 그 자리에 끼고 싶지 않았다. 톰은 친구들을 잃었다. 톰이 의지하고, 함께 싸우고, 함께 먹고 마시고, 함께 떨었던 사람들. 말 한마디 나누지 않아도 마음이 통하고 서로를 한몸처럼 여겼던 사람들. 톰은 자신들을 하나로 묶어주던 말들을 떠올렸다. 과거에 한 번도 경험한 적이 없는 상황을 표현하기 위해 생겨난 단어들이었다. "파인애플" "꼬맹이" "플럼푸딩"은 참호로 날아들 가능성이 있는 포탄들을 가리키는 단어들이었다. 이는 "씨", 먹을 것은 "짬"이라 불렀고, "마름병"은 영국에 있는 병원으로 이송될 정도의 심한 부상을 가리켰다. 톰은 이런 비밀 언어를 아직도 기억하는 사람이 몇이나 될까 궁금했다.

톰은 자다가 눈을 떴을 때 이저벨이 곁에 있는 것을 보면 여전히 신기했고, 이저벨이 살아 있어 마음이 놓였다. 그래도 혹시나 하고 이저벨이 숨을 쉬는지 가만히 들여다보기도 했다. 그런 다음 이저벨의 등에 머리를 대고 부드러운 살갗을, 잠든 이저벨의 몸이 숨결을 따라 가볍게 오르락내리락하는 것을 느끼곤 했다. 지금까지 톰이 봐온 어떤 기적보다도 신비한 기적이었다.

8

"살면서 별로 겪고 싶지 않았던 시간들이 있었는데, 어쩌면 내가 당신을 만날 자격이 있는지를 가늠하는 시험이었는지도 모르겠어요."

두 사람은 풀밭 위에 담요를 깔고 누웠다. 이저벨이 야누스에 온지 삼 개월이 흘렀다. 4월의 밤은 여전히 따뜻했고 별들로 반짝였다. 이저벨은 톰의 팔을 벤 채 눈을 감고 있었고, 톰은 이저벨의 목을 어루만졌다.

"당신은 내 하늘의 절반이에요." 톰이 말했다.

"당신이 시인인 줄은 몰랐는데요!"

"내가 지어낸 문장이 아니고 어디서 읽은 거예요. 라틴어 시였나? 그리스신화였나? 아무튼 그런 데서."

"아하, 명문 사립학교 출신이셨죠!" 이저벨이 놀렸다.

이날은 이저벨의 생일이었다. 톰은 이저벨을 위해 아침과 저녁

식사를 차려주었고, 이저벨이 선물 포장을 끄르는 모습을 지켜보았다. 톰이 랠프와 블루이와 공모해 몰래 들여온, 태엽을 감아 작동시키는 축음기였다. 이저벨이 처음 야누스에 왔을 때 자랑스럽게 보여주었던 피아노는 오랫동안 관리하지 않은 탓에 도저히 연주할 수 없는 상태였기 때문에 그 대신 마련한 선물이었다. 이저벨은 하루종일 쇼팽과 브람스를 들었고, 지금은 헨델의 〈메시아〉가 등대에서 흘러나오고 있었다. 소리가 잘 울리도록 축음기를 등대에 가져다놓았기 때문이다.

"당신의 그런 모습을 보는 게 좋아요." 이저벨이 집게손가락으로 머리카락 한 가닥을 용수철 모양으로 꼬았다가 놓고 또다른 가닥을 잡는 모습을 보며 톰이 말했다.

자신이 뭘 하고 있었는지 깨달은 이저벨이 말했다. "엄마는 늘 나쁜 버릇이라고 뭐라고 하세요. 내가 늘 이러고 있나봐요. 나도 모르게 그러게 돼요." 톰은 이저벨의 머리카락을 한 가닥 잡아 자기 손가락에 감았다가 장식용 리본처럼 흘러내리게 했다.

"다른 신화도 들려줘요." 이저벨이 말했다.

톰이 잠깐 생각하다가 말했다. "야누스Janus라는 신에서 1월January의 이름이 나왔다는 건 알죠? 이 섬도 같은 신의 이름을 딴 거예요. 야누스 신은 못생긴 얼굴이 앞뒤로 두 개 있대요."

"뭐의 신이에요?"

"문을 지키는 신인데 늘 양쪽 방향을 보면서 사물을 보는 두 가지 방식 사이에서 갈등해요. 1월이 새해를 내다보면서 묵은해를 돌아보는 것처럼 야누스는 과거와 미래를 봐요. 이 섬은 두 대양을 보고 있고요. 아래쪽으로는 남극, 위쪽으로는 적도까지."

"그것도 모를까봐!" 이저벨이 핀잔을 줬다. 그러더니 콧잔등을 찡그리며 웃었다. "장난이에요. 난 당신이 해주는 이야기를 듣는 게 좋아요. 별자리 이야기 더 해줘요. 켄타우로스가 어디 있다고요?"

톰은 이저벨의 손끝에 입맞추고 이저벨의 손을 들어 별자리를 가리켰다. "저기요."

"그게 당신이 제일 좋아하는 별자리예요?"

"내가 제일 좋아하는 건 당신이죠. 별들 전부를 합한 것보다 더."

톰은 머리를 들고 이저벨의 배에 입맞췄다. "아니면 이 두 사람을 제일 좋아한다고 해야 하나? 만약 아기가 쌍둥이면? 세쌍둥이면?"

이저벨의 배에 놓인 톰의 머리가 이저벨의 숨결을 따라 오르락내리락했다.

"무슨 소리 들려요? 당신한테 뭐라고 해요?" 이저벨이 물었다.

"밤공기가 너무 차가워지기 전에 엄마를 침대로 데려가래요." 톰이 아내를 번쩍 안아들고 오두막으로 가는 동안 등대에서 합창이 울려퍼졌다. "우리에게 한 아기 나셨다."*

이저벨은 한시라도 빨리 어머니에게 임신 소식을 알리고 싶었다. "할 수만 있으면 육지로 헤엄쳐 가서 말씀드리고 싶어요. 배가 올 때를 기다리다 죽을 것 같아요!" 이저벨은 톰에게 입을 맞추고 물었다. "당신 아버지께도 편지 쓸까요? 형한테는요?"

---

* 이사야 9장 6절의 한 구절이자 헨델의 〈메시아〉 1부 제목.

톰은 자리에서 일어나 식기건조대에 있는 접시의 물기를 닦는데 열중했다. "그럴 필요 없어요." 이 한마디만 던진 채.

톰의 얼굴 표정이 화난 것 같지는 않아도 불편해 보여서 이저벨은 그 문제는 더 이야기하지 않기로 마음먹었다. 그리고 톰의 손에서 행주를 받아들었다. "이건 내가 할게요. 당신, 할 일 많잖아요." 이저벨이 말했다.

톰은 이저벨의 어깨에 손을 얹었다. "당신 의자를 마저 만들게요." 그러고는 억지웃음을 지어 보이고 부엌에서 나갔다.

창고로 간 톰은 이저벨을 위해 만들고 있는 흔들의자의 부속들을 살폈다. 어렸을 때 어머니가 자신을 안고 앉아서 어르며 이야기를 들려주던 그 의자를 기억해내려 애썼다. 톰의 몸은 지난 수십 년 동안 생각하지 않고 지냈던 어머니 품의 느낌을 기억했다. 두 사람의 아기도 앞으로 이저벨 품에 안겼던 느낌을 기억하게 될까? 모성은 참 신비로운 것이다. 어머니의 삶을 생각해보면 여자가 엄마가 된다는 건 정말 큰 용기가 필요한 일이다. 그런데 이저벨은 그런 걱정은 전혀 하지 않는 듯했다. "그건 자연의 섭리예요. 뭐가 겁나요?"

스물한 살 때 톰은 마침내 어머니의 거처를 알아냈다. 공학 학사 과정을 거의 마쳐갈 무렵이었다. 마침내 독립할 수 있는 때가 된 것이었다. 사립 탐정이 어머니의 행적을 추적해 달링허스트에 있는 하숙집 주소를 톰에게 주었다. 어머니의 방문 앞에 선 톰은 설렘과 두려움으로 뱃속이 울렁거렸고, 다시 여덟 살로 돌아간 것 같았다. 좁은 나무 복도를 따라 죽 늘어선 문 여기저기에서 고된 삶의 소리가 흘러나왔다. 옆방에서는 남자가 흐느끼는 소리와 여자가 "이렇게는 못 살아!"라고 외치는 소리가 들렸고, 자지러지게 우는 아기의 울음소리도 터져나왔다. 조금 떨어진 방에서는 침대가 격렬히 삐걱거리는 소리가 들려왔다. 아마 그 침대에 누운 여자가 밥벌이중이리라.

톰은 종이에 연필로 쓰인 주소를 다시 확인했다. 바로 이 방이었다. 기억을 더듬어 자장가처럼 부드러운 어머니 목소리를 떠올렸다. "저런, 우리 아기 토마스. 긁힌 데 반창고 붙여줄까?"

문을 두드렸지만 대답이 없었다. 다시 문을 두드리다 혹시나 해서 문손잡이를 돌려보았는데 문이 스르르 열렸다. 틀림없는 어머니의 향기가 풍겨왔다. 하지만 다음 순간 톰은 그 향기에 싸구려 술과 담배 냄새가 뒤섞였다는 것을 알아챘다. 어둑한 방 안에 흐트러진 침대와 낡은 안락의자 한 개가 보였다. 창문에는 금이 가고 꽃병에 꽂힌 장미 한 송이는 말라비틀어져 있었다.

"엘리 셔본 찾는 거요?" 톰 뒤에서 비쩍 마르고 머리가 벗어진 남자가 나타나 물었다.

누군가가 어머니 이름을 말하는 것을 들으니 이상했다. 엘리라고? 엄마가 엘리라는 이름으로 불릴 거라고는 한 번도 상상해보지 못했다. "네, 셔본 부인을 만나러 왔습니다. 언제 돌아오실까요?"

남자는 코웃음을 쳤다. "안 돌아올 거요. 더 안타까운 건 나한테 한 달 방세를 빚졌다는 거지."

현실이 너무 낯설었다. 오랫동안 계획하고 꿈꾸던 재회와는 너무도 달랐다. 심장이 세차게 쿵쾅거렸다. "어디로 이사 가셨는지 주소를 알 수 있을까요?"

"그 여자가 간 곳은 주소가 없소. 삼 주 전에 죽었거든. 지금 방을 치우러 온 참이오."

지금까지 톰은 온갖 상황을 상상해왔지만 이런 결말은 꿈도 꾸지 못했다. 톰은 얼어붙은 듯 꼼짝 않고 서 있었다.

"비킬 거요? 아니면 안으로 들어갈 거요?" 남자가 퉁명스럽게 물었다.

톰은 머뭇거리다가 지갑을 열어 5파운드를 꺼냈다. "여기 방세요." 톰은 작은 소리로 말하고는 눈물을 삼키며 그 자리를 떠났다.

오랜 세월 간직해온 실낱같은 희망이, 세계가 전쟁에 휩싸이려는 즈음 시드니 뒷골목에서 사라져버렸다. 그뒤 한 달도 지나지 않아 톰은 군대에 자원했고, 입대 지원서에 가장 가까운 가족으로 어머니의 이름과 하숙집 주소를 썼다. 신병 모집 담당은 자세하게 캐묻지 않았다.

톰은 자신이 잘라놓은 나무토막을 쓰다듬으며 만약 어머니가 살아 계셔서 오늘 어머니에게 편지를 보낸다면 뭐라고 적을까 생각해보려 했다. 아기가 생겼다는 소식을 어떻게 전할까.

톰은 줄자를 들고 다른 나무토막을 잡았다.

"제버디." 이저벨은 짐짓 진지한 얼굴을 하고 톰을 바라보았다. 그녀의 입꼬리가 보일 듯 말 듯 움찔거렸다.

"뭐라고요?" 톰이 이저벨의 다리를 주무르다 말고 고개를 들었다.

"제버디요." 이저벨은 톰이 자기 눈을 보지 못하게 책으로 얼굴을 가리며 되풀이했다.

"농담이죠? 그런 이름이 어디 있어요?"

이저벨은 상처받은 표정을 지었다. "우리 작은할아버지 이름이에요. 제버디 잔지바 그레이스마크."

톰이 놀란 눈으로 쳐다보았지만 이저벨은 멈추지 않았다. "할머니가 돌아가실 때 제가 약속했어요. 나중에 아들을 낳으면 꼭 작은할아버지 이름을 따서 짓겠다고요. 약속을 깰 수는 없어요."

"난 좀 정상적인 이름이 어떨까 생각했는데."

"우리 작은할아버지가 비정상이라는 말이에요?"

이저벨은 더는 참지 못하고 웃음을 터뜨렸다. "속았죠! 내가 제대로 속였어요!"

"장난꾸러기! 후회하게 될 거예요!"

"안 돼요, 그만해요! 그만!"

"그냥 용서할 순 없지." 톰이 이저벨의 배와 목을 간질이며 말했다.

"항복!"

"이미 늦었어요."

두 사람은 난파선 해안 근처의 풀밭에 누워 있었다. 늦은 오후였고 부드러운 햇살이 모래를 노랗게 물들였다.

갑자기 톰이 장난을 멈췄다.

"왜 그래요?" 이저벨이 얼굴을 뒤덮은 긴 머리카락 틈새로 톰을 보며 물었다.

톰은 이저벨의 눈을 가린 머리카락을 쓸어내고 말없이 이저벨을 마주보았다. 이저벨이 톰의 뺨에 손을 댔다. "톰?"

"가끔 너무 신기해요. 삼 개월 전에는 당신하고 나뿐이었는데, 지금은 다른 생명이 갑자기 어딘가에서 나타나서, 마치……"

"마치 아기처럼."

"그래요, 마치 아기처럼. 하지만 그 이상이에요. 당신이 여기 오기 전에는 등롱에 앉아서 삶이 뭔지 생각하곤 했어요. 그러니까 죽음하고 비교해서 말이에요……" 톰이 말을 멈췄다. "쓸데없는 소리네요. 그만할게요."

이저벨이 톰의 턱을 어루만졌다. "당신은 좀처럼 자기 이야기를 안 하려고 해요. 계속 말해봐요."

"말로 표현을 못하겠어요. 삶은 어디에서 오는 걸까요?"

"그게 중요해요?"

"그게 중요할까요?" 톰이 다시 물었다.

"그래서 신비라고 하죠. 우리가 알 수 없으니까."

"해답을 찾고 싶을 때가 있어요. 설명은 못하겠지만요. 누군가가 마지막 숨을 쉬고 떠나는 것을 봤을 때 이렇게 묻고 싶었어요. 어디로 갔어? 조금 전까지만 해도 바로 내 곁에 있었는데, 쇠붙이 몇 개가 살에 구멍을 냈다고, 그게 조금 세게 박혔다고 해서 갑자기 다른 곳으로 가버리다니. 어떻게 그럴 수가 있지?"

이저벨은 한 팔로 자기 무릎을 감싸안고 다른 팔로는 옆에 있는 풀을 뜯었다. "사람은 이곳을 떠나도 이 삶을 기억할까요? 하늘나라에서 우리 할아버지 할머니는 같이 지내고 계실까요?"

"어떻게 알겠어요." 톰이 말했다.

이저벨이 갑자기 절박하게 물었다. "우리 둘 다 죽었을 때 하느님이 우릴 갈라놓지는 않겠죠? 우리가 같이 있게 해주시겠죠?"

톰은 이저벨을 끌어안았다. "내가 무슨 소리를 한 거죠. 괜히 바보 같은 소리를 해가지고는. 아기 이름을 고르던 중이었는데. 난 제버디 잔지바라는 이름을 갖고 살아갈 가엾은 운명의 아기를 구하려고 했고요. 여자아이 이름은 어디까지 이야기했죠?"

"앨리스, 어밀리아, 애너벨, 에이프릴, 아리아드네—"

톰이 눈썹을 치켜세웠다. "또 나왔네. 아리아드네라고요! 등대에서 살아가는 것만으로도 아이는 충분히 힘들 텐데. 놀림감이 될 만한 이름을 지어주지는 말자고요."

"이제 이백 쪽밖에 안 남았어요." 이저벨이 웃으며 말했다.

"그럼 얼른 시작해야겠네요."

그날 저녁, 회랑에서 밖을 내다보던 톰은 다시 그 질문으로 돌아갔다. 아기의 영혼은 어디에서 올까? 어디로 갈까? 톰과 함께 농담하고 경례를 하고 진흙탕을 헤쳤던 전우들의 영혼은 어디로 갔을까?

톰은 아름다운 아내와 함께 이곳에서 안전하고 건강하게 지내고 있었고, 또다른 영혼이 그들에게 올 예정이었다. 어딘지 알 수 없는 곳으로부터, 지구에서 가장 구석진 이곳으로, 아기가 온다. 자신은 이미 오래전에 저승사자의 명단에 오른 것 같은데, 새로운 삶이 주어진다니 믿기지 않았다.

톰은 등롱으로 돌아가 벽에 걸린 이저벨의 사진을 보았다. 얼마나 신비로운 일인가. 신비로웠다.

톰은 지난번 배편에 새뮤얼 B. 그리피스 박사가 쓴 『오스트레일리아 육아책』도 주문해 이저벨에게 선물했다. 이저벨은 틈날 때마다 그 책을 읽었다.

그러고는 책에서 알게 된 사실을 톰에게 계속 떠들었다. "아기의 슬개골은 뼈가 아니라는 거 알았어요?" "아기가 몇 개월이 되면 찻숟가락으로 이유식을 떠먹여도 되는지 알아요?"

"몰라요."

"한번 맞혀봐요!"

"정말 모르겠어요."

"아, 재미없어!" 이저벨은 투덜거리며 다시 책에 몰두했다.

몇 주 지나지 않아 책장은 너덜너덜해졌고, 이저벨이 낮에는 주로 풀밭에서 지내다보니 군데군데 풀물이 들었다.

"아기를 키울 거지 시험을 치는 건 아니잖아요."

"그냥 제대로 하고 싶어서요. 엄마한테 쪼르르 달려가 물어볼 수도 없잖아요?"

"아, 이지." 톰이 웃었다.

"왜요? 뭐가 우스워요?"

"아뇨. 아니에요. 당신은 머리끝부터 발끝까지 완벽한 사람이에요."

이저벨이 웃으며 톰에게 키스했다. "당신은 최고의 아빠가 될 거예요." 문득 이저벨의 눈에 궁금한 기색이 어렸다.

"왜 그래요?" 톰이 물었다.

"아니에요."

"뭔데 그래요?"

"당신 아버지요. 왜 아버지 이야기는 안 해요?"

"워낙 사이가 좋지 않거든요."

"어떤 분이었는데요?"

톰은 잠시 생각했다. 아버지를 어떤 사람이라고 말할 수 있을까? 아버지의 눈빛, 늘 아버지를 둘러싸고 절대 다가갈 수 없게 하던 보이지 않는 벽을 어떻게 설명할까? "아버지는 늘 옳으셨죠. 어떤 일에 관해서든요. 어떤 상황에서든 당신의 원칙에 철저하셨어요." 톰은 자신의 어린 시절에 그늘을 드리우던 꼿꼿하고 키 큰 사람의 모습을 떠올렸다. 무덤처럼 단단하고 차갑던 존재.

"엄격하셨어요?"

톰은 씁쓸한 웃음을 지었다. "엄격하다는 말로는 설명이 안 돼요." 톰은 손으로 턱을 괴고 생각에 잠겼다. "어쩌면 아들들이 엇나가지 않게 하려고 그러셨는지도 모르겠어요. 우린 아무것도 아닌 일에 회초리를 맞곤 했죠. 음, 아무것도 아닌 일에 맞은 건 나 혼자였네요. 형이 늘 내 잘못을 일러바쳤거든요. 그래야 자기는 혼나지 않고 빠져나가니까요." 톰이 다시 웃었다. "그런데 이거 알아요? 그렇게 자란 덕분에 군대 규율을 따르기가 쉬웠어요. 장점이 아예 없었던 건 아니죠." 톰의 얼굴이 점점 굳어갔다. "그래서 그곳에 있는 게 덜 힘들었을 거예요. 내가 죽어도 마음 아파할 사람이 없다는 걸 알아서."

"아, 톰! 그런 말은 하지 마요!"

톰은 이저벨의 머리를 가슴에 안고 말없이 머리카락을 어루만졌다.

≈

　바다가 바다가 아닐 때가 있다. 푸르지도 않고, 물 같지도 않으
며, 에너지와 광기의 분출처럼 보일 때. 신만이 불러일으킬 수 있
을 것 같은 광포함. 바다가 섬을 휘갈기고, 등대 꼭대기까지 물을
뿌리고, 벼랑의 바위를 산산조각 낸다. 그리고 바다가 내는 소리는
끝을 알 수 없는 분노를 토해내는 짐승의 울부짖음 같다. 등대가
가장 필요한 때는 이런 밤이다.
　풍랑이 심할 때면 톰은 석유난로로 몸을 덥히고, 보온병에서 달
콤한 차를 따라 마시며 밤새 등대를 지켰다. 그리고 배 위의 불쌍
한 사람들을 생각하며 자신은 안전한 곳에 있다는 것에 감사했다.
조난 신호탄이 터지진 않는지 살피면서 구명정을 띄울 준비를 해
놓았다. 이런 바다에서 구명정이 무슨 소용이 있을까싶긴 했지만
누가 알겠는가.
　5월의 그날 밤, 톰은 손에 공책과 연필을 들고 앉아서 계산을 하
고 있었다. 톰의 연봉은 327파운드였다. 아기 신발 한 켤레는 얼마
나 할까? 랠프 선장님 말로는 아이들은 눈 깜짝할 사이에 자라 신
을 사주어도 곧 못 신게 된다던데. 옷도 필요했다. 교과서도 사줘
야 할 것이다. 물론 톰이 이 일을 계속한다면 이저벨이 집에서 아
이들을 가르칠 것이다. 하지만 이렇게 험한 밤이면 이런 삶을 누군
가에게 강요하는 게 옳은 일인가 하는 생각이 들었다. 더더군다나
어린아이에게. 한편으로는 동부에 있을 때 만난 등대지기 잭 스로

셸이 한 말도 떠올랐다. "아이들한테는 최고의 환경이지. 우리 애들 여섯 모두가 아주 튼튼하다네. 늘 장난치고 말썽을 부리지. 동굴을 탐험하고 비밀 기지를 만들고. 개척자들이라니까. 공부는 마나님이 책임지고. 내 말 믿게. 등대에서 아이를 키우는 건 눈감고도 할 수 있을 만큼 쉬운 일이야!"

톰은 다시 계산을 시작했다. 어떻게 하면 저축을 늘려서 아기한테 들어갈 돈이 모자라지 않게 할 수 있을까? 옷값, 병원비, 그 외에 어떤 돈이 더 들어갈지 알 수 없었다. 아빠가 된다는 사실에 톰은 떨리기도 하고 신이 나기도 하고 걱정스럽기도 했다.

그러다보니 자기 아버지에 대한 기억으로 생각이 흘러갔고, 바깥에서는 천둥이 우르릉거려 다른 소리는 아무것도 들리지 않았다. 톰을 부르는 이저벨의 비명 소리조차도.

9

"차 한잔 갖다줄까요?" 톰이 어쩔 줄 몰라하며 물었다. 톰은 실용적인 사람이었다. 정교한 기계 장치를 주면 잘 관리하고, 뭔가가 망가지면 차근차근 효율적으로 수리할 줄도 알았다. 하지만 절망에 빠진 아내 앞에서는 아무것도 할 수 없었다.

이저벨은 고개도 들지 않았다. 톰이 다시 말을 걸었다. "진통제 좀 먹을래요?" 등대지기들은 물에 빠진 사람에게 심폐소생술 하는 법, 저체온증이나 체온 저하에 대처하는 법, 상처 소독하는 법, 사지 절단 처치까지도 포함된 응급처치법을 교육받는다. 하지만 산부인과와 관련된 내용은 전혀 배우지 않았다. 유산에 대해서 톰은 아무것도 몰랐다.

끔찍한 폭풍우가 시작된 지 이틀이 지났다. 아기가 유산된 지도 이틀이 되었다. 아직도 피가 흐르는데도 이저벨은 톰이 구조 요청을 보내지 못하게 막았다. 폭풍우가 심했던 날, 톰은 밤새 경비를 서고 동이 트기 직전에야 등명기를 끄고 오두막으로 돌아왔다. 잠이 쏟아졌다. 그런데 침실에 들어와보니 이저벨이 고통에 몸부림치고 있었고 침대는 피로 흠뻑 젖어 있었다. 이저벨의 눈빛이 설명할 수 없을 정도로 쓸쓸해 보였다. 지금까지 한 번도 보지 못한 황량한 눈이었다. "저, 정말 미안해요." 이저벨이 말했다. "진짜 미안해요." 그때 또다시 통증이 찾아왔는지 이저벨이 배를 손으로 감싸 쥐고 신음 소리를 냈다.

이제 이저벨은 이런 말을 했다. "의사가 왜 필요해요? 아기는 이미 죽었는데." 이저벨의 눈빛이 흔들렸다. "난 정말 아무 쓸모도 없어요. 다른 여자들은 아기를 쑥쑥 쉽게 낳는데."

"이지, 그만해요."

"내 탓이에요, 톰."

"절대로 그렇지 않아요." 톰은 이저벨을 꼭 안고 머리카락에 계속 입을 맞췄다. "아기는 또 생길 거예요. 언젠가 우리가 아이 다섯을 낳아서 그애들이 사방을 헤집고 다니고 당신 다리 사이로 파고들면 이 일도 다 꿈처럼 느껴질 거예요." 톰은 이저벨의 어깨에 숄을 둘러주었다. "바깥 날씨가 아주 좋아요. 나가서 베란다에 앉아봐요. 기분이 나아질 거예요."

두 사람은 고리버들 의자에 나란히 앉았다. 이저벨은 파란 체크무늬 담요를 몸에 둘둘 두른 채 해가 늦가을 하늘을 가로지르는 것을 지켜보았다.

이저벨은 처음 이곳에 왔을 때 공허함에 충격받았던 일과 사방이 텅 빈 캔버스처럼 느껴졌던 것을 떠올렸다. 서서히 톰과 같은 눈으로 이곳을 볼 수 있게 되고 미묘한 변화에 눈이 익어갔던 것도 생각했다. 하늘에서 구름이 생겨나 모이고 흘러가는 것이나 바람과 계절에 따라 달라지는 파도의 모양이 점차 눈에 들어왔었다. 파도를 읽을 줄 알면 이튿날 날씨도 짐작할 수 있었다. 또 갑자기 어디에선가 나타나는 새들과도 친숙해졌다. 씨앗이 바람을 타고 날아들듯, 바닷말이 물가에 떠밀려오듯 느닷없이 나타나는 새들.

이저벨은 두 그루 소나무를 쳐다보다 그 쓸쓸한 모습에 갑자기 눈물을 터뜨렸다. "숲이 있어야 하는데." 이저벨이 느닷없이 말했다. "숲이 보고 싶어요. 나뭇잎, 나무 냄새, 빼곡한 나무가 그리워요. 동물들도요. 캥거루가 정말 보고 싶어요! 전부 그리워요."

"알아요, 이지."

"당신은 안 그래요?"

"난 이 세상에 당신만 있으면 돼요. 그리고 여기 당신이 있잖아요. 다른 건 필요 없어요."

이저벨이 아무리 열심히 털어도 먼지는 얇은 벨벳처럼 모든 것을 뒤덮었다. 두 사람의 결혼사진. 1916년 입대를 앞둔 휴 오빠와 앨피 오빠가 군복을 입고 파티에라도 가는 듯 활짝 웃는 사진. 오빠들은 가장 체격 좋은 군인은 아니었지만 열의가 넘쳤고, 새 군모를 쓰고 멋지게 폼을 잡고 있었다.

이저벨의 반짇고리는 어머니 것만큼 깔끔하지는 않아도 웬만큼 정리되어 있었다. 바늘과 핀은 솜을 넣은 연녹색 안감에 꽂혀 있었고, 배냇저고리를 만들기 위해 마름질해놓았던 조각들이 반쯤 연결된 채, 망가진 시계처럼 남겨져 있었다.

톰이 만들어준 나무상자 안에는 톰이 결혼 선물로 준 가는 진주 목걸이가 들어 있었다. 그 외에는 화장대 위에 브러시와 거북의 등딱지로 만든 빗밖에 놓여 있지 않았다.

이저벨은 멍하니 거실로 갔다. 먼지, 창틀 옆 회벽의 갈라진 틈, 짙은 푸른색 양탄자의 해진 가장자리가 눈에 들어왔다. 벽난로 재도 쓸어내야 했다. 커튼 안감은 거친 날씨에 시달려 해어졌다. 이런 것들을 손보아야 한다는 생각만으로도 이저벨은 버거웠다. 몇 주 전만 해도 기대와 활기가 넘쳤었는데. 이제는 방이 관처럼 느껴졌고, 자신의 삶은 그 안에 갇혀 멈춰버린 것 같았다.

이저벨은 어머니가 작별 선물로 준 자신의 어린 시절 사진첩을 펼쳤다. 사진마다 뒷면에는 '거처 사진관'이라는 글자가 찍혀 있었다. 부모님의 결혼사진과 집을 찍은 사진도 한 장씩 있었다. 이저벨은 손끝으로 식탁을 훑었다. 할머니가 당신 혼수품으로 만든 레이스 도일리 위에 손이 멈췄다. 이저벨은 피아노 앞으로 가서 뚜껑을 열었다.

호두나무 목재가 군데군데 갈라졌다. 건반 위에 금박 글씨로 '이브스태프, 런던'이라고 쓰여 있었다. 이저벨은 이 피아노가 오스트레일리아까지 온 여정을 상상해보곤 했다. 여기로 오지 않았다면 어떤 삶을 누렸을까. 영국의 가정집 아니면 학교에서, 어설픈 솜씨로 연주하는 조그만 손가락에 따라 뚱땅뚱땅 불안한 음계를 냈을 수도, 아니면 무대 위에 올랐을 수도 있겠지. 그런데 상상하기 힘든 우연에 의해 이 피아노는 외딴섬에 살게 되었고, 외로움과 날씨에 목소리마저 빼앗겼다.

이저벨은 가운데 도를 눌렀다. 하도 천천히 눌러 아무 소리도 나지 않았다. 흰건반이 할머니 손가락처럼 매끄러웠다. 할머니에게 피아노를 배우던 오후가 떠올랐다. 내림가장조 음계를 반진행으로 처음에는 한 옥타브, 그다음에는 두 옥타브, 세 옥타브까지 늘려가며 쳤던 기억이 났다. 휴 오빠와 앨피 오빠가 바깥에서 뛰어놀며 크리켓 공을 배트로 치는 소리가 들릴 때에도 "작은 숙녀"인 이저벨은 "교양"을 쌓아야 했기 때문에, 손목을 드는 게 왜 중요한지 강조하는 할머니 말을 들어야 했다.

"하지만 이 반진행은 너무 바보 같아요!" 이저벨이 징징댔다.

"흠, 좀 지나면 왜 필요한지 알게 될 거다." 할머니가 말했다.

"크리켓 해도 돼요, 할머니? 조금만 놀고 올게요."

"크리켓은 여자아이들이 하는 놀이가 아냐. 자, 어서 하자. 쇼팽의 에튀드." 할머니는 빈틈을 보이지 않았고, 연필로 표시한 흔적과 초콜릿 손자국으로 얼룩진 책을 펼쳤다.

이저벨은 다시 건반을 눌렀다. 갑자기 그리움이 밀려왔다. 음악에 대한 그리움만이 아니라, 밖에서 치맛자락을 들어올리고 오빠들과 어울려 크리켓을 하던 때에 대한 그리움. 이저벨은 그때로 되돌아가고 싶은 생각에 다른 건반들도 눌러보았다. 하지만 건반 아래의 펠트가 닳아버려 나무가 부딪쳐 딸깍거리는 소리만 조그맣게 들릴 뿐이었다.

"무슨 소용이 있겠어요?" 톰이 방 안으로 들어오자 이저벨이 어깨를 으쓱했다. "이제 망가져버렸는데요. 꼭 나처럼." 그리고 이저벨은 울음을 터뜨렸다.

이틀 뒤 두 사람은 벼랑 옆에 서 있었다.

톰은 파도에 떠내려온 목재로 만든 조그만 십자가를 망치로 땅에 단단히 박았다. 십자가에는 이저벨이 바란 대로 이렇게 새겼다. "1922년 5월 31일. 영원히 기억하리."

톰은 삽을 들고 허브밭에서 캐온 로즈메리를 심을 구덩이를 팠다. 십자가를 박고 구덩이를 파다보니 다른 기억이 떠올라 욕지기가 치밀어올랐다. 육체적으로 힘든 일이 아닌데도 손바닥이 땀으로 흥건했다.

이저벨은 벼랑 높은 곳에서 윈드워드 스피릿 호가 부두에 정박하는 모습을 보았다. 랠프와 블루이가 곧 올라올 테니 굳이 마중갈 필요는 없었다. 두 사람이 건널 판자를 내렸고, 이저벨은 그 둘 외에 또다른 남자가 배에서 내리는 것을 보고 놀랐다. 등대 설비 수리공이 온다는 말은 없었는데.

부두에서 세 사람이 어물거리는 걸 보는데 톰이 뒤쪽에서 올라왔다. 검은 가방을 든 낯선 사람은 긴 바다 여행 끝이라 중심을 잡기가 힘든지 비척거렸다.

톰이 가까이 갔을 때 이저벨의 얼굴은 분노로 굳어 있었다. "어떻게 이럴 수가 있어요!"

톰이 놀라 물었다. "뭘 말이에요?"

"그러지 말라고 했는데 내 말을 무시했잖아요! 그냥 돌려보내요. 여기까지 올라올 필요도 없어요. 필요 없으니까."

화났을 때의 이저벨은 꼭 어린아이처럼 보였다. 톰의 얼굴에서 웃음이 삐져나왔고, 그러자 이저벨은 더 화가 치솟았다. 이저벨은 허리에 손을 얹었다. "의사는 필요 없다고 분명히 말했잖아요. 그런데 몰래 일을 꾸미다니요! 내가 이미 다 아는 사실을 들으려고 의사가 여기저기 쑤시고 들추게 놔두진 않을 거예요. 너무해요! 저 사람들은 당신이 처리해요, 전부 다요."

"이지." 톰이 불렀다. "이지, 잠깐만요! 화내지 마요, 여보. 저 사람은……" 그렇지만 이저벨은 이미 톰의 말이 들리지 않는 곳으로 달려가버린 뒤였다.

랠프가 올라오며 물었다. "이저벨이 뭐래? 엄청 좋아하지?"

"꼭 그렇진 않네요." 톰이 주먹 쥔 손을 주머니에 넣었다.

"하지만……" 랠프가 이상하다는 듯 톰을 바라보았다. "신나서 팔짝팔짝 뛸 줄 알았는데. 저 양반을 여기 보내려고 힐다가 자기 매력을 유감없이 발휘했다구. 우리 집사람이 그렇게 쉽게 매력을 흘리고 다니는 사람이 아닌데 말이야!"

"이저벨이……" 톰이 해명을 해야 할지 잠시 망설였다. "약간 오해를 했어요. 미안합니다. 지금은 좀 화가 난 상태예요. 일단 화가 나 있을 때는 폭풍이 지나갈 때까지 엎드려 있는 게 상책이에요. 그러니 죄송하지만 점심은 제가 만드는 샌드위치로 때워야겠네요."

블루이와 남자도 올라왔고, 톰과 인사를 나눈 다음 안으로 들어갔다.

이저벨은 자기가 "믿을 수 없는 바위"라고 이름 붙인 작은 만 근처 풀밭에 앉아 씩씩거렸다. 이저벨은 이 상황을 견디기 힘들었다. 자신이 드러내기 싫어하는 문제에 모든 사람이 간섭하는 것 같았다. 랠프와 블루이가 이 일을 알게 된다는 것도 싫었다. 아마 여기까지 오는 내내 이저벨의 지극히 사적이고 수치스러운 일을 두고 떠들었을 텐데, 그 외에 또 무슨 소리들을 했을지 누가 알겠는가. 이저벨은 자신이 그렇게 싫다고 말했는데도 톰이 의사를 부른 것에 배신감을 느꼈다.

이저벨은 앉아서 물을 바라보았다. 아침에는 물결이 잔잔했는데 산들바람이 파도를 살살 부풀려놓았다. 시간이 흘렀다. 이저벨은 배도 고프고 졸렸다. 하지만 의사가 떠나기 전에는 오두막 근처에도 가지 않겠다고 마음먹었다. 대신 주변에 정신을 집중했다. 잎사귀 하나하나의 질감, 그 또렷한 녹색 빛깔. 바람과 물과 새의 저마다 다른 음조. 그때 낯선 소리가 들려왔다. 짧막한 음이 반복적으로 들렸다. 등대에서 나는 소리인가? 아니면 오두막인가? 톰의 작업장에서 나는 쇠붙이 부딪는 소리는 아니었다. 다시 소리가 들렸다. 이번에는 다른 음으로. 야누스를 가로질러 부는 바람이 소리를 서로 다른 주파수로 모아 전혀 다른 소리로 들리게 할 때가 있었다. 갈매기 두 마리가 이저벨 근처에 내려앉더니 물고기 한 마리를 두고 요란하게 다투는 바람에 희미하게 들리던 소리가 더는 들리지 않았다.

이저벨은 다시 생각에 잠겼다. 그런데 이번에는 바람결에 더욱 또렷이 소리가 들려왔다. 틀림없는 음계였다. 음이 완전히 맞지는 않았지만, 되풀이될 때마다 조금씩 소리가 가지런해졌다.

랠프나 블루이가 피아노를 친다는 말은 들어본 적이 없었다. 톰은 전혀 칠 줄 몰랐다. 그러니 몹쓸 의사 짓이 틀림없었다. 이저벨이 없으니 다른 데라도 기어이 손을 대려는 모양이었다. 이저벨은 그 피아노로 가락을 만들어낼 수가 없었는데, 지금은 노래가 흘러나오는 것 같았다. 이저벨은 분노가 솟구쳐올라 벌떡 일어나 길을 따라 달렸다. 침입자를 자기 악기에서, 자기 몸에서, 자기 집에서 몰아낼 생각이었다.

창고 옆으로 지나가는데 톰과 랠프와 블루이가 창고에 밀가루 포대를 쌓고 있는 게 보였다.

"잘 있었어, 이저벨?" 랠프가 말을 걸었지만 이저벨은 대꾸하지 않고 집 안으로 들어갔다.

이저벨은 응접실로 뛰어들어갔다. "죄송하지만 그건 아주 섬세한 악기—" 이저벨은 눈앞의 광경에 당황해 말을 맺지 못했다. 피아노가 활짝 열려 내부가 드러난 상태였고, 낯선 사람이 공구 상자를 펼쳐놓고 저음부 구리선 위의 너트를 조그만 스패너로 조이며 그 선에 해당하는 건반을 두들기고 있었기 때문이다.

"죽은 갈매기가 들어 있었어요. 그래서 소리가 안 났던 거예요." 남자가 돌아보지도 않고 말했다. "물론 다른 문제들도 있고요. 이십 년 동안 들어간 모래와 소금기와 또 뭔지 모를 것들 말이에요. 펠트 몇 개를 갈면 소리가 더 나아질 겁니다." 남자는 말을 하면서도 계속 건반을 두들기며 스패너를 돌렸다. "지금까지 온갖 경우를 다 봤어요. 죽은 쥐, 샌드위치, 고양이 인형. 피아노 안에서 발견된 물건에 대해서만 써도 책 한 권은 될 것 같네요. 어떻게 그 안에 들어갔는지, 원. 갈매기도 제 발로 들어가지는 않았을 텐데요."

이저벨은 너무 놀라 말을 하지 못했다. 입을 다물지 못하고 있는데 누군가가 어깨에 손을 얹었다. 돌아보니 톰이 서 있었다. 이저벨의 얼굴이 붉게 물들었다.

톰이 웃음을 터뜨렸다. "많이 놀랐죠?" 톰이 이저벨의 뺨에 입을 맞췄다.

"어…… 그게, 정말……" 이저벨은 말을 잇지 못했다.

톰이 이저벨의 허리에 손을 둘렀고, 두 사람은 잠시 이마를 맞대고 서 있다가 같이 웃음을 터뜨렸다.

이저벨은 조율사가 두 시간 남짓 더 맑은 소리, 지금까지 내지 못했던 또랑또랑한 소리를 이끌어내는 과정을 앉아서 지켜보았다. 조율사는 헨델의 〈할렐루야〉 합창을 쳐보고는 작업을 마무리했다.

"제가 할 수 있는 건 다 했습니다, 셔본 부인." 조율사가 도구를 챙기며 말했다. "제대로 손보려면 작업장으로 가져가야 하지만 배로 오가는 길에 오히려 더 망가질 수도 있어요. 완벽하진 않지만 이 정도면 훌륭한 편이죠." 조율사가 피아노 의자를 당겨 꺼냈다. "한번 쳐보시겠어요?"

이저벨은 피아노 앞에 앉아 내림가장조 음계를 반진행으로 연주했다.

"전보다 훨씬 낫네요!" 이저벨은 이어 헨델의 아리아의 도입 부분을 연주하기 시작했다. 이저벨이 기억 속으로 빠져드는데 누군가가 헛기침을 했다. 랠프였다. 문가에 블루이와 같이 서 있었다.

"계속하세요!" 이저벨이 인사를 하려 몸을 돌리자 블루이가 말했다.

"무례하게 굴어서 죄송해요." 이저벨은 그렇게 말하고 일어서려 했다.

"전혀." 랠프가 말했다. "이건 우리 집사람이 보내는 선물." 랠프가 말하며 등뒤에서 붉은 리본으로 묶은 꾸러미를 내밀었다.

"아! 지금 풀어봐도 돼요?"

"그럼! 이저벨 반응이 어땠는지 힐다한테 낱낱이 보고하지 않으면 끝까지 들볶일걸."

이저벨이 포장을 뜯자 바흐의 〈골드베르크 변주곡〉 악보가 나왔다.

"톰 말이 이 곡은 눈감고도 칠 수 있다면서."

"몇 년 동안 한 번도 안 쳐서요…… 아, 정말 기뻐요! 고맙습니다!" 이저벨이 랠프를 안고 뺨에 입을 맞췄다. "블루이 당신도요." 이저벨이 블루이에게도 입을 맞추는데 블루이가 몸을 돌리는 바람에 우연히 입술이 맞닿았다.

블루이는 얼굴이 새빨개져서는 발끝을 내려다보았다. "전 한 일도 없는데요, 뭘."

톰이 그 말에 반박했다. "한 게 없긴. 블루이가 올버니까지 가서 이분을 모셔왔어요. 어제 하루종일 걸려서요."

"그렇다면 한 번으로는 안 되겠네요." 그리고 이저벨은 블루이의 다른 뺨에도 입을 맞추었다.

"당신도요!" 이저벨은 피아노 조율사에게도 입을 맞추었다.

그날 밤 톰은 바흐의 선율 속에서 등명기를 점검했다. 가지런히 오르내리는 음이 등대 계단을 타고 올라와 등롱 안에 울려퍼져 프리즘 사이에서 맴돌았다. 이저벨은 신비로웠다. 마치 등명기를 받치고 회전하게 해주는 수은 같았다. 상처를 치유할 수 있는 능력도 있고 악화시키는 능력도 있으며, 등명기 무게 전체를 떠받칠 만큼 든든하기도 하고 손에 잡히지 않는 방울들로 무수히 쪼개져 사방으로 흩어지기도 했다. 톰은 회랑으로 나갔다. 윈드워드 스피릿 호의 불빛이 수평선 너머로 사라지고 있었다. 톰은 이저벨을 위해, 두 사람의 삶을 위해 조용히 기도를 올렸다. 그러고 나서 일지를 펼쳐 1922년 9월 13일 수요일 특기사항란에 이렇게 적었다. "보급선 편으로 피아노 조율사 아치 폴록 방문. 사전 승인 받음."

2부

The
LIGHT
BETWEEN
OCEANS

10

1926년 4월 27일

이저벨의 입술은 핏기가 없었고, 눈빛에도 힘이 없었다. 이저벨
은 아직도 가끔씩 자기 배에 살포시 손을 얹어보곤 했다. 납작한
배를 만져보고야 그 안이 비어 있다는 걸 깨달았다. 블라우스 앞쪽
은 여전히 조금씩 얼룩이 졌다. 처음 며칠 동안은 이미 떠나버린
손님을 위한 만찬처럼 젖이 줄줄 흐르곤 했었다. 그럴 때마다 이저
벨은 지금 방금 그 일을 겪은 듯 다시 울음을 터뜨렸다.

이저벨은 손에 침대시트를 쥔 채 서 있었다. 집안일은 멈추지 않
고 회전하는 등대 불빛처럼 끝이 없었다. 침대를 정리하고 잠옷을
개어 베개 밑에 넣어놓은 뒤 벼랑으로 가 무덤가에 잠시 앉았다. 이
저벨은 새로 생긴 무덤을 정성껏 돌봤다. 새로 심은 로즈메리가 뿌
리를 잘 내릴지 걱정이 들었다. 전에 만든 십자가 두 개 주위에 돋은
잡초를 뽑았다. 세월이 지나면서 십자가에는 고운 소금 결정이 내
려앉았고, 로즈메리는 강풍에도 끄떡없이 잘 자라났다.

바람을 타고 아기 울음소리가 들려왔을 때 이저벨은 자기도 모르게 새 무덤을 돌아보았다. 말도 안 되는 생각이었지만 순간적으로 자신들이 착각했던 건가, 아기가 사산된 게 아니라 살아서 숨쉬고 있는 건가? 하고 생각했다.

몽상은 곧 사라졌지만, 울음소리는 여전히 들려왔다. 그때 톰이 회랑에서 외쳤다. "바닷가에 보트가 있어요!" 이저벨은 환청이 아니라는 걸 깨닫고 허둥지둥 톰과 함께 보트로 달려갔다.

"세상에!" 톰이 외쳤다. "이럴 수가. 이지—"

"아기잖아요! 아, 하느님! 아, 톰! 톰! 나한테 줘봐요!"

오두막으로 돌아온 이저벨의 가슴이 요동쳤다. 이저벨은 아기를 안고 달래고 어르는 법을 본능적으로 알았다. 아기에게 따뜻한 물을 끼얹으며 아기의 여리면서도 통통하고 부드럽고 매끈한 살갗을 기억해두었다. 조그만 손가락 하나하나에 입을 맞추며 아기가 자기 얼굴을 할퀴지 못하게 손톱 끝을 아주 살짝씩 물어뜯었다. 이저벨은 손바닥으로 아기 머리를 받친 다음, 쓰지 않고 아껴두었던 실크 손수건으로 콧구멍 아래 보일 듯 말 듯한 콧물 자국과 눈가에 마른 눈물 자국의 소금기를 닦아냈다. 그 순간이 다른 아기, 다른 얼굴을 씻기던 기억과 하나로 합해지는 것 같았다. 마치 한 가지 일이 잠시 중단되었다가 다시 계속되는 것처럼.

아기 눈을 들여다보니 마치 신의 얼굴을 보는 것 같았다. 어떤 가면도 쓰지 않은 가식 없는 얼굴. 철저하게 무력한 존재. 혈액과

뼈와 피부가 정교하게 결합하여 이루어진 복잡미묘한 존재가 이렇게 자신에게 왔다는 데 저절로 마음이 숙연해졌다. 그 일이 있은 지이 주도 되지 않아 아기가 왔다는 것이…… 도무지 우연이라고는 생각되지 않았다. 물살이 정확하고 안전하게 야누스의 해안으로 실어오지 않았다면 벌써 망각 속으로 녹아 사라져버렸을, 눈송이처럼 연약한 아기가 여기에 왔다는 것이.

긴장이 풀려 아기의 몸이 나긋나긋해졌다. 말 이전의 세계에서 생명체와 생명체가 교감하는 언어로 아기는 이저벨에 대한 신뢰감을 드러내고 있었다. 죽음의 문턱까지 다가갔던 생명이 물과 물이 만나듯 다른 생명과 이어졌다.

이저벨은 강렬한 감정에 휩싸였다. 자신의 손가락을 꼭 쥐는 앙증맞은 손을 보며 경탄했고, 조그맣고 귀여운 엉덩이에 웃음을 터뜨렸고, 주위에서 공기를 빨아들여 핏속으로, 영혼으로 공급하는 숨결에는 숙연함마저 느꼈다. 그리고 이 모든 감정의 이면에는 암울하고 공허한 고통이 조용히 울려퍼졌다.

"아가야, 네가 나를 울리는구나." 이저벨이 말했다. "대체 어떻게 한 거니? 조그맣고 귀엽고 완벽한 아가야." 이저벨은 제단에 올리는 성물이라도 되는 듯 아기를 목욕통에서 들어올린 다음 보드라운 흰 수건 위에 눕혀놓고 물기를 닦았다. 종이 위의 잉크가 얼룩지지 않도록 살살 누르듯이, 조심하지 않으면 잉크가 번지기라도 할 것처럼 조심스러운 손길이었다. 이저벨이 아기에게 분을 바르고 새 기저귀를 채우는 동안 아기는 얌전히 누워 있었다. 이저벨은 조금도 망설이지 않고 아기방으로 가, 서랍장에 새것인 채로 고스란히 들어 있던 옷 가운데 한 벌을 골랐다. 오리가 수놓인 그 노란 옷을 조심스레 아기에게 입혔다.

　자장가를 흥얼거리며 이저벨은 아기의 조막만한 손바닥을 벌려 손금을 들여다보았다. 태어난 순간부터 이미 정해진 길이 아기를 이곳으로, 이 외진 바닷가까지 데려온 것이다. "예쁜 아가, 착하고 예쁜 아가야." 이저벨이 속삭였다. 아기는 기진맥진한 나머지 들릴 듯 말 듯 얕은 숨을 쉬며 금세 잠에 빠졌지만 이따금 몸을 바르르 떨었다. 이저벨은 아기를 한 팔로 안고 다른 손으로는 요람에 시트를 깔고 부드러운 털실로 뜬 담요를 꺼냈다. 하지만 얼른 아기를 내려놓지 못했다. 의식 저편에서, 바로 얼마 전까지만 해도 이저벨의 몸에 엄마 될 준비를 시켰던 호르몬이 다시 쏟아져나와 이저벨의 감정을 흔들고 몸을 움직였다. 꼭꼭 눌려 있던 본능이 걷잡을 수 없이 깨어났다. 이저벨은 아기를 안고 부엌으로 가 아기 이름 책을 뒤적이기 시작했다.

　등대지기는 모든 일을 기록한다. 등대에 있는 모든 물건을 목록으로 작성해 정리하고 관리하고 점검한다. 관리 대상이 아닌 것은 아무것도 없다. 버너용 관에서부터 일지 작성에 필요한 잉크, 벽장 안의 빗자루부터 문 앞에 놓는 매트까지 모든 물건이 등대관리청 소유다. 모두 가죽 장정의 물품대장에 기록해야 한다. 양과 염소도 마찬가지다. 그러니 어떤 것도 허투루 버리는 게 없고 프리맨틀 사무국 승인 없이는 아무것도 처분할 수 없다. 만약 비싼 물건일 경우에는 멜버른 본사의 승인을 받아야 한다. 백열맨틀 한 상자나 등유 한 통이 없어졌을 때 그 이유를 설명할 수 없다면 등대지기는 아주 곤란한 지경에 처할 것이다. 아무리 먼 곳에 떨어져 있다 해도 등대지기들은 늘 관찰당하고 감시에서 벗어날 수 없다는 점에서 유리병에 갇힌 나방이나 다름없다. 등대를 맡은 사람은 한 치도 빈틈이 없어야 하기 때문이다.

일지는 등대지기의 삶을 변함없이 꾸준한 필치로 들려준다. 불을 켜고 끈 정확한 시각, 날씨, 지나간 선박, 신호를 보내온 선박, 비바람이 몰아치는 바다에서 힘겹게 파도와 싸우느라 모스 신호나 국제 선박 신호도 보내오지 않고 어디에서 왔고 어디로 가는지 모르게 지나간 배. 이따금 등대지기가 심심풀이로 새로운 달의 시작 부분에 장식무늬를 그려넣기도 한다. 꾀를 부려 상부에서 장기 근속 휴가를 허락했다고 일지에 기록하기도 한다. 일단 기록된 것은 번복하는 게 불가능하기 때문이다. 하지만 그 이상의 일탈은 허용되지 않는다. 일지는 복음서나 다름없는 진리다. 야누스가 선박 운항에 중요한 로이드 해상조합 신호소도 아니니 일단 톰이 일지를 덮고 나면 누가 다시 들여다볼 일은 영영 없을 가능성이 높다. 그렇지만 톰은 일지를 쓸 때 왠지 모를 평화로움을 느꼈다. 등대관리청에서는 여전히 범선 시대의 방식으로 풍속을 가늠해 '고요(0-2, 운항에 적당한 바람)'에서 '허리케인(12, 항주중이더라도 돛이 버틸 수 없음)'까지 나누었다. 톰은 그 언어가 주는 느낌을 즐겼다. 혼돈과 폭발이 주위의 온 땅을 뒤흔들어놓아 현실이 무너지고 아무것도 알 수도, 설명할 수도 없었던 과거의 지옥 같은 시간을 생각하면 단순한 사실을 기록하는 게 얼마나 호사스러운 일인가 하는 생각이 들어 만족감을 느꼈다.

그래서 보트가 떠내려온 날 톰의 머리에 가장 먼저 떠오른 것도 일지였다. 뭔가 조금이라도 중요한 것은 전부 보고하는 게 몸에 밴 터였다. 직업상 규정이 그렇기도 하고 국법에서 요구하는 바이기도 했다. 톰이 남기는 정보가 아주 사소한 것에 지나지 않을지라도 톰만이 남길 수 있는 기록이고 반드시 남겨야만 하는 것이었다. 조난신호 조명탄, 수평선 위의 한줄기 연기, 난파선의 잔해일지 모르는 금속 조각…… 이 모든 것을 톰은 반듯하고 가지런한 글씨체로 일일이 기록했다.

톰은 등롱 아래 전망실 책상에 앉았다. 만년필이 그날 일을 기록하려고 대기중이었다. 한 남자가 죽었다. 사람들에게 알려야 했다. 신원을 수소문해야 했다. 톰은 잉크가 거의 다 차 있는데도 만년필에 잉크를 더 채워넣었다. 전에 기록한 것들을 몇 가지 확인한 다음 자신이 제일 처음 기록했던 장을 펼쳤다. 육 년 전 야누스에 처음 도착했던 흐린 수요일의 기록이었다. 그뒤로 조수가 드나들듯 하루하루가 흘러갔다. 그 오랜 시간을 지내오는 동안, 긴급한 수리작업에 매달리느라 녹초가 되었을 때도, 폭풍우가 몰아쳐 철야를 해야 했을 때도, 자신이 대체 여기서 뭘 하고 있나 상념에 빠져 있을 때도, 심지어 이저벨이 유산한 그 끔찍한 날에도, 일지를 적으면서 이렇게 마음이 불안하지는 않았다. 그렇지만 이저벨이 단 하루만 미뤄달라고 간절히 말하지 않았는가.

바로 이 주 전의 그날 오후가 다시 떠올랐다. 낚시를 갔다 돌아오는데 이저벨의 비명 소리가 들려왔다. "여보, 여보! 빨리!" 오두막 안으로 달려들어가니 이저벨이 부엌바닥에 쓰러져 있었다.

"여보! 뭔가 이상해요." 이저벨이 신음 소리를 냈다. "나오는 것 같아요! 아기가 나오려고 해요."

"확실해요?"

"내가 어떻게 알아요!" 이저벨이 소리를 질렀다. "무슨 일인지 모르겠어요! 아, 아— 세상에, 여보— 너무 아파!"

"내가 잡아줄 테니 일어나봐요." 톰이 바닥에 꿇어앉으며 이저벨을 붙잡았다.

"안 돼! 내버려둬요!" 이저벨은 헐떡거리며 진통과 싸웠다. 목소리는 거의 신음에 가까웠다. "너무 아파. 아 제발 그만!" 이저벨이 외쳤고, 그 순간 피가 치맛자락 사이로 흘러나와 바닥을 적셨다.

지난번과는 상황이 달랐다. 이번에는 임신 7개월이 다 된 상태였다. 톰은 뭘 어떻게 해야 할지 몰라 우왕좌왕했다. "이지, 뭘 어떻게 해야 할지 알려줘요. 내가 뭘 해야 하죠?"

이저벨은 자기 옷가지를 더듬으며 속바지를 벗으려고 했다.

톰이 이저벨의 엉덩이를 살짝 들어 속바지를 잡아내리는데 이저벨이 더 크게 신음하며 몸을 뒤틀기 시작했다. 이저벨의 비명 소리가 온 섬에 울려퍼졌다.

생각보다 빨리 찾아온 진통은 그만큼 빠르게 끝났다. 톰은 아기가 이저벨의 몸에서 나오는데도 속수무책으로 바라보고만 있었다. 모습을 다 갖춘 아기, 톰의 아기였다. 아기는 피투성이에 조그마했다. 두 사람이 그렇게 오랫동안 기다려왔던 아기를 축소한 모형 같았다. 그런데 그 아기가 아직 준비가 되지 않은 채 피와 체액과 온갖 것들을 덮어쓰고 나온 것이다.

머리끝부터 발끝까지 1피트* 정도밖에 되지 않았고, 설탕 한 봉지 무게도 안 되는 것 같았다. 아기는 움직이지 않았고 소리도 내지 않았다. 톰은 아기를 손에 들고 놀라움과 공포 사이에서 어쩔 줄 몰랐다. 어떻게 해야 하는지, 어떤 감정을 느껴야 하는지 알 수 없었다.

"이리 줘요!" 이저벨이 비명을 질렀다. "내 아기 줘요! 내가 안을 거예요!"

"남자아이예요." 톰이 생각해낼 수 있는 말은 이것뿐이었다. 톰은 아내에게 아직 따뜻한 몸뚱이를 건네며 말했다. "남자아이였어요."

울부짖던 바람도 숨을 죽였다. 늦은 오후의 햇살이 창문으로 들어와 여자와 거의 아기가 될 뻔했던 존재에게 밝은 금빛 이불을 덮어주었다. 부엌의 낡은 시계는 여전히 정확하게 똑딱거리며 돌아갔다. 한 생명이 왔다 갔는데, 자연은 한순간도 그 생명을 위해 멈추지 않았다. 시간과 공간의 기계는 계속 돌아가고 사람은 제분기로 들어가는 낟알처럼 그 기계 안으로 빨려든다.

이저벨은 가까스로 몸을 조금 일으켜 벽에 기대앉았다. 더 크고 더 튼튼할 거라고, 이 세상의 아기가 될 거라고 상상했던 조그만 형체를 보고 이저벨은 흐느꼈다. "내 아기 내 아기 내 아기 내 아기." 이저벨은 아기를 되살릴 마법의 주문이라도 읊듯 웅얼거렸다. 아기의 얼굴은 엄숙해 보였다. 간절히 기도하는 수도승처럼 눈을 감고 입은 앙다물고 있었다. 떠나오고 싶지 않았던 세상으로 다시 돌아간 아기.

시곗바늘은 마냥 쯧쯧 소리를 내며 거만하게 제 갈 길을 갔다.

---

* 약 30센티미터.

반 시간 정도가 지나도록 이저벨은 한마디도 하지 않았다.

"담요를 가져올게요."

"안 돼요!" 이저벨이 톰의 손을 잡았다. "우릴 두고 가지 마요."

톰은 옆에 앉아 이저벨의 어깨를 감싸안았다. 이저벨은 톰의 가슴에 기대어 흐느꼈다. 바닥에 생긴 피웅덩이 가장자리가 말라 굳기 시작했다. 죽음, 피, 상처 입은 사람을 달래는 것. 이 모두가 톰에게는 익숙한 일이었다. 그렇지만 이번에는 달랐다. 여자와 아기였다. 폭발도 흙도 없었다. 다른 것들은 모두 원래대로였다. 버드나무 무늬 접시는 식기건조대에 가지런히 서 있고, 행주는 오븐 문짝 위에 걸려 있었다. 이저벨이 오늘 아침에 구운 케이크는 케이크 틀에 든 채 젖은 천으로 덮여 식힘망 위에 놓여 있었다.

잠시 후 톰이 말했다. "어떻게 하죠? 저…… 아기 말이에요."

이저벨은 품안의 차갑게 식은 아기를 쳐다보았다. "물을 데워요."

톰이 이저벨을 보았다.

"물을 데워줘요."

톰은 어리둥절했으나 이저벨 말을 거스르고 싶지 않아 일어나서 물 데우는 난로에 불을 붙였다. 톰이 돌아오자 이저벨이 말했다. "통에 물을 채워줘요. 물이 따뜻해지면."

"씻고 싶으면 내가 욕실로 데려다줄게요."

"나 말고요. 아기를 씻겨야 해요. 리넨장에 좋은 시트가 있어요. 내가 수놓은 거요. 한 장 갖다줄래요?"

"여보, 그건 천천히 해도 돼요. 지금은 당신이 가장 중요해요. 가서 전신 보낼게요. 배를 보내라고 할게요."

"안 돼요!" 이저벨의 목소리는 사나웠다. "안 돼요! 아무도, 아무도 필요 없어요. 다른 사람한테 알리고 싶지 않아요. 아직은요."

"하지만 여보, 피를 너무 많이 흘렸어요. 얼굴이 창백해요. 당신을 뭍으로 데려갈 의사를 불러와야 해요."

"통에 물 좀 채워줘요, 제발."

물이 데워지자 톰은 통에 물을 채워 이저벨 옆에 갖다놓았다. 그러고 나서 이저벨에게 수건 한 장을 건넸다. 이저벨은 수건을 물에 적셔 손가락 끝에 감고는 아기 얼굴의 투명한 살갗을 덮은 핏물을 부드럽게 살살 닦아내기 시작했다. 아기는 하느님과 비밀스러운 대화를 계속 나누는 듯 여전히 기도하는 얼굴이었다. 이저벨은 수건을 물에 담가 헹구고 짠 다음 아기를 뚫어져라 보며 다시 닦기 시작했다. 아기가 눈을 깜박거리거나 손가락을 움찔하지 않을까 기대하는 것도 같았다.

"여보." 톰이 조용히 말하며 이저벨의 머리카락을 쓰다듬었다. "내 말 좀 들어봐요. 차를 끓여올게요. 설탕을 많이 넣어서요. 나를 위해서라도 마셔야 해요, 알았죠? 그리고 담요 가져와서 덮어줄게요. 여기도 좀 치울 거예요. 당신이 아무데도 안 가겠다면 대신 내가 당신을 돌볼 수 있게 해줘요. 싫다고 하면 안 돼요. 진통제하고 철분제 가져올 테니까, 날 위해서 먹어요." 톰의 목소리는 부드럽고 차분했다. 그냥 사실을 조곤조곤 읊는 것 같았다.

이저벨은 의식에 몰두하여 아기의 몸이며 바닥에 널린 태반에 연결된 탯줄까지 계속 꼼꼼히 닦았다. 톰이 어깨에 담요를 둘러주는데도 고개도 들지 않았다. 톰은 양동이와 걸레를 가지고 와서 바닥에서 피와 다른 것들을 닦아내기 시작했다.

이저벨은 얼굴이 물에 잠기지 않게 아기를 조심스럽게 물에 담그고 몸을 씻겼다. 그리고 수건으로 물기를 닦은 다음 새 수건으로 태반까지 함께 똘똘 감쌌다.

"톰, 식탁 위에 시트를 펴줄래요?"

톰은 케이크 틀을 한옆으로 치우고 수놓인 시트를 반으로 접어 깔았다. 이저벨이 톰에게 아기를 건넸다. "그 위에 눕혀요." 톰은 하라는 대로 조그만 몸뚱이를 그 위에 놓았다.

"이젠 당신 몸을 돌봐야 해요. 물을 데워놨으니 어서 씻어요. 자, 나한테 기대봐요. 천천히 일어나는 거예요. 천천히, 천천히." 톰이 이저벨을 부엌에서 욕실로 데려가는데 붉은 핏자국이 긴 꼬리처럼 이어졌다. 이번에는 톰이 이저벨의 얼굴을 수건으로 닦아주고, 수건을 헹구어 다시 닦아주었다.

한 시간 뒤, 새 잠옷으로 갈아입고 머리를 뒤로 땋아내린 이저벨은 침대에 누웠다. 톰이 얼굴을 쓰다듬어주자 피로와 모르핀 진통제를 이기지 못하고 이저벨은 잠에 빠져들었다. 톰은 부엌으로 돌아가 청소를 마저 하고 더러워진 수건과 시트를 물에 담가놓았다. 어둠이 내리자 톰은 책상에 앉아 램프에 불을 붙였다. 그리고 작은 아기를 위해 기도했다. 광활함, 조그만 몸, 영원, 시간의 흐름을 각인시키는 시계. 이 모두가 이집트나 프랑스 전장에서보다도 이곳에서 더 터무니없게 느껴졌다. 톰은 정말 많은 죽음을 봐왔다. 그렇지만 이 죽음의 고요함은 무언가 달랐다. 총성과 고함 소리가 없어, 처음으로 죽음이 묻혀버리지 않는 것을 느꼈다. 톰과 함께 생의 경계에 섰던 사람들의 죽음에 그 어머니들은 절규했을 것이다. 하지만 전장에서는 사랑하는 이들이 너무 멀리 있어 그 모습을 상상하는 것이 쉽지 않았다. 아기가 태어나자마자 엄마를 떠나는 모습을 보는 것, 톰이 이 세상에서 유일하게 사랑하는 여자가 자식을 잃는 모습을 보는 것은 견딜 수 없는 고통이었다. 톰은 아기가 식탁 위에 드리운 그림자를 흘긋 쳐다보았다. 천으로 덮인 채 그 옆에 놓여 있는 케이크가 수의를 입은 쌍둥이처럼 보였다.

"아직은 싫어요. 마음의 준비가 되면 내가 얘기할게요." 이튿날 이저벨은 침대에 누워 계속 고집을 부렸다.

"하지만 부모님이 궁금해하실 거예요. 당신이 다음 배로 오길 기다리고 계시잖아요. 첫 손주를 기다리시고요."

이저벨이 힘없는 표정으로 톰을 바라보았다. "그래서 이러는 거예요! 부모님이 첫 손주를 기다리고 계신데 아기를 잃었으니까요."

"걱정하실 거예요."

"그러니까 뭐하러 걱정을 끼쳐요? 톰, 이건 우리 일이에요. 내 일이라구요. 온 세상 사람한테 다 떠들 필요 없잖아요. 조금 더 기대를 품게 내버려둬요. 6월에 배가 오면 그때 편지로 알릴게요."

"배가 오려면 몇 주나 더 있어야 하잖아요!"

"톰, 난 도저히 못하겠어요." 눈물방울이 이저벨의 잠옷에 떨어졌다. "부모님만은 몇 주라도 더 행복하게 지내시게 해요……"

그래서 톰은 이저벨의 바람을 들어주기로 하고, 일지에도 아무것도 적지 않았다.

하지만 그건 이번과는 다른 일이었다. 개인적인 일이었으니까. 보트가 떠내려온 것 같은 일에는 그런 재량을 발휘할 수 없었다. 톰은 오늘 아침에 보았던 증기선을 일지에 기록했다. 케이프타운으로 가는 맨체스터 퀸 호. 다음에는 잠잠했던 바람과 기온을 적고 펜을 내려놓았다. 내일 하자. 내일 무선을 보낸 후 보트가 도착한 일을 세세히 기록할 것이다. 톰은 빈 공간을 남겨두었다가 나중에 그 자리를 메울지, 아니면 보트가 실제보다 늦게 도착한 것처럼 기록할지 잠시 망설였다. 톰은 빈자리를 남겨두는 쪽을 택했다. 내일 아침에 무선을 보내면서 아기 때문에 정신없어서 늦었다고 설명하자. 그러면 알리는 것은 늦어지더라도 일지에는 사실 그대로 기록될 것이다. 딱 하루만 미루자. 톰은 벽에 걸린 '1911년 등대법에 따른 주의사항' 액자 유리에 비친 자기 모습을 보았다. 한순간, 거기 비친 얼굴이 도무지 자기 모습 같지가 않았다.

"난 이 분야 전문가가 아니라서요." 아기가 온 날 오후, 톰이 이저벨에게 말했다.

"그렇게 서서 보고만 있으면 영원히 전문가가 못 될 거예요. 젖병이 데워졌나 보고 올 테니 그동안만 아기를 안고 있어요. 물지 않아요." 이저벨이 웃으며 말했다. "최소한 지금은요."

아기는 톰의 팔뚝 길이 정도밖에 되지 않았지만, 톰은 문어라도 잡듯이 팔을 멀찍이 내밀어 아기를 받아들었다.

"잠깐만 그대로 있어요." 이저벨이 톰의 팔 모양을 잡아주었다. "됐어요. 그 상태로 있어요. 이제 이 분 동안은 혼자 책임져야 해요." 그리고 이저벨은 부엌으로 가버렸다.

톰이 아기와 단둘이 있어본 것은 그때가 처음이었다. 톰은 차렷

자세를 할 때처럼 굳은 자세로 있었다. 아기가 꿈지락거리기 시작
하더니 팔다리를 휘젓는 바람에 톰은 당황했다.

"가만히 있어! 사람 차별하지 말고." 톰은 아기를 놓치지 않으려
애쓰며 아기에게 애원했다.

"머리를 받쳐야 해요." 이저벨이 부엌에서 외쳤다. 톰은 바로 손
으로 아기의 머리통을 받쳤다. 손바닥 위에 놓인 머리통이 정말 조
그마했다. 아기가 또 꿈틀거리자 톰은 아기를 살살 흔들었다. "자,
착하지. 톰 아저씨한테도 좀 잘해주렴."

아기가 눈을 깜박이며 눈을 맞추자 톰은 갑자기 찌릿한 아픔을
느꼈다. 아기는 톰이 절대 알지 못할 세계를 살짝 보여주고 있었다.

이저벨이 젖병을 들고 돌아왔다. "자, 받아요." 이저벨은 젖병을
톰의 손에 들린 다음 아기 입가로 가져가게 했다. 그리고 아기가
젖꼭지를 물도록 아기 입술을 살짝 건드리는 방법을 보여주었다.
톰은 눈앞에 펼쳐지는 광경에 푹 빠져들었다. 아기가 자신에게 어
떤 것도 요구하지 않는다는 단순한 사실에 까닭 모를 경외감이 밀
려왔다.

톰이 등대로 돌아간 뒤 이저벨은 아기가 자는 동안 저녁 준비를
하느라 부엌에서 부지런히 움직였다. 울음소리가 들리자 얼른 아
기방으로 달려가 요람에서 아기를 안아올렸다. 아기는 칭얼대면서
이저벨의 가슴팍에 얼굴을 파묻고 얇은 면 블라우스를 물고 빨려
했다.

"아가, 아직도 배고파? 책에서는 너무 많이 먹이지 않게 조심하
라고 했는데. 하지만 조금 더 먹는 정도는 괜찮겠지……" 이저벨

은 우유를 조금 더 데워서 아기에게 젖병을 물렸다. 하지만 아기는 고개를 돌리고 울면서 자기 뺨에 닿은 이저벨의 젖가슴으로 파고들었다.

"아가, 여기, 여기 맘마 있어, 아가." 이저벨이 젖병을 물리며 아기를 얼렀지만 아기는 더욱 보채며 팔다리를 휘젓고 이저벨의 가슴으로만 얼굴을 들이밀었다.

이저벨은 젖이 돌 때의 고통을 떠올렸다. 젖 물릴 아기가 없는데도 젖이 딴딴하게 붇고 아팠었다. 그건 자연의 원리 중에서도 가장 잔인한 일로 여겨졌었다. 그런데 지금은 이 아기가 젖을 갈구하고 있었다. 배는 찼을 테니 그저 젖이 고픈 건지도 몰랐다. 이저벨은 한참 동안 가만히 있었다. 머릿속에 울음소리와 슬픔과 상실감이 빙빙 맴돌았다. "아, 아가." 이저벨이 웅얼거리며 천천히 블라우스 단추를 풀었다. 아기는 눈 깜짝할 사이에 젖을 물고는 몇 방울밖에 나오지 않는 젖을 만족스러운 듯 쪽쪽 빨았다.

두 사람이 한참 그러고 있는데 톰이 부엌에 들어왔다.

"아기는 어―" 톰은 눈앞의 광경에 말을 잇지 못했다.

톰을 마주보는 이저벨의 얼굴에 순진함과 죄책감이 뒤섞인 감정이 떠올랐다. "아기가 울음을 그치지 않아서 어쩔 수 없었어요."

"하지만…… 어……" 톰은 충격을 받아 할말을 찾지 못했다.

"너무 울어서요. 젖병은 물지 않으려 하고……"

"하지만― 아까는 물었잖아요. 우유 먹는 걸 봤는데……"

"그때는 많이 배고파서 그랬나봐요. 한참 못 먹었을 테니까."

톰은 어쩔 줄 몰라하며 그냥 바라보고만 있었다.

"이건 세상에서 가장 자연스러운 일이에요. 내가 아기한테 해줄 수 있는 최상의 일이기도 하고요. 그렇게 놀란 얼굴로 보지 마요."
이저벨이 톰에게 손을 뻗었다. "이리 와요. 여보. 표정 풀어요."
　톰은 이저벨의 손을 잡았지만 당혹감을 떨쳐버릴 수 없었다. 톰
의 가슴 깊은 곳에서 불안감이 점점 커졌다.

　그날 오후 이저벨의 눈은 지난 몇 년 동안 보지 못했던 생기로
빛났다. "어서 와봐요!" 이저벨이 소리쳤다. "정말 예쁘지 않아요?
딱 맞아요!" 이저벨은 아기가 누워 자고 있는 고리버들 요람을 가
리키며 말했다. 아기의 가녀린 가슴이 섬을 둘러싼 물결처럼 오르
락내리락했다.
　"호두 껍데기 속의 호두알처럼 딱 맞네요." 톰이 말했다.
　"태어난 지 아직 석 달도 안 된 것 같아요."
　"어떻게 알아요?"
　"찾아봤어요." 이저벨의 말에 톰의 눈썹이 올라갔다. "육아책에
서요. 새로 뽑아 온 당근이랑 순무하고 지난번에 먹고 남은 양고기
로 스튜를 끓였어요. 오늘은 특별한 식사를 하고 싶어서요."
　톰이 어리둥절한 표정을 지었다.
　"루시를 환영해줘야죠. 그리고 불쌍한 아기 아빠를 위해 기도도
드리고요."
　"그 사람이 아빠라면 그렇겠죠. 그런데…… 루시라고요?" 톰이
물었다.
　"아기도 이름이 있어야 하잖아요. 루시는 '빛'이라는 뜻이니까
정말 딱 맞지 않아요?"
　"이지." 톰이 미소지으며 이저벨의 머리카락을 조심스레 쓰다듬

136

었다. "조심해요, 여보. 당신이 상처받을까봐 걱정돼요……"

날이 저물어 등대 불을 켜면서도 톰은 계속 마음이 불편했다. 지난날의 슬픔이 되살아났기 때문인지, 앞으로 벌어질 일에 대한 불안감 때문인지 알 수 없었다. 좁은 나선계단의 철제 발판을 한 칸씩 밟고 내려갈 때마다 가슴에 묵직한 것이 내려앉는 느낌이었다. 이제 빠져나왔다고 생각했던 어둠 속으로 다시 빨려들어가는 듯한 느낌.

그날 저녁, 두 사람은 식탁에 마주앉아 식사를 했다. 아기가 옹알거리거나, 이따금 까르르거리는 소리가 들려오면 이저벨의 입가에 미소가 떠올랐다. "아기는 어떻게 될까요?" 이저벨이 말했다. "저애가 고아원에서 자랄지도 모른다는 생각을 하니 슬퍼요. 제 친구 세라 포터의 아기처럼요."
그날 밤 두 사람은 사산 뒤 처음으로 사랑을 나누었다. 이저벨은 전혀 다른 사람이 된 것 같았다. 자신감 넘쳤고 편안해 보였다. 이저벨이 톰에게 입을 맞추며 말했다. "봄이 오면 장미 꽃밭을 만들어요. 우리가 여길 떠난 뒤에도 계속 남아 있을 꽃밭을요."

"오늘 아침에 타전할 거예요." 동이 튼 뒤 등대 불을 끄고 돌아온 톰이 말했다. 진주조개 껍데기 안쪽 같은 우윳빛 햇빛이 침실 안으로 들어와 아기의 얼굴을 어루만졌다. 밤에 아기가 깨서 울자 이저벨이 아기를 침대로 데려와 두 사람 사이에 눕혔다. 이저벨은 자고 있는 아기 쪽으로 고갯짓을 하며 입술에 손가락을 가져다 대더니 침대에서 일어나 톰을 부엌으로 이끌었다.

"앉아요, 여보. 차 끓일게요." 이저벨은 이렇게 속삭이더니 컵과 찻주전자와 주전자를 최대한 조용히 꺼냈다. 그리고 스토브 위에 주전자를 올리며 말했다. "톰, 생각해봤는데요."

"뭘요?"

"루시에 대해서요. 도무지 우연 같지가 않아요. 루시가 하필 바로 그 일 직후에 온 게……" 그 일이 무슨 일을 말하는지는 설명하지 않아도 알 수 있었다. "저애를 고아원으로 보낼 순 없어요." 이저벨이 톰의 두 손을 잡았다. "여보, 루시는 우리랑 같이 살아야 해요."

"말도 안 돼요! 아무리 사랑스러워도 우리 아기가 아니잖아요. 우리가 데리고 있을 순 없어요."

"왜 안 돼요? 생각해봐요. 솔직히 말해서, 저애가 여기 있다는 걸 누가 알겠어요?"

"몇 주 뒤에 랠프 선장님과 블루이가 오면 알게 될 거예요."

"그래요, 하지만 어젯밤에 생각해보니 저애가 우리 애가 아니라는 건 모를 거라고요. 다들 내가 임신중이라고 알고 있잖아요. 아기가 좀 일찍 태어났다고 놀라긴 하겠지만요."

톰은 입을 다물지 못하고 이저벨을 쳐다보았다. "하지만…… 이지, 지금 제정신이에요? 지금 당신이 무슨 말을 하는지 알아요?"

"사랑을 베풀자고 말하는 거예요. 단순하게 생각해요. 아기에게 사랑을 주자고요. 여보." 이저벨이 톰의 손을 더 세게 쥐었다. "우리에게 온 이 선물을 받아들이자고요. 우리는 정말 오랫동안 아기를 갖고 싶어하고 기다렸잖아요."

톰은 창문으로 고개를 돌리며 두 손을 머리에 얹고 웃기 시작했다. 그러고는 호소하듯 팔을 위로 올렸다. "이저벨, 제발! 보트 안의 남자에 대해 보고를 하면 결국 그 사람이 누구인지 밝혀질 거예요. 그러면 아기가 같이 있었다는 것도 알게 될 거고요. 당장은 아니더라도 언젠가는……"

"그렇다면 보트도 보고하지 말아야죠."

"보고를 안 한다고요?" 갑자기 톰의 목소리가 진지해졌다.

이저벨이 톰의 머리카락을 쓰다듬었다. "보고하지 마요, 여보. 우린 가엾은 아기를 돌본 것뿐이지 아무 잘못도 안 했잖아요. 불쌍한 남자는 잘 묻어줘요. 보트는, 그냥 다시 바다로 밀어 보내고요."

"이지, 이지! 당신을 위해서라면 내가 무슨 짓이든 할 거라는 걸 당신도 알 거예요. 하지만 저 남자가 누군지, 무슨 짓을 했는지는 모르지만 저 사람한테도 온당한 대접을 받을 권리가 있어요. 법에 따라서요. 만약에 아기 엄마가 죽은 게 아니라 두 사람이 돌아오기만을 기다리고 있으면 어떻게 해요?"

"갓난아기를 떼어놓는 엄마가 어디 있어요? 상식적으로 생각해봐요. 엄마는 물에 빠진 거라고요." 이저벨은 다시 톰의 손을 잡았다. "당신한테는 규정이 무엇보다도 중요하다는 거 알아요. 그리고 이게 규정 위반이라는 것도 알고요. 하지만 규정이 왜 있는 건데요? 사람 목숨을 구하기 위해서잖아요. 그리고 우리가 지금 해야할 일이 바로 그거고요. 이 아기를 구하는 거요. 아기가 지금 여기에서 우리를 필요로 하고, 우리는 아기를 도와줄 수 있잖아요. 제발요."

"이지, 나는 못해요. 내가 결정할 수 있는 일이 아니에요. 모르겠어요?"

이저벨의 얼굴빛이 어두워졌다. "어쩜 그렇게 매정할 수 있어요? 당신한테는 규정과 배와 등대 말고는 아무것도 안 중요하죠?" 톰이 전에도 들은 적 있는 비난이었다. 유산한 뒤에 슬픔을 주체하지 못하던 이저벨은 그곳에 있는 유일한 사람에게 분노를 쏟아부었다. 묵묵히 자기 의무를 계속하면서, 자기가 할 수 있는 최대한 이저벨을 위안해주었지만, 정작 자기 슬픔은 자기 안에 묻어두던 사람에게. 톰은 지금도 이저벨이 그때처럼 정신적으로 위태로운 상태라는 걸 직감했다. 어쩌면 그 어느 때보다도 더 위태로운지도 몰랐다.

11

갈매기 한 마리가 바닷말로 뒤덮인 바위 위에서 톰을 지켜보고 있었다. 톰이 썩는 냄새를 풍기기 시작한 시신을 캔버스천으로 감싸는 동안 갈매기는 톰에게서 날카로운 눈길을 떼지 않았다. 이 남자가 살아 있을 때 무얼 하던 사람인지는 짐작하기 어려웠다. 얼굴은 늙었다고도, 아주 젊다고도 할 수 없었다. 작은 체구에 금발이었고, 왼뺨에는 작은 흉터가 있었다. 톰은 이 남자를 찾고 있는 사람이 있을까 궁금했다. 이 사람을 사랑하거나 미워할 이유가 있는 사람은 누굴까.

바닷가 근처의 낮은 땅에는 난파 사고 사망자들이 묻힌 오래된 무덤들이 있었다. 새 구덩이를 파기 시작하자 근육들이 깨어나 기억 속에 묻어놓은 익숙한 동작을, 다시는 되풀이할 일이 없을 줄 알았던 의식을 수행했다.

매일같이 이루어지는 매장 의식을 수행하라는 명령을 처음 받았을 때 톰은 묻히길 기다리며 나란히 놓인 시신들을 보고 욕지기를 느꼈다. 하지만 얼마 지나자 그냥 일이 되어버렸다. 이왕이면 마른 사람, 다리가 날아가고 없는 사람을 맡았으면 했다. 옮기기가 훨씬 쉬웠기 때문이다. 땅에 묻고, 무덤에 표시를 하고, 경례를 하고, 그 자리를 떠났다. 그때는 그랬다. 톰은 몸이 가장 조금 남아 있는 시신을 맡기를 바랐다는 것, 그러면서도 그걸 전혀 이상하게 생각하지 않았다는 게 떠오르자 등골이 오싹했다.

삽이 모래밭에 박힐 때마다 헉, 헉 비명 같은 소리가 났다. 땅을 다져 매끈한 둔덕을 만든 톰은 손을 멈추고 누군지 모르는 불쌍한 사람을 위해 기도를 드리려 했다. 그러나 톰의 입에서 속삭이듯 흘러나온 것은 이런 말이었다. "하느님 용서해주십시오, 이 일을, 제 모든 죄를 용서해주십시오. 이저벨도 용서해주십시오. 그 사람이 얼마나 착한 사람인지 아실 겁니다. 얼마나 고통을 겪었는지도 아시고요. 저희 둘을 용서하소서. 자비를 베푸소서." 톰은 성호를 긋고 보트로 돌아갔다. 보트를 다시 바다로 밀어내기 위해서였다. 톰이 보트를 힘껏 미는데 햇빛이 무언가에 반사되면서 한 가닥 빛살이 눈을 찔렀다. 톰은 보트 안쪽을 들여다보았다. 뱃머리 늑재 아래에 무언가 반짝이는 게 끼여 있었다. 꺼내려 했지만 잘 빠지지 않았다. 이리저리 잡아당긴 뒤에야 차갑고 단단한 것이 쑥 빠져나오더니 다시 생명을 얻은 듯 딸랑거렸다. 천사가 돋을새김되어 있고 순은 인증 각인이 있는 은색 딸랑이였다.

톰은 딸랑이를 계속 돌려가며 살폈다. 그게 무슨 말이라도 들려주기를, 어떤 실마리라도 전해주기를 기다리듯. 톰은 결국 주머니에 딸랑이를 집어넣었다. 남자와 아기가 어떻게 이 섬에 도착했는지에 대해 무수히 많은 설명이 가능하겠지만 아기가 고아라는 이저벨의 말을 받아들여야만 밤에 잠을 이룰 수 있을 것 같았다. 그외의 다른 생각은 할 수 없었고 다른 증거가 있더라도 눈감아야 했다. 톰은 앙다문 입술처럼 바다와 하늘이 맞닿아 있는 수평선을 뚫어지게 쳐다보았다. 모르는 편이 나았다.

톰은 보트가 남쪽으로 가는 물살을 타고 떠내려가는 것을 확인하고 다시 뭍으로 올라왔다. 바위 위에서 썩어가는 진녹색 바닷말 냄새가 고맙게 느껴졌다. 톰의 코에서 죽음의 냄새를 몰아내주었기 때문이다. 조그만 자줏빛 게가 바위 밑에서 나와 부지런히 옆걸음질쳐 죽은 복어 위로 올라갔다. 게는 가시투성이 복어의 부풀어오른 배 쪽에서 살점을 뜯어내어 제 입으로 가져가기 시작했다. 톰은 몸서리를 치고는 가파른 길을 올랐다.

"여기는 바람을 피할 곳이 없단다. 갈매기나 앨버트로스라면 그래도 별문제 없어. 봐, 꼭 바람 위에 앉아서 쉬고 있는 것 같지 않니?" 톰은 베란다에 앉아 어딘가 다른 섬에서 날아왔을 커다란 은빛 새를 가리켰다. 바람이 거셌지만 새는 마치 실에 묶여 고요한 공중에 떠 있는 듯 보였다.

아기는 톰이 가리키는 곳을 보지 않고 톰의 눈을 들여다보았다. 톰의 입술이 움직이는 것이나 가슴속 깊이에서 울려나오는 낮은 목소리가 신기한 듯했다. 아기가 소리를 냈다. 딸꾹질 같기도 하고 옹알이 같기도 한 소리였다. 톰은 가슴이 떨렸지만 애써 무시하고 계속 떠들었다. "하지만 저기 조그만 만에 가면 조용하고 평온한 곳이 한 군데 있단다. 북쪽으로 나 있지만 정북풍은 거의 안 불거든. 저쪽은 인도양이야. 고요하고 잔잔하고 따뜻하지. 이쪽은 남빙양인데 험하고 위험해. 저 녀석은 조심해야 한단다."

아기는 톰의 말에 대꾸하듯 담요 밖으로 팔을 내밀었다. 톰은 아기의 손가락에 자기 집게손가락을 쥐여주었다. 아기가 온 지 몇 주가 지나자 아기가 내는 소리나 요람에 새근새근 잠든 모습에 익숙해졌다. 아기의 존재가 빵 굽는 냄새나 꽃향기처럼 오두막 전체에 감도는 것 같았다. 톰은 아침에 깨자마자 자기도 모르게 아기가 내는 소리에 귀기울이고, 아기가 울면 반사적으로 아기를 안아올리게 되면서 걱정이 깊어졌다.

"아기한테 푹 빠졌네요, 그렇죠?" 문가에서 보고 있던 이저벨이 말했다. 톰이 얼굴을 찡그리자 이저벨이 미소를 지었다. "안 그럴 수가 없죠."

"아기 모습을 보다보면⋯⋯"

"당신은 좋은 아빠가 될 거예요."

톰이 자세를 고쳐 앉았다. "이지, 그렇지만 이 사실을 보고하지 않는 건 잘못된 일이에요."

"아기를 좀 봐요. 우리가 아기한테 못할 짓을 한 것 같아요?"

"그 이야기가 아니잖아요. 굳이 잘못된 일을 할 필요가 없잖아요. 아기에 대해서 보고하고 입양을 신청하면 돼요. 아직 늦지 않았어요. 바로잡을 수 있어요."

"입양한다고요?" 이저벨의 얼굴이 굳어졌다. "바다 한가운데 있는 등대로 아기를 보내줄 리 없어요. 병원도 학교도 없는데. 아마 사람들은 교회가 없다는 게 제일 큰 문제라고 할걸요. 이애를 입양시킨다면 도시에 사는 부부한테 보내려 할 거예요. 우리가 입양하려 해도 그 절차를 밟는 데 시간이 엄청 걸릴 거고요. 일단 면접을 봐야 할 텐데, 당신이 휴가를 얻을 수도 없을 테고 우리가 뭍에 나가려면 일 년 반은 더 기다려야 하잖아요." 이저벨이 톰의 어깨에 손을 얹었다. "난 우리가 잘해낼 수 있다는 걸 알아요. 당신이 훌륭한 아빠가 될 거라는 것도요. 하지만 입양 기관에서는 그렇게 생각하지 않을 거예요."

이저벨은 아기 얼굴을 들여다보다 부드러운 뺨에 손가락을 갖다 댔다. "사랑이 규정집보다 먼저예요. 당신이 보트에 대해 보고했다면 이 아이는 지금쯤 끔찍한 고아원에 가 있을 거예요." 이저벨이 톰의 팔에 손을 얹었다. "우리의 기도를 들어주신 거예요. 아기의 기도도 들어주셨고요. 어떻게 그것에 감사하지 않고 아기를 보내버릴 수 있어요?"

이저벨의 모성이, 최근의 사산 경험 때문에 상처 입고 헐벗은 채로 드러나 있던 어미로서의 본능과 욕구가, 마치 접붙인 가지가 나무에 붙어 한몸이 되듯 보살핌을 필요로 하는 이 아기에게 그대로 이식되어버린 것이었다. 슬픔과 황막함으로 벌어졌던 상처가 순식간에 봉합되고, 자연의 힘이 아니라면 이룰 수 없는 질긴 유대감이 이미 형성되어버렸다.

그날 저녁 톰이 등대에서 집으로 돌아왔을 때 이저벨은 톰이 만든 지 벌써 사 년이 된 흔들의자에 앉아 아기에게 젖을 물리고 있었다. 가을 들어 처음으로 난로에 불도 지펴놓았다. 이저벨은 톰이

온 것을 알아차리지 못했고, 톰은 말없이 한참 동안 이저벨을 보고
있었다. 이저벨은 순전한 본능으로 아기를 돌보는 듯했고, 이미 한
몸이 된 것처럼 움직였다. 톰은 자신을 괴롭히는 의구심을 떨쳐버
리려 애썼다. 이저벨이 옳을지도 모른다. 자신이 무슨 자격으로 이
여자의 아기를 빼앗는단 말인가?

이저벨의 손에는 기도집이 들려 있었다. 첫 유산을 겪은 뒤 이저
벨이 자주 들춰보던 책이었다. 이저벨은 말없이 '순산 감사기도'를
읽고 있었다. "아기와 자궁의 열매는 하느님께서 내려주신 유산이자 선
물이니⋯⋯"

이튿날 아침 톰이 등대에서 전신을 보내는 동안 이저벨은 아기
를 안고 옆에 서 있었다. 톰은 무어라 소식을 보낼지 신중하게 말
을 골랐다. 타전을 시작하는데 손이 떨렸다. 사산 소식을 보내야
할 때를 두려워하고 있었는데 지금 알리려는 소식은 그보다도 더
힘겹게 느껴졌다. "아기 일찍 나옴 멈춤 놀랐으나 이저벨 회복중 멈춤
의사 필요 없음 멈춤 딸 루시—"톰이 이저벨을 돌아보았다. "다른
건요?"

"몸무게요. 사람들은 늘 몸무게를 물어보잖아요."이저벨은 세
러 포터의 아기를 떠올렸다. "7.1파운드라고 해요."

톰은 술술 나오는 거짓말에 놀라 이저벨을 돌아보았다. 톰은 다
시 무선전신기로 눈을 돌리고 자판을 두드렸다.

얼마 뒤 응답이 왔고, 톰은 내용을 전신 기록장에 옮겼다. "기쁜
소식 멈춤 축하 멈춤 규정에 따라 야누스 인구 증가로 공식 기록 멈춤 랠
프와 블루이가 축하 멈춤 바로 조부모에게 알리겠음 멈춤."톰은 가슴

을 짓누르는 압박감을 느끼며 한숨을 내쉬었다. 잠시 그 상태로 있다가 응답 내용을 이저벨에게 알리러 내려갔다.

그뒤 몇 주 동안 이저벨은 꽃처럼 피어났다. 오두막 안에서 돌아다니며 노래를 부르고, 톰을 볼 때마다 끌어안고 입을 맞춰댔다. 티끌 한 점 없이 순수한 기쁨으로 가득한 이저벨의 웃음에 톰은 눈이 시릴 지경이었다. 아기도 마찬가지로 평화롭고 편안하게 지냈다. 자기를 안아주고 어루만지고 입맞추고 "엄마 여기 있어, 루시. 엄마야"라고 속삭이며 재워주는 사람이 누구인지 조금도 의심하지 않았다.

아기가 잘 크고 있다는 것은 의심할 나위 없었다. 말 그대로 얼굴이 빛나는 것 같았다. 아기가 열심히 빨아댄 덕에 이저벨의 젖도 다시 돌았다. 그리피스 박사가 육아책에서 '재수유'라고 의학적으로 설명해놓은 현상이었다. 마치 두 사람이 결탁이라도 한 듯 아기는 조금도 망설이지 않고 젖을 먹었다. 그렇지만 톰은 아침에 등명기를 끄고 난 뒤 등대에 조금 더 머무르는 버릇이 생겼다. 자기도 모르게 자꾸 4월 27일 일지를 들춰, 텅 빈 자리를 바라보았다.

톰도 규정 때문에 사람이 죽을 수도 있다는 걸 알았다. 그렇지만 사람과 짐승, 사람과 괴물을 가르는 것 또한 바로 그런 규정들이기도 했다. 적이라도 죽이지 말고 포로로 사로잡으라는 규정. 중립지대에서는 아군 부상병뿐 아니라 적군 부상병도 들것에 실어 옮겨야 한다는 규정. 하지만 결국에는 늘 이런 단순한 질문이 남았다.

이저벨에게서 이 아기를 빼앗을 수 있을 것인가? 만약 아기가 천애고아라면? 이 아기를 이토록 사랑하는 여자에게서 아기를 빼앗아 운명의 손에 맡겨버리는 게 정말 옳은 일일까?

밤마다 톰은 물에 빠져 허우적거리는 꿈을 꾸기 시작했다. 뭍을 찾으려고 마구 몸부림을 치지만 발은 땅에 닿지 않고 물 위에는 붙잡을 수 있는 게 아무것도 없었다. 오직 인어 하나뿐인데 그 인어 꼬리를 잡으면 점점 더 깊고 어두운 물속으로 끌려들어갔다. 톰은 흠뻑 땀에 젖은 채 숨을 헐떡이며 잠에서 깨곤 했지만, 곁에 누운 이저벨은 평온한 잠에 빠져 있었다.

12

"안녕하세요, 랠프 선장님. 잘 지내셨어요? 블루이는요?"

"여기요!" 과일 상자에 가려 보이지 않던 블루이가 고물 쪽에서 외쳤다. "잘 지냈어요? 우리 보니까 좋죠?"

"그럼. 술을 싣고 오는데 당연하잖아?" 톰이 웃으며 밧줄을 잡았다. 낡은 엔진이 통통, 칙칙 소리를 내며 부두로 들어와 디젤 가스를 잔뜩 내뿜었다. 6월 중순이었다. 칠 주 전 아기가 도착하고 처음으로 식료품 배가 들어오는 날이었다.

"도르래 설치해놨어요. 윈치도 준비됐고요."

"이런, 왜 이렇게 급해!" 랠프가 소리쳤다. "오늘은 서두를 것 없잖아? 중요한 날이니까 천천히 하자고. 일단 새 식구를 봐야지! 우리 집사람이 나한테 아기 물건을 잔뜩 안겨줬다네. 아이 할아버지 할머니는 말할 것도 없고."

랠프는 뭍으로 건너와서 톰을 덥석 안았다. "축하하네. 말로 표현할 수 없을 정도로 반가운 일이야. 그전에 있었던 일들을 생각하면 더더욱 그렇지."

블루이도 건너왔다. "정말 축하드려요. 우리 엄마도 축하 인사전해달래요."

톰은 바다 쪽으로 눈을 돌렸다. "고맙습니다. 고마워."

세 사람이 길을 따라 올라가는데 기저귀가 바람에 날려 신호기처럼 퍼덕이는 빨랫줄 앞에 이저벨이 서 있는 모습이 보였다. 틀어 올린 머리에서 머리카락이 빠져나와 흩날렸다.

랠프가 두 팔을 벌리고 이저벨에게 다가갔다. "내가 말했지? 여자는 아기를 낳으면 활짝 핀다고. 뺨은 장밋빛이고 머리카락에는 윤기가 흐르네. 우리 힐다도 아기를 낳을 때마다 그랬지."

이저벨은 칭찬에 얼굴을 붉히며 랠프에게 살짝 입을 맞췄다. 블루이에게도 입을 맞췄는데 블루이는 수줍은 듯 고개를 숙이며 이렇게 말했다. "축하드려요."

"어서 안으로 들어오세요. 찻물도 끓여놨고 케이크도 있어요." 이저벨이 말했다.

다 같이 낡은 식탁에 둘러앉았을 때에도 이저벨의 눈길은 자꾸 아기가 잠든 요람 쪽으로 향했다.

"파르타죄즈 여자들은 온통 이저벨 이야기뿐이라네. 혼자서 아기를 낳았다고 말이야. 물론 농부 아낙들은 콧방귀도 안 뀌지만. 메리 린퍼드는 산파 없이 혼자서 셋을 낳았다더군. 그렇지만 읍내 여자들은 얼마나 감탄들을 하는데. 톰이 아주 조금은 도움이 되었겠지?"

부부의 눈이 마주쳤다. 톰이 무어라 말하려는데 이저벨이 톰의 손을 잡고 꽉 쥐었다. "정말 믿음직했어요. 이 사람은 최고의 남편이에요." 이저벨의 눈가가 촉촉해졌다.

"아기가 정말 귀엽네요." 블루이가 말했다. 하지만 사실 아기는 복슬복슬한 담요에 푹 파묻혀 있어 보닛을 쓴 조막만한 얼굴밖에 보이지 않았다.

"코가 톰을 닮았네, 그렇지?" 랠프가 웃으며 말했다.

"글쎄요……" 톰이 머뭇거렸다. "여자아이 코가 내 코를 닮은 게 좋은 건지 모르겠네요."

"그렇겠군!" 랠프가 껄껄 웃었다. "참, 셔본 씨. 양식에 자네 서명을 받아가야 하는데. 생각난 김에 지금 하지."

톰은 식탁에서 일어날 수 있어 다행스러웠다. "그러죠. 사무실로 가시죠, 애디콧 선장님." 블루이는 요람을 들여다보며 아기를 어르고 있었다.

아기가 완전히 잠에서 깨자 블루이가 요람 안으로 손을 넣어 딸랑이를 꺼내 흔들었다. 아기가 쳐다보자 블루이가 다시 딸랑이를 흔들었다. "행복한 아기로구나! 근사한 은딸랑이까지 있고. 공주님 부럽지 않겠어. 이렇게 멋진 건 처음 봐요. 손잡이에 천사가 새겨져 있네요. 천사를 위한 천사로구나…… 푹신한 솜털 담요에다……"

"아, 그건 전에……" 이저벨의 목소리가 기어들어갔다. "전에 준비했던 거예요."

블루이가 얼굴을 붉혔다. "죄송해요. 제가 쓸데없는 소리를 했네요. 전…… 짐부터 부려야겠어요. 케이크 잘 먹었어요." 블루이는 부리나케 부엌문 밖으로 나갔다.

∽

야누스 록

1926년 6월

엄마 아빠께

하느님이 우리와 함께할 천사를 내려주셨어요. 우린 루시한테
푹 빠져버렸어요. 정말 예쁜 아기예요―그냥 완벽해요. 잘 자고
잘 먹어서 전혀 애를 먹이지 않아요.

엄마 아빠도 루시를 보고 안아보실 수 있으면 좋을 텐데. 날마
다 모습이 달라져서 엄마 아빠가 루시를 만날 때쯤에는 아기티를
벗을 거예요. 우리가 뭍에 나갈 때에는 걸음마도 할 테니까요. 아
쉬운 대로 사진 대신 발 도장을 찍었어요. 루시 발을 코치닐 색소
에 담갔어요(등대섬에 살다보면 저절로 창의적이게 돼요……)!
이 멋진 작품을 함께 보내요.

톰은 아빠 역할을 정말 잘하고 있어요. 루시가 태어난 뒤로 야
누스 록도 완전히 다른 곳이 된 것 같아요. 지금은 아기 돌보기가
어렵지 않아요. 달걀 주우러 갈 때나 염소 젖을 짜러 갈 때는 루시
를 바구니에 넣어서 데려가요. 아마 아이가 기기 시작하면 좀 힘
들어질 것 같아요. 하지만 미리 걱정할 필요는 없겠죠.

루시에 대해 들려드리고 싶은 이야기가 정말 많아요. 짙은 머리
카락 색깔이며, 목욕 후에 얼마나 좋은 냄새가 나는지도요. 눈 색

깔도 짙은 편이에요. 아무튼 뭐라고 말해도 모자란 것 같아요. 엄청 예쁜데 말로는 표현을 못하겠어요. 만난 지 몇 주밖에 안 되었는데 이미 루시 없는 삶은 상상할 수도 없어요.

'할아버지 할머니'(!), 배편에 편지를 보내려면 이만 마무리해야겠네요. 아니면 또 석 달을 기다려야 소식을 전할 수 있을 테니까요!

사랑을 담아
이저벨

추신. 오늘 배편으로 보내주신 편지 읽었어요. 예쁜 토끼 담요 감사해요. 인형도 정말 귀여워요. 책도 정말 감사하고요. 제가 날마다 루시한테 옛날이야기를 들려주는데 새 이야기책도 좋아할 거예요.

추추신. 톰이 스웨터 감사하대요. 여긴 벌써 한겨울이에요!

어둑한 하늘에 걸린 초승달이 손톱처럼 가늘었다. 등대 불빛이 베란다에 앉은 톰과 이저벨의 머리 위 허공을 훑고 지나갔다. 루시는 톰의 품에서 잠들어 있었다.

"아기랑 같이 숨을 쉴 수밖에 없네요. 안 그래요?" 톰이 아기를 보며 말했다.

"무슨 말이에요?"

"꼭 마법 같아요. 이렇게 잠들어 있으면 나도 아기가 숨쉬는 리듬에 따라 숨을 쉬게 돼요. 등대가 돌아갈 때 그 리듬에 따라 움직이게 되는 것처럼요." 톰은 혼잣말처럼 이렇게 덧붙였다. "그게 겁나요."

이저벨이 웃었다. "그게 사랑이에요. 사랑을 겁낼 필요 없어요."

톰은 서늘한 기운이 등골을 타고 지나가는 걸 느꼈다. 이저벨이 없는 삶을 상상할 수 없듯, 루시도 조금씩 톰의 가슴속으로 들어오고 있었다. 톰은 거기가 정말 루시의 자리이기를 빌었다.

등대섬에서 일해본 적이 있는 사람들은 모두 같은 이야기를 한다. 고독감과 고독의 마력. 오스트레일리아라는 화덕에서 튀어나온 한 점 불씨들처럼 등대 불빛은 사방에 점점이 흩어져 깜박거리며, 그 가운데 어떤 불빛들은 정말 몇 안 되는 사람밖에 보지 못한다. 하지만 그런 외딴곳에 고립된 불빛들 덕분에 이 대륙이 고립되지 않을 수 있다. 기계, 책, 포목을 싣고 수천 마일을 와서 양모와 밀, 석탄, 금을 싣고 돌아가는 증기선들의 수송 경로를 그 불빛들이 안전하게 지켜주기 때문이다. 이 뱃길을 통해 문명의 산물이 자연의 산물과 교환된다.

이 고립이, 마법의 고치에서 실을 자아내듯 돌아가는 등대 불빛이 하나의 장소, 하나의 시간, 하나의 리듬에 정신을 집중시켰다. 이 섬에는 다른 인간의 목소리가 들리지 않았고 다른 사람의 발길도 닿지 않았다. 등대섬에서는 어떤 이야기를 만들어내며 살더라도 그걸 틀렸다고 지적할 사람이 없다. 갈매기도, 등명기도, 바람도, 아무 말이 없다.

그래서 이저벨은 점점 더 자기가 만들어낸 신의 은총이라는 세계 속으로 깊이 빠져들어갔다. 자신의 기도에 응답해 하느님이 물살에 아기를 태워 보내주셨다고. "톰, 우리는 어쩌면 이렇게 운이 좋을까요?" 이저벨이 생각에 잠겨 말했다. 이저벨은 소중한 딸이 자라는 모습을 경이롭게 바라보았다. 하루하루 아기가 알아가는 것들을 보며 기쁨에 젖었다. 뒤집기, 기기, 첫 옹알이. 겨울이 매서운 비바람을 몰고 지구 다른 곳으로 떠나고 여름이 왔다. 하늘빛이 옅어지고 햇살은 따가워졌다.

"가자." 이저벨이 웃으며 루시를 안아올리고 세 사람은 반짝이는 바닷가로 소풍을 나갔다. 톰이 바다풀, 사철채송화 따위의 잎을 따서 주자 루시가 냄새를 맡고 끝을 씹어보고는 이상한 맛에 얼굴을 찡그렸다. 톰은 조그만 꽃다발처럼 생긴 피멜레아 꽃을 따주고, 갑자기 수심이 깊어지는 바닷가 바위에서 잡은 전갱이나 망치고등어의 은빛 몸뚱이를 아이에게 보여주었다. 바람이 잠잠한 날에는 루시에게 책을 읽어주는 이저벨의 목소리가 부드러운 노랫가락처럼 창고에서 일하는 톰한테까지 들려왔다.

잘못한 일인지 잘한 일인지 알 수 없지만 루시는 지금 여기 있었고, 이저벨만큼 엄마 노릇을 잘할 사람은 없을 것이다. 밤마다 이저벨은 가족과 함께 건강하고 축복받은 삶을 누리게 해준 것에 대해 신에게 감사기도를 드렸고, 신이 주신 선물에 보답하는 삶을 살기를 빌었다.

바닷가의 파도처럼 하루가 오고갔다. 일하고 자고 먹고 지키고 있는 이 작은 세상에 시간은 거의 아무런 흔적도 남기지 않고 흘러갔다. 이저벨은 루시가 갓난아기였을 때 쓰던 물건들을 치우며 눈물을 한 방울 떨어뜨렸다. "이렇게 조그마했던 게 엊그제 같은데, 저렇게 큰 것 좀 봐요." 이저벨이 노리개젖꼭지, 딸랑이, 배내옷, 조그만 아기 신발 등을 습자지에 곱게 싸서 치우며 말했다. 세상 여느 엄마들하고 다를 게 하나도 없었다.

생리가 시작되지 않자 이저벨은 마음이 들떴다. 또 아기를 가질 수 있을 거란 희망은 이미 접었던 터라 공연히 기대했다가는 실망할 수도 있었다. 이저벨은 톰에게는 말하지 않고 간절히 기도하며 조금 더 기다려보기로 했다. 그렇지만 자기도 모르게 루시에게 동생이 생기는 상상에 빠져들곤 했다. 가슴이 벅찼다. 그러다가 생리가 갑자기 시작되었는데 복수라도 하듯 양도 많고 통증도 심했다. 주기를 예측할 수가 없었다. 가끔은 머리가 지끈지끈 쑤셨고, 밤에 식은땀을 흘리기도 했다. 그러다가 몇 달 동안 생리가 없기도 했다. "휴가 때 뭍에 나가면 꼭 병원 갈게요. 걱정하지 않아도 돼요." 이저벨이 톰에게 말했다. 이저벨은 불평하지 않고 참았다. "나는 황소처럼 튼튼하니 걱정하지 마요." 사랑하는 남편과 아기가 있으니 이저벨은 그걸로 족했다.

불을 밝히고, 깃발을 올리고, 수은통에 흘러들어간 기름을 걸러

내는 등 등대의 일과가 이어지는 가운데 몇 개월이 지났다. 날마다 일지를 작성하고, 수중기관이 망가진 것은 제작상의 실수가 아니라 등대지기가 관리를 잘못한 탓이라는 제조업체의 공격적인 편지 내용에도 대응해야 했다. 일지는 페이지 중간에서 1926년이 끝나고 1927년으로 넘어갔다. 연방등대관리청은 종이를 낭비하지 않았다. 일지 가격이 비싸기도 했지만 관리청에서는 해가 달라지든 말든 전혀 신경쓰지 않는 듯했다. 등대가 시간의 흐름 따위에 전혀 신경쓰지 않듯이. 그건 사실이었다. 한 해의 마지막 날 회랑에서 바라본 풍경이나 새해 첫날에 바라본 풍경은 다를 게 없었다.

지금도 가끔씩 톰은 1926년 4월 27일 일지를 펼쳐보았다. 하도 자주 들춰봐 이제는 그 자리가 저절로 펴지곤 했다.

이저벨은 부지런히 일했다. 채마밭에 푸성귀가 넘쳐났고 오두막은 깔끔했다. 이저벨은 톰의 옷을 빨고 뜯어진 데를 기우고 톰이 좋아하는 음식을 만들었다. 루시는 쑥쑥 자랐다. 등대는 계속 돌아갔고, 시간도 흘러갔다.

13

"곧 돌이 돼요. 루시 생일인 4월 27일이 얼마 안 남았어요." 이저벨이 말했다.

톰은 작업장에서 구부러진 경첩에 낀 녹을 줄로 벗겨내는 중이었다. 톰이 줄을 내려놓으며 말했다. "그게…… 진짜 생일은 언제일까 모르겠네요."

"나한테는 우리에게 온 날이 루시 생일이에요." 이저벨이 한쪽 골반에 걸쳐 안은 루시에게 입을 맞추며 말했다. 루시는 빵을 먹고 있었다.

루시가 안아달라고 톰에게 팔을 뻗었다.

"미안, 아가. 손이 더럽단다. 지금은 엄마한테 있는 게 낫겠다."

"어떻게 이렇게 많이 컸을까요. 요즘은 어찌나 무거운지." 이저벨이 웃으며 루시를 위로 추슬러올렸다. "생일 케이크를 만들 거예요." 아기는 이저벨 품에 얼굴을 부비며 빵 부스러기를 묻혔다.

"이 때문에 그러니, 아가? 뺨이 빨갛게 물들었네. 젖니 파우더를 좀 발라볼까?" 이저벨이 톰을 보며 말했다. "이따 봐요, 여보. 가봐야겠어요. 스토브 위에 수프 냄비를 올려놔서요." 그러고는 오두막으로 돌아갔다.

창문으로 햇빛이 사정없이 들어와 작업대를 훤히 비췄다. 톰이 경첩을 망치로 쳐서 평평하게 펴는데 망치질을 할 때마다 날카로운 소리가 벽에 울려퍼졌다. 톰은 필요 이상으로 세게 두드리고 있다는 걸 알면서도 멈출 수가 없었다. 생일이니 기념일이니 하는 말에 심란해진 마음이 가라앉질 않았다. 톰은 계속 힘주어 망치질을 했다. 결국 경첩이 힘을 너무 받아 두 조각으로 쪼개지고 말았다. 톰은 쪼개진 쇠붙이를 집어 망연히 쳐다보았다.

안락의자에 앉은 톰이 고개를 들었다. 아이의 생일 잔치를 하고 나서 몇 주 지난 뒤였다.

"뭘 읽어주든 상관없어요." 이저벨이 말했다. "여러 단어를 자꾸 듣는 게 좋으니까요." 이저벨이 루시를 톰의 무릎 위에 올려놓고 빵을 만들러 갔다.

"빠-빠-빠-빠." 아기가 말했다.

"부부부부." 톰이 대꾸했다. "그래, 책 읽어줄까?" 조그만 손이 옆에 놓인 두꺼운 동화책 대신에 작은 연갈색 책자를 집어 톰에게 내밀었다. 톰이 웃었다. "이 책은 재미없을 텐데. 그림이 하나도 없어." 톰이 동화책을 집으려고 손을 뻗었지만 루시가 조그만 책을 톰의 얼굴에 들이댔다. "빠빠빠빠."

"이걸 원한다면 읽어드리지요!" 톰이 다시 웃었다. 아기는 책장을 펼쳐서 톰이나 이저벨이 하는 것처럼 글자를 손가락으로 짚었다. "좋아." 톰이 말했다. "등대지기 지침 29항. 등대지기는 안전한 항해에 매우 중요한 역할을 하므로 절대 사적인 이득을 위해 자신의 임무를 저버려서는 안 된다. 직위를 유지하거나 승진하기 위해서는 명령에 엄격하게 따르고, 바른 행동, 근면, 금주 규정을 준수하고, 등대 시설과 건물뿐 아니라 등대지기 본인과 가족의 몸가짐도 정결하고 반듯하게 유지해야 한다. 30항. 등대지기가 불량한 행동, 싸움, 음주, 부도덕한 행위를 저지르면……" 톰은 잠깐 읽기를 멈추고 루시의 손가락을 자기 콧구멍에서 떼어냈다. "처벌을 받거나 해고를 당할 수 있다. 등대지기 가족이 상기한 위반을 저질렀을 경우 등대 시설에서 거주할 수 없다." 톰이 읽기를 멈췄다. 차가운 기운이 등골을 타고 흘렀고 가슴이 쿵쿵거렸다. 조그만 손이 자기 턱을 잡자 그제야 정신을 차렸다. 톰은 조막만한 손을 멍하니 자신의 입에 갖다 댔다. 루시가 웃으며 톰에게 뽀뽀를 했다.

"자, 이번에는 『잠자는 숲속의 공주』를 읽자." 톰은 동화책을 집어들었지만 정신을 집중할 수 없었다.

"자, 숙녀 여러분. 차와 토스트를 가져왔습니다!" 톰이 쟁반을 침대 옆 테이블에 놓았다.

"조심해, 루시." 이저벨이 말했다. 일요일 아침, 톰이 등댓불을 끄러 갔을 때 이저벨은 아기를 침대로 데려왔다. 루시는 톰이 준비한 조그만 찻잔을 잡으려고 쟁반 쪽으로 기어갔다. 루시의 '차'는 엷은 차 색깔만 감도는 우유였다.

톰은 이저벨 옆에 앉아 루시를 끌어당겨 무릎 위에 앉혔다. "여기 있다, 룰루." 톰은 루시가 두 손으로 컵을 쥐고 마실 수 있게 도와주었다. 루시한테 신경쓰다가 문득 이저벨이 아무 말도 하지 않는다는 걸 깨닫고 돌아보니 이저벨 눈가에 눈물이 맺혀 있었다.

"이지, 이지, 왜 그래요?"

"아니에요. 아무것도 아니에요."

톰이 이저벨의 눈가에서 눈물을 닦아주었다.

"톰, 정말 행복해서 가끔은 두려워요."

톰이 이저벨의 머리카락을 쓰다듬었다. 루시는 우유 컵에 입을 대고 푸푸 불기 시작했다. "이런. 아가씨, 그거 마실 거예요, 아니면 그만 마실 거예요?"

아기는 소리가 재미있는지 계속 컵에 입바람을 불었다.

"됐다, 이따가 먹자꾸나." 톰이 컵을 치우자 루시는 톰의 무릎에서 내려가 이저벨을 타고 올라가면서 계속 푸푸거리고 침을 튀겨댔다.

"귀염둥이!" 이저벨이 젖은 눈으로 웃으며 말했다. "이리 와, 이 말썽꾸러기야!" 이저벨은 루시의 배에 대고 푸푸 바람을 불었다. 루시는 까르륵거리고 몸부림을 치면서도 "또! 또!" 하고 외쳤고, 이저벨은 아이가 해달라는 대로 해주었다.

"둘 다 말썽꾸러기예요!" 톰이 말했다.

"가끔은 루시랑 당신을 너무 사랑해서 완전히 취한 기분이에요.

직선 위를 똑바로 걸어보라고 하면 못 걸을 것 같아요."

"야누스에는 직선이 없으니까 괜찮아요." 톰이 말했다.

"놀리지 마요, 톰. 루시가 오기 전에는 색맹이었다가, 이제 눈이 뜨여 세상이 완전히 다르게 보이는 것 같은 느낌이에요. 더 밝게 더 잘 보여요. 똑같은 곳인데, 새들도 똑같고 바다도 똑같고 해도 늘 그러듯이 뜨고 지는데. 전에는 그런 것들이 무얼 위한 건지 몰랐어요." 이저벨이 루시를 꼭 끌어안았다. "바로 루시를 위한 것이 있었어요…… 당신도 달라졌어요."

"어떻게요?"

"루시가 오기 전까지는 당신도 몰랐던 면이 당신한테 있었던 것 같아요. 전에는 마음 한구석이 닫혀 있는 것처럼 보였어요." 이저벨이 손으로 톰의 입술을 어루만졌다. "전쟁이나 지난 이야기는 하기 싫어하는 걸 알지만…… 그런 일을 겪으면서 무감각해졌을 거예요."

"내 발이 그래요. 발에 감각이 없어질 때가 많다니까요. 얼어붙은 흙속에 묻혀 있어서 그렇게 됐나봐요." 톰은 농담이라고 말해놓고도 웃을 수가 없었다.

"그만해요. 내가 뭔가 말하려 하면 당신은 진지하게 들으려고도 안 하고 내가 아무것도 모르는 어린애인 것처럼 어설픈 농담으로 말을 돌리려 하잖아요."

그러자 톰의 표정이 아주 심각해졌다. "당신은 이해 못해요. 문명 세계에 사는 사람이 절대 알아서는 안 되는 일이기도 하고요. 그 이야기를 한다는 건 전염병을 옮기는 거나 마찬가지예요." 톰은 창문으로 고개를 돌렸다. "당신이나 루시는 그런 일이 있었다는 걸 모르고 살 수 있게 내가 그런 일을 한 거예요. 그러니까 그런 일은 다시 일어나지 않을 거예요. '전쟁 종식을 위한 전쟁'이라고 했었죠? 그런 건 여기, 이 섬에는, 이 침대에는 발을 들여놓을 수 없어요."

톰의 굳은 얼굴에서 이저벨은 전에 한 번도 보지 못했던 단호함을 읽었다. 아마 그 단호함 덕에 그가 견뎌야 했던 것들을 견딜 수 있었으리라.

"난 그냥……" 이저벨이 다시 말을 꺼냈다. "사실 우리가 얼마나 오래 살지, 그게 일 년이 될지 백 년이 될지 모르는 거잖아요. 그냥 내가 당신한테 얼마나 고마워하는지 말하고 싶었어요. 모든 것에요. 특히 나한테 루시를 준 것에 대해서."

마지막 말에 톰의 얼굴에서 웃음기가 가셨다. 이저벨은 다급히 말을 이었다. "당신 덕이에요. 나한테 이 아이가 얼마나 필요한지 이해해줬으니까요. 당신이 얼마나 큰 희생을 해야 했는지 나도 알아요. 아내를 위해서 그렇게 해줄 남자가 많지는 않을 거예요."

찬물을 맞은 듯 정신이 번쩍 든 톰은 손바닥이 축축해진 걸 알아챘다. 미친듯이 달려 벗어나고 싶었다. 어디든 상관없었다. 자기가 선택한 현실에서 벗어날 수 있는 곳이라면 어디든. 갑자기 그 현실이 목에 찬 쇠사슬처럼 톰을 짓눌렀다.

"이제 일하러 가야겠어요. 아침 맛있게 먹어요." 그리고 톰은 최대한 천천히 방에서 나왔다.

14

　1927년 크리스마스 직전에 톰의 두번째 삼 년 근무가 끝났다. 대체직 근무자가 등대를 지키는 동안 야누스 록의 가족은 파르타죄즈 곶으로 나갈 수 있게 되었다. 부부에게는 두번째 휴가고 루시에게는 첫나들이였다. 배가 도착할 때를 기다리던 이저벨은 뭔가 핑계를 대고 안전한 야누스 록에 루시와 남아 있을까 하는 생각도 했다.

　"괜찮아요?" 침대 위에 가방을 벌려놓고 멍하니 창밖을 보는 이저벨을 보고 톰이 물었다.

　"아, 네." 이저벨이 얼른 대답했다. "빠뜨린 게 없나 생각하고 있었어요."

　톰은 방에서 나가려다 몸을 돌려 이저벨의 어깨에 손을 얹었다. "긴장돼요?"

　이저벨은 양말 한 켤레를 집어들고 돌돌 말았다. "아뇨, 전혀요."

이저벨이 가방에 양말을 넣으며 말했다. "긴장한 거 아니에요."

이저벨의 부모님이 부두로 마중을 나왔고, 루시가 외할머니 품에 안긴 모습을 보는 순간 이저벨이 그토록 숨기려 했던 불안감은 눈 녹듯 사라졌다. 바이얼릿은 눈물을 흘리면서 동시에 웃었다. "마침내 보는구나!" 바이얼릿은 믿기지 않는다는 듯 고개를 저으며 아기를 찬찬히 뜯어보고는 얼굴, 머리카락, 조그만 손을 쓰다듬었다. "우리 사랑하는 손녀. 거의 이 년을 기다려서 이제야 만나는구나! 어쩌면 우리 클렘 이모를 쏙 닮았니!"

이저벨은 휴가 몇 달 전부터 루시에게 다른 사람들을 만날 준비를 시켰다. "파르타죄즈에 가면 사람이 아주, 아주 많을 거야. 다들 널 예뻐할 거란다. 처음에는 좀 낯설겠지만 무서워할 필요 없어." 잠자리에 누워서도 읍내 이야기, 그곳에 사는 사람들 이야기를 들려주었다.

덕분에 뭍에 온 루시는 자기를 둘러싼 많은 사람에게 호기심을 보였다. 예쁜 딸을 낳았다며 따뜻하게 축하해주는 마을 사람들의 인사를 받으면서 이저벨은 가슴이 찌르르 벅차올랐다. 심지어 뮤잇 부인조차 장신구 가게에 머리그물을 사러 들렀다가 루시를 보고는 아이의 턱 아래를 간질일 정도였다. 뮤잇 부인이 쓸쓸하게 말했다. "아이들은 축복이야." 이저벨은 자기 귀를 의심할 수밖에 없었다.

루시네가 오자마자 바이얼릿은 온 식구를 다 데리고 거처 사진관으로 갔다. 양치식물과 그리스식 기둥이 그려진 배경막 앞에서 루시는 톰, 이저벨과 함께 가족사진을 찍은 다음 할아버지 할머니와도 사진을 찍었다. 그리고 멋진 고리버들 의자에 앉아 독사진도 찍었다. 야누스로 가져가고 멀리 사는 친척들한테도 보내고 액자에 넣어 벽난로와 피아노 위에도 올려놓기 위해 여러 장을 인화해달라고 주문했다. "그레이스마크 가문의 여자들 삼 대가 모였구나." 바이얼릿은 루시를 자기 무릎에 앉히고 이저벨과 나란히 앉아 찍은 사진을 보면서 활짝 웃었다.

루시는 할아버지 할머니의 사랑을 담뿍 받았다. 이저벨은 생각했다. 하느님은 실수를 하지 않으셔. 신께선 이 아기를 제자리로 보내신 거야.

"아, 여보." 이저벨 가족이 도착한 날 저녁 바이얼릿이 남편에게 말했다. "얼마나 감사한 일이에요. 이 얼마나……"

바이얼릿이 이저벨을 마지막으로 본 건 삼 년 전 딸 부부의 첫 휴가 때였다. 그때 이저벨은 두번째로 유산을 하고 나서 무척 안 좋은 상태였다. 이저벨은 바이얼릿 무릎에 머리를 얹고 흐느껴 울었다.

"자연의 섭리란다." 바이얼릿은 말했다. "크게 숨을 들이쉰 다음 다시 일어나야 해. 아기는 다시 생길 거야. 하느님의 뜻이 그렇다면 말이야. 인내하고 기다리렴. 기도하고. 기도가 가장 중요하단다."

사실 바이얼릿은 이저벨에게 진실을 솔직하게 말한 것이 아니었다. 뜨겁고 건조한 여름이나 매서운 겨울을 견뎌 달을 채우고 낳은

166

아이를 성홍열이나 디프테리아로 잃는 일을 얼마나 자주 보았는지 이야기하지 않았다. 아기들이 입던 옷은 곱게 접어 다음에 태어난 아기에게 맞을 때까지 보관해두었다. 아기를 몇이나 낳았느냐는 무심한 질문에 대답해야 할 때의 곤혹스러움에 대해서도 말하지 않았다. 순산은 멀고도 험한 여정의 첫 단계일 뿐이었다. 몇 년 전에 조용해져버린 이 집에서 바이얼릿이 뼈저리게 겪어 잘 아는 일이었다.

믿음직하고 충실한 바이얼릿 그레이스마크. 점잖은 남편의 음전한 아내. 바이얼릿은 찬장에 좀이 슬지 않게 하고 꽃밭에는 잡초가 자라지 않게 했다. 장미나무가 철이 되면 다시 꽃을 피울 수 있도록 시든 꽃을 잘라냈다. 교회 바자회에서는 바이얼릿이 만든 레몬 커드*가 가장 먼저 동이 났다. 지역 여성단체 소책자에 실을 과일 케이크 조리법을 고를 때도 바이얼릿의 것이 뽑혔다. 밤마다 바이얼릿은 많은 축복을 내려주신 것에 대해 신에게 감사기도를 드렸다. 그렇지만 이따금, 해가 저물어 푸른 마당이 어둑어둑해질 때 싱크대에서 감자 껍질을 벗기다보면, 가슴에 다 담을 수도 없을 정도로 슬픔이 느껴지는 순간이 있었다. 지난번 휴가 때 이저벨이 우는 모습을 보며 바이얼릿도 같이 울고 싶었다. 자식을 잃는 게 얼마나 슬픈 일인지 안다고 머리카락을 쥐어뜯으며 말하고 싶었다. 이 세상의 어떤 것도, 어떤 사람도, 아무리 많은 돈도, 자식을 잃은 슬픔을 치유해줄 수 없다는 것을, 그 고통은 영원히 사라지지 않으리라는 것을 안다고 말하고 싶었다. 미칠 것 같은 심정이 되어, 아

---

* 버터와 달걀이 들어간 레몬 잼.

이를 돌려받을 수만 있다면 어떤 희생이라도 기꺼이 치르겠노라며 하느님에게 매달리게 되더라고 말하고 싶었다.

이저벨이 깊이 잠들고 남편은 꺼져가는 난롯불가에서 꾸벅꾸벅 졸고 있을 때 바이얼릿은 자기 옷장으로 가서 오래된 과자 상자를 꺼냈다. 상자에서 동전 몇 개, 조그만 거울, 시계, 남자 지갑을 헤치자 여러 해 동안 손을 타서 가장자리가 너덜너덜해진 편지 봉투가 나왔다. 바이얼릿은 침대에 걸터앉아 노란 램프 불빛 아래서 내용을 다 외울 정도로 읽고 또 읽은, 고르지 않은 필체의 편지를 다시 읽기 시작했다.

그레이스마크 부인께

모르는 분께 이런 편지를 드리게 되어 정말 죄송합니다. 저는 영국 켄트에 사는 벳시 파멘터라고 합니다.

이 주 전 저는 전선에서 포탄 파편에 맞아 중상을 입고 돌아온 제 아들 프레드를 만나러 갔습니다. 아들은 스타워브리지에 있는 남부 제1통합병원에 입원했는데, 병원이 제 언니 집과 가까워 저는 날마다 아들을 문병 갈 수 있었습니다.

제가 이렇게 편지를 쓰는 것은, 어느 날 병원에 오스트레일리아인 부상병이 들어왔는데 그 군인이 댁의 아드님 휴였기 때문입니다. 부상이 심했는데, 솔직히 말씀드리자면 실명하고 팔 하나를 잃은 상태였습니다. 그래도 말은 몇 마디 할 수 있었는데 자기 가족과 오스트레일리아의 고향집을 무척 그리워했습니다. 아주 용감한 젊은이였습니다. 저는 날마다 아드님을 보았습니다. 처음에는 회복 가능성이 매우 높았는데 그만 패혈증을 일으켜 상태가 악화되었습니다.

　그냥, 제가 아드님에게 꽃(튤립이 막 피기 시작했는데 아주 고왔습니다)과 담배를 조금 가져다주었다는 말씀을 드리고 싶었습니다. 제 아들 프레드와 아드님이 친해진 것 같았습니다. 어느 날은 제가 가져간 과일 케이크도 조금 먹더군요. 그 모습을 보니 기분이 좋았고 아드님도 좋아하는 것 같았습니다. 아드님 상태가 악화되던 날 아침 저도 병원에 있었습니다. 우리 세 사람은 주기도문을 외우고 〈저와 함께하소서〉라는 찬송을 불렀습니다. 의사들이 최대한 고통을 덜어주려고 애써서 마지막 순간에 많이 힘들지는 않았을 거라고 생각합니다. 목사님이 와서 아드님을 축복해주었습니다.

　우리 모두 용감한 아드님의 위대한 희생에 얼마나 감사했는지를 말씀드리고 싶습니다. 아드님이 동생 앨피 이야기를 했는데, 앨피는 부디 무사히 건강하게 어머님께 돌아가기를 빕니다.

　편지가 늦어서 죄송합니다. 제 아들 프레드가 아드님이 가고 일주일 뒤에 세상을 떠나서 경황이 없었습니다.

　안녕히 계세요.

　　　　　　　　　　　　　　　　　　　　　벳시 파멘터

휴는 튤립을 그림책에서만 보았을 텐데. 바이얼릿은 생각했다. 휴가 튤립을 만져보고 모양을 느낄 수 있었을 거라는 생각이 조금 위로가 되었다. 튤립에도 향기가 있을까. 바이얼릿은 궁금했다.

　이 편지를 받고 몇 주 뒤에 우체부가 어둡고 죄책감마저 느끼는 듯한 얼굴로 소포를 건네주던 것도 기억했다. 갈색 종이를 끈으로 묶은 소포였고 수신자는 빌 그레이스마크였다. 바이얼릿은 서류에 무어라 적혀 있는지 읽을 정신도 없었다. 그럴 필요도 없었다. 자기 아들의 보잘것없는 소지품 꾸러미를 받은 어머니가 한둘이 아니었다.

멜버른에서 보낸 편지에는 이렇게 적혀 있었다.

테미스토클레스 호로 도착한 28대대 소속 4497번 고 그레이스마크 일병의 유품을 등기우편으로 보냅니다. 물품 목록이 동봉되어 있습니다.

유품을 무사히 받으셨으면 동봉된 수령증은 서명하여 반송해주시길 정중히 부탁드립니다.

군기록소 담당자

소령 J. M. 존슨

'런던 풀럼 그레이하운드 로드 110번지 소지품 보관소'에서 보낸 물품 명세서도 소포에 같이 들어 있었다. 바이얼릿은 목록을 읽다가 충격을 받았다. 면도 거울, 허리띠, 3페니, 가죽 손목시계, 하모니카. 휴의 물건 가운데 앨피의 악기가 들어 있다니 이상한 일이었다. 바이얼릿은 목록, 서류, 편지, 소포를 다시 보았고 이름을 다시 읽었다. H. A.가 아니라 A. H. 그레이스마크였다. 휴 앨버트가 아니라 앨프리드 헨리. 바이얼릿은 남편에게 달려갔다. "여보, 여보!" 바이얼릿이 소리쳤다. "뭔가 착오가 있나봐요!"

엄청나게 많은 편지가 오고갔다. 그레이스마크 부부는 상중 관례에 따라 가장자리가 검은 편지지에 편지를 썼다. 마침내 휴가 부상을 당한 바로 다음날, 프랑스에 도착한 지 사흘 만에 앨피도 사망했다는 것을 알게 되었다. 형제는 같은 날 같은 연대에 입대해서 군번이 서로 붙어 있다고 뿌듯해했었다. A. H. 그레이스마크의 전사 통지서를 보내라는 지시를 받은 통신병이 휴, 그러니까 H. A.가 살아서 들것에 실려나가는 것을 보았기 때문에 잘못된 지시로 착각해 명령을 무시하는 바람에 벌어진 일이었다. 그래서 바이얼릿은 둘째 아들마저 죽었다는 사실을 초라한 소포 꾸러미를 받고서야 알게 되었다. 그럼에도 바이얼릿은 전장에서 일어날 수 있는 실수라고 받아들였다.

지난 휴가 때, 자기가 자란 집에 돌아온 이저벨은 오빠들이 죽은 뒤 집에 내려앉았던 어둠을, 어머니의 삶에 얼룩처럼 온통 번졌던 상실감을 다시 떠올렸다. 오빠들이 죽었을 때 열네 살이던 이저벨은 사전을 찾아보고, 남편을 잃은 아내를 부르는 말이 따로 있다는 것을 알게 되었다. 남편을 잃으면 과부가 된다. 아내를 잃은 남편은 홀아비가 되고. 그렇지만 자식을 잃은 부모의 경우에는 그 슬픔을 드러낼 수 있는 표현이 따로 없다. 아들이나 딸이 더이상 세상에 존재하지 않는데도 계속 아버지나 어머니라고 불렀다. 이상한 일이었다. 이저벨은 사랑하는 오빠들이 죽었는데도 자신이 여전히 누이일까 생각했다.

마치 프랑스 전선에서 날아온 포탄 하나가 이저벨의 가족 한가운데에서 터져 메울 수도 덮을 수도 없는 구멍 하나를 남긴 것 같았다. 바이얼릿은 하루종일 아들들 방을 정리하고 액자에 윤을 냈다. 빌은 말을 잃었다. 이저벨이 애써 말을 걸어보아도 대꾸하지 않았고, 심지어는 밖으로 나가버리기도 했다. 이저벨은 자신이 부모님을 성가시게 하거나 신경쓰게 하는 일을 해서는 안 된다는 결론을 내렸다. 이저벨은 부모님이 아들 대신에 지닌 위로품 같은 존재였다.

부모님이 루시에게 푹 빠진 것을 보고 이저벨은 자기가 옳은 일을 했다고 확신했다. 마음 한구석에 남아 있던 찜찜함도 싹 씻겨내려갔다. 이 아기는 정말 많은 사람을 구한 것이다. 이저벨과 톰뿐 아니라, 상실감 속에서 살아가던 두 노인의 삶에도 빛을 비추었다.

크리스마스 점심때 빌 그레이스마크가 목멘 소리로 루시를 보내주신 것에 대해 신께 감사기도를 드렸다. 나중에 부엌에서 바이얼릿은 루시가 태어났다는 소식을 들은 날부터 빌이 완전히 다른 사람이 되었다는 이야기를 톰에게 털어놓았다. "기적이 일어났네. 마법의 물약이라도 먹은 것 같아."

바이얼릿은 창밖에 핀 분홍색 히비스커스 꽃을 물끄러미 바라보았다. "자네 장인은 휴 소식만으로도 큰 상처를 받았는데 앨피까지 그렇게 된 걸 알고는 심한 타격을 입었어. 오랫동안 받아들이지 않으려고 했네. 그런 일이 일어난다는 건 불가능하다고 말이야. 몇 달 동안 여기저기 편지를 보내 그게 착오라는 걸 입증하려고 했네. 나는 어떤 면에서는 다행이라고 생각했어. 남편이 아들의 전사 소식에 맞서 싸운다는 데 자부심도 느꼈고. 하지만 주변에 아들을 여럿 잃은 사람이 적지 않아서 나는 그게 사실이라는 걸 알았지.

그러다가 마침내 그 불씨마저 꺼져버리고 빌은 완전히 낙심했어." 바이얼릿이 숨을 들이마셨다. 그러더니 눈을 들고 믿기지 않는다는 듯 웃음을 지었다. "하지만 요즘에는 예전 모습으로 돌아온 것 같아. 루시 덕분에. 루시를 향한 빌의 사랑은 자네 못지 않다네. 루시 덕에 다시 살아나게 됐으니까." 바이얼릿이 톰에게 다가가 뺨에 입을 맞추었다. "고맙네."

점심식사 뒤 여자들이 설거지를 하는 동안 톰은 뒷마당 잔디밭 그늘에 루시와 같이 앉아 있었다. 루시는 아장아장 돌아다니다가 톰에게 돌아와 뽀뽀 세례를 퍼부었다. "아이쿠, 고마워!" 톰이 웃었다. "하지만 아빠를 잡아먹진 마." 말똥말똥 쳐다보는 루시의 눈동자에 톰의 모습이 비쳤다. 톰은 루시를 끌어당겨 간질였다.

"완벽한 아비야!" 뒤쪽에서 말소리가 들렸다. 톰이 돌아보니 장인이 걸어오고 있었다.

"애를 잘 보는지 확인하려고 왔네. 바이얼릿은 늘 나더러 우리 애들을 잘 돌본다고 했거든." 우리 애들이라는 말을 하는 빌의 얼굴에 언뜻 그늘이 비쳤다. 빌은 훌훌 털듯 팔을 벌렸다. "할아비한테 오렴. 와서 수염을 당겨봐, 우리 예쁜 공주님!"

루시가 아장아장 걸어가 팔을 뻗었다. "올라간다." 빌이 말하며 루시를 안아올렸다. 루시는 빌의 조끼 주머니로 손을 뻗어 회중시계의 줄을 당겨 꺼냈다.

"몇시인지 궁금해? 또?" 빌이 웃으면서 금장 뚜껑을 열어 시곗바늘을 보여주었다. 루시는 바로 시계 뚜껑을 탁 닫고는 다시 열어

달라고 할아버지한테 내밀었다. "자네도 알겠지만, 바이얼릿이 힘들어한다네." 빌이 톰에게 말했다.

톰이 바지에서 마른 풀잎을 떨며 일어섰다. "무슨 말씀이세요?"

"이저벨 없이 지내는 것도 그렇고, 이제는 이 녀석이 그리워질 테니……" 빌이 잠시 말을 멈췄다. "파르타죄즈 인근에서 일자리를 구할 수 있지 않겠나……? 자네는 대학도 나왔으니 될 수 있으면……"

톰이 다른 쪽 다리에 체중을 실었다.

"사람들이 뭐라고 하는지는 아네. 한번 등대지기는 영원한 등대지기라고들 하지."

"그렇게들 말하죠."

"정말 그런가?"

"어느 정도는 그럴 겁니다."

"하지만 자네는 떠날 수 있지 않겠나? 정말 원한다면?"

톰은 잠시 생각한 다음에 대답했다. "아버님, 정말 원한다면 남편이 아내를 버릴 수도 있겠죠. 하지만 그럴 수 있다고 해서 그게 옳은 일은 아닙니다."

빌이 못마땅한 표정으로 톰을 보았다.

"직업훈련을 받고 경험도 쌓아놓고 책임을 저버리는 건 옳지 않습니다. 그리고 일에 익숙해지기도 했는데요." 톰은 생각에 잠기며 하늘을 올려다보았다. "그곳이 제 자리입니다. 이저벨도 좋아하고요."

아기가 톰에게 손을 뻗자 톰은 반사적으로 아기를 받아안았다.

"흠, 내 딸과 손녀를 잘 돌봐주게. 그것만 부탁함세."

"최선을 다하겠습니다. 약속드릴게요."

크리스마스 다음날 파르타죄즈 곳에서 열리는 가장 중요한 행사는 교회 바자회였다. 읍내와 외곽을 따질 것 없이 모든 사람들이 와서 다 함께 치르는 행사였다. 아주 오래전 사업 수완이 밝은 누군가가 사람들이 바빠서 참석 못한다는 핑계를 댈 수 없을 날을 골라 기금 마련 행사를 기획하면서 시작된 전통이었다. 크리스마스 철이다 보니 사람들 마음이 너그러워져 더욱 안성맞춤이었다.

케이크와 토피, 잼(때로는 뜨거운 햇볕에 잼 병이 폭발하기도 했다)도 팔고 운동경기와 게임도 했다. 숟가락에 달걀 얹고 달리기, 이인삼각, 자루 경주 등이 단골 메뉴였다. 사격대회는 종전 후 사격술이 뛰어난 사람이 늘어 이윤을 올리기가 힘들어지자 폐지하고 대신 공 던져 코코넛 떨어뜨리기를 했다.

누구나 행사에 참여할 수 있었는데 참석이 거의 의무나 다름없었다. 가족들이 종일 나와 노는 행사였다. 반으로 자른 커다란 드럼통에서 햄버거 패티와 소시지를 구워 한 개에 6펜스씩에 팔았다. 톰은 루시와 이저벨과 함께 그늘에 담요를 깔고 앉아 소시지가 든 빵을 먹었다. 루시는 자신의 점심을 낱낱이 분리해 옆에 있는 접시 위에 늘어놓았다.

"오빠들은 달리기를 무척 잘했어요. 이인삼각을 하면 꼭 일등을 했죠. 엄마는 내가 언젠가 자루 경주에서 상품으로 받은 컵을 아직도 보관하고 계실걸요."이저벨이 말했다.

톰이 웃었다. "내가 챔피언하고 결혼한 줄은 몰랐네요."

이저벨이 장난스럽게 톰의 팔을 살짝 쳤다. "믿거나 말거나, 그 레이스마크 집안 전설이에요."

루시의 접시에서 음식이 쏟아지려고 해서 톰이 돌보는데 운영요 원임을 표시하는 꽃장식을 단 남자아이가 다가왔다. 메모장과 연필을 든 남자아이가 물었다. "실례합니다. 이 아기 아빠 맞으시죠?"

남자아이의 질문에 톰이 움찔했다. "뭐?"

"아저씨 아이가 맞느냐고요."

톰이 무어라고 알아들을 수 없는 말을 웅얼거렸다.

남자아이가 이저벨에게 물었다. "아줌마네 아기죠?"

이저벨은 잠시 얼굴을 찡그리는 것 같더니 무슨 뜻인지 알아듣고 천천히 고개를 끄덕였다. "아빠 달리기 참가자를 모집하는구나?"

"네." 남자아이가 메모장에 연필을 대고 톰에게 물었다. "성함이 어떻게 되세요?"

톰이 이저벨을 돌아보았지만 이저벨의 얼굴은 태평했다. "당신 이름이 생각 안 나면 내가 대신 불러줄게요." 이저벨이 장난스럽게 말했다.

톰은 자신이 얼마나 놀랐는지 이저벨이 이해해주길 바랐지만 이 저벨은 여전히 생글생글 웃고 있었다. 마침내 톰이 말했다. "달리 기는 자신이 없어서."

"하지만 아빠들은 다 참가하는데요." 참가하지 않겠다고 한 사 람은 톰이 처음인 모양이었다.

톰이 웅얼거렸다. "어차피 예선에서 떨어질 텐데."

아이가 다른 참가자를 구하러 가버리자 이저벨이 아무렇지도 않

176

은 목소리로 말했다. "루시, 걱정 마. 내가 엄마 달리기에 나갈 거
니까. 네 부모 중에 웃음거리가 되길 겁내지 않는 사람이 적어도
한 사람은 있단다." 하지만 톰은 여전히 굳은 얼굴이었다.

섬튼 박사가 손을 씻는 동안 이저벨은 옷을 챙겨 입었다. 파르타
죄즈에 있는 동안 병원에 가겠다고 톰과 약속한 걸 지킨 것이었다.
"문제가 있는 건 아닙니다." 의사가 말했다.
"그런가요? 그런데 왜 그런 거죠? 병이 있나요?"
"전혀 아닙니다. 그냥 시간이 지나면서 찾아오는 몸의 변화예
요." 의사가 진료 차트에 소견을 적으며 말했다. "예상외로 일찍
찾아오긴 했지만 이미 아기를 낳으셨으니 아기가 없는 다른 여자
들이 느끼는 것만큼 힘들지는 않으실 겁니다. 다른 증상들은 그냥
긍정적으로 생각하고 참으셔야 할 것 같고요. 일이 년 정도 지나면
사라질 겁니다. 그냥 자연스러운 증상이에요." 의사가 활짝 웃어
보였다. "그러고 나면 아주 편해지실 거예요. 성가신 생리를 더는
안 해도 되니까요. 다른 여자들은 부러워할걸요."
이저벨은 친정집으로 걸어가는 동안 울지 않으려 애썼다. 루시
가 있으니까. 또 톰이 있으니까. 가장 사랑하는 이를 영원히 잃어
버린 여자도 많은데, 더 많은 걸 바란다면 욕심일 것이다.

　며칠 뒤 톰은 근무 계약을 삼 년 연장하는 서류에 서명했다. 절차를 주관하러 프리맨틀 사무국에서 온 직원이 톰의 글씨체와 서명을 자세히 들여다보고 이전 서류와 비교했다. 손이 조금이라도 떨리는 기색이 있으면 이 일을 계속할 수 없었다. 등대지기는 쉽게 수은 중독에 노출되기 때문이었다. 손이 떨리는 단계에서 발견해 낸다면 등대지기가 다음 근무 기간 동안에 미쳐버리는 사태를 막을 수 있었다.

15

원래 휴가 첫 주에 하기로 계획했던 루시의 세례식은 노켈스 목사의 "좋지 않은 컨디션" 때문에 미뤄졌다가, 마침내 1월 초 야누스로 돌아가기 전날에 치러졌다. 뜨거운 여름 아침, 랠프와 힐다가 톰과 이저벨과 함께 교회에 가주었다. 교회 문이 열리기를 기다리는 동안 햇볕을 피할 데라고는 무덤가에 있는 몇 그루의 말라나무 아래 그늘뿐이었다.

"노켈스가 또 술을 푼 게 아니어야 할 텐데." 랠프가 말했다.

"여보! 그런 말을!" 힐다가 말했다. 화제를 돌리려는 듯 힐다는 몇 걸음 떨어진 곳에 있는 새로 만든 화강암 묘비를 보며 혀를 찼다. "정말 안됐지 뭐야."

"뭐가요?" 이저벨이 물었다.

"아, 익사한 불쌍한 아기와 아빠 얘기야. 이제야 무덤이 만들어졌네."

이저벨은 망치로 얻어맞은 느낌이었다. 순간 기절이라도 할 것처럼 주위의 소리가 아득해졌다. 이저벨은 겨우 정신을 가다듬고 묘비에 새겨진 반짝이는 금색 글자를 읽었다. "프란츠 요하네스 로엔펠트와, 프란츠와 해나의 소중한 딸 그레이스 엘런을 기리며. 하느님께서 보살피시기를." 그 아래에는 "Selig sind die da Leid tragen(슬퍼하는 자는 복이 있나니)"이라고 적혔다. 발치에는 싱싱한 꽃이 놓여 있었다. 이런 뜨거운 날씨에 아직 싱싱한 것으로 보아 가져다놓은 지 채 한 시간도 되지 않은 듯했다.

"무슨 일이 있었는데요?" 이저벨의 손과 발이 떨리기 시작했다.

"정말 충격적인 일이었지." 랠프가 고개를 흔들며 말했다. "결혼 전 이름은 해나 포츠야." 이저벨에게도 익숙한 이름이었다. "갑부 포츠라고 불리는 셉티머스 포츠의 딸. 아비가 근방에서 제일 부자야. 한 오십 년 전쯤인가 런던에서 여기로 건너왔을 때는 땡전 한 푼 없는 고아였는데 목재업으로 재산을 모았지. 아내는 두 딸이 어릴 때 죽었고. 다른 딸 이름은 뭐지, 힐다?"

"그웬이에요. 해나가 언니예요. 둘 다 퍼스에 있는 최고급 기숙학교에 다녔어요."

"그런데 몇 년 전에 해나가 독일 남자하고 결혼해버린 거야…… 포츠 영감은 딸 얼굴도 안 보겠다 했지. 돈도 끊어버리고. 그래서 해나 부부는 펌프장 근처에 있는 다 무너져가는 오두막에 신혼집을 차렸어. 그래도 아기가 태어나자 결국 노인네 마음이 돌아서더군. 아무튼 재작년 앤잭 기념일*에 소동이 일어났는데……"

---

* 1차대전 때 호주-뉴질랜드 연합군이 터키 갈리폴리에 상륙한 것을 기념하는 날.

"당신은 하필 지금 그런 얘기를 해요." 힐다가 눈총을 주었다.

"그냥 얘기하는 거야……"

"때와 장소에 안 맞잖아요." 힐다가 이저벨을 쳐다보았다. "프랭크 로엔펠트와 동네 사람들 사이에 오해가 좀 있었어. 프랭크는 아기를 데리고 보트를 타고 도망쳤지. 사람들이…… 글쎄 프랭크가 독일 사람이라고 시비를 걸었단다. 독일 태생은 아닐지 몰라도 어쨌든 마찬가지라고. 세례를 받으러 온 건데 이런 안 좋은 얘기를 시시콜콜 하고 있을 게 뭐야. 잊어버려."

이저벨은 숨도 제대로 못 쉬고 이야기를 듣고 있다가 숨이 차 자기도 모르게 헉 하고 숨을 들이마셨다.

"정말 끔찍하지!" 힐다가 이저벨이 놀라는 게 당연하다는 듯 말했다. "게다가 그게 끝이 아니었어……"

톰은 눈이 휘둥그레졌고 급히 이저벨을 쳐다보았다. 톰의 입술 위에 땀방울이 송글송글 맺혔다. 자기 가슴이 마구 쿵쾅거리는 소리가 다른 사람들에게 들릴까봐 불안했다.

"음, 그 친구는 뱃사람이 아니었거든." 랠프가 말을 이었다. "어릴 적부터 심장이 약했다더라고. 그러니 물살에 맞설 수가 없었겠지. 보트가 바다에 휩쓸려간 뒤로 아무도 프랭크와 아기의 흔적을 못 봤어. 아마 바다에 가라앉았겠지. 포츠 영감은 제보자에게 상금을 주겠다고 했다네. 무려 천 기니나!" 랠프가 고개를 절레절레 흔들었다. "거금이 걸렸으니 누구든 뭐라도 봤다면 바로 나타났겠지. 내가 직접 찾아볼까 하는 생각까지 했다니까! 알겠지만 나도 독일 사람은 싫어. 하지만 아기는…… 두 달도 채 안 됐다는데. 아기가 무슨 잘못이 있어? 가엾은 것."

"불쌍한 해나는 영 충격에서 헤어나질 못했어." 힐다가 한숨을 내쉬었다. "아버지가 간신히 딸을 설득해서 몇 달 전에야 장례를 치렀단다." 힐다가 말을 멈추고 손에 낀 장갑을 당겼다. "사람 일은 알 수가 없어. 안 그래? 셀 수 없을 정도로 재산이 많은 집에 태어나 시드니 대학까지 나오고, 한눈에 반한 사람하고 결혼했는데, 요새는 꼭 넋 나간 사람처럼 거리를 돌아다니고 있으니."

이저벨은 얼음을 뒤집어쓴 느낌이었다. 묘비 앞에 놓인 꽃이 자신을 조롱하는 것 같았다. 애엄마가 가까운 곳에 있다고 위협하는 것 같았다. 이저벨은 현기증이 나 나무에 기댔다.

"괜찮아?" 힐다가 이저벨의 얼굴색이 변한 것을 보고 물었다.

"네. 너무 더워서요. 조금 있으면 괜찮을 거예요."

묵직한 나무문이 열리고 목사가 교회에서 나왔다. "자, 준비 다 되셨습니까?" 햇살에 눈을 찌푸리며 목사가 말했다.

"말해야 해요! 지금요! 세례를 취소하고요……" 제의실祭衣室에서 톰은 이저벨에게 나지막한 목소리로 다급하게 말했다. 빌과 바이얼릿은 교회에 온 손님들에게 손녀를 자랑하느라 정신없었다.

"그럴 순 없어요." 이저벨은 얼굴이 창백했고 숨을 쌔근거렸다. "너무 늦었어요!"

"바로잡아야 해요! 지금 사람들한테 말해야 한다고요."

"안 돼요!" 이저벨은 여전히 머릿속이 어지러웠고, 생각나는 대로 마구 주워섬겼다. "루시한테 그런 짓을 할 순 없어요! 지금 루시의 엄마 아빠는 우리예요. 그리고 도대체 뭐라고 말할 건데요? 내가 사실은 아기를 낳지 않았다는 게 갑자기 생각났다고요?" 이저벨의 얼굴이 하얗게 질렸다. "그 남자 시신은요? 이미 너무 늦어버렸어요." 본능적으로 이저벨은 시간을 벌어야 한다고 생각했다. 너무 혼란스럽고 너무 무서워서 아무것도 할 수 없었다. 이저벨은 침착하려 애썼다. "나중에 이야기해요. 지금은 세례식을 무사히 마쳐야 해요." 햇빛이 이저벨의 푸른 바다색 눈동자에 비쳤고, 톰은 그 눈빛에 어린 공포를 보았다. 이저벨이 톰에게 한 걸음 다가가자 톰은 뒤로 물러섰다. 마치 자석이 서로를 밀어내듯.

사람들이 웅성거리는 가운데 목사가 다가오는 발소리가 들렸다. 톰이 고개를 돌렸다. "아플 때나 건강할 때나. 좋을 때나 힘들 때나." 몇 년 전 이 교회에서 자기가 읊었던 그 문구가 머릿속에서 쾅쾅 울려댔다.

"어서 나오시죠." 목사가 활짝 웃으며 말했다.

"이 아이가 전에 세례를 받은 적이 있습니까?" 노켈스 목사가 의식을 시작했다. 성수반 앞에 모인 사람들이 대답했다. "없습니다." 톰과 이저벨의 옆에는 대부가 되어줄 랠프와 대모가 되어줄 이저벨의 사촌 프레다가 서 있었다.

양초를 든 대부와 대모가 목사의 질문에 대답했다. "여러분은 이 아이의 이름으로 악마와 악마의 행위를 물리치겠습니까……?"

"모두 물리치겠습니다." 대부모가 입을 모아 대답했다.

문답이 사암벽에 울려퍼질 때마다 톰은 반짝이는 새 구두 끝을 굳은 표정으로 내려다보며 뒤꿈치에 생긴 쓰라린 물집에 신경을 집중했다.

"여러분은 하느님의 거룩한 뜻과 계명을 충실히 따르겠습니까?"

"따르겠습니다."

선서가 퍼져나갈 때마다 톰은 딱딱한 구두 안에서 발을 움직여 일부러 통증을 일으켰다.

루시는 스테인드글라스 창문이 만들어내는 알록달록한 빛살에 푹 빠져 있었다. 혼란스럽고 고통스러운 와중에도 이저벨은 아이가 이렇게 눈부신 색깔을 본 건 처음일 거라는 생각을 했다.

"자비로운 하느님, 이 아이의 원죄는 땅에 묻히고, 새로운 사람이 그 안에서 자라나도록 해주시옵소서……"

톰은 야누스에 있는 무덤에 대해 생각했다. 표지 하나 없는 무덤. 톰은 프랭크 로엔펠트를 캔버스천으로 덮다 그의 얼굴을 봤다. 톰은 죄책감에 시달리는데 정작 그 남자는 무표정하고 멍한 얼굴을 하고 있었다.

교회 마당에서 약식 크리켓을 하는 소리가 들려왔다. 탁 치는 소리, "아웃?" 외치는 소리. 신도석 둘째 줄에 앉은 힐다 애디콧이 옆에 앉은 사람에게 속삭였다. "톰 눈가에 눈물이 맺혔어요. 마음이 정말 따뜻한 사람이에요. 바윗덩이처럼 보이지만 속은 한없이 부드럽다니까요."

노켈스는 아이를 품에 안고 랠프와 프레다에게 말했다. "이 아이의 이름을 말하십시오."

"루시 바이얼릿입니다." 두 사람이 말했다.

"루시 바이얼릿에게 성부와 성자와 성령의 이름으로 세례를 주노라." 목사가 말하고 아이 머리에 물을 붓자 아이가 울음을 터뜨렸다. 래퍼티 부인이 아이를 달래려는 듯 바로 낡은 오르간으로 성가를 연주했다.

예배가 끝나기도 전에 이저벨은 자리에서 빠져나와 옥외 화장실로 갔다. 조그만 벽돌 건물 안은 오븐 속처럼 뜨거웠다. 이저벨은 파리를 쫓고 나서 마구 구역질을 시작했다. 도마뱀붙이 한 마리가 벽에 매달려 말없이 이저벨을 지켜보았다. 이저벨이 물 내리는 사슬을 당기자 도마뱀붙이는 양철 지붕 위로 몸을 숨겼다. 이저벨은 부모님 곁으로 돌아가 어머니가 묻기 전에 힘없이 말했다. "속이 안 좋아서요." 이저벨은 루시에게 손을 뻗어 꽉 껴안았다. 루시가 손으로 이저벨의 가슴팍을 밀어낼 정도로.

세례식이 끝난 뒤 팰리스 호텔에서 오찬 파티가 열렸다. 이저벨의 아버지와 어머니는 같은 테이블에 앉았다. 하얀 레이스 칼라가 달린 파란색 면 원피스를 입은 바이얼릿은 코르셋 때문에 답답했고 단단하게 틀어올린 올림머리 때문에 머리가 지끈거렸지만 이날을 망쳐서는 안 된다고 단단히 각오하고 있었다. 자신의 첫 손녀이자, 이저벨이 알려준 소식에 따르면 유일한 후손이 될 손녀의 세례식 날이니 말이다.

"톰이 평소와는 좀 달라 보이는데. 안 그래요, 바이얼릿? 원래 술을 많이 안 마시는 사람인데 오늘은 위스키를 계속 마시는군." 빌이 어깨를 으쓱하며 별일 아니라는 듯 덧붙였다. "아마 자축하느라 그러는 거겠지만."

"긴장해서 그럴 거예요. 중요한 날이잖아요. 이저벨도 엄청 예민하던데요. 아마 속이 안 좋은가봐요."

바에 톰과 같이 앉아 있던 랠프가 이렇게 말했다. "딸내미 때문에 자네 아내가 완전히 달라졌지? 내 눈에도 전혀 다른 사람처럼 보여."

톰이 빈 잔을 손에서 빙빙 돌렸다. "집사람의 다른 면이 드러난 것 같아요."

"이저벨이 아기를 잃었을 때를 생각해보면……"

톰이 보일 듯 말 듯 움찔했지만 랠프는 눈치채지 못하고 계속 떠들었다. "……처음에 말야, 야누스에 갔는데 꼭 유령을 보는 것 같더라고. 두번째는 더 심했고."

"네. 집사람이 무척 힘들어했었죠."

"결국에는 하느님이 잘되게 해주신다니까. 안 그래?" 랠프가 웃었다.

"정말 그럴까요? 모든 사람이 다 잘되게 해주실 수는 없잖아요. 이를테면…… 독일인들이 우리만큼 잘되게 해줄 수는……"

"그런 말 하지 말게. 자네는 잘되게 해주셨잖아!"

톰은 넥타이와 칼라를 풀었다. 갑자기 숨이 막히는 것 같았다.

"괜찮나?" 랠프가 물었다.

"공기가 답답해서요. 잠깐 바깥바람 좀 쐬어야겠어요." 하지만 실외도 답답하기는 마찬가지였다. 답답함이 가시기는커녕 공기가 녹은 유리처럼 무겁게 내리눌렀다.

이저벨과 단둘이 조용히 이야기할 수 있다면…… 모든 게 괜찮아질 거다. 어떻게든 괜찮아질 것이다. 톰은 마음을 추스르고 숨을 깊이 들이마신 다음 천천히 호텔로 돌아갔다.

"루시는 잠들었어요." 이저벨이 침실 문을 닫으며 말했다. 아이는 침대에서 떨어지지 않게 베개에 둘러싸인 채 자고 있었다. "오늘 정말 잘했죠. 사람이 그렇게 많은 곳에서 보채지도 않고 세례식을 무사히 마쳤잖아요. 물을 뿌렸을 때만 한 번 울고." 힐다의 이야기를 들은 뒤로 계속 떨리던 이저벨의 목소리도 밤이 되자 침착해졌다.

"루시는 천사야." 바이얼릿이 웃으며 말했다. "내일 루시가 가버리면 우리 둘은 어떻게 지낼지 모르겠구나."

"그러게요. 편지에 루시 소식을 자세히 적어 보낼게요." 이저벨이 말하고는 한숨을 폭 내쉬었다. "이제 자야 할 것 같아요. 배 시간 맞추려면 새벽에 일어나야 하니까요. 들어갈래요, 여보?"

톰이 고개를 끄덕였다. "안녕히 주무세요." 톰은 지그소 퍼즐을 맞추는 장인 장모에게 인사하고 이저벨과 같이 침실로 들어갔다.

그날 처음으로 단둘이 있는 시간이었다. 문이 닫히자마자 톰이 물었다. "언제 이야기할까요?" 톰의 얼굴은 굳어 있었고 자세도 경직되어 있었다.

"이야기 안 해요." 이저벨이 절박한 목소리로 속삭였다.

"무슨 말이에요?"

"톰, 우리 생각해봐요. 시간이 필요하다고요. 내일 떠나야 하잖아요. 우리가 무슨 말이라도 하면 난리가 날 텐데, 당신 내일 밤에는 업무에 복귀해야 하잖아요. 일단 야누스에 돌아가서 어떻게 하면 좋을지 생각해보기로 해요. 서두르다가 후회할 일을 저질러서는 안 돼요."

"여보, 멀쩡히 살아 있는 자기 딸을 죽었다고 생각하는 여자가,

자기 남편에게 무슨 일이 생겼는지 모르는 여자가 여기 읍내에 있어요. 그 사람이 그동안 어떻게 살아왔을지는 하느님밖에 모를 거예요. 조금이라도 빨리 고통을 덜어줘야—"

"너무 충격이 클 거예요. 해나 포츠뿐 아니라 루시도 생각해야 해요. 제발, 톰. 지금은 우리 둘 다 이성적으로 생각하기 힘드니까 천천히 생각해보기로 해요. 아침이 되기 전에 조금이라도 잠을 자둬야 해요."

"난 조금 있다 잘게요. 바람 좀 쐬고 올게요." 이저벨은 톰이 곁에 있어주기를 바랐지만 톰은 조용히 뒤쪽 베란다로 나갔다.

바깥 날씨는 서늘했다. 톰은 어둠 속에서 등나무 의자에 앉아 두 손으로 머리를 감쌌다. 부엌 창문을 통해 장인이 지그소 퍼즐을 나무상자에 담으며 말하는 소리가 들렸다. "이저벨은 야누스로 빨리 돌아가고 싶어하던데요. 이제는 사람 많은 곳이 불편하다면서." 장인이 상자 뚜껑을 닫으며 말했다. "이 동네는 사람이 아무리 모여봤자 바글거리는 곳은 아닌데 말이에요."

바이얼릿은 등유 램프 심지를 다듬고 있었다. "이저벨이 내내 피곤했을 것도 같아요. 당신이랑 나랑 늘 붙어 있으니, 이젠 루시를 독차지하고 싶겠죠." 바이얼릿이 한숨을 내쉬었다. "꼬맹이가 가고 나면 조용하겠네요."

빌이 바이얼릿의 어깨에 팔을 둘렀다. "옛 생각 나지 않아요? 휴와 앨피가 아기일 때 생각나요? 엄청난 녀석들이었는데." 빌이 껄껄 웃었다. "고양이를 며칠 동안이나 찬장에 가둬놨던 거 생각나요?" 빌이 생각에 잠겼다. "그때와 같을 수는 없지만, 할아버지가

188

된다는 게 그다음으로 좋은 일 같아요. 아들들이 돌아오는 것 다음으로 좋은 일."

바이얼릿이 램프에 불을 붙였다. "우리가 견뎌낼 수 없을 것 같던 때가 있었는데. 그땐 다시는 행복을 누리지 못할 것 같았는데." 바이얼릿이 성냥을 훅 불어 껐다. "마침내 이런 축복이 찾아왔네요." 바이얼릿은 램프에 유리 등갓을 씌워 들고 빌과 침실로 갔다.

장인 장모의 말이 어둠 속에 앉아 있는 톰의 머릿속에서 울렸다. 톰의 절박한 심정도 모르고 재스민 향기가 달콤하게 풍겨왔다.

16

야누스로 돌아온 첫날 밤, 바람이 등롱 주위에서 울부짖으며 등 탑의 두꺼운 유리창을 두드려댔다. 어디 허술한 구석은 없는지 시험이라도 하는 듯했다. 등대의 불을 켜는 동안 톰의 머릿속에는 랠프의 배가 떠난 직후 이저벨과 벌였던 말다툼이 되풀이되었다.

이저벨은 확고부동했다. "이미 벌어진 일을 돌이킬 수는 없어요. 나라고 고민을 안 했겠어요?" 이저벨은 방바닥에서 집어올린 인형을 품에 꽉 끌어안았다. "루시는 행복하고 건강하게 살고 있어요. 그런 환경에서 루시를 떼어놓는다니, 정말 끔찍한 일이라고요!" 이저벨은 빨래 바구니와 리넨장 사이를 왔다갔다하면서 침대시트를 개어 리넨장에 넣던 중이었다. "좋든 싫든 엎질러진 물이에요. 루시는 당신을 사랑하고 당신은 루시를 사랑해요. 루시한테서 사랑하는 아빠를 빼앗을 권리가 당신에겐 없어요."

"사랑하는 엄마는 어쩌고요? 루시에게는 멀쩡히 살아 있는 엄마가 있어요! 너무 부당한 일이라고 생각하지 않아요?"

이저벨의 얼굴이 붉게 물들었다. "내가 아기 셋을 잃은 건 부당하지 않은가요? 우리 오빠들은 바다 건너에 묻혔는데 당신은 상처 하나 없이 활보하고 다니는 건요? 그것도 부당한 일이에요. 결코 공평하지 않은 일이라고요! 하지만 우린 삶이 우리에게 내미는 걸 받아들일 수밖에 없다고요!"

이저벨은 톰의 상처에 직격탄을 날렸다. 전장에서 돌아온 지 여러 해가 지났지만 톰은 여전히 자신이 동지들을 배신했다는 느낌을 지워버리지 못했다. 동지들은 스러졌는데 자신은 멀쩡하게 돌아왔으니 배신한 것이나 다름없다는 생각을 할 때마다 톰은 욕지기를 느꼈다. 합리적으로 생각해보면 단지 운이 갈렸을 뿐인데. 이저벨은 자기 말에 톰이 상처받았다는 걸 깨닫고 말투가 누그러졌다. "여보, 우린 루시를 생각해야 해요."

"이지, 제발—"

이저벨이 톰의 말허리를 잘랐다. "더이상 아무 말도 하지 마요! 우리가 할 수 있는 유일한 일은 저 아이를 최대한 사랑해주는 것뿐이에요. 그리고 루시한테 절대, 절대로 상처를 주지 말아야 해요!" 인형을 움켜쥐고 이저벨이 방에서 횡하니 나가버렸다.

톰은 바다를 내다보았다. 바다는 성난 듯 놀치며 하얀 거품을 일으켰고, 어둠은 사방을 덮어왔다. 빛이 시시각각 이울면서 바다와 하늘 사이의 경계가 점점 가물거렸다. 기압이 내려가고 있었다. 아침이 오기 전에 비바람이 몰아칠 것이다. 톰은 놋쇠 손잡이를 잡고 회랑으로 나가 등대 불빛이 꾸준히, 무감하게 회전하는 것을 바라보았다.

그날 저녁 톰이 등대를 살피는 동안 이저벨은 루시의 침대 옆에 앉아 아이가 잠에 빠져드는 것을 지켜봤다. 이저벨은 하루를 버티는 데 온 힘을 다 써버린 느낌이었다. 머릿속도 바깥 날씨처럼 요동쳤다. 이저벨은 루시가 늘 불러달라고 하는 자장가를 거의 속삭이듯 불렀다. "남풍아 불어라, 불어라, 불어라……" 음정이 떨리고 목소리가 갈라졌다. "우리가 헤어질 때 나는 등대 옆에 서 있었지. 물결치는 깊은 바다 위에 어둠이 내릴 때까지. 내 사랑이 탄 돛단배가 더는 보이지 않았네……"

마침내 루시가 잠에 푹 빠지자 이저벨은 아이의 조그만 손을 펼쳐 분홍색 소라 껍데기를 꺼냈다. 교회 묘지 옆에서 시작되어 아직 가라앉지 않은 욕지기가 더 심해져 이저벨은 손끝으로 소라 껍데기의 나선 모양을 어루만지며 억눌렀다. 완벽한 매끄러움, 정확한 비율을 느끼며 마음을 달랬다. 이걸 만든 생명체는 오래전에 죽고 이 작품만을 남겼구나. 그러자 해나 포츠의 남편도 이 살아 있는 작품, 이 아이만을 남겼다는 생각이 떠올라 마음이 어지러웠다.

루시는 잠결에 손을 머리 위로 올리며 얼굴을 찡그렸다. 그리고 소라 껍데기가 사라진 빈손을 꼭 움켜쥐었다.

"누구도 너한테 상처 주지 못하게 할 거야. 언제까지나 널 안전하게 지켜줄게." 이저벨이 작은 소리로 말했다. 그러고 나서 이저벨은 아주 오랫동안 하지 않던 행동을 했다. 무릎을 꿇고 앉아 머리를 숙인 것이다. "하느님, 제가 감히 당신의 뜻을 헤아릴 수 있을 거라고는 생각하지 않습니다. 당신이 제게 이르신 것을 이루려 애쓸 따름입니다. 제게 버텨나갈 힘을 주세요." 순간 회의가 몰려와 몸이 떨렸다. 이저벨은 겨우 숨을 고르고 기도를 이어나갔다. "해나 포츠, 아니 해나 로엔펠트도 당신의 보살핌을 받으리라 믿습니다. 우리에게 평안을 주옵소서. 우리 모두에게." 이저벨은 창밖의 바람 소리, 파도 소리에 귀를 기울었다. 육지와의 머나먼 거리 덕에, 이틀 동안 느꼈던 불안감이 조금씩 잦아드는 듯했다. 이저벨은 루시가 깨어났을 때 쉽게 찾을 수 있도록 소라 껍데기를 침대 옆에 두고, 다시 마음을 다지며 조용히 방에서 나갔다.

루시의 세례식 다음날인 월요일, 해나 로엔펠트에게 매우 중대한 일이 일어났다.

해나는 우편함으로 가면서도 비어 있을 거라 생각했다. 전날에도 우편함을 들여다보았던 터였다. 우편함 확인은, 거의 이 년 전에 벌어진 앤잭 기념일의 비극적인 사건 이후로 시간을 보내기 위해 해나가 만들어낸 나날의 의식 가운데 하나였다. 해나는 날마다 먼저 파출소에 찾아갔다. 때로는 아무 말 없이 묻는 듯한 표정만 지었다. 그러면 해리 가스톤 경관이 대답 삼아 말없이 고개를 흔들었다. 해나가 밖으로 나가면 동료 경관인 린치가 이렇게 말하곤 했다. "불쌍한 여자야. 저렇게 될 줄 누가 알았겠어……" 그러고는 고개를 흔들고 서류로 눈을 돌렸다. 해나는 날마다 바닷가 여기저기를 다니며 파도에 떠내려온 나뭇조각이나 노걸이 부속품 같은 어떤 표지나 실마리는 없는지 살폈다.

해나는 남편과 아이에게 쓴 편지를 주머니에서 꺼냈다. 가끔은 편지 봉투 안에 서커스가 읍내에 온다는 신문 기사를 오린 것이나 해나가 손으로 쓰고 색을 칠해 꾸민 동요 같은 것을 넣기도 했다. 해나는 파도에 편지를 던졌다. 잉크가 번져 봉투에 스미는 걸 보면서, 어딘가, 이 바다 어딘가에서 사랑하는 남편과 아이에게 그 마음이 가닿기를 소망했다.

돌아오는 길에는 교회에 들러 신도석 마지막 줄의 성 유다* 상 옆에 조용히 앉았다. 때로는 마리나무가 스테인드글라스 위로 길쭉한 그림자를 드리우고 자신이 켠 봉납초가 다 녹아 차가운 밀랍 웅덩이만 남을 때까지 앉아 있기도 했다. 그 어둠 속에 앉아 있는 동안만큼은 프랭크와 그레이스가 아직 살아 있는 것 같았다. 해나는 더는 현실을 피할 수 없는 순간이 되어야만 집으로 돌아갔고, 실망감을 견딜 용기가 있을 때에만 텅 빈 우편함을 열었다.

지난 이 년 동안 해나는 생각해낼 수 있는 곳은 한 군데도 빼놓지 않고 전부 편지를 보냈다. 병원, 항만관리청, 해외선교단 등 무언가를 목격했을 가능성이 있는 곳이면 어디에나. 그러나 사라진 남편과 딸에 관한 소식을 들으면 바로 알려주겠다는 정중한 응답 외에는 아무것도 돌아오지 않았다.

1월 그날 아침은 뜨거웠다. 까치들이 폭포수처럼 쏟아내는 노래가 눈부신 푸른 하늘 아래 고무나무에 물방울처럼 흩어졌다. 해나

---

* 12사도 가운데 한 사람. 절망하고 낙담한 사람들의 수호성인이다.

는 넋 나간 사람처럼 앞 베란다에서 나와 돌길을 따라 몇 걸음 걸었다. 치자나무나 마다가스카르재스민이 풍기는 은은하고 달콤한 향기에도 아무 감흥을 느끼지 못한 지 오래였다. 녹슨 우편함 문을 열려니 경첩이 삐걱거렸다. 우편함 문이 해나 자신만큼이나 낡고 굼떴다. 안에 무언가 흰 게 있었다. 해나는 눈을 깜박였다. 편지였다.

벌써 달팽이 한 마리가 봉투 위에 세공을 해놓은 상태였다. 달팽이가 살짝 갉아먹은 가장자리에 묻은 점액이 햇살에 닿아 무지갯빛으로 반짝거렸다. 우표는 없었고 글씨체는 고르고 단정했다.

해나는 편지를 집 안으로 가지고 들어와 식탁 위에 올려놓았다. 편지를 앞에 둔 채 한참을 앉아 있다가 진주 장식이 붙은 종이칼을 집어 봉투를 뜯었다. 안에 든 편지지가 찢어지지 않게 조심하면서.

해나는 편지를 꺼냈다. 조그만 종이 한 장에 이렇게 적혀 있었다.

딸은 걱정하지 마십시오. 아기는 안전합니다. 사랑과 보살핌 속에 잘 자라고 있고 앞으로도 그럴 겁니다. 남편분은 평화롭게 하늘로 가셨습니다. 이 소식이 위안이 되길 빕니다.

절 위해 기도해주십시오.

집 안은 어둑했다. 눈부신 햇빛을 가리려고 양단 커튼을 쳐놓았기 때문이다. 뒤쪽 베란다 포도 덩굴에서 매미가 귀가 멍멍할 정도로 맹렬하게 울어댔다.

해나는 글씨체를 살폈다. 눈앞에 단어들이 있었지만 제대로 해독할 수 없었다. 심장이 두방망이질해 숨까지 가빠졌다. 봉투를 뜯을 때에는 이게 순간 펑하고 사라지지 않을까 하는 생각이 들었다.

전에도 비슷한 일들이 있었으니까. 길에서 그레이스를 보곤 했다. 아기 때 입던 분홍색 드레스를 본 것 같았는데, 다시 보면 그냥 같은 색깔의 보통이거나 다른 여자의 치맛자락이었다. 분명히 자기 남편의 옆모습을 봤는데, 팔을 잡아당겨보면 남편하고 닮은 데가 하나도 없는 남자가 당황한 표정으로 돌아보았다.

"그웬?" 해나가 간신히 입을 떼 동생을 불렀다. "그웬, 잠깐만 와볼래?" 손가락이라도 까닥하면 편지가 증발해버릴까봐, 어둑해서 잘못 본 것일까봐 해나는 꿈쩍도 하지 않은 채 침실에 있는 동생을 불렀다.

그웬이 수틀을 든 채 나왔다. "언니, 나 불렀어?"

해나는 아무 말 하지 않고 고갯짓으로 편지를 가리켰다. 그웬이 편지를 집어들었다. 해나는 생각했다. '내 상상이 아니었어.'

그로부터 한 시간도 채 되지 않아 해나와 그웬은 나무 오두막을 나서 버몬지로 갔다. 버몬지는 파르타죄즈 외곽 언덕배기에 있는 셉티머스 포츠의 석조 저택이었다.

"오늘 우편함에 이게 들어 있었다고?" 셉티머스가 물었다.

"네." 여전히 갈피를 못 잡고 있는 해나가 대답했다.

"아빠, 대체 누가 이런 짓을 한 걸까요?" 그웬이 말했다.

"당연히 그레이스가 살아 있다는 걸 아는 사람이지!" 해나가 말했다. 해나는 아버지와 동생의 얼굴에 스치고 지나간 표정을 보지 못했다.

"해나, 벌써 오래된 일이잖니." 셉티머스가 말했다.

"저도 알아요!"

"언니, 아빠는 그동안 아무 소식도 없다가 난데없이 이런 게 나타나서 이상하다는 거야."

"어쨌든 중요한 거잖아!" 해나가 말했다.

"아, 언니." 그웬이 고개를 흔들었다.

그날 오후, 파르타죄즈 곳 경찰 중 가장 지위가 높은 너키 경사는 땅딸막한 의자에 어색하게 앉아서 한 손으로 우아한 찻잔을 들고 넓적다리 위에 노트를 올려놓은 채 메모를 하느라 애쓰고 있었다.

"집 주변에서 낯선 사람은 못 보셨습니까, 미스 포츠?" 경사가 그웬에게 물었다.

"못 봤어요." 그웬이 우유 주전자를 테이블 위에 올려놓으며 말했다. "찾아오는 사람이 거의 없거든요."

경사가 무언가를 적어내려갔다.

"어떤가?"

너키는 셉티머스가 자신에게 질문하고 있다는 걸 깨달았다. 너키는 편지를 다시 한번 살펴보았다. 단정한 글씨체에 평범한 종이였다. 우편으로 부친 편지가 아니었다. 그렇다면 동네 사람이 보낸 걸까? 독일인을 사랑한 여자가 고통받는 걸 즐기는 사람이 아직도 있다니 사람 속은 모를 일이다. "안타깝지만 단서가 너무 없네요." 뭔가 단서가 있을 거라고 해나는 거듭 주장했고, 너키는 인내심을 가지고 귀를 기울여주었다. 너키는 해나의 아버지와 동생이 약간 불편한 기색을 보이고 있다는 걸 알아차렸다. 마치 집안 식구들이 다 모여 식사를 하는데 정신이 온전치 않은 고모가 예수님 이야기를 떠드는 것처럼 어색한 상황이었다.

현관으로 배웅 나온 셉티머스에게 경사는 조용히 말했다. "잔인한 장난질처럼 보입니다. 독일인에 대한 적의는 이제 묻어둘 때도 됐는데 왜 이런 짓까지 하는지. 이 편지는 일단 비밀로 하겠습니다. 모방 범죄가 일어날지 모르니까요." 경사는 셉티머스와 악수를 나눈 뒤 고무나무가 늘어선 긴 진입로를 따라 내려갔다.

셉티머스는 서재로 돌아와 해나의 어깨에 손을 얹었다. "기운 내거라. 이런 일에 휘둘리면 안 돼."

"아빠, 전 이해가 안 돼요. 그레이스가 살아 있는 게 분명해요! 이런 일을 가지고 뜬금없이 장난 편지를 보낼 사람이 어디 있겠어요?"

"그러면 이렇게 하자꾸나. 포상금을 두 배로 올리면 어떻겠니? 2천 기니로 올리마. 정말 뭔가를 아는 사람이 있다면 곧 나타나겠지." 셉티머스는 딸에게 차를 한 잔 더 따라주었다. 돈을 지불할 가능성이 낮아 기분이 좋지 않기는 난생처음이었다.

셉티머스 포츠는 파르타죄즈 인근에서 손꼽히는 유명한 사업가였지만 셉티머스를 잘 안다고 말할 수 있는 사람은 드물었다. 셉티머스 포츠는 자기 가족을 지키기 위해서라면 물불을 가리지 않는 사람이었지만, 셉티머스의 가장 큰 적은 늘 운명이었다. 1869년, 셉티머스가 퀸 오브 카이로 호를 타고 대서양을 건너 프리맨틀 땅을 밟았을 때 그의 나이는 다섯 살이었다. 목에는 런던 부두에서

어머니가 찢어지는 심정으로 작별의 입맞춤을 하며 걸어준 조그
만 나무판 목걸이가 걸려 있었다. 나무판에는 이렇게 적혀 있었다.
"저는 착한 기독교도 아이입니다. 저를 잘 돌봐주세요."

셉티머스는 버몬지 철물상의 일곱째이자 막내였다. 아버지는 셉
티머스가 태어난 지 사흘 만에 고삐 풀린 짐마차 말의 발굽에 밟
혀 세상을 뜨고 말았다. 어머니는 식구들을 건사하기 위해 밤낮으
로 일했고, 몇 년 후 폐병에 걸리고 말았다. 어머니는 어떻게든 자
식들의 앞길을 찾아줘야 할 때가 되었다는 것을 직감했고, 최대한
많은 자식을 런던 근교의 친척들에게 보냈다. 먹이고 재워주는 대
신 잡일을 거들 수 있을 만한 아이는 모두 보냈다. 하지만 막내는
너무 어려서 형편이 어려운 친척들에게 짐처럼 여겨질 터라 어디
에도 보낼 수가 없었다. 그래서 어머니가 죽기 전에 마지막으로 한
일 가운데 하나가 바로 오스트레일리아 서부로 가는 증기선에 막
내를 태워보낸 것이었다. 다섯 살짜리 아이 혼자.

수십 년이 지난 뒤 셉티머스는 그런 경험을 하면 죽음을 가까이
여기게 되거나 삶에 간절함을 느끼게 되거나, 둘 중 하나라고 말했
다. 당시 셉티머스는 죽음이 멀지 않다고 생각했다. 해외선교단
소속인 얼굴이 동글고 피부가 햇볕에 가무잡잡하게 탄 여자가 셉
티머스를 데려가 남서부에 있는 '좋은 집'으로 보냈을 때도 셉티머
스는 아무런 불평도, 질문도 하지 않았다. 불평이나 질문을 한다고
귀기울이는 사람도 없었겠지만. 셉티머스는 파르타죄즈에서 동쪽
으로 한참 떨어진 코존업이라는 마을의 월트와 세라 플린델 부부
의 집에서 새 삶을 시작했다. 플린델 부부는 백단나무를 베어 팔아
생계를 유지했다. 좋은 사람들이긴 했지만 단지 그래서 어린 소년

을 거두기로 한 것은 아니었다. 백단목은 워낙 가벼워 어린아이도 나르고 다룰 수 있기 때문이었다. 배에서 한참을 지낸 셉티머스로서는 바닥이 흔들리지 않고 배를 곯지 않을 수 있는 곳이라면 어디든 천국이나 다름없었다.

그렇게 셉티머스는 주소 없는 소포처럼 배에 실려 건너온 새로운 나라를 알아가게 되었고, 플린델 부부와, 그 부부의 실용적인 생활 방식에도 정을 붙였다. 개간지에 지은 조그만 오두막에는 창문에 유리도 없고 수도 설비도 없었지만, 그때는 오히려 필요한 것은 뭐든 충분히 있는 것처럼 보였다.

백단목은 향유의 원료라 금보다 높은 값으로 거래되기도 했으나, 남벌 때문에 거의 씨가 말라버리고 말았다. 그래서 월트 플린델과 셉티머스는 파르타죄즈 외곽에 갓 생겨난 제재소에서 일하기 시작했다. 바닷가에 새로 등대가 건설된 후 위험천만하던 화물선 왕래가 안전해져 상업적으로 타산이 맞게 된데다, 새로 철도와 부두도 건설되면서 나무를 베어 세계 어디로든 실어갈 수 있게 되어 제재업이 일어나기 시작했던 것이다.

셉티머스는 낮에는 악마처럼 일하고 밤에는 기도를 드렸고, 토요일에는 목사 부인을 졸라 읽기와 쓰기를 배웠다. 쓸데없는 것에는 단 한 푼도 쓰지 않았고, 조금이라도 벌 기회가 있으면 절대 놓치지 않았다. 셉티머스에게는 다른 사람이 보지 못하는 기회를 알아보는 재주가 있는 것 같았다. 키는 신발을 신은 상태에서 5피트 7인치*밖에 되지 않았지만 당당하게 다녔고, 돈이 허락하는 한 옷도 깔끔하게 차려입었다. 때로는 말쑥하게 보이기까지 했고, 최소한 일요일에 교회에 갈 때는 옷을 깨끗하게 갖춰 입었다. 그러려면 하루종일 일을 하고 집에 돌아와 한밤중에 톱밥투성이 옷을 빨아야 했는데도 말이다.

이런 노력들은 결국 셉티머스에게 도움이 되었다. 1892년 버밍엄에서 막 준남작이 된 사람이 소자본을 투자할 만한 곳을 찾으려고 이국적인 식민지를 둘러보고 있을 때였다. 사업을 시작할 기회를 포착한 셉티머스는 땅에 투자하라고 준남작을 설득했다. 셉티머스는 영리하게 투자금을 세 배로 불렸고, 자기 배당금은 과감하면서도 신중하게 재투자하여 곧 자기 사업을 시작할 자본을 마련했다. 그리고 1901년 대륙 곳곳의 식민지들이 연합하여 오스트레일리아 연방이 설립되었을 무렵에는 인근에서 가장 부유한 목재상이 되어 있었다.

호시절이었다. 셉티머스는 퍼스의 상류층 출신인 엘런과 결혼했다. 해나와 그웬이 태어났고, 남서부에서는 이들의 저택 버몬지가 유행과 성공의 동의어로 여겨질 정도였다. 화려한 리넨 식탁보와 은식기로 손님들을 대접하는 야외 피크닉도 사람들 입에 오르내리는 행사였다. 그런데 그만 피크닉 도중에 셉티머스의 소중한 아내가 염소가죽 구두 위로 드러난 발목을 독사에게 물리고 말았다. 엘런은 채 한 시간도 지나지 않아 세상을 떴다.

의문의 편지가 온 날, 딸들이 돌아간 후 셉티머스는 생각했다. 삶이란 절대 믿을 수 없는 것이다. 한 손으로 내어주는 척하면서

---

* 약 170센티미터.

다른 손으로 빼앗아간다. 아이가 태어났을 때 마침내 해나와 화해했는데, 사위와 아이가 갑자기 실종되고 딸은 완전히 망가져버렸다. 그리고 어떤 말썽꾼이 다시 그 일을 들쑤시고 있다. 어쩌면 그간 누린 행운을 헤아리며 더 나빠지지 않는 것에 감사해야 할지도 모르겠다.

너키 경사는 책상에 앉아 연필로 사건 기록부를 두드리면서 조그만 연필 자국이 생겨나는 걸 쳐다보고 있었다. 불쌍한 여자. 아기가 살아 있기를 바라는 마음은 십분 이해되고도 남았다. 자기 아내도 이십 년 전에 물에 빠져 죽은 빌리를 생각하며 아직까지도 울곤 하니까. 빌리를 잃은 뒤로 아이를 다섯이나 더 낳았지만 그 슬픔은 영원히 남아 있는 듯했다.

사실 해나의 아기가 아직까지 살아 있을 가능성은 털끝만큼도 없었다. 그래도 너키는 새 종이를 한 장 꺼내 보고서를 작성하기 시작했다. 로엔펠트의 아내에게는 최소한의 격식이라도 갖춰줘야 마땅했다.

17

'남편분은 평화롭게 하늘로 가셨습니다.' 해나 로엔펠트는 의문의 편지에 적힌 글귀를 곱씹고 또 곱씹어보았다. 그레이스는 살아 있지만, 프랭크는 죽었다는 말이었다. 전자는 어떻게든 믿고 싶지만 후자는 믿고 싶지 않았다. 프랭크. 프란츠. 해나는 자신과 만나기 전에도 무수한 우여곡절을 겪었던 다정한 남자를 떠올렸다.

오스트리아 빈에서 유복한 생활을 누리던 프랭크가 처음으로 삶의 좌절을 겪은 것은 열여섯 살 때였다. 아버지의 도박 빚 때문에 프랭크의 가족들 모두 아무리 끈질긴 빚쟁이라도 쫓아오지 못할 만큼 먼 오스트레일리아 캘굴리의 친척집으로 도망온 것이었다. 부자였다가 하루아침에 가난뱅이가 된 프랭크는 삼촌과 숙모가 운영하는 빵집에서 일하기 시작했다. 삼촌 부부는 이곳으로 건너오자마자 이름을 프리츠와 미치에서 클라이브와 밀리로 바꾸었다. 두 사람은 섞이는 게 중요하다고 했다. 어머니는 무슨 뜻인지 이해했지만, 아버지는 자존심과 고집 때문에 가산을 탕진했으면서도 끝끝내 적응하길 거부했다. 결국 아버지는 일 년도 못 되어 퍼스행 기차에 몸을 던졌고, 프랭크는 가장이 되었다.

몇 달 뒤 전쟁이 터졌다. 프랭크는 적국인 신분이라 처음에는 로트네스트 섬에, 나중에는 동부에 억류되었다. 프랭크는 뿌리와 재산을 잃었을 뿐 아니라 먼 곳에서 벌어진 자기와 아무 상관 없는 전쟁 때문에 멸시당하는 존재가 되고 말았다.

하지만 한 번도 불평하지 않았지. 해나는 생각했다. 프랭크의 티 없이 맑은 웃음은 1922년 파르타죄즈에서 해나를 만났을 때에도 사라지지 않고 남아 있었다. 그해에 프랭크는 파르타죄즈에 있는 빵집으로 일하러 온 참이었다.

해나는 큰길에서 프랭크를 처음 만났을 때를 떠올렸다. 맑은 봄날이었지만 아직 10월이라 바람이 쌀쌀했다. 프랭크는 활짝 웃으며 숄을 내밀었다. 해나의 것이었다.

"좀 전에 서점에 두고 가셨어요." 프랭크가 말했다.

"어머, 감사해요."

"자수를 놓은 예쁜 숄이네요. 우리 어머니도 그런 걸 갖고 계셨죠. 중국산 비단은 무척 비싸잖아요. 잃어버리면 아까울 것 같아서요." 프랭크가 예의바르게 고개를 숙여 인사하고는 돌아섰다.

"처음 뵌 것 같아요." 해나가 말했다. 그런 매력적인 억양도 처음 들어본 것이었다.

"여기 빵집에 취직한 지 얼마 안 됐어요. 프랭크 로엔펠트입니다. 반갑습니다."

"파르타죄즈에 오신 걸 환영해요, 로엔펠트 씨. 이곳이 마음에

드시면 좋겠네요. 전 해나 포츠예요." 해나는 손에 꾸러미를 든 채
로 숄을 어깨에 걸치려 했다.

"실례가 안 된다면 제가 도와드릴게요." 프랭크가 말하며 부드
럽게 어깨에 숄을 둘러주었다. "좋은 하루 보내세요." 프랭크가 또
한 차례 환한 웃음을 지어 보였다. 햇살에 눈이 파랗게 빛나고 금
발머리가 반짝거렸다.

해나는 길 건너에 세워둔 이륜마차 쪽으로 가다가 근처에 서 있
던 여자가 자신을 노려보더니 길에 침을 퉤 뱉는 걸 보았다. 해나
는 충격을 받았지만 아무 말도 하지 않았다.

몇 주 후 해나는 메이지 맥피 서점에 다시 들렀다. 안에 들어가
니 프랭크가 계산대 앞에 서 있고 어떤 부인이 지팡이를 마구 휘두
르면서 고함을 치는 모습이 보였다. "메이지 맥피! 어떻게 이럴 수
가 있어!" 부인이 소리쳤다. "독일놈들 배를 불리는 책을 팔다니!
난 그 짐승들에게 아들과 손자를 잃었다고. 그런데 당신이 그 인간
들한테 적십자 구호품처럼 돈을 보낼 줄이야!"

메이지가 할말을 잃고 우두커니 있자 프랭크가 말했다. "기분 상
하셨다면 죄송합니다. 미스 맥피의 잘못이 아닙니다." 프랭크가 미
소를 지으며 책을 펼쳤다. "보이시죠? 그냥 시집이에요."

"그냥 시집이라고, 기가 막혀서!" 부인이 지팡이로 땅을 쾅쾅 치
며 말했다. "그 인간들 입에서는 한 번도 제대로 된 말이 나온 적이
없어! 여기 독일인이 산다는 소문은 들었지만 대놓고 독일 책을 내
코앞에 들이댈 줄이야! 그리고 메이지 당신!" 부인이 계산대 쪽으
로 얼굴을 돌렸다. "당신 아버지가 무덤에서 돌아누울 일이야."

"정말 죄송합니다." 프랭크가 말했다. "미스 맥피, 책은 그냥 두

고 갈게요. 물의를 일으켜서 죄송합니다." 프랭크는 10실링짜리
지폐를 계산대 위에 올려놓고 밖으로 나갔다. 프랭크는 해나 옆을
지나치면서도 해나를 알아보지 못한 듯했다. 성을 내던 부인도 뒤
이어 서점에서 나가 씩씩거리며 프랭크가 간 쪽 반대쪽으로 가버
렸다.

메이지와 해나는 잠시 마주보았다. 메이지가 먼저 정신을 차리
고 웃으며 말했다. "책 목록 가지고 오셨어요, 미스 포츠?"

메이지가 목록을 살피는 동안 해나는 버려진 책으로 눈길을 돌
렸다. 진녹색 가죽 장정의 작은 책 한 권이 어떻게 그런 소란을 일
으킬 수 있는지 궁금했다. 펼쳐보니 면지에 고딕체 글씨가 보였다.
'『기도 시집』라이너 마리아 릴케'. 해나는 학교에서 독일어와 프
랑스어를 배웠고, 릴케에 대해 들어본 적이 있었다.

해나가 지갑에서 2파운드를 꺼내며 말했다. "그럼 제가 이 책을
사도 될까요?" 메이지가 놀란 듯 고개를 들자 해나가 말했다. "이
제 지난 일은 묻어둘 때가 되지 않았을까요?"

서점 주인은 시집을 갈색 종이로 싸고 끈으로 묶어주었다. "사실
이 책을 독일로 반품하려면 꽤 골치 아플 거예요. 여기에서는 아무
도 살 사람이 없을 테니까요."

잠시 뒤 해나는 빵집에 들러 조그만 꾸러미를 계산대 위에 올려
놓았다. "이걸 로엔펠트 씨에게 전해주실 수 있을까요? 서점에 두
고 가셔서요."

"뒤쪽에 있으니까 불러올게요."

"아, 그러실 필요는 없어요. 고맙습니다." 해나는 빵집 주인이
뭐라 더 말하기 전에 빵집에서 나왔다.

며칠 뒤 프랭크가 감사 인사를 하러 해나를 찾아왔고, 해나에게
새로운 삶이 시작되었다. 처음에는 사람이 바랄 수 있는 가장 커다
란 행운인 것처럼 보였던 삶이.

셉티머스 포츠는 큰딸이 파르타죄즈 사람과 사귀는 것을 눈치채
고 기뻐하다 빵집에서 일하는 사람이라는 걸 알고 실망했다. 하지
만 과거에 자기가 얼마나 보잘것없는 처지였는지를 떠올리고 직업
은 문제삼지 말아야겠다고 결심했다. 그런데 그 남자가 독일인이
라는 사실을, 아니 독일인이나 다름없다는 사실을 알고 나자 실망
감은 혐오감으로 바뀌었다. 해나가 연애를 시작한 뒤 곧 부녀는 옥
신각신하게 되었고, 둘 다 고집이 세서 점점 크게 부딪쳤다.

두 달도 채 되지 않아 두 사람의 관계는 폭발 직전에 이르렀다.
셉티머스 포츠는 응접실에서 딸의 폭탄선언을 듣고 흥분을 가라앉
히지 못하고 서성거렸다. "너 제정신이냐?"

"네."

"결혼하겠다고!" 셉티머스는 벽난로 위에 놓인 정교한 은세공 액
자 속 아내를 흘깃 보았다. "네 엄마가 나를 절대 용서하지 않을 거
다! 네 엄마한테 너희를 똑바로 키우겠다고 약속했는데……"

"잘 키워주셨어요, 아빠."

"빌어먹을 독일 제빵사와 결혼하겠다고 하는 걸 보면 똑바로 못
키운 거다."

"오스트리아 사람이에요."

"뭐가 다른데? 퇴역 군인 요양원에 데려가서 가스를 마셔 바보가 된 남자들을 보여줘야 알겠니? 다른 사람도 아닌 내가…… 내가 그 빌어먹을 병원 건립비를 댔다고!"

"프랭크는 참전하지도 않았다는 거 아시잖아요. 억류되어 있었다고요. 다른 사람의 손끝 하나도 다치게 한 적 없어요."

"해나, 말이 되는 소리를 해. 넌 모자라는 게 없는 아이다. 이 근방에 다른 남자도 많아. 아니, 퍼스나 시드니, 심지어 멜버른에 가도 널 아내로 맞겠다는 남자들이 줄을 설 거다."

"아버지의 돈을 갖고 싶은 남자들이겠죠."

"또 그 얘기냐? 졸부의 딸인 게 부끄럽다는 거야?"

"그런 얘기가 아니에요, 아빠……"

"이 자리에 오기까지 개처럼 일했다. 난 나 자신이나 내 출신이 부끄럽지 않아. 하지만 넌…… 넌 더 나은 걸 누릴 기회가 있어."

"전 그냥 제 삶을 살고 싶을 뿐이에요."

"애야, 다른 사람을 돕고 싶으면 차라리 선교단을 따라가서 원주민들하고 같이 지내보렴. 아니면 고아원에서 봉사 활동을 하든지. 불쌍하다고 결혼할 필요는 없는 거야."

마지막 모욕에 해나는 얼굴이 붉게 달아오르고 가슴이 마구 뛰었다. 아버지 말이 찌르듯 아프기도 했지만, 마음 한구석에는 그게 사실일지도 모른다는 막연한 불안감도 있었다. 내가 돈만 보고 쫓아다니는 남자들한테 본때를 보여주겠다고 프랭크와 결혼하겠다고 한 건 아닐까? 아니면 혹시 프랭크가 겪은 고통을 보상해주고 싶은 마음은 아닐까? 그러나 프랭크가 웃는 모습을 볼 때마다 드는 감정이나, 자신이 무언가를 물어보면 생각에 잠겨 턱을 드는 프랭크의 모습을 떠올리자 해나는 다시 확신이 섰다.

"프랭크는 좋은 사람이에요. 아빠도 만나보면 생각이 달라지실 거예요."

"해나." 셉티머스가 딸의 어깨에 손을 얹었다. "나한테는 너희밖에 없다는 거 알지." 셉티머스가 해나의 머리를 쓰다듬었다. "어렸을 때 너는 엄마한테는 네 머리를 안 맡기려고 했지. 기억나니? '아빠! 아빠가 해줘!' 이러곤 했단다. 그러면 내가 머리를 빗겨줬지. 저녁때 난롯가에서 네가 내 무릎에 앉으면 내가 빗으로 머리를 빗겨주었어. 난롯불 위에는 버터를 얹은 크럼펫 빵을 올려 굽고…… 우린 네 치마에 떨어진 버터 자국을 엄마한테 비밀로 하자고 했었지. 네 머리카락은 페르시아 공주의 머리칼처럼 반짝거렸단다……"

아버지가 호소했다. "조금만 기다려라. 조금만 더 기다려."

아버지가 해나의 결심을 받아들일 때까지, 생각이 바뀔 때까지 시간이 필요한 거라면…… 해나는 기다릴 수 있었다. 그런데 아버지는 이렇게 말했다. "너도 내 생각이 옳다는 걸 알게 될 거야. 엄청난 실수를 할 뻔했다는 것도 알게 될 거고." 아버지는 깊게 숨을 들이마셨다가 내쉬었다. 중요한 사업상 결정을 내릴 때 나오는 버릇이었다. "아버지 말을 듣길 잘했다고 감사하게 될 거다."

해나는 뒤로 물러섰다. "아이 취급 하지 마세요. 제가 프랭크와 결혼하는 걸 막으실 수는 없어요."

"결국 너를 구해낼 수 없다는 말이로구나."

"아버지 동의 없이도 결혼할 수 있는 나이니까 필요하다면 그렇게라도 할 거예요."

"네 아비가 어떤 심정이든 넌 상관도 안 할 테지만, 네 동생을 생각해라. 이곳 사람들이 어떻게 생각할지 너도 알지 않니."

"이곳 사람들은 외국인 혐오주의자에 위선자들이에요!"

"허, 대학 공부가 아깝지 않구나. 어려운 말로 네 아비를 깔아뭉 갤 수 있으니." 셉티머스는 해나의 눈을 똑바로 들여다보며 말했다. "내가 이런 말까지 하게 될 줄은 정말 몰랐다만, 네가 그 남자랑 결혼하겠다면 내 축복은 받지 못할 거다. 내 돈도 마찬가지고."

해나는 침착했다. 셉티머스가 엘런에게 첫눈에 반했던 것도 그런 침착함 때문이었다. 해나는 꼿꼿이 서서 냉정하게 아버지를 마주보았다. "아버지가 그러길 원하신다면 어쩔 수 없죠."

두 사람의 조촐한 결혼식에 아버지는 참석하지 않았다. 두 사람은 읍내 변두리에 있는 다 무너져가는 프랭크의 판잣집에서 신혼생활을 시작했고 검소하게 살았다. 해나는 피아노 레슨을 하고 제재소 노동자의 자녀들에게 읽기와 쓰기를 가르쳤다. 어떤 사람들은 자기들을 부리는 사장의 딸을 일주일에 한 시간이라도 부릴 수 있다는 것에서 심술궂은 쾌감을 느끼기도 했다. 하지만 해나의 다정하고 싹싹한 태도가 좋아서 아이를 맡기는 사람들이 더 많았다.

해나는 행복했다. 자기를 완전히 이해해주고, 철학과 고대 신화에 대해 대화할 수 있고, 웃음으로 걱정거리를 떨쳐주고 힘든 일을 견딜 수 있게 해주는 남편이 있었기 때문이다.

세월이 흐르면서 사람들은 여전히 독일어 억양을 완전히 고치지 못한 제빵사에게도 조금씩 너그러워졌다. 빌리 위샤트의 아내나

조 래퍼티 모자 같은 이들은 아직도 프랭크와 마주치면 노골적으로 고개를 돌리고 길을 건너가버리긴 했지만 나머지 사람들은 이제 대체로 익숙하게 받아들였다. 1925년, 프랭크와 해나는 어느 정도 자리도 잡고 수입도 안정적으로 얻게 되자 아기를 갖기로 했고, 1926년 2월에 딸이 태어났다.

해나는 프랭크가 요람을 흔들며 듣기 좋은 테너 음색으로 독일 노래를 부르던 걸 회상했다. "자장 자장 아가야. 네 아빠는 양들을 돌보고, 네 엄마는 나무들을 흔드니, 꿈이 떨어지는구나. 자장 자장 아가야."

등은 쑤시고 의자는 망가져서 삐걱거리는데도 프랭크는 파라핀 램프를 켜놓은 작은 방에서 이렇게 말했었다. "이보다 더 행복한 삶은 상상할 수도 없어." 프랭크의 얼굴을 환하게 비춘 것은 램프 불빛이 아니라 요람 안의 조그마한 존재였다. 마침내 잠에 빠져들면서 숨소리의 리듬이 미묘하게 달라지던 조그만 아기.

그해 3월, 프랭크와 해나의 집 마당에서 따온 데이지와 마다가 스카르재스민으로 장식한 제단에서 퍼져나온 달콤한 향기가 텅 빈 신도석 끝줄까지 감돌았다. 해나는 연푸른색 슈트에 같은 색깔 펠트 모자를 썼고, 프랭크는 결혼식 때 입었던 양복을 입었다. 사 년 전에 맞춘 옷이었지만 아직 몸에 맞았다. 대부모가 되어주기 위해 캘굴리에서 온 프랭크의 사촌 베티나와 남편 월프가 해나의 품에 안긴 아기를 바라보며 애정 어린 미소를 지었다.

성수반 옆에 선 노켈스 목사는 약간 더듬거리며 알록달록한 갈피표 중 하나를 당겨 세례식에 맞는 페이지를 펼쳤다. 동작이 유난히 굼뜬 것이 입에서 살짝 풍기는 술 냄새와 상관있는 듯했다. "이 아이가 전에 세례를 받은 적이 있습니까?" 목사가 세례식을 시작했다.

덥고 나른한 토요일 오후였다. 통통한 까만 파리 한 마리가 웅웅거리며 계속해서 성수반으로 물을 마시러 왔다가 대부모의 손에 쫓겨갔다. 파리가 또다시 날아들자 월프가 아내의 부채로 찰싹 내리쳤고 파리는 개골창에 빠진 술꾼처럼 성수 안에 풍당 빠졌다. 목사는 한 치의 망설임도 없이 파리를 건져내며 물었다. "여러분은 이 아이의 이름으로 악마와 악마의 행위를 물리치겠습니까……?"

"모두 물리치겠습니다." 대부모가 입을 맞추어 대답했다.

그때 교회 문이 삐걱하더니 조심스럽게 열렸다. 해나는 그웬이 아버지를 모시고 들어오는 모습을 보고 가슴이 뛰었다. 아버지는 천천히 들어와서 신도석 마지막 줄에 앉았다. 해나가 결혼하겠다고 집을 나간 뒤로 두 사람은 말을 하지 않고 지냈다. 그래서 해나는 아버지가 세례식 초대에 평소처럼 침묵으로 대응할 거라고 생각했던 것이다. "애써볼게, 언니." 그웬이 약속했었다. "하지만 아빠 고집 알잖아. 그래도 아빠가 뭐라고 하든 난 꼭 갈게. 이제 아빠 마음이 풀릴 때도 됐는데."

프랭크가 해나를 바라보며 속삭였다. "내 말이 맞지? 하느님은 때가 되면 모든 걸 바로잡아주신다고 했잖아."

"자비로운 하느님, 이 아이의 원죄는 땅에 묻히고, 새로운 사람이 그 안에서 자라나도록 해주시옵소서……" 목사의 말이 벽에 부딪혀 메아리쳤다. 아기는 엄마 품에서 킁킁거리며 꼼지락거렸다.

아기가 칭얼대기 시작해 해나가 새끼손가락 끝을 조그만 입술에
갖다대자 아기는 맛난 듯 손가락을 빨았다. 세례식은 계속되었고,
노켈스 목사가 아기를 받아안고 대부모에게 말했다. "이 아이의 이
름을 말하십시오."

"그레이스 엘런입니다."

"그레이스 엘런에게 성부와 성자와 성령의 이름으로 세례를 주
노라."

예식이 진행되는 동안 아기는 알록달록한 색깔의 유리창을 보았
다. 이 년 뒤 다른 여인의 품안에 안겨 이 성수반 옆에서 다시 그것
을 보았을 때도 그랬듯 그 빛깔에 매료되었다.

세례식이 끝난 뒤에도 셉티머스는 신도석에 앉아 있었다. 해나
는 천천히 복도를 따라 걸어갔다. 아기는 담요 안에서 꼼지락거리
며 머리를 이쪽저쪽으로 돌렸다. 해나는 아버지 옆에 섰다. 아버지
가 일어서자 해나는 아기를 아버지에게 내밀었다. 셉티머스는 잠
시 머뭇거리다가 팔을 뻗어 아기를 받아안았다.

"그레이스 엘런이라. 네 엄마가 기뻐하겠구나." 겨우 이 말을 했
을 뿐인데 어느새 셉티머스의 얼굴에 눈물 한 방울이 흘러 떨어졌
다. 셉티머스는 경이롭다는 듯 아기를 보았다.

해나가 아버지의 팔을 잡았다. "프랭크도 만나보셔야죠."

"어서요, 들어오세요." 잠시 후, 해나는 자기 집 문 앞에 그웬과
같이 서 있는 아버지에게 말했다. 셉티머스는 선뜻 발을 떼지 못했
다. 헛간이나 다름없는 조그만 판잣집을 보니 자신이 어린 시절에

살았던 플린델 부부네 헛간방이 떠올랐다. 문안으로 들어가려니 단 몇 걸음으로 오십 년 세월을 되돌아가는 느낌이었다.

거실에서 셉티머스는 프랭크의 사촌들과 무뚝뚝하긴 해도 예의 바르게 대화를 나누었다. 프랭크가 만든 멋진 세례식 축하 케이크와 간소하면서도 잘 차려진 음식들도 칭찬했다. 그렇지만 곁눈으로는 금이 간 회벽, 구멍 난 카펫 따위를 흘금거렸다.

딸의 집을 나서기 전에 셉티머스는 해나를 한쪽으로 데려가서 지갑을 꺼냈다. "얼마 안 되지만—"

해나는 부드럽게 셉티머스의 손을 밀어냈다. "괜찮아요, 아빠. 저흰 잘 지내요."

"물론 그렇겠지. 하지만 이제 아기가 생겼으니……"

해나가 아버지의 팔을 잡았다. "정말 괜찮아요. 감사하긴 한데 저희 힘으로 해나갈 수 있어요. 자주 놀러오세요."

셉티머스는 웃으며 아기의 이마에 입맞추고 딸에게도 입을 맞췄다. "고맙다." 그러고는 중얼거리듯이 말했다. "네 엄마도 손녀가 자라나는 모습을 보고 싶어했을 텐데. 나도…… 네가 보고 싶었다."

일주일도 채 되지 않아 아기 선물이 사방에서 배달되었다. 퍼스, 시드니, 더 먼 곳에서 온 것도 있었다. 요람, 마호가니 서랍장, 원피스, 보닛, 목욕 용품. 셉티머스 포츠의 손녀라면 돈으로 살 수 있는 최상의 것을 누려야 할 테니까.

"남편분은 평화롭게 하늘로 가셨습니다."

그 편지 때문에 해나는 슬픔과 희망을 동시에 느꼈다. 신이 남편은 데려가셨지만 딸은 구해주셨다. 해나가 그날 일을 떠올리며 눈물 흘리는 것은 슬픔뿐 아니라 억울함 때문이기도 했다.

사람들은 어떤 일은 장막으로 덮어둔다. 워낙 조그만 마을이라, 잊지 않겠다는 약속만큼 다 같이 잊어버리자는 약속도 중요하게 여겨졌다. 아이들은 자기 아버지의 젊은 날의 방탕함이나 멀리 떨어진 다른 집에서 다른 성을 가지고 자라는 배다른 형제에 대해서는 전혀 모르는 채 자라났다. 역사라는 것은 상호 간의 합의에 의해 만들어지는 것이었다.

삶은 그렇게 계속되었다. 수치심을 마비시키는 침묵의 비호를 받으며. 전장에서 동지들이 죽음을 앞두고 보인 온갖 추악한 모습을 보고 돌아온 군인들도 그저 그들이 용감하게 전사했다고만 말했다. 바깥세상에서 볼 때 군인들 가운데 매음굴에 드나들거나 야만인처럼 굴거나 적을 보고 달아나 숨은 사람은 단 한 명도 없었다. 전장에 있었다는 것만으로도 충분히 벌을 받은 셈이었으니까. 아내들은 달라져서 돌아온 남편이 담보대출 받은 돈이나 부엌칼에 손대지 못하게 감추면서도 다른 사람에게는 비밀로 했다. 때로는 자신들이 남편의 그런 모습을 비밀로 한다는 사실조차 인정하지 않았다.

그래서 해나 로엔펠트는 프랭크를 잃은 날의 기억을 누구와도 나눌 수 없었다. "지난 일을 들쑤셔봐야 무슨 소용 있겠어?" 사람들은 이렇게 말하고 파르타죄즈는 야만적인 곳이 아니라는 안온한 생각으로 얼른 돌아가고 싶어했다. 그러나 해나는 잊을 수 없었다.

앤잭 기념일이었다. 술집은 사람들로, 그곳에 있었던 남자들과 그곳에서 형제를 잃은 남자들로 가득했다. 갈리폴리와 솜에서 돌아온 지 십 년이 지났지만 포격과 독가스의 충격을 아직 떨쳐버리지 못한 사람들이었다. 1926년 4월 25일이었다. 술집 뒤쪽에서는 은밀하게 동전을 건 도박이 벌어졌다. 경찰도 이날 하루만은 눈감아주었다. 아니, 경찰도 판에 끼기까지 했다. 자기들도 전쟁 피해자니까. 맥주잔이 쉴새없이 돌았고 사람들 목소리는 점점 커졌고 노래는 점점 외설스러워졌다. 잊어야 할 게 많았다. 전장에서 돌아온 사람들은 농장, 회사, 학교 등 원래 일터와 생활로 되돌아갔다. 다른 방법이 없었기 때문에 계속 빌어먹을 일을 하며 살았다. 술을 마시면 마실수록 더 잊기가 어려워졌고, 점점 더 무언가를, 누군가를 때려부수고 싶어졌다. 정정당당하게 남자 대 남자로. 빌어먹을 터키놈들, 빌어먹을 독일놈들. 빌어먹을 개자식들.

그러니 프랭크 로엔펠트가 제격이 아니었겠는가. 이 마을의 유일한 독일인. 사실 오스트리아인이었지만, 이곳에서는 적에 가장 가까운 존재였다. 그래서 해질녘 프랭크가 해나와 같이 걸어오는 것을 보자 사람들은 〈티퍼러리〉*를 휘파람으로 불기 시작했다. 해나는 긴장해서 발을 헛디뎠다. 프랭크는 얼른 그레이스를 받아안고는 아내 팔에 걸쳐져 있던 카디건으로 아기를 감싼 뒤 고개를 숙이고 빠르게 걸었다.

술을 마시던 청년들이 재미있는 구경거리라도 발견했다는 듯 거리로 쏟아져나왔다. 대로변의 다른 술집에 있던 남자들도 밖으로

---

* 영국 유행가로 1차대전 참전 군인들 사이에서 유행했다.

나오기 시작했다. 말썽꾼 한 사람이 프랭크의 모자를 낚아채며 놀렸다.

"그러지 마, 조 래퍼티!" 해나가 나무랐다. "우리 건드리지 말고 가서 술이나 마셔." 부부는 걸음을 빨리했다.

"그러지 마!" 조가 징징거리는 목소리로 흉내를 냈다. "빌어먹을 독일놈! 다 똑같은 겁쟁이들이야!" 조가 사람들을 돌아보며 말했다. "저 부부하고 귀여운 아기 좀 봐." 조는 취해서 혀도 잘 돌아가지 않는 상태였다. "독일놈들은 아기를 잡아먹었어. 산 채로 구워 먹었다고. 악마 같은 놈들."

"물러서지 않으면 경찰을 부를 거야!" 해나는 이렇게 소리쳤지만 경관 해리 가스톤과 밥 린치가 맥주잔을 들고 빙글빙글 웃으며 호텔 베란다에 서 있는 걸 보고는 흠칫했다.

갑자기 불이라도 붙은 듯 사람들이 끓어올랐다. "어이, 친구들. 여기 독일 애호가들하고 좀 놀아볼까!" 사람들 목소리가 높아졌다. "아기가 잡아먹히지 않게 구하자!" 술 취한 남자 수십 명이 부부를 쫓기 시작했다. 꼭 끼는 거들을 입어 숨쉬기가 어려웠던 해나는 점점 뒤처졌다. 해나가 외쳤다. "여보! 그레이스, 그레이스를 지켜줘!" 프랭크는 카디건 안의 조그만 아기를 안고 마구 달렸다. 군중은 프랭크를 부두까지 몰아갔다. 프랭크의 심장은 미친듯이 뛰었고, 팔에는 찌릿한 통증이 느껴졌다. 프랭크는 삐걱거리는 부두 널판 위를 달려 제일 먼저 눈에 들어온 보트에 올라타 바다로, 안전한 곳으로 노를 저어 나아갔다. 사람들이 정신을 차리고 소동이 가라앉을 때까지만 몸을 피하려고.

전에는 이보다 더 심한 일도 겪어봤으니까.

18

이저벨은 하루종일 바쁘게 일하면서도 사랑이라는 보이지 않는 끈으로 이어진 듯 늘 루시가 어디에 있는지 몸으로 느꼈다. 이저벨은 화를 내는 법이 없었다. 아이에 대해서는 무한한 인내심을 보였다. 바닥에 음식을 쏟아도, 더러운 손으로 벽에 손자국을 내도 야단치거나 얼굴을 찡그리는 법이 없었다. 루시가 밤에 깨어 울면 이저벨은 다정하고 포근하게 아이를 달래주었다. 이저벨은 삶이 자기에게 준 선물을 받아들였듯 그에 따르는 수고도 받아들였다.

아이가 낮잠을 자면 이저벨은 언덕 위 나무 십자가들이 있는 곳으로 가곤 했다. 여기가 이저벨의 교회이자 성소였다. 이곳에서 자신을 지켜달라고, 좋은 엄마가 되게 해달라고 기도드렸다. 또 막연한 이미지이긴 하나 해나 로엔펠트를 위해서도 기도했다. 이저벨은 일이 이렇게 된 것을 두고 어떻게 할까 고민할 처지가 아니었다. 이곳에서 해나는 막연한 존재였다. 해나는 형체도, 존재도 없는 사람에 불과했지만, 루시는 그렇지 않았다. 이저벨은 루시의 표정 하나하나를 알아보고 울음소리 하나하나를 알아들었다. 시간이 흘러야만 내용물을 알 수 있는 선물처럼 이 아이가 날마다 보여주는 기적을 보고 있었다. 아이가 말이 늘면서, 자기 느낌과 생각을 표현하면서 드러나는 독특한 개성을 보고 있었다.

이저벨은 벽도 창문도 목사도 없는 예배당에 앉아 하느님께 감사드렸다. 해나 로엔펠트가 떠올라 심란할 때 이저벨이 떠올리는 생각은 늘 한 가지였다. 도저히 이 아이를 보낼 수는 없다는 것. 루시의 행복을 깨뜨릴 수는 없었다. 톰은…… 톰은 좋은 사람이었다. 늘 그랬듯 옳은 일을 할 것이었다. 그건 믿을 수 있었다. 결국 톰도 받아들이게 될 것이었다.

그렇지만 두 사람 사이에는 메울 수 없는 가는 틈 같은 것이 생겼다. 눈에 보이지 않는, 머리카락처럼 가는 중립지대가.

어느덧 야누스에서의 일상도 다시 리듬을 되찾았고 톰은 반복되는 소소한 업무에 몰두했다. 가끔 한밤중에 부서진 요람, 방위 표시가 없는 나침반이 나오는 악몽을 꾸다 깰 때면, 불안감을 억누르며 동이 터 어두움을 몰아낼 때까지 기다렸다. 고립된 삶 속에서는 거짓말로 이루어진 달콤한 노래로 스스로를 달랠 수 있었다.

"오늘 무슨 날인지 알지, 루시?" 이저벨이 스웨터를 아래로 당겨 아이의 머리가 쏙 나오게 하고 양쪽 소매 끝에서 손도 하나씩 꺼내며 물었다. 1928년 1월에 야누스로 돌아온 뒤 여섯 달이 지났다.

루시는 고개를 살짝 갸웃했다. "음……" 루시가 시간을 끌었다. "힌트 줄까?"

루시가 고개를 끄덕였다.

이저벨은 양말 한 짝을 신겼다. "다른 쪽 발도 내밀어봐. 옳지. 좋아. 힌트는 네가 착한 아이라면 오늘밤에 오렌지를 먹을지도 모른다는 거야……"

"배!" 루시가 소리치며 엄마 무릎에서 내려와 깡충깡충 뛰었다. 신발 한 짝은 발에 신고 다른 한 짝은 손에 들고 있었다. "배 온다! 배 와!"

"맞아. 그러니까 랠프 아저씨랑 블루이 아저씨 오기 전에 집을 깨끗이 치워놓을까?"

"응!" 루시가 말하고는 부엌으로 달려가서 이렇게 말했다. "아빠, 앨프 아찌랑 부이 아찌 온대!"

톰은 루시를 안아올려 입맞췄다. "우리 아기는 모르는 게 없구나! 네가 기억해낸 거야, 누가 살짝 알려준 거야?"

"엄마가 말해줬어." 루시가 방긋 웃으며 솔직히 털어놓고 바닥으로 내려가 다시 엄마에게 달려갔다.

곧 이저벨과 루시는 장화와 외투를 챙겨 입고 닭장에 가려고 나섰다. 루시는 이저벨이 든 바구니를 축소해놓은 것 같은 바구니를 들었다.

"차림새가 멋진데." 톰이 창고로 가다가 두 사람을 보고 말했다.

"예쁜 것보다 따뜻한 게 최고죠." 이저벨이 톰에게 살짝 입을 맞추며 말했다. "우린 달걀 원정대예요."

닭장 안에 들어간 루시는 달걀 하나하나를 두 손으로 들어올렸다. 이저벨이라면 몇 초 만에 해치울 일을 루시는 소중한 의식인 양 찬찬히 거행했다. 알을 하나하나 자기 뺨에 대보고 온도에 따라 "아직 따뜻해!" "차가워" 하고 보고한 다음 안전하게 바구니에 담으라고 엄마에게 건넸다. 마지막 달걀은 자기 바구니에 넣었다. 그러고 나서 "대프니 고마워. 스페클 고마워……" 하면서 암탉 이름을 하나씩 부르며 인사했다.

루시는 채마밭으로 가서 이저벨과 같이 모종삽 손잡이를 쥐고 감자를 캤다.

"하나 보이는 것 같은데……" 이저벨은 그렇게 말하며 흙속에서 살짝 얼굴을 내민 감자를 루시가 발견하길 기다렸다.

"여기!" 루시가 흙속에 손을 넣더니 돌 하나를 꺼냈다.

"비슷하긴 한데." 이저벨이 웃었다. "그 옆을 볼까? 약간 가장자리 쪽에."

"암자!" 루시가 자기가 찾아낸 보물을 머리 위로 들어올리며 활짝 웃었다. 그 바람에 흙이 우수수 떨어져 머리카락이며 눈 속에 들어가서 결국 울음을 터뜨렸다.

"어디 보자." 이저벨이 달래며 작업복 바지에 손을 닦고 루시의 눈을 살폈다. "여기 있구나, 눈을 깜박여봐. 됐다. 다 나왔어, 루시." 아이는 눈을 떴다 질끈 감았다를 되풀이했다.

"다 나왔어." 마침내 루시가 말했다. 그러고는 "또 암자!" 하며 보물찾기를 다시 시작했다.

집 안으로 돌아온 이저벨은 방바닥을 쓸어 모래 섞인 먼지를 쓰레받기로 담기만 하면 되게 방구석에 소복이 모아놓았다. 하지만 오븐 속의 빵을 얼른 살피고 돌아와보니 오두막 안 사방에 먼지가 흐트러져 있었다. 루시가 먼저 쓰레받기를 잡은 것이었다.
"엄마! 내가 했어!"
이저벨은 작은 태풍이라도 지나간 듯한 흔적을 보고 한숨을 내쉬었다. "하긴 했구나……" 루시를 안아올리며 이저벨이 말했다. "고마워. 착하구나. 이제 바닥이 확실히 깨끗해지게 한번 더 쓸까?" 이저벨이 머리를 흔들며 웅얼거렸다. "아, 루시 셔본, 가정주부는 정말 힘들어."

잠시 뒤 톰이 문가에 나타났다. "루시 준비 다 됐어요?"
"그럼요. 세수도 했고 손도 닦았고 말끔해요." 이저벨이 말했다.
"그럼 올라가자, 아가."
"계단 올라가, 아빠?"
"그래, 계단 올라가자." 루시는 아빠 손을 잡고 등탑으로 갔다. 계단참에 다다르자 루시는 아빠가 뒤에서 자기 손을 잡을 수 있게 두 팔을 번쩍 들어올렸다. "자, 이제 세어보자. 하나, 둘, 셋." 두 사람은 아주아주 느릿느릿 계단을 올랐다. 루시가 더 세지 못하고 포기한 뒤에도 톰은 한참 더 계단을 한 칸 한 칸 헤아렸다.
전망실에 도착하자 루시가 손을 내밀었다. "따앙경." "쌍안경 줄게. 먼저 책상 위로 올라가자." 톰은 루시를 해도대 위에 앉히고 자기 손으로 쌍안경을 받쳐 루시 눈에 대주었다.

"뭐가 보여?"

"구름."

"그래, 구름 많지. 배는 안 보여?"

"안 보여."

"정말?"

톰이 웃었다. "나중에 위병소 근무는 안 하는 게 좋겠다. 저기 저건 뭐지? 보여? 아빠 손가락 끝에 있는 거?"

루시가 발을 마구 찼다. "앨프 아찌, 부이 아찌! 오렌지."

"엄마가 오렌지가 올 거라고 했니? 음, 오렌지가 꼭 있기를 빌자꾸나."

배가 도착하기까지는 그로부터 한 시간 이상이 걸렸다. 톰은 루시를 목말 태우고 이저벨과 나란히 부두에 서서 기다렸다.

"환영 인파가 대단한데!" 랠프가 소리쳤다.

"안녕!" 루시가 외쳤다. "사람! 안녀세요 앨프 아찌, 부이 아찌."

블루이는 부두로 뛰어올라 랠프가 던져준 밧줄을 당겼다. "조심해, 루시. 밧줄에 걸리면 큰일나거든." 블루이가 땅에 내려선 아이에게 말했다. 이어 톰을 보고 말했다. "우와, 이제 다 컸네요! 이젠 아기가 아니에요!"

랠프가 웃었다. "당연하지. 아기들은 자라는 게 일이라고."

블루이가 밧줄을 단단히 묶었다. "우린 몇 달 만에 봐서 그런지 눈에 확 들어오네요. 읍내 꼬마들은 날마다 보니까 크는지 어쩌는지 잘 모르겠던데."

"그러다가 어느 순간에 자네처럼 거구의 청년이 되어 있지!" 랠프가 놀렸다. 랠프는 등뒤에 무언가를 감춘 채 부두 위에 올라섰다. "자, 내가 배에서 짐 내리는 걸 도와줄 사람?"

"나요!" 루시가 말했다.

랠프는 이저벨에게 눈을 찡긋해 보이며 등뒤에 숨겼던 복숭아 통조림을 내밀었다. "음, 그렇다면 이거 아주아주 무거운 건데 네가 들고 가렴."

루시는 두 손으로 통조림을 받아들었다.

"어머나, 루시, 잘 들어야겠다! 그거 집으로 가지고 가자." 이저벨이 랠프를 돌아보며 말했다. "저도 좀 들고 갈게요." 랠프는 배로 돌아가 우편물과 가벼운 꾸러미 몇 개를 찾아 건넸다. "조금 있다 집에서 봐요. 찻물 끓여놓을게요."

점심을 먹고 식탁에 둘러앉은 어른들이 차를 다 마셨을 즈음 톰이 말했다. "루시가 조용하네……"

"엄마 아빠한테 줄 그림 그린다고 했는데, 보고 올게요." 이저벨이 말했다. 그런데 그때 루시가 이저벨의 속치마를 입고 바닥에 질질 끌면서 부엌으로 들어왔다. 굽이 높은 제 엄마 구두에, 오늘 배편으로 이저벨의 어머니가 보내온 파란색 유리구슬 목걸이까지 목에 걸고 있었다.

"루시!" 이저벨이 말했다. "엄마 물건 뒤졌니?"

"아니." 루시가 눈을 동그랗게 뜨고 대답했다.

이저벨이 얼굴을 붉혔다. "속옷 공개를 할 생각은 없었는데……"

이저벨이 손님들에게 말했다. "이리 와, 루시. 그러다 감기 걸려. 가서 옷 입자. 그리고 엄마 물건 뒤지는 것에 대해 얘기 좀 해야겠다. 사실을 정직하게 말하는 것에 대해서도." 이저벨은 웃음 띤 얼굴로 부엌에서 나갔다. 이저벨의 마지막 말을 듣는 순간 톰의 얼굴을 스치고 지나간 표정은 보지 못하고서.

루시는 행복하게 이저벨 뒤를 졸졸 따라 달걀을 주우러 간다. 가끔 껍데기를 막 깨고 나오는 병아리들을 보면 홀딱 빠져서는 보드라운 솜털을 뺨에 대고 느껴보곤 한다. 엄마가 당근이나 파스닙 뽑는 걸 거들려다가 이따금은 너무 세게 당기는 바람에 뒤로 엉덩방아를 찧고 온통 흙투성이가 되기도 한다. "루시!" 이저벨은 그 모습에 웃음을 터뜨린다. "얼른 일어나."

피아노 앞에 앉은 이저벨의 무릎 위에서 루시는 아무 건반이나 두들긴다. 이저벨은 루시의 집게손가락을 쥐고 〈세 마리의 눈먼 쥐〉 가락을 연주하게 해준다. 그러면 아이는 "나 혼자 할래" 하고는 다시 불협화음을 뚱땅거린다.

루시는 몇 시간이고 부엌바닥에 앉아 지금은 쓰지 않는 등대관리청 서류 양식 뒤쪽에 색연필로 삐뚤삐뚤 낙서를 한다. 루시는 자랑스럽게 그림을 가리키며 말한다. "이건 엄마, 이건 아빠, 이건 룰루 라이트하우스*." 뒷마당에 자리한, 안에 별이 하나 들어 있는

---

* '등대'라는 뜻.

130피트짜리 등탑이 루시의 일상이다. '개' '고양이'처럼 책에 나와 있는 상상 속 개념의 단어와 함께 루시는 보다 구체적인 '렌즈' '프리즘' '굴절' 같은 낱말을 배운다. "저건 내 별이야." 루시는 어느 날 등대를 가리키며 엄마한테 말한다. "아빠가 나 췄어."

루시는 톰에게 물고기와 갈매기와 배가 등장하는 짧은 이야기를 들려준다. 바닷가에서 산책할 때면 루시는 엄마 아빠가 자기 손 하나씩을 잡고 공중에서 그네 태워주는 걸 좋아한다. "룰루 라이트하우스!"는 루시가 가장 좋아하는 말이다. 삐뚤빼뚤 자기 모습을 그릴 때도, 자기가 나오는 이야기를 지어낼 때도 그 이름을 쓴다.

바다는 멈추지 않는다. 끝도 시작도 없다. 바람은 멎지 않는다. 이따금 사라지기도 하지만 다른 어딘가에서 힘을 모으고 돌아와 섬을 덮친다. 톰이 알 수 없는 무언가가 있음을 확고히 보여주려는 듯이. 이곳에는 모든 것이 거대한 규모로 존재한다. 시간은 수백만 년 단위로 흐른다. 멀리서 보면 주사위처럼 보이는 바위가 가까이에서 보면 폭이 수백 피트나 되는 거암이다. 수천 년 동안 파도에 깎여 옆으로 쓰러지는 바람에 절리가 수직 모양으로 나 있다.

톰은 루시와 이저벨이 천국 호수에서 물놀이하는 걸 본다. 아이는 튀어오르는 물방울, 짠맛, 자기가 잡은 불가사리, 눈부신 파란 빛에 폭 빠져 있다. 톰은 루시가 불가사리를 손으로 잡는 걸 본다. 루시는 마치 자기가 만들어내기라도 한 것처럼 뿌듯해하며 외친다. "아빠, 봐! 내 불가사리!" 톰은 두 가지 규모의 시간에 집중하는 데 어려움을 느낀다. 섬의 시간과 아이의 시간.

이 조그만 생명이 그 이전의 수천 년 세월보다 자신에게 더 중요하다는 게 충격으로 다가온다. 스스로도 자신의 감정을 납득하기 어렵다. 루시가 잘 자라고 입맞춰줄 때, 부모만이 가진 신비한 힘으로 호호 불어 낫게 해달라며 까진 무릎을 내밀 때, 어떻게 마음이 녹아내리는 동시에 불안할 수도 있는 걸까?

이저벨에 대해서도 마찬가지다. 톰은 이저벨에게 느끼는 욕망과 사랑, 그리고 숨막힘 사이에서 흔들린다. 두 가지 감정이 서로 삐걱거리며 화해하지 못하고 있다.

이따금 혼자 등탑에 있을 때 톰은 해나 로엔펠트를 떠올린다. 키가 클까? 통통할까? 루시와 닮았을까? 어떤 사람일지 상상해보려 해도, 손으로 얼굴을 가리고 우는 모습만 보일 뿐이다. 톰은 몸을 부르르 떨고는 하던 일로 돌아간다.

아이는 건강하고 행복하고 사랑받는다. 신문과 소문이 미치지 못하는, 현실이 미치지 못하는 이 작은 세계에서. 톰도 때로는 몇 주씩이나 평온하고 행복한 가족이라는 환상 속에 푹 빠지기도 한다. 마치 아편에 취한 것처럼.

"아빠한테 말하면 안 돼. 엄마가 말해도 된다고 할 때까지는."

루시는 진지한 얼굴로 이저벨을 마주보았다. "말 안 해." 루시가 고개를 끄덕이며 말했다. "과자 먹어도 돼?"

"좀 있다가. 먼저 포장부터 끝내자." 1928년 9월에 도착한 보급선에는 추가로 배달된 꾸러미가 몇 개 있었다. 랠프가 톰과 함께 짐을 부리는 동안 블루이가 몰래 이저벨에게 꾸러미를 전해주었다. 톰의 깜짝 생일선물을 준비하는 일은 결코 쉽지 않았다. 일단 몇 달 전에 미리 필요한 물품을 적은 편지를 어머니에게 보내야 했다. 그리고 이저벨에게는 은행계좌가 없었기 때문에 다음에 뭍에 나갈 때 갚겠다고 약속하고 물건을 사달라고 부탁해야 했다.

톰의 선물을 사는 것은 쉬우면서도 어려웠다. 뭘 받든 기뻐할 테지만 갖고 싶어하는 물건이 하나도 없었다. 결국 콘웨이 스튜어트 만년필과 〈위즈던 크리켓 연감〉 최근호로 결정했다. 실용적인 것과 재미있는 것 하나씩. 그런데 어느 날 밤 이저벨이 루시와 집밖에 앉아 놀다가 아빠에게 뭘 주고 싶냐고 묻자 루시는 머리카락을 꼬면서 잠깐 생각하는 듯하더니 말했다. "별."

이저벨이 웃었다. "과연 별을 줄 수 있을지 모르겠네."

아이가 뚱해서 말했다. "별 주고 싶어!"

좋은 생각이 떠올랐다. "별 지도를 주면 어떨까? 별자리 도감 말이야."

"좋아!"

지금 두 사람은 두꺼운 책 앞에 앉아 있었다. 이저벨이 물었다. "앞장에 뭐라고 쓸까?" 이저벨은 펜을 쥔 루시의 손을 잡고 루시가 불러주는 대로 삐뚤삐뚤 글씨를 써내려갔다. "아빠에게, 사랑해요 영원히 영원히……"

"더." 루시가 말했다.

"뭘 더 하라고?"

"'영원히'를 더 써. 영원히 영원히 영원히 영원히……"

이저벨이 웃었다. '영원히 영원히 영원히 영원히'가 애벌레 모양으로 책장에 줄줄이 이어졌다. "다음에는 뭐라고 쓸까? '사랑하는 딸 루시가'라고 쓸까?"

"룰루 라이트하우스가."

아이는 엄마와 함께 글자를 쓰다가 도중에 지루해졌는지 엄마 무릎에서 내려갔다.

"이제 엄마가 해." 루시가 말했다.

그래서 이저벨은 서명을 마치고 괄호 안에 이렇게 적었다. '서명인의 서기 겸 잡역부 이저벨 셔본 대필.'

톰은 꾸러미를 풀었다. 루시가 두 손으로 톰의 눈을 가리고 있었기 때문에 쉽지는 않았다. 톰이 말했다. "책이구나……"

"도감이야!" 루시가 소리쳤다.

톰이 선물을 구경했다. '브라운스 별자리 도감. 밝은 별 모두 표시. 별자리 찾는 법과 항해 및 조사 목적으로 사용하는 방법에 대한 상세 설명 포함.' 톰은 천천히 웃음을 지으며 이저벨을 돌아보고 말했다. "이런 선물을 다 준비하다니, 우리 루시 정말 똑똑하네요. 그렇죠?"

"읽어봐, 아빠. 안에. 내가 글씨 썼어."

책장을 열고 톰은 길고 긴 헌사를 보았다. 톰은 웃고 있었지만 '영원히 영원히 영원히 영원히 영원히……'라는 문구가 가슴을 후볐다. 영원하다는 건 있을 수 없는 일이었다. 특히 이 아이와 이곳에서는. 톰은 루시의 머리 꼭대기에 입을 맞췄다. "정말 멋지구나, 룰루 라이트하우스. 내가 받아본 선물 가운데 최고야."

19

"이번 경기라도 이겨야 전패를 면하는 거예요." 블루이가 말했다. 오스트레일리아 크리켓팀은 홈그라운드에서 영국을 상대로 치르고 있는 '1928/29 애쉬즈 시리즈' 결승전에서 다섯 경기 중 네 경기를 연달아 패한 상황이었다. 3월 보급선이 도착했을 때 마지막 경기가 멜버른에서 아직 진행중이었다. 블루이는 톰과 짐을 부리면서 경기 주요 장면을 들려주는 참이었다. "브래드먼이 100점을 올렸어요. 아직 아웃되지 않았고요. 라루드가 아주 고전하고 있다고 신문에 났어요. 그런데 나흘째인데 아직도 경기가 한창이에요. 이번 경기는 쉽게 끝나지 않을 것 같아요."

힐다가 루시에게 주기적으로 보내는 선물을 전해주러 랠프가 부엌으로 간 사이에 톰과 블루이는 창고에 밀가루 포대를 쌓았다.

"사촌이 여기에서 일해요." 블루이가 밀가루 포대에 찍힌 '딩고'라는 상표를 가리키며 말했다.

"제분소에서?" 톰이 물었다.

"네. 월급을 잘 주나봐요. 밀가루도 공짜로 얻고요."

"직업마다 특전이 하나씩은 있지."

"그럼요. 전 신선한 공기를 실컷 마실 수 있고 헤엄칠 물도 얼마든지 있고요." 블루이가 웃었다. 블루이는 선장이 근처에 없는지 주위를 둘러보았다. "원한다면 거기에 일자리를 구해줄 수 있대요." 블루이가 잠깐 말을 멈췄다. "가끔은 다른 데서, 식료품상 같은 데서 일하면 어떨까 하는 생각이 들어요." 블루이는 짐짓 무심한 척하며 대화의 주제를 바꾸었다.

어쩐지 블루이답지 않았다. 블루이는 평소에 주로 크리켓 경기 결과에 대해 이야기하거나 경마에서 돈을 땄다는 자랑을 하곤 했다. 갈리폴리에 상륙한 첫날 사망한 형 머브 이야기를 하거나, 여장부 같은 홀어머니 이야기를 하기도 했다. 오늘은 뭔가 다르다는 걸 느끼고 톰이 물었다. "왜 그런 얘기를 하는 거야?"

블루이는 밀가루 포대 하나를 발로 툭 차서 똑바로 놓았다. "결혼하면 어때요?"

"뭐라고?" 대화 방향이 갑자기 바뀌어 톰은 놀랐다.

"제 말은…… 좋아요?"

톰은 물품 목록을 들여다보았다. "나한테 하고 싶은 얘기가 있어?"

"아뇨."

"그래." 톰이 고개를 끄덕였다. 기다리다보면 이유를 알게 될 것이다. 늘 그랬다. 결국에는.

블루이가 자루 하나를 다시 똑바로 놓았다. "이름이 키티예요. 키티 켈리. 아버지가 식료품상을 해요. 요즘 만나는 여자예요."

톰은 눈썹을 추켜세우고 웃어 보였다. "잘됐네."

"그런데…… 어, 잘 모르겠어요. 어쩌면 결혼해야 할지도 모르겠어요." 톰의 얼굴에 떠오른 표정을 보고 블루이는 얼른 이렇게 덧붙였다. "꼭 결혼해야 한다는 게 아니고요. 그런 말은 아니에요. 솔직히 우린 아직…… 그러니까 그 아버지가 한시도 눈을 떼지 않거든요. 어머니도, 오빠들도요. 하숙집 뮤잇 부인이 키티 어머니랑 사촌 간이에요. 그 집안 분위기를 아시겠죠."

톰이 웃었다. "그래서 뭐가 궁금한 건데?"

"워낙 중요한 일이잖아요. 다들 언젠가는 결혼하지만 전 잘 모르겠는 게, 그러니까 이 사람이다, 그런 걸 어떻게 알 수 있는지……"

"내가 그 분야 전문가라고 할 수는 없지. 아직도 배우는 중이니까. 랠프 선장님한테 물어보지그래? 결혼하신 지 한 세월은 지난데다가 애들도 여럿 낳아 키우셨으니까. 금슬 좋게 잘 지내시는 것 같기도 하고."

"선장님한테는 말 못해요."

"왜?"

"키티는 나더러 결혼하면 뱃일 그만두고 식료품상 일을 하래요. 내가 물에 빠져서 집에 돌아오지 못할까봐 겁나는 모양이에요."

"걱정이 많은 아가씨인가보네?"

블루이 얼굴에 걱정이 가득했다. "정말 궁금해서 그래요. 결혼하면 어때요? 아기 낳고 그런 거요."

톰은 그 질문을 곰곰이 생각해보면서 손으로 머리카락을 쓸었다. 마음 깊은 곳에서 불안감이 일었다. "우린 평범한 가족이 아니잖아. 망망대해 한가운데 등대섬에 사는 우리 같은 경우는 드물지.

솔직하게 대답하자면, 날마다 달라. 좋은 날도 있고, 힘든 날도 있고. 혼자 살 때만큼 속 편하지야 않겠지."

"엄마는 제가 너무 어려서 생각이 부족하대요."

톰은 자기도 모르게 웃음을 지었다. "네 어머니는 네가 쉰 살이 되어도 그렇게 말씀하실 거야. 사실 그건 생각의 문제는 아니야. 직감으로 느끼는 거지. 네 직감을 믿어봐." 톰은 좀 머뭇거리다가 말을 이었다. "하지만 제짝을 찾았다고 해도 늘 평탄하지만은 않을 거야. 힘들고 먼 길을 갈 준비가 되어 있어야 해. 무슨 일이 일어날지 모르니까, 무슨 일이 일어나더라도 받아들이겠다고 마음먹어야 하는 거지. 돌이킬 수 없는 일이니까."

"아빠 이거 봐!" 루시가 창고 문가에 나타나서 힐다가 보내준 호랑이 봉제 인형을 흔들었다. "으르렁거려!" 루시가 말했다. "들어봐." 루시가 호랑이를 뒤집어서 소리가 나게 했다.

톰이 루시를 안아올렸다. 조그만 창문으로 랠프가 이쪽으로 걸어오는 모습이 보였다. "루시는 좋겠구나." 톰이 루시의 턱 아래를 간질였다.

"루시 좋아!" 루시가 웃었다.

"아빠가 되는 건요? 어때요?" 블루이가 물었다.

"이런 거야."

"아뇨, 말해주세요. 정말 궁금해요."

톰의 얼굴이 진지해졌다. "그건 미리 짐작할 수 없는 거야. 아기가 어떻게 마음속으로 파고드는지 경험해보지 않으면 모를 거야. 자기도 모르는 사이에 들어오지. 마치 기습당한 것처럼."

"으르렁거리게 해, 아빠." 루시가 졸랐다. 톰은 루시에게 입을 맞추고 호랑이를 다시 뒤집었다.

"비밀로 해줘요. 그럴 수 있죠?" 블루이가 물었다. 블루이는 다시 생각해보더니 덧붙였다. "사실 무덤처럼 말이 없으시니 걱정할 필요도 없지만요." 블루이는 호랑이 소리를 흉내내며 루시에게 장난을 쳤다.

이따금, 혼자만 운이 좋을 때가 있다. 이따금, 다른 가엾은 사람에게 대신 불행이 돌아갈 때는 그저 입을 다물고 묵묵히 있는 수밖에 없다.

톰은 간밤에 불어온 바람 때문에 생긴 구멍을 막기 위해 닭장 벽에 널판을 대고 못질을 했다. 톰은 평생의 절반을 바람을 막으면서 보냈다. 그저 받아들이고 가능한 범위 내에서 대처하는 것 외에는 방법이 없었다.

마음 한켠으로 밀어두었던 번민이 블루이의 질문 때문에 되살아났다. 그렇지만 파르타죄즈에 사는 아기를 잃어버린 낯선 사람 생각을 할 때마다 이저벨의 모습이 그 자리를 대신했다. 이저벨도 아이들을 잃었고, 다시는 갖지 못한다. 루시가 처음 왔을 때는 해나의 존재에 대해 전혀 몰랐었다. 이저벨은 그저 아기에게 가장 좋은 길을 택한 것이었다. 지금도 그랬다. 하지만 단지 루시만을 위해서 그런 게 아니라는 걸 톰은 알았다. 이저벨에게는 톰이 결코 채워줄 수 없는 빈자리가 있었다. 이저벨은 모든 것을 포기했다. 안락함, 가족, 친구—톰과 함께 이곳에서 지내기 위해 그 모든 것을 포기했다. 톰은 끊임없이 되뇌었다. 이저벨의 빈자리를 채워주는 그 한 가지를 이저벨에게서 빼앗을 수는 없다고.

이저벨은 피곤했다. 새로 받은 생필품을 정리하고 음식을 장만하느라 바빴다. 빵 반죽을 하고, 과일 케이크를 굽고, 자두 한 자루를 끓여 한 해 동안 먹을 잼을 만들었다. 잠깐 부엌을 비운 사이 루시가 달콤한 냄새를 맡고 스토브 가까이로 왔다가 잼 냄비에 손을 데고 말았다. 심하지는 않았지만 아이는 잠을 잘 이루지 못했다. 톰이 손에 붕대를 감아주고 아스피린도 먹였지만 루시는 밤에도 계속 칭얼거렸다.

"루시를 등대로 데려갈게요. 거기서 돌보면 돼요. 물품 명세서 작성을 마쳐야 하거든요. 당신은 좀 쉬어요."

피곤했던 터라 이저벨은 톰의 말을 따랐다.

톰은 한 팔로는 아이를 안고 다른 팔로는 베개와 담요를 들고 조심조심 계단을 올라간 다음 루시를 전망실 해도대 위에 눕혔다. "다 왔다, 아가." 톰이 말하고 보니 루시는 이미 잠들어 있었다.

톰은 숫자들을 더하기 시작했다. 기름통과 백열맨틀 상자 개수를 합산했다. 위쪽의 등롱에서는 웅 하는 낮은 소리를 내며 불빛이 천천히 계속해서 돌았다. 저 멀리 아래쪽으로는 오두막에 켜진 불빛 하나가 보였다.

한 시간 정도 일에 몰두하던 톰이 이상한 느낌에 돌아보니 루시가 자신을 쳐다보고 있었다. 흐린 불빛 속에서 루시의 눈이 반짝거렸다. 아빠와 눈이 마주치자 루시가 웃었다. 다시 한번 톰은 자기도 모르게 경이로움에 사로잡히고 말았다. 표현할 수 없을 정도로 예쁘고 순수한 존재였다. 루시가 붕대 감은 손을 들었다. "나 전쟁 갔다 왔어, 아빠." 그러고는 살짝 얼굴을 찡그리며 두 팔을 내밀었다.

"어서 자, 아가." 톰이 말하고는 일거리로 눈을 돌리려고 했다. 하지만 아이가 팔을 뻗은 채로 말했다. "자장가 불러줘, 아빠."

톰은 루시를 무릎 위에 앉히고 살살 얼렀다. "아빠가 노래하면 무서운 꿈 꿀걸. 엄마는 노래 잘하는데 아빠는 못해."

"아빠, 나 손 다쳤어." 루시는 증거를 제시하듯 손을 들어 보였다.

"그래, 그랬지? 우리 아기 토끼." 톰은 붕대 위에 살짝 입을 맞췄다. "금세 나을 거야. 그렇고 말고." 톰은 루시 이마에 입을 맞추고 가는 금발머리를 쓰다듬었다. "룰루, 룰루. 넌 어떻게 여기로 왔니?" 톰은 고개를 들어 캄캄한 어둠을 내다보았다. "어떻게 내 삶에 나타난 거니?"

톰은 루시가 잠에 빠져들며 몸이 축 늘어지는 걸 느꼈다. 루시의 머리가 서서히 톰의 팔 위로 늘어졌다. 자기 자신에게도 들리지 않을 정도로 작은 목소리로 톰은 끝없이 찾아들던 질문을 웅얼거렸다. "어떻게 내가 이런 감정을 느끼게 만든 거니?"

20

"연락하려고 하셨던 줄은 몰랐는데." 톰은 베란다에 이저벨과 나란히 앉아 있었다. 낡고 오래된 봉투를 뒤집어 보고 또 봤다. 수신자는 자신이었고 '오스트레일리아군 13대대 소속'이라고 적혀 있었다. 봉투에는 연결 주소들과 이곳저곳으로 전달하라는 내용 등이 빼곡히 적혀 있었는데 최종에는 수취인 불명이라 결국 발송자에게 반송하는 것으로 처리되어 있었다. 발송자는 에드워드 셔본, 톰의 아버지였다. 사흘 전, 6월 보급선이 아버지 부고와 함께 전해준 편지였다.

법무사가 보낸 편지는 형식을 갖춰 사실만을 전하고 있었다. 1929년 1월 18일 인후암으로 작고. 법무사가 톰을 찾기까지는 몇 달이 걸렸다. 톰의 형 세실이 전 재산을 상속받고, 톰은 어머니 사진이 든 로켓 목걸이 하나만 물려받았다. 톰을 쫓아 세계를 돌아다녔던 편지 한 통과 함께.

그날 저녁 톰은 등대에 불을 켠 후 등롱 안에서 봉투를 뜯었다. 준엄하고 딱딱한 글씨체를 보니 얻어맞은 듯 멍했다.

메리베일
시드니
1915년 10월 16일

토머스에게
네가 자원입대했다는 소식 듣고 편지를 쓴다. 난 원래 말을 잘하는 사람은 아니지만 네가 멀리 가 있고 우리가 다시 만나기 전에 혹시라도 너한테 무슨 일이 있을지도 모르니 편지를 쓰지 않을 수가 없구나.

너에게 설명하기 위해서는 네 엄마에 대해 나쁜 말을 할 수밖에 없을 거다. 하지만 네 엄마는 이미 상처를 많이 받았으니 그러고 싶지는 않구나. 그러니 어떤 것들은 말하지 않고 덮어두는 편이 나을 거다. 내가 한 가지 잘못한 것이 있어 지금 바로잡으려 한다. 네 엄마가 떠나면서 너에게 전해주라고 한 목걸이를 동봉한다. 안에 네 엄마 초상이 들어 있다. 그때는 네가 엄마를 완전히 잊는 편이 낫다고 생각해 전해주지 않았다. 네가 엄마의 영향을 받지 않고 지내는 게 좋겠다고 판단했었는데, 쉽게 내린 결정은 아니었다.

이제 네 엄마가 세상을 떴으니 늦긴 했으나 부탁한 것을 들어주는 게 옳다고 생각했다.

나는 널 올바른 기독교인으로 키우려 애썼다. 가능한 한 최고의 교육을 받게 하려고도 했다. 내가 너에게 옳고 그른 것에 대한 분별력을 심어주었기를 바란다. 아무리 세속적인 성공이나 즐거움을 누리더라도 영혼을 잃으면 아무 소용 없는 것이다.

네가 입대함으로써 보여준 희생정신을 자랑스럽게 생각한다. 네가 책임감 있는 청년으로 성장하였으니 전쟁이 끝난 뒤에는 내 회사에서 일했으면 좋겠구나. 네 형은 회사를 잘 관리하고 있고, 내가 은퇴한 뒤에도 잘 운영해나갈 거다. 하지만 너에게도 적당한 자리가 있을 것이다.

네가 수송선을 탔다는 소식을 다른 사람을 통해 듣게 되어 괴로웠다. 네가 군복 입은 모습을 보고 배웅할 수 있었다면 좋았을 텐데. 하지만 네가 엄마 거처를 수소문해 엄마가 세상을 뜬 것을 알고 난 뒤에는 더는 나를 마주하고 싶지 않았을 것이라 짐작한다. 그러니 네 뜻을 따를 수밖에. 네가 이 편지에 답장을 한다면 무척 기쁘겠구나. 너는, 내 아들이니까. 너 역시 아비가 되기 전에는 그게 무슨 뜻인지 온전히 이해하지 못할 것이다.

하지만 답장을 하지 않더라도 네 선택을 존중해 더는 성가시게 하지 않겠다. 그렇더라도 네가 전장에서 무사하기를, 승리하여 이 땅으로 돌아오기를 기도하마.

사랑하는 아비
에드워드 셔본

아버지와 이야기를 나눈 지 한 세월은 지난 것 같았다. 이런 편지를 쓰기가 얼마나 힘들었을까. 그렇게 냉랭하게 헤어진 마당에 아버지가 연락을 했었다니 놀라움을 넘어 충격을 받을 정도였다. 확실한 건 아무것도 없다는 생각이 들었다. 아버지의 냉정함은 상처를 감추기 위한 것이었을까. 처음으로 톰은 아버지의 바위 같은 겉모습 뒤에 감춰진 무언가를 본 것 같았고, 사랑하는 여자에게 상처받았지만 그 상처를 드러낼 수 없었던 완고한 남자를 한순간이나마 그려볼 수 있었다.

톰이 어머니를 찾으려고 했던 데에는 이유가 있었다. 구두에 윤을 내고 손톱을 깔끔하게 다듬은 톰은 어머니가 묵는 하숙집 문 앞에 서서 마지막으로 한 번 더 그 말을 연습해보았다. "어머니를 곤란하게 만들어서 죄송해요." 그 말을 하기 위해 십삼 년을 기다려 온 톰은 그때처럼 몸을 덜덜 떨었다. 토할 것 같았다. "전 그냥 '자동차를 봤다'고만 말했어요. 집 앞에 차가 있었다고요. 전 정말 몰랐어요—"
몇 년이 지난 뒤에야 자기가 무심코 한 말이 얼마나 엄청난 결과를 낳았는지 깨달았다. 어머니는 엄마 자격이 없다며 집에서 쫓겨났고, 톰이 용서를 구하러 어머니를 찾아갔을 때는 이미 늦은 뒤였다. 어머니의 비밀을 폭로했다는 죄책감을 어깨에서 내려줄 어머니는 이미 세상에 없었다. 말은 뜻하지 않은 곳으로 튕겨나가곤 했다. 톰은 입을 다물고 있는 게 최선이라는 것을 배웠다.
톰은 로켓 목걸이 안의 어머니 초상을 보았다. 어쩌면 부모님 두 분 다, 불완전하게나마 자신을 사랑했는지도 모른다. 하지만 아버지가 톰을 어머니에게서 떼어놓을 권리가 있다고 생각했다는 것에 갑자기 분노가 치솟았다. 아버지는 그게 최선이라고 생각했다지만 톰에게는 돌이킬 수 없는 상처가 되고 말았다.

물방울 때문에 잉크가 작은 강물처럼 흐르는 걸 보고서야 톰은 자기가 울고 있다는 걸 알았다. '너 역시 아비가 되기 전에는 그게 무슨 뜻인지 온전히 이해하지 못할 것이다……'

베란다에서 톰의 옆에 앉아 있던 이저벨이 말했다. "오랫동안 만나지 않고 지냈어도 아버지는 아버지죠. 단 한 사람뿐인 아버지. 마음이 아픈 게 당연해요."

톰은 이저벨이 자신이 하는 말의 아이러니를 알아차렸을까 생각했다.

"이리 와, 루시. 와서 코코아 마셔." 이저벨은 조금도 망설임 없이 아이를 불렀다.

아이가 달려와 두 손으로 컵을 쥐었다. 루시는 더러운 손 대신 팔뚝으로 입을 쓱 닦고는 컵을 엄마에게 돌려주었다. "빠이빠이!" 루시가 신이 나서 소리쳤다. "난 하부지 함머니 만나러 파타쯔 간다!" 그러고는 흔들목마로 달려갔다.

톰은 손바닥 위에 놓인 로켓을 물끄러미 바라보았다. "아주 오랫동안, 어머니를 고자질한 나를 미워하실 거라고 생각했어요. 로켓을 남기셨다는 걸 몰랐으니까요……" 톰은 입술을 굳게 다물었다. "알았다면 많이 달랐을 거예요."

"무슨 말을 해야 할지 모르겠네요. 그냥…… 모르겠어요. 당신 마음을 편하게 해줄 수 있으면 좋을 텐데."

"엄마 나 배고파." 루시가 달려오며 말했다.

"그렇게 뛰어다니니 배고플 만도 하지!" 이저벨이 루시를 안아올렸다. "이리 와서 아빠 좀 안아드리렴. 아빠가 오늘 슬프거든."
이저벨은 루시를 톰의 무릎에 앉히고 같이 톰을 꼭 끌어안았다.

"웃어, 아빠." 아이가 말했다. "이렇게." 그러고는 활짝 웃었다.

햇살이 멀찍이 떠 있는 비구름을 피해 구름 사이로 드문드문 모습을 드러냈다. 톰의 어깨 위에 올라앉은 루시는 시야가 넓어지자 신나했다.

"이쪽!" 루시가 소리치며 손가락으로 왼쪽을 가리켰다. 톰은 방향을 바꾸어 들판 아래쪽으로 내려갔다. 염소 한 마리가 임시로 만들어놓은 우리를 물어뜯어 달아났는데 루시가 염소를 찾는 걸 굳이 도와주겠다고 해 나선 길이었다.

곳 위에는 염소의 흔적이 없었지만 멀리는 못 갔을 것이다. "다른 데 찾아보자." 톰이 말했다. 톰은 다시 평지로 올라와 사방을 둘러보았다. "어디로 갈까, 룰루? 네가 정하렴."

"저기!" 이번에는 루시가 반대편을 가리켜서 두 사람은 그쪽으로 갔다.

"염소처럼 '소' 자로 끝나는 말이 뭐가 있을까?"

"청소!"

"그래. 또?"

아이가 다시 대답했다. "청소?"

톰이 웃었다. "엄마가 밭에서 기르는 게 뭐지?"

"감자."

242

"그래. 그런데 밭에서 기르는 걸 다 합해서 부르는 말인데 '소'자로 끝나는 건 뭘까? 'ㅊ'으로 시작하는데."

"채소!"

톰이 아이 배를 간질였다. "채소, 청소, 염소. 말이 나왔으니 말인데…… 어, 루시, 저기 봐. 바닷가 근처."

"저기 있다! 뛰어가자 아빠!"

"뛰지는 말자, 아기 토끼야. 염소가 놀라서 도망갈지도 모르거든. 조심조심 잡아야 해."

톰은 염소 잡는 일에 신경쓰느라 염소가 풀을 뜯던 곳 주위에 뭐가 있는지 처음에는 알아차리지 못했다.

"내려줄게." 톰은 루시를 어깨 위로 높이 들어올렸다가 풀밭에 내려놓았다. "가서 플로시 잡아올 테니까 여기 얌전히 있어. 염소 목줄에다가 이 줄을 묶을 거야. 그러면 순순히 따라올 거야. 옳지, 플로시. 어서 이리 와. 말썽부리지 말고." 염소는 고개를 들더니 종종 몇 걸음 달아났다. "이제 그만. 가만히 있어." 톰은 염소의 목줄을 잡고 밧줄로 묶었다. "옳지. 잘했다. 어때, 룰루?" 톰은 루시를 돌아보는 순간, 그 이유를 알아차리기도 전에 몸이 찌르르해지는 걸 느꼈다. 루시는 다른 곳에 비해 풀이 무성히 자라 있는 조그만 둔덕 위에 앉아 있었다. 평소에는 톰이 잘 오지 않는 곳이었다. 아무리 날이 밝아도 어둡고 우울하게 느껴졌기 때문이다.

"아빠, 의자가 있어." 루시가 웃으며 말했다.

"루시! 당장 내려와!" 톰은 자기도 모르게 소리를 쳤다.

루시가 얼굴을 실룩거리더니 곧 눈물을 쏟았다. 전에는 한 번도 큰소리를 들은 적이 없었던 루시는 바로 엉엉 울기 시작했다.

톰이 달려가 루시를 안아올렸다. "미안해, 룰루. 놀라게 해서 미안해." 톰은 아이에게 예민하게 군 것이 부끄러웠다. 톰은 두려운 마음을 숨기며 몇 걸음 옮겼다. "여기 앉으면 안 좋아."

"왜?" 루시가 징징거렸다. "내 의자야. 요술 의자."

"그냥……" 톰은 루시의 머리를 자신의 목에 기대게 한 다음 꼭 끌어안았다. "그냥 앉기 좋은 자리가 아냐, 아가." 톰이 루시의 머리 꼭대기에 입을 맞췄다.

"나, 나빠?" 루시가 이해가 가지 않는 듯 물었다.

"아냐, 나쁘지 않아. 룰루는 나쁘지 않아." 톰은 루시의 뺨에 입을 맞추고 눈가에서 머리카락을 떼어냈다.

몇 년 만에 처음으로 톰은 지금 루시를 안고 있는 그 손이 루시의 아버지를 무덤으로 밀어넣은 손이라는 사실을 뼈아프게 인식했다. 톰은 눈을 감은 채 그때 자기 몸으로 느꼈던 감각, 남자의 무게를 떠올렸고, 그 무게를 딸의 무게와 비교했다. 루시가 제 아비보다 더 무겁게 느껴졌다.

누가 톰의 뺨을 두드렸다. "아빠! 나 좀 봐!" 아이가 말했다.

톰은 눈을 뜨고 말없이 루시를 마주보았다. 마침내 깊은숨을 내쉬며 톰이 말했다. "이제 플로시 데리고 집에 가자. 네가 줄 잡을 래?"

루시가 고개를 끄덕이자 톰이 루시 손에 목줄을 감아주었다. 톰은 묵직한 루시를 안은 채 다시 언덕 위로 올라갔다.

그날 오후 루시는 부엌에서 식탁 의자에 올라가려다 말고 톰을 돌아보았다. "여기는 앉기 좋은 자리야, 아빠?"

문손잡이를 수리하고 있던 톰은 돌아보지도 않고 말했다. "그럼, 좋은 자리야, 룰루." 톰은 아무 생각 없이 대답했다.

이저벨이 루시 옆에 앉으려고 하자 루시가 외쳤다. "안 돼! 엄마, 거기 앉지 마! 거긴 앉기 좋은 자리 아냐."

이저벨이 웃었다. "내가 맨날 앉는 자리인데? 아주 좋은 자리인 것 같은데."

"거긴 앉기 좋은 자리 아니야. 아빠가 그랬어!"

"여보, 루시가 뭐라고 하는 거예요?"

"나중에 말해줄게요." 톰이 대답하며 드라이버를 집었다. 이저벨이 잊어버리길 바라면서.

하지만 이저벨은 잊지 않았다.

루시를 재우고 나서 이저벨이 다시 물었다. "어디 앉으면 되고 안 되고 하는 게 무슨 소리예요? 책 읽어준다고 루시 침대에 앉았더니 똑같은 소리를 하던데요. 아빠가 화낼 거라면서."

"어, 그냥 루시가 생각해낸 놀이예요. 내일이면 잊어버릴 거예요."

하지만 루시는 그날 오후 프랭크 로엔펠트의 유령을 불러냈다. 톰은 이제 무덤 있는 쪽을 볼 때마다 프랭크의 얼굴을 떠올렸다.

'너 역시 아비가 되기 전에는……' 비로소 톰은 그동안 루시의 어머니 생각은 많이 했지만 루시의 아버지는 제대로 대접하지 못했다는 생각이 들었다. 자기 때문에, 신부나 목사를 모시고 제대로 장례를 치르지 못했다. 루시의 마음속에, 기억으로나마 아버지로서 남을 수도 없었다. 잠깐이었지만 루시와 루시의 진짜 혈육인 로엔펠트 사이에는 몇 피트 높이의 흙밖에 없었다. 자신이 전장에서 루시의 아버지인 그 남자의 친척을 죽였을 수도 있다는 생각이 들자 톰은 몸이 얼어붙는 것 같았다. 갑자기, 기억 아래에 가두어놓은 무덤에서 적국 군인들의 얼굴이 생생하고도 무시무시하게 떠올랐다.

이튿날 아침, 이저벨과 루시가 달걀을 가지러 갔을 때 톰은 응접실을 정리하기 시작했다. 루시의 연필을 과자통에 넣고 책을 차곡차곡 쌓았다. 책들 중에는 랠프가 세례식 때 루시에게 선물한 기도집도 있었다. 이저벨은 그 책을 루시에게 종종 읽어주곤 했다. 톰은 가장자리에 금칠이 된 얇은 책장을 훌훌 넘겨보았다. 아침 기도, 성찬식…… 시편을 넘기다 37편에 눈이 머물렀다. "악한 자가 잘된다고 불평하지 말며 불의한 자가 잘산다고 부러워 마라. 풀처럼 삽시간에 그들은 시들고 푸성귀처럼 금방 스러지리니."

그때 이저벨이 루시를 업고 들어왔다. 무슨 일이 있었는지 두 사람은 깔깔 웃고 있었다. "와, 깨끗하네! 요정이 다녀갔나?" 이저벨이 물었다.

톰이 책을 덮어 책 무더기 위에 얹었다. "그냥 정리 좀 했어요."

몇 주 뒤, 랠프와 톰은 창고 돌벽에 기대어 쉬고 있었다. 9월 보급품 정리를 막 끝낸 참이었다. 블루이는 배에서 엉킨 닻사슬을 풀고 있었고 이저벨은 루시와 부엌에서 진저브레드 쿠키를 만들고 있었다. 오전 내내 힘들게 일한 두 남자는 초봄의 햇볕을 받으며 앉아서 맥주 한 병을 나눠 마셨다.

몇 주 동안 톰은 이 순간을 기다려왔다. 배가 오면 이 이야기를 어떻게 꺼낼까 고심했다. 톰은 헛기침을 하다 마침내 입을 뗐다. "선장님, 뭔가…… 옳지 않은 일을 한 적 있어요?"

랠프가 곁눈으로 톰을 보았다. "무슨 뜻으로 하는 말이야?"

한참 고민하고 계획한 일이었지만 얼른 말이 나오지 않았다. "제 말은, 그러니까…… 뭘 망쳐버렸을 때는 어떻게 정리하느냐는 거예요. 어떻게 바로잡느냐고요." 톰은 맥주 상표에 그려진 검은 백조에 집중하며 침착함을 잃지 않으려고 애썼다. "아주 중대한 일을요."

랠프는 맥주를 한 모금 마시고 풀밭을 응시하더니 천천히 고개를 끄덕였다. "뭐 하고 싶은 얘기가 있는 건가? 내가 간섭할 일은 아니겠지만…… 꼬치꼬치 캐묻진 않겠네."

톰은 꿈쩍 않고 가만히 있었다. 루시에 관한 진실을 털어놓으면 얼마나 마음이 편안해질까. "아버지가 돌아가신 후 제가 살아오며 잘못한 일들이 떠올랐어요. 그리고 어떻게 죽기 전에 그걸 바로잡을까 고민했어요." 톰은 마음먹은 대로 전부 털어놓으려다가 사산한 아기의 몸을 씻기던 이저벨의 모습이 떠올라 멈칫했다.

"영영 그 사람들 이름도 모를 거예요……" 톰은 그 공간이 바로 다른 생각, 다른 죄책감으로 메워진 것에 스스로도 놀랐다.

"누구 이름?"

톰은 망설였다. 벼랑 끝에 균형을 잡고 서서 뛰어내릴지 말지 고민했다. 톰은 맥주를 한 모금 마셨다. "내가 죽인 사람들요." 말이 둔중하고 묵직하게 떨어졌다.

랠프는 조금 고민하다 대답했다. "빌어먹을 전쟁에서는 어쩔 수 없는 일이잖나. 죽이거나 아니면 죽임을 당하는 거니까."

"시간이 흐를수록 점점 더 내가 한 짓이 미친 짓처럼 여겨져요."
톰은 자신이 살아온 과거의 일 하나하나가 세월이 흐르는 동안 쌓이고 쌓여 그만큼 불어난 죄책감에 붙들려 있는 듯한 느낌을 받았다. 숨이 막혔다. 랠프는 숨죽이고 가만히 앉아 톰의 말을 기다렸다.

톰은 몸을 떨며 랠프를 돌아보았다. "제길, 난 그냥 옳은 일을 하고 싶어요. 대체 옳은 일이 뭔지 말해주세요! 난, 난 못 견디겠어요. 더는 못하겠어요." 톰이 병을 던졌고 병은 바위에 부딪혀 산산조각 났다. 톰이 울음을 터뜨렸다.

랠프가 톰의 어깨를 감싸안았다. "진정하게. 진정해. 내가 자네보다는 오래 살았고 온갖 일을 다 겪었지. 옳고 그른 건 두 마리 뱀 같은 거야. 워낙 얽혀 있어서 어떤 게 어떤 건지 둘 다 쏴죽이기 전에는 알 수 없는 그런 거. 그러고 나면 일은 돌이킬 수 없어지고."

랠프는 말없이 한참 톰을 바라보았다. "난 지난 일을 들쑤셔봐야 나아질 게 없다는 생각을 한다네. 이제는 어떤 것도 바로잡을 수가 없어." 비난도 악의도 담기지 않은 말이었지만 그 말이 칼날처럼 톰의 뱃속을 찔렀다. "사람이 미치는 가장 빠른 길은 전쟁을 머릿속에서 계속 되풀이하는 거야. 그런다고 바로잡을 수 있는 것도 아닌데."

랠프가 손가락의 굳은살을 만지작거렸다. "나한테 아들이 있다면 자네 절반만큼만 되어도 뿌듯할 거야. 자넨 좋은 사람이야. 저런 아내와 딸이 있으니 운좋은 남자기도 하고. 자네 가족에게 뭐가 최선일지에 집중하게. 하늘에 계신 양반이 자네한테 두번째 기회를 주었으니, 과거에 뭘 했는지 뭘 안 했는지에 대해서는 별 신경 안 쓰실 걸세. 현재에 충실하게. 오늘 바로잡을 수 있는 일은 바로

잡고 지나간 일들은 놓아버려. 그 나머지 일은 천사건 악마건 아무튼 맡은 자들에게 넘겨버리고."

～

"소금. 소금에서 도무지 벗어날 수가 없어. 잘 지켜보지 않으면 암처럼 갉아먹지." 랠프와 대화를 나누고 난 다음날 톰이 혼잣말로 웅얼거렸다. 루시는 렌즈로 만들어진 거대한 고치 모양의 등명기 안에 톰과 같이 앉아, 톰이 놋쇠틀을 닦아 윤을 내는 동안 인형에게 상상으로 사탕을 먹이고 있었다. 루시가 파란 눈을 들어 톰에게 물었다.

"아빠가 돌리한테도 아빠야?" 루시가 물었다.

톰이 손을 멈추었다. "모르겠는데. 돌리한테 물어보는 건 어때?"

루시가 몸을 숙여 인형한테 뭐라 속닥거리더니 이렇게 말했다. "아니래. 아빠는 내 아빠만 된대."

루시의 얼굴은 아기티를 벗으며 앞으로 어떤 모습으로 변할지 힌트를 보여주고 있었다. 아기 때는 갈색에 가깝던 머리카락은 이제 금발이 되었고, 호기심 넘치는 눈빛에 피부는 희었다. 톰은 루시가 크면서 제 엄마를 닮아갈지, 아빠를 닮아갈지 궁금했다. 자신이 땅에 묻은 금발 남자의 얼굴을 떠올려보았다. 루시가 커가면서 자신이 대답하기 힘든 질문을 던질 걸 생각하자 두려움이 몰려왔다. 요즘 톰은 거울을 볼 때마다 자기 나이 무렵의 아버지 모습을 발견했다. 나이가 들어가면서 점점 닮은 구석이 드러났다. 파르타죄즈는 아주 좁은 동네였다. 아이가 어릴 때에는 루시의 친엄마가 아이와 마주치더라도 갓난아기 때 헤어진 딸을 몰라볼 수 있다. 하지만 아이가 성인이 되었을 때에는 자신을 닮은 모습을 알아보지 않을까? 그런 생각이 톰을 괴롭혔다. 톰은 다시 걸레에 광택제를 묻혀 땀이 눈가로 흘러내릴 때까지 열심히 닦았다.

그날 저녁, 톰은 베란다 기둥에 기대어 바람이 저무는 해를 몰고 가는 모습을 보았다. 등대에 불은 켜놓았고, 동틀 때까지는 별다른 일 없이 돌아갈 것이다. 톰은 랠프의 조언을 곱씹었다. 오늘 바로잡을 수 있는 일은 바로잡아.

"여기 있었네요." 이저벨이 말했다. "루시는 잠들었어요. 신데렐라를 세 번이나 읽어줬어요!" 이저벨이 톰에게 팔을 두르고 몸을 기대왔다. "루시가 내용을 다 외워놓고는 책장을 넘기면서 글자를 읽는 척하는 게 어찌나 귀여운지."

톰이 대꾸하지 않자 이저벨이 톰의 귀밑에 입을 맞추었다. "루시도 잠들었는데 오늘은 일찍 자러 가요……"

톰은 여전히 바다만 바라보았다. "로엔펠트 부인은 어떻게 생겼어요?"

이저벨은 약간의 시간이 흐른 뒤에야 톰이 해나 포츠를 두고 하는 말이라는 걸 알아차렸다. "그게 왜 궁금한 건데요?"

"왜 알고 싶어하는 것 같아요?"

"루시랑 전혀 다르게 생겼어요! 루시는 금발에 푸른 눈이잖아요. 루시는 그애 아빠를 닮은 게 분명해요."

"우릴 닮지 않은 것도 분명하고요." 톰이 이저벨을 마주보았다. "이지, 얘기해야 해요. 말해야 한다고요."

"루시한테요? 루시는 너무 어려서—"

"아니, 해나 로엔펠트에게요."

이저벨은 충격을 받은 듯했다. "무엇 때문에요?"

"알 자격이 있잖아요."

이저벨은 부르르 몸을 떨었다. 이저벨도 마음이 무거울 때면 딸이 죽었다고 생각하는 게 더 괴로울까 아니면 살아 있는데 다시 만날 수 없는 게 더 괴로울까 생각해보기도 했다. 해나가 얼마나 괴로울까도 상상해보았다. 하지만 이저벨은 조금이라도 톰의 말에 동의했다가는 돌이킬 수 없는 일이 벌어질 거라는 걸 알았다. "톰, 이 얘기는 벌써 여러 번 했잖아요. 당신 양심에 거리낀다고 루시의 행복을 희생할 수는 없어요."

"양심에 거리낀다고요? 세상에, 이저벨, 지금 헌금 접시에서 돈 몇 푼 슬쩍한 걸 두고 하는 얘기가 아니잖아요! 아이의 인생에 대해 이야기하는 거라고요! 한 여자의 인생이기도 하고요. 우리가 누리는 이 행복한 순간은 모두 그 여자를 희생시켜서 얻은 거예요. 아무리 다르게 생각해보려고 해도 이건 옳지 않아요."

"톰, 지금 당신은 피곤하고 슬프고 혼란스러워서 그래요. 내일 아침에는 생각이 달라질 거예요. 오늘밤에는 그만 이야기해요." 이저벨은 떨리는 목소리를 감추려고 애쓰며 톰의 손을 만졌다. "우린…… 우린 완벽한 세상에 살고 있지 않아요. 그걸 인정하고 살아야 해요."

톰은 이저벨을 쳐다보았다. 이저벨이 그 자리에 없는 것 같은 느낌이 들었다. 어쩌면 이 모든 것이 존재하지 않는 것도 같았다. 두 사람 사이의 몇 뼘 안 되는 간격이 두 사람을 완전히 다른 두 현실에 격리시켜, 두 사람이 영영 함께할 수 없게 만든 것 같았다.

루시는 아기 때 파르타죄즈에서 찍은 사진을 보는 걸 좋아했다. "이게 나야!" 루시가 톰의 무릎에 앉아 테이블 위에 놓인 사진을 가리키며 말했다. "그때는 애기였는데. 지금은 커서 애기 아니야."

"그럼그럼. 다음 생일에 네 살이 되지."

다시 루시는 자신 있게 사진을 가리켰다. "이건 엄마의 엄마야!"

"맞아. 할머니는 엄마의 엄마야."

"이건 아빠의 아빠고."

"아니야. 할아버지는 엄마의 아빠야."

루시는 이상하다는 듯 고개를 갸웃한다.

"그래, 헷갈릴 거야. 하지만 할머니 할아버지는 아빠의 엄마 아빠가 아니야."

"그럼 누가 아빠의 엄마 아빠야?"

톰은 루시를 다른 쪽 무릎으로 옮겨 앉혔다. "아빠의 엄마 아빠 이름은 엘리노라하고 에드워드야."

"내 할머니 할아버지야?"

톰은 그 질문에 답하지 않고 다른 대답을 들려주었다. "두 분 다 돌아가셨단다."

"아." 루시가 진지한 얼굴로 고개를 끄덕였다. 톰은 루시가 그 말뜻을 이해할지 궁금했다. "플로시처럼?"

톰은 염소가 몇 주 전에 병에 걸려 죽었다는 걸 깜박하고 있었다. "맞아. 플로시가 죽은 것처럼."

"아빠의 엄마 아빠는 왜 죽었어?"

"나이가 많이 들고 아팠거든." 톰이 덧붙였다. "아주 오래전 일이란다."

"나도 죽어?"

"그런 일 없게 아빠가 지켜줄게, 룰루."

하지만 요즘 들어 아이와 함께 보내는 하루하루가 위태롭게 느껴졌다. 아이는 말이 늘면서 주변 세상을 파헤쳐 자기가 누구인지 이야기를 만들어가는 능력도 커져갔다. 루시가 자기 자신과 삶에 대해 알아나가는 것들이 하나의 거대한 거짓말, 톰 자신이 만들고 다듬는 데에 일조한 거짓말 위에서 자라난다는 생각에 톰은 마음이 괴로웠다.

등롱 구석구석에서 윤기가 흘렀다. 톰은 원래도 부지런히 등대를 관리했지만 요즘에는 나사못 하나, 장치 하나마다 전쟁이라도 치르듯 달려들어 윤이 날 때까지 문질렀다. 요즘 톰에게서는 늘 금속 광택제 냄새가 풍겼다. 프리즘은 반짝였고 등대 불빛은 티끌 한 점 없는 유리를 통과해 뻗어나갔다. 기계 장치의 톱니도 하나같이 매끄럽게 움직였다. 등대 전체가 어느 때보다도 정확하게 작동했다.

반면 오두막은 상태가 나빠지고 있었다. "갈라진 틈에 퍼티 좀 발라줄래요?" 점심식사 뒤 부엌에서 이저벨이 물었다.

"사찰 준비 마치면 할게요."

"사찰 준비한 지 벌써 몇 주, 아니 몇 달이 되었잖아요. 마치 왕이라도 맞을 준비를 하는 것처럼요."

"말끔하게 해두려는 것뿐이에요. 전에 말했지만 무어 곳으로 발령날 수도 있어요. 그럼 제럴턴 근처의 육지에서 살게 될 거예요. 마을 가까이에서요. 파르타죄즈에서는 수백 마일 떨어진 곳이고요."

"전에는 야누스를 떠날 수는 없다고 하더니."

"음, 상황이 바뀌기도 하죠."

"여보, 상황이 바뀐 게 아니에요." 이저벨이 말했다. "당신이 늘 그랬잖아요. 등대가 다른 곳에 있는 것처럼 보이는 건 등대가 움직여서 그런 게 아니라고요."

"그럼 뭐가 달라졌는지 생각해봐요." 이 말을 하고 톰은 스패너를 들고 뒤도 돌아보지 않고 창고로 가버렸다.

그날 밤, 톰은 위스키 한 병을 들고 벼랑 근처로 별을 보러 갔다. 톰이 별자리를 찾으며 술을 넘기자 술이 목구멍을 태우며 내려갔다. 산들바람이 얼굴을 간질였다. 톰은 회전하는 불빛에 주의를 집중했다. 빛이 이곳에서 뻗어나가니 이 섬 자체는 늘 어둠 속에 묻혀 있구나. 톰은 쓴웃음을 삼켰다. 등대는 다른 사람들을 위한 것이다. 가장 가까운 곳은 밝히지 못한다.

21

몇 달 뒤 파르타죄즈에서 열린 축하 행사는 남서부에서는 상당히 큰 규모의 행사였다. 해상무역성의 국장이 주지사와 함께 퍼스에서 이곳까지 왔다. 시장, 항만관리소장, 목사 등 마을 유지들도 모두 참석했고, 전임 등대지기 다섯 명 중 세 명도 자리를 함께했다. 1890년 1월 처음 점등한 야누스 등대의 사십 주년을 기념하기 위한 자리였다. 이 행사 덕분에 셔본 가족도 짧은 특별 휴가를 받았다.

톰은 빳빳하게 풀 먹인 칼라와 목 사이에 손가락을 집어넣었다. "개 목걸이를 찬 것 같아요!" 무대 뒤에서 커튼 사이로 무대를 내다보던 톰이 옆에 선 랠프에게 투덜거렸다. 무대 위에는 야누스와 관련있는 시청 소속 기술자들, 항만등대국 직원들이 죽 앉아 있었다. 여름밤이었고, 열려 있는 창문 사이로 바깥에서 열심히 울어대는 귀뚜라미 소리가 들려왔다. 이저벨과 이저벨의 부모님은 강당

한옆에 앉아 있었다. 루시는 할아버지 무릎에 앉아 재잘재잘 노래를 불러댔다.

"공짜 맥주를 생각하며 참아." 랠프가 톰에게 속삭였다. "존슨 시장도 오늘밤에는 오래 떠들지 못할 거야. 저 복장 때문에 죽을 지경일걸." 랠프는 땀을 줄줄 흘리는 머리가 벗어진 남자를 고갯짓으로 가리켰다. 시장은 흰담비 칼라가 달린 법복에 시장임을 나타내는 목걸이를 걸고 낡은 회관 안을 돌아다니며 연설 준비를 하고 있었다.

"볼일 좀 보고 올게요." 톰은 강당 뒤쪽에 있는 화장실로 갔다.

자리로 돌아가던 톰은 어떤 여자가 자기를 뚫어져라 쳐다보는 걸 알아차렸다.

톰은 바지 지퍼가 열렸나 싶어 얼른 확인하고는, 다른 사람을 보는 건가 싶어 슬쩍 뒤도 돌아보았으나 여자는 여전히 톰을 보고 있었다. 톰이 가까이 오자 여자가 말했다. "저 생각 안 나세요?"

톰이 여자를 보았다. "죄송합니다. 다른 사람으로 착각하신 것 같네요."

"오래전 일이니까요." 여자가 말하고 얼굴을 붉혔다. 그 순간 여자의 표정이 바뀌면서 톰은 처음 파르타쇠즈로 올 때 배 위에서 만났던 아가씨의 얼굴을 알아볼 수 있었다. 여자는 나이들어 보였고 많이 말랐고 눈 밑에는 그늘이 져 있었다. 무슨 병을 앓고 있는 것은 아닌가 생각이 들 정도였다. 톰은 술 취한 얼간이 때문에 두려움에 떨며 벽에서 꼼짝 못하고 두 눈만 크게 뜨고 있던 잠옷 차림의 여자를 기억했다. 하지만 그 기억은 다른 사람, 다른 삶에 속한 것이었다. 그동안 한두 번쯤은 그 여자가 어떻게 되었을까, 여자를 괴롭히던 놈은 어떻게 되었을까 궁금하기도 했다. 톰은 이저벨에게건 누구에게건 그 일에 대해서 이야기한 적이 없었다. 톰의 본능은 그 사건에 대해 말하기에는 너무 늦었다고 이야기하고 있었다.

"그냥 고맙다는 말을 하고 싶었어요." 여자가 말을 시작했지만 강당 뒷문 쪽에서 누가 부르는 소리가 들려 말이 끊어졌다. "지금 시작해요. 어서 들어오세요."

"죄송하지만 가봐야겠습니다. 끝나고 뵐 수 있으면 뵙지요." 톰이 말했다.

톰이 무대 위로 올라가 자리에 앉자마자 식이 시작되었다. 높은 사람들이 연설을 하고, 전임 등대지기 몇이 일화를 들려주었고, 등대 모형이 공개됐다.

시장이 자랑스럽게 말했다. "이 모형의 제작비는 우리 지역의 든든한 후원자이신 셉티머스 포츠 씨께서 지원하셨습니다. 포츠 씨와 매력적인 두 따님, 해나와 그웬 양이 참석해 오늘 이 자리를 빛내주셨습니다. 감사의 박수를 부탁드립니다." 시장이 두 여자와 함께 앉아 있는 노인을 가리켰다. 그 가운데에 배에서 만난 여자가 있는 것을 보고 톰은 머리가 아찔했다. 이저벨을 흘긋 보니 이저벨은 억지로 미소를 지으며 청중과 함께 박수를 치고 있었다.

시장이 계속해서 말했다. "여러분, 오늘 이 자리에 현재 야누스 록 등대를 책임지고 있는 토머스 셔본 씨도 참석했습니다. 셔본 씨에게 요즘 야누스 록의 삶에 대해 몇 마디 청해보겠습니다." 시장은 톰을 돌아보더니 연단으로 올라오라고 손짓했다.

톰은 얼어붙었다. 연설을 준비하라는 말은 듣지 못했다. 게다가 해나 로엔펠트와 구면이라는 사실을 알게 되어 머릿속이 빙빙 도는 상황이었다. 청중이 박수를 쳤다. 시장이 이번에는 더 강한 동작으로 톰을 불렀다. "어서 나오시죠."

한순간 톰은 모든 게, 보트가 떠내려온 날부터 시작해서 모든 게 한 편의 끔찍한 악몽이 아닐까 하는 생각을 했다. 하지만 청중 가운데 이저벨, 포츠 가족, 블루이가 보였다. 그 생생한 존재감이 톰을 옭아매며 압박해왔다. 톰은 쿵쾅거리는 가슴을 안고 일어서서 교수대를 향해 가듯 연단으로 걸어갔다.

"솔직히," 톰이 말을 시작했다. 청중 사이에 잔잔한 웃음이 번졌다. "예상을 못했습니다." 톰은 바지 옆쪽에 손바닥을 닦았다. 그리고 몸을 지탱하기 위해 연단을 손으로 짚었다. "요즘 야누스 록의 삶은……" 톰은 머릿속이 하얘져 말을 멈췄다가 방금 한 말을 되풀이했다. "요즘 야누스 록의 삶은……" 그 고독감을 어떻게 설명할까? 다른 은하계라고 할 수 있을 만큼 이들이 사는 곳과는 다른 그곳을 어떻게 이해시킬 수 있을까? 야누스라는 보호막이 물방울처럼 터져버렸다. 지금 톰은 군중 앞에, 다른 사람 그리고 다른 삶으로 가득한 현실 세계의 실제 공간에 와 있었다. 해나 로엔펠트가 있는 곳에. 한동안 침묵이 흘렀다. 몇몇 사람이 헛기침을 했고 몇몇 사람은 자세를 고쳐 앉았다.

"야누스 등대는 우수한 두뇌에 의해 설계되었습니다." 톰이 말했다. "또 매우 용감한 사람들이 건설했습니다. 저는 그저 그 노력에 걸맞게 일하려고 애씁니다. 등대가 계속 빛을 내도록요." 톰은 아무 생각 없이 말할 수 있는 기술적이고 실제적인 면을 이야기하기로 했다. "보통 불이 무척 클 거라고 상상하지만 사실 그렇지는 않습니다. 실제로 빛을 내는 것은 기화된 등유가 백열맨틀에서 타면서 내는 불꽃입니다. 그 불빛이 12피트 높이의 거대한 유리 프리즘 장치인 1등급 프레넬 렌즈를 통해 확대되고 모아집니다. 이 장치가 빛을 굴절시켜 한줄기 강렬한 섬광을 만들기 때문에 30마일 떨어진 곳에서도 빛을 볼 수 있는 것입니다…… 제 일은…… 그걸 깨끗하게 관리하는 것입니다. 계속 회전하도록요.

그곳에 있으면 마치 다른 세상, 다른 시대에 있는 것 같습니다. 계절 말고는 아무것도 달라지지 않으니까요. 오스트레일리아 해안을 따라 수십 개의 등대가 있습니다. 저 같은 사람들이 선박이 안전하게 운항할 수 있게, 누구든 불빛이 필요한 사람을 위해 빛을 밝힙니다. 그 사람들이 누군지 우리는 알 수도, 만날 수도 없을 테지만요.

사실 또 무슨 이야기를 해야 할지 모르겠네요. 조류가 하루하루 무얼 안길지 알 수가 없다는 것 말고는요. 거대한 대양 두 개가 무엇이든 우리에게 던져줄 수 있으니까요." 톰은 시장이 회중시계를 흘긋 보는 것을 보았다. "음식을 앞에 놓고 말이 너무 길었던 것 같습니다. 날씨가 정말 덥네요. 감사합니다." 톰이 말을 마치고 휙 몸을 돌려 자기 자리로 돌아갔다. 사람들은 얼이 빠진 듯 박수만 쳤다.

"자네 괜찮나?" 랠프가 작은 소리로 물었다. "뱃멀미라도 할 것 같은 얼굴인데."

"너무 갑작스러워서요." 톰은 이 말밖에 하지 못했다.

헤이즐럭 항만관리소장의 부인은 파티를 좋아했다. 파르타죄즈에서는 파티를 열 기회가 거의 없었기 때문에 오늘 소장 부인은 무척 들떠 있었다. 항만관리소장의 부인으로서 손님들이 서로 어울리게 해야 하는 자신의 임무를 무척이나 즐기며, 특히 퍼스에서 온 손님들을 생각해 여기저기로 왔다갔다하며 사람들을 서로 소개하고 공통 화제를 찾아주었다. 또 노켈스 목사가 셰리주를 얼마나 마시는지 감시하는 것도 잊지 않았다. 해양무역성 국장의 부인과는 제복에 달린 금색 술을 세탁할 때의 어려움에 대해 수다를 떨기도 했다. 심지어는 네빌 휘트니시 영감을 부추겨, 1899년 야누스 근처에서 범선에 실려 있던 럼주에 불이 붙었을 때 네빌이 선원들을 구조한 이야기를 하게 만들기도 했다. "물론 그때는 연방이 설립되기 전이었죠." 네빌이 말했다. "1915년에 나라에서 등대 관리를 시작하기 한참 전이에요. 그뒤로는 불필요한 절차가 훨씬 많아졌어요." 주지사 부인은 알겠다는 듯 고개를 끄덕였는데, 속으로는 네빌이 자기 머리에 비듬이 있다는 걸 알까 생각하고 있었다.

소장 부인은 다음 목표물을 물색하다가 기회를 포착했다. "이저벨." 헤이즐럭 부인이 이저벨의 팔을 잡았다. "톰의 연설 정말 잘 들었어!" 그러고는 이저벨이 안고 있는 루시를 얼렀다. "오늘은 늦게까지 깨어 있구나, 꼬마 아가씨. 엄마 말 잘 듣지?"

이저벨이 웃었다. "아주 잘 들어요."

헤이즐럭 부인이 코바늘로 실을 낚듯 손을 뻗어 근처를 지나가던 여자의 팔을 잡았다. "그웬, 이저벨 셔본 알지?"

그웬 포츠는 잠시 머뭇거렸다. 그웬과 해나는 이저벨보다 나이가 몇 살 더 많았고 퍼스에서 기숙학교에 다닌 탓에 이저벨과 잘 아는 사이는 아니었다. 헤이즐럭 부인은 그웬이 머뭇거리는 까닭을 알아채고 얼른 말했다. "그레이스마크야. 이저벨 그레이스마크 알지?" 부인이 말했다.

"아, 그럼요. 누군지 알죠." 그웬이 예의바르게 웃음 지었다. "아버님이 교장선생님이시죠."

"네." 이저벨이 말했다. 뱃속에서 욕지기가 치밀었다. 이저벨은 눈길을 피하려는 듯 주위를 둘러보았다.

소장 부인은 괜히 두 사람을 인사시켰나 싶어 후회하기 시작했다. 포츠 집안 딸들은 워낙 동네 사람들과 잘 어울리지 않았다. 그리고 또 독일 남자 사건도 있었고, 게다가 언니는…… 맙소사…… 부인이 이 상황을 어떻게 마무리지을까 머리를 굴리는데 그웬이 몇 걸음 떨어진 곳에 있는 해나에게 손짓했다.

"언니, 조금 전에 연설한 셔본 씨가 이저벨 그레이스마크하고 부부인 것 알았어? 교장선생님 딸 말이야."

"아니, 몰랐어." 해나가 말했다. 동생 쪽으로 오면서도 정신은 다른 데에 가 있는 것 같았다.

이저벨은 수척한 얼굴이 천천히 자기 쪽으로 다가오자 몸이 얼어붙는 것 같았다. 이저벨은 루시를 꼭 끌어안았다. 뭐라 인사를 하려 했지만 말이 나오지 않았다.

"아기 이름이 뭐예요?" 그웬이 웃으며 물었다.

"루시요." 이저벨은 당장 그 자리를 박차고 나가고 싶은 마음을 겨우 억누르고 가까스로 대답했다.

"이름이 예쁘네요." 그웬이 말했다.

"루시." 해나가 마치 외국어를 따라하듯이 말했다. 그리고 아이를 뚫어져라 보며 손을 내밀어 아이 팔을 만졌다.

이저벨은 아이를 뜯어보는 해나의 눈빛을 보고는 겁에 질려 움찔했다.

루시는 해나의 손길이 닿자 몽롱해지는 것 같았다. 루시는 풀리지 않는 수수께끼에 집중하듯 웃지도 찡그리지도 않고 해나의 짙은 색 눈을 찬찬히 보았다. "엄마." 루시가 말했다. 두 여자 모두 흠칫했다. 루시는 이저벨에게 고개를 돌렸다. "엄마, 나 졸려." 루시가 눈을 비볐다.

아주 짧은 순간 이저벨은 자신이 아이를 해나에게 건네는 장면을 떠올렸다. 아이의 엄마는 해나였다. 해나에게 권리가 있었다. 그렇지만 그건 상상 속에서나 일어날 수 있는 일이었다. 절대로 그럴 수는 없었다. 이 일에 대해서는 벌써 수도 없이 생각해보았다. 이미 내린 결정을 되돌릴 수는 없었다. 하느님이 왜 이런 시련을 주시는지는 모르지만 이저벨은 애초에 섬으로 아기를 보내주신 신의 뜻을 따를 수밖에 없었다. 이저벨은 뭔가 할 말을 생각해내려 애썼다.

"아, 저기 오네." 소장 부인이 톰이 다가오는 걸 보고 말했다. "오늘의 주인공이 왔어." 부인은 톰을 그 자리에 끌어다두고는 다른 사람들 쪽으로 가버렸다. 톰은 사람들이 소시지롤과 샌드위치가 놓인 테이블로 몰려드는 사이 이저벨을 데리고 이 자리를 빠져나가려고 하던 참이었다. 이저벨과 이야기를 나누고 있는 사람을 알아본 순간 톰의 목이 조여오고 심장박동이 빨라졌다.

"여보, 해나 포츠, 그웬 포츠예요." 이저벨이 간신히 웃음을 지어 보이며 말했다.

톰은 이저벨이 루시를 안은 채 손을 내밀어 자기 팔을 잡는 모습을 멍하니 보았다.

"안녕하세요." 그웬이 말했다.

"이제야 제대로 인사를 드리네요." 그제야 해나가 아이에게서 눈을 거두고 말했다.

톰은 아무 말도 하지 못했다.

"이제야 제대로라니?" 그웬이 물었다.

"사실 아주 오래전에 만난 적이 있는데, 이름도 몰랐어."

이저벨이 불안한 눈길로 두 사람을 번갈아 쳐다보았다.

"남편분이 무척 용감하셨어요. 어떤 남자한테서, 그러니까 절 괴롭히던 사람한테서 구해주셨어요. 시드니에서 돌아오던 배에서요." 이어 해나는 그웬의 말없는 질문에 대답했다. "나중에 얘기해줄게. 아주 오래전 일이야." 톰에게는 이렇게 말했다. "야누스에 계신 줄은 전혀 몰랐어요."

서로 가까이 서 있는 네 사람 위로 무거운 침묵이 내려앉았다.

"아빠." 마침내 루시가 입을 열고 톰에게 팔을 벌렸다. 이저벨이 말렸지만 아이는 톰의 목에 팔을 감았다. 톰은 아이를 받아안았다. 아이는 톰의 가슴팍에 머리를 기대고 쿵쾅거리는 심장 소리를 들었다.

톰이 자리를 뜨려고 하는 순간 해나가 톰의 팔을 잡았다. "저, 등대가 누구든 필요한 사람을 위해 불을 밝힌다는 말씀이 참 좋았어요." 해나는 잠시 망설이더니 말을 꺼냈다. "셔본 씨, 뭐 하나 여쭤봐도 될까요?"

느닷없는 질문에 톰은 두려움을 느꼈지만 이렇게 대답했다. "뭔가요?"

바다 사이 등대 263

"이상한 질문처럼 들릴지 모르지만, 바다에서 사람이 구조되기도 하나요? 보트를 발견해 구조했다는 이야기 들어보신 적 없으세요? 살아남은 사람을 먼 곳으로 데려갔다거나요. 혹시 그런 이야기 들으신 적 없나 궁금해서요……"

톰이 헛기침을 하고 대답했다. "바다에서는 무슨 일이든 가능하다고 봅니다. 무슨 일이든요."

"그렇군요…… 고맙습니다." 해나는 깊은숨을 들이마시더니 다시 루시를 보았다. "조언하신 대로 했어요." 해나가 덧붙였다. "그때 배에서 그 남자 말이에요. 안 그래도 삶이 힘들 거라고 하신 말씀 받아들이고 신고하지 않았어요." 해나가 그웬을 돌아보았다. "그웬, 이제 집에 가야겠어. 난 이런 자리에는 잘 맞지 않는 것 같아. 아버지한테 나 먼저 간다고 말 좀 해줄래? 아버지 방해하기 싫어서." 그러고는 톰과 이저벨에게 인사를 했다. "전 이만 가볼게요." 해나가 막 가려는 순간 루시가 졸린 듯 "빠빠" 하면서 손을 흔들었다. 해나도 힘겹게 웃음을 지어 보이며 "빠빠" 하고 대답했다. 해나의 눈에 물기가 어렸다. "정말 예쁜 딸을 두셨네요. 그럼 이만." 해나는 서둘러 문밖으로 나갔다.

"정말 죄송해요." 그웬이 말했다. "언니가 몇 년 전에 아주 끔찍한 일을 겪어서요. 바다에서 가족을…… 남편과 딸을 잃었는데, 딸이 살아 있었다면 따님 나이쯤 되었을 거예요. 그래서 늘 그런 질문을 하고 다녀요. 어린아이를 보면 특히 어쩔 줄 몰라해요."

"안타깝네요." 이저벨이 웅얼거리며 간신히 대답했다.

"언니가 괜찮은지 가봐야겠어요."

그웬이 자리를 뜨자 이저벨의 어머니가 다가왔다. "루시, 아빠가 자랑스럽지? 사람들 앞에서 연설도 하고 정말 멋있지 않니?" 그러고는 이저벨에게 말했다. "내가 루시 데리고 집으로 갈까? 너랑 톰은 파티를 즐기렴. 댄스파티는 정말 오랜만일 텐데."

이저벨은 톰이 뭔가 대답하길 바라며 톰을 쳐다보았다.

"전 랠프하고 블루이하고 맥주 한잔 하기로 했어요. 파티는 제 취향이 아니라서요." 톰은 이저벨을 쳐다보지도 않고 어둠 속으로 사라져버렸다.

그날 밤, 세수를 하다가 거울을 바라본 이저벨은 순간 고통으로 일그러진 해나의 얼굴을 보고 말았다. 이저벨은 얼굴에 찬물을 끼얹어 견디기 힘든 그 모습을, 아까의 만남 때문에 흘린 땀을 씻어내려 했다. 하지만 그 모습을 지울 수도, 마음을 가라앉힐 수도 없었다. 톰과 해나가 구면이라는 사실 때문에 미묘한 두려움이 밀려왔다. 그게 왜 이렇게 불안한 일인지는 알 수 없었지만 자기 발 아래의 땅이 느끼지 못할 정도로 아주 살짝 움직인 것 같은 느낌이었다.

충격적인 만남이었다. 이저벨은 해나 로엔펠트의 눈에 어린 어두움을 아주 가까이에서 봤다. 얼굴에 바른 파우더의 흐릿한 향을 맡았다. 해나 로엔펠트를 감싸고 있는 절망감을 온몸으로 느꼈다. 그러면서 동시에 루시를 잃을 수도 있다는 가능성을 맛보았다. 아이를 안고 있을 때처럼 이저벨의 팔에 힘이 들어갔다. "아, 하느님." 이저벨은 기도를 드렸다. "해나 로엔펠트에게 평안을 주십시오. 제가 루시를 안전히 지킬 수 있게 해주십시오."

아직도 톰은 집에 돌아오지 않았다. 이저벨은 루시가 잘 자는지 방에 들어가보았다. 잠든 루시의 손에서 그림책을 살짝 빼내어 화장대 위에 놓았다. "잘 자, 내 천사." 이저벨이 속삭이며 루시에게 입을 맞추었다. 루시의 뺨을 쓰다듬던 이저벨은 자기가 루시의 얼굴과 거울에 언뜻 비쳤던 해나의 환영을 비교하고 있다는 걸, 턱선과 눈썹 모양에서 무언가를 찾고 있다는 걸 깨달았다.

22

"엄마, 고양이 길러도 돼?" 루시가 이튿날 아침 이저벨을 따라 할머니네 부엌으로 들어오며 물었다. 아이는 이 집 안을 돌아다니는 마멀레이드 색 고양이 타바사 태비에게 푹 빠져 있었다. 아이는 책에서만 고양이를 봤지 만져본 것은 이번이 처음이었다.

"글쎄, 고양이가 야누스 록에서 사는 걸 좋아할까? 같이 놀 친구가 없잖아." 이저벨이 멍하니 대꾸했다.

"아빠, 고양이 키우면 안 돼?" 긴장감이 흐르는 분위기를 전혀 눈치채지 못한 아이는 쉽게 물러서지 않고 계속 졸랐다.

톰은 이저벨이 잠든 뒤에야 집에 돌아왔지만 가장 먼저 일어나 있었다. 톰은 식탁에 앉아 일주일 전 신문을 뒤적이고 있었다.

"룰루, 타바사를 데리고 마당으로 탐험을 나가보는 건 어때? 쥐 사냥을 해보렴." 톰이 말했다.

루시는 얌전한 고양이의 몸통을 잡아 들고 문밖으로 나갔다.

톰이 이저벨을 쳐다보았다. "얼마나 더 기다릴 거예요, 이지? 얼마나 더 있어야 하죠?"

"뭘요?"

"어떻게 그럴 수 있어요? 매일 이 상태로 어떻게 살아요? 그 불쌍한 여자가 우리 때문에 제정신이 아니라는 걸 알잖아요. 당신 두 눈으로 보기까지 했고!"

"여보, 우리가 할 수 있는 일은 없어요. 나도 알고 당신도 알잖아요." 이저벨은 그렇게 말했지만, 다시 눈앞에 해나의 얼굴과 목소리가 떠올랐다. 톰은 입을 꽉 다물었고, 이저벨은 톰을 달랠 방법을 찾고 또 찾았다. "어쩌면…… 어쩌면 루시가 자란 뒤에, 충격이 지금처럼 크지 않을 때 해나에게 말할 수도 있을 거예요…… 하지만 앞으로 몇 년은 더 있어야 돼요, 몇 년은요."

이저벨이 한 걸음 물러선다고 한 말이 너무나 터무니없어 톰은 계속 밀어붙였다. "이저벨, 그 결과가 어떨지 생각해봐요. 몇 년 동안 기다릴 수 있는 일이 아니라고요. 그 사람이 어떻게 살지 상상해봐요! 심지어 당신과 아는 사이기까지 한데!"

두려움이 이저벨을 완전히 뒤흔들었다. "당신도 그 여자를 알고 있었고요. 그런데 그동안 그 일에 대해서는 왜 한마디도 안 한 거죠? 왜 그랬어요?"

톰은 뜻밖의 반격에 당황했다. "우린 모르는 사이예요. 딱 한 번 만났을 뿐이에요."

"언제요?"

"시드니에서 파르타죄즈로 올 때 배에서요."

"그래서 지금 이런 얘기를 꺼내는 거죠, 그렇죠? 왜 나한테 그 여자 이야기를 한 번도 안 한 거죠? 당신이 무척 용감했다는 게 무슨 말이에요? 뭘 숨기고 있는 거죠?"

"뭘 숨기고 있느냐고요? 터무니없네요."

"난 당신 과거에 대해 아무것도 몰라요! 또 어떤 비밀을 갖고 있죠? 선상 위의 로맨스가 몇 번이나 있었어요?"

톰이 벌떡 일어났다. "그만해요! 그만하라고, 이저벨! 당신도 내 말이 옳다는 걸 아니까 해나 로엔펠트 이야기를 시궁창으로 끌고 들어가 이야기 초점을 흐리는 거잖아요. 나하고 전에 만난 적이 있건 없건 그건 이 일과 아무 상관 없어요."

톰은 이저벨을 설득하려고 애썼다. "이지, 그 여자가 지금 어떤 상태인지 봤잖아요. 우리가 그렇게 만든 거예요." 톰이 고개를 돌렸다. "난 많은 걸 봤어요⋯⋯ 전쟁에서 많은 걸 봤다고요. 당신한테 한마디도 하지 않았고 앞으로도 말하지 않을 일들을. 세상에, 내가 그런⋯⋯" 톰은 주먹을 단단히 쥐고 입을 꽉 다물었다가 다시 말을 이었다. "그래서 더는 어떤 사람도 다치게 하지 않겠다고 맹세했어요. 내가 왜 등대지기가 됐는지 알아요? 그러면 조금이라도 좋은 일을 할 수 있을 거라고, 불쌍한 사람들이 조난당하는 걸 막을 수 있을 거라고 생각했으니까요. 그런데 지금 내가 어떤 일을 저질렀는지 봐요. 사람이 아니라 개에게라도, 해나 로엔펠트가 겪은 일을 겪게 하고 싶지 않을 정도예요!" 톰은 어떻게든 자기 생각을 설명하려고 애썼다. "제길, 프랑스에서 난 먹을 음식이 있고 그걸 씹을 이만 있어도 엄청 운이 좋은 거라는 걸 배웠어요." 톰은 머릿속으로 마구 밀려드는 광경에 자기도 모르게 움찔했다. "그래서 당신을 만났을 때, 게다가 당신이 날 만나주려고 했을 때 내가 천국에 있는 게 분명하다고 생각했어요."

톰은 잠시 말을 멈췄다. "지금 우리는 어떻죠? 도대체 우리가 무슨 짓을 하고 있는 것 같아요? 난 좋을 때나 나쁠 때나 당신 곁에 있겠다고 맹세했어요. 좋을 때나 나쁠 때나! 분명하게 말할 수 있는 건, 지금이 바로 그 '나쁠 때'라는 거예요." 그리고 톰은 복도로 걸어나갔다.

아이는 뒷문에 서서 멍하니 그 장면을 모두 보고 있었다. 아빠가 그렇게 많은 말을, 그렇게 큰 소리로 하는 걸 한 번도 들어본 적이 없었다. 아빠가 우는 걸 본 것도 처음이었다.

"루시가 없어졌어요!" 오후에 톰이 블루이와 함께 처갓집으로 돌아왔을 때 톰을 맞은 것은 이저벨의 그 한마디였다.

"내가 짐 싸는 동안 마당에서 고양이랑 놀게 내버려두었어요. 엄마가 보고 있는 줄 알았는데 엄마는 내가 보는 줄 알았대요."

"진정해요. 진정해." 톰이 이저벨의 두 팔을 잡았다. "차분히 생각해봐요. 마지막으로 본 게 언제예요?"

"한 시간 전쯤? 길어야 두 시간 정도 됐을 거예요."

"없어진 건 언제 알았어요?"

"지금 알았어요. 아빠가 뒤쪽 수풀로 찾으러 가셨어요." 파르타죄즈 바깥쪽에는 원시림이 자리하고 있었다. 그레이스마크네 깔끔한 잔디밭 정원 너머의 수풀도 큰 숲으로 이어졌다.

"톰, 마침 돌아와서 다행이네." 바이얼릿이 베란다로 달려나왔다. "정말 미안하네…… 다 내 잘못이야. 루시를 보고 있어야 했는데…… 자네 장인이 옛 벌목로를 따라 찾으러 갔어……"

"루시가 갔을 만한 다른 곳이 있나요?" 톰의 태도가 체계적이고 실무적으로 바뀌었다. "루시한테 이야기해준 적이 있는 장소는요?"

"어디든 갈 수 있지." 바이얼릿이 고개를 흔들며 말했다.

"톰, 뱀이 있어요. 독거미도 있고요. 어떡하면 좋아요!" 이저벨이 흐느꼈다.

블루이가 입을 열었다. "저도 어렸을 때 하루종일 숲속에서 놀곤 했어요. 괜찮을 거예요. 곧 찾을 수 있어요. 어서 가요, 톰."

"이지, 블루이랑 같이 수풀로 가서 찾아볼게요. 당신은 마당하고 집 앞쪽을 한번 더 찾아봐요. 장모님은 집 안을 한번 뒤져보시고요. 찬장하고 침대 밑도요. 고양이를 따라서 들어갈 만한 곳은 모두 살펴보세요. 한 시간 뒤에도 못 찾으면 경찰에 신고하고 원주민 수색대를 부르는 거예요."

경찰 이야기가 나오자 이저벨이 톰을 쏘아보았다.

"그럴 일은 없을 거예요." 블루이가 말했다. "아무 탈 없을 거예요. 걱정 말고 기다리세요."

여자들이 들을 수 없는 곳으로 가서야 블루이가 톰에게 이렇게 말했다. "루시가 시끄러운 소리를 내면서 돌아다녀야 할 텐데요. 뱀은 낮에는 자거든요. 누가 오는 소리가 들리면 비켜요. 하지만 깜짝 놀라면…… 전에도 루시가 길 잃은 적 있어요?"

"야누스에 잃을 길이 어디 있어." 톰이 날카롭게 말했다. 그러고는 얼른 덧붙였다. "미안해. 나도 모르게…… 루시는 거리 감각이 없어. 야누스에서는 아무리 돌아다녀도 집 근처니까."

두 사람은 루시의 이름을 부르며 계속 걸었다. 대답하는 소리가 들리는지 귀를 기울였지만 아무 소리도 들리지 않았다. 두 사람은 흔적만 남은 오솔길을 따라갔다. 나뭇가지가 길 위로 뻗어 어른은 몸을 숙여야 통과할 수 있지만, 조그마한 루시의 앞길을 막는 건 아무것도 없었을 것이다.

십오 분 정도 수풀로 들어가자 공터가 나왔고, 길은 두 갈래로 갈라졌다. "이런 길이 엄청 많아요." 블루이가 말했다. "옛날에 벌목 장소를 물색하면서 길을 만들었는데, 아직도 여기저기에 웅덩이가 남아 있으니 조심하세요. 대부분 덮어놓긴 했지만요." 지하수를 얻기 위해 판 우물을 두고 하는 말이었다.

등대섬에 사는 아이는 두려움이 별로 없었다. 벼랑 가까이에 다가가면 안 되는 건 알았다. 거미가 물 수 있으니 피해야 하는 것도 알았다. 엄마나 아빠가 없을 때는 물에 들어가서 헤엄치면 안 된다는 것도 알았다. 바다 표면에서 위아래로 오르내리는 것은 온순한 돌고래 지느러미고, 일정한 높이로 물살을 가르는 것은 상어라는 것도 알았다. 하지만 파르타죄즈에서는, 고양이의 꼬리를 잡아당기면 할퀼 수 있다, 이게 루시가 아는 위험의 전부였다.

그래서 루시는 타바사 태비를 따라 마당 밖으로 나가면서도 길을 잃을 수도 있다는 생각은 전혀 하지 못했다. 얼마 지나지 않아 고양이가 보이지 않았지만, 이미 너무 멀리 와버린 상태였다. 왔던 길을 되돌아갈 수가 없었다. 돌아가려고 할수록 점점 더 먼 곳으로 가고 있었다.

이윽고 루시는 공터에 다다랐다. 루시는 통나무 옆에 주저앉아

주위를 둘러보았다. 병정개미는 건드리지 않는 게 좋다는 걸 알기 때문에 개미가 열을 지어 가는 길에서 멀찍이 앉았다. 무섭지는 않았다. 곧 엄마 아빠가 찾으러 올 테니까.

앉아서 나뭇가지로 흙 위에 그림을 그리던 루시는 이상한 동물을 발견했다. 손가락보다 조금 긴 것이 통나무 아래에서 기어나왔다. 지금까지 한 번도 보지 못한 동물이었다. 길쭉한 몸에 곤충이나 거미 다리 같은 게 달려 있는데 앞발이 야누스에서 아빠가 잡곤 하던 게처럼 통통했다. 신기함에 루시는 그걸 나뭇가지로 건드려 보았다. 그러자 순식간에 동물의 꼬리가 동글게 말려올라가더니 제 머리를 가리켰다. 그때 조금 떨어진 곳에 한 마리가 더 나타났다.

그 벌레 같은 것이 루시가 들고 있는 나뭇가지를 쫓아오며 집게발로 잡으려고 하는 모습에 루시는 빠져버렸다. 통나무 밑에서 한 마리가 더 나왔다. 시간은 천천히 흘러갔다.

공터에 다다랐을 때 톰이 앞으로 뛰어가기 시작했다. 통나무 뒤쪽에서 신발을 신은 조그만 발이 삐죽 튀어나온 게 보였던 것이다. "루시!" 톰이 통나무로 달려갔다. 루시는 앉아서 막대기를 들고 놀고 있었다. 톰은 나뭇가지 끝에 달려 있는 게 전갈이라는 걸 알아채고 흠칫했다. "이런, 루시!" 톰은 아이의 겨드랑이를 잡아 공중으로 높이 들어올린 다음 전갈을 땅에 떨어뜨려 발로 밟았다. "루시, 뭐 하는 거야!" 톰이 소리쳤다.

"아빠! 아빠가 죽였어!"

"루시, 위험한 거야! 혹시 이놈한테 쏘였니?"

"아니. 얘는 날 좋아해. 이거 봐." 루시는 블라우스 앞쪽에 달린 커다란 주머니를 열어 다른 전갈 한 마리를 자랑스레 보여줬다. "아빠 주려고 잡았어."

"움직이지 마!" 톰은 크게 놀랐지만 아무렇지 않은 척하며 루시를 다시 땅에 내려놓았다. 톰은 나뭇가지를 루시의 주머니 속에 넣어 전갈이 그걸 붙잡을 때까지 기다렸다가 천천히 들어올린 뒤 전갈을 흙바닥에 던지고 발로 밟아 죽였다.

톰은 루시의 팔과 다리에 쏘인 흔적이 없는지 살폈다. "진짜 안 쏘였어? 아픈 덴 없고?"

루시가 고개를 흔들었다. "나 탐험했어!"

"그래, 진짜 대단한 탐험을 했네."

"자세히 살펴보세요." 블루이가 말했다. "쏘인 자국이 잘 안 보일 때도 있어요. 쏘였으면 멍해질 텐데 졸려 보이지는 않네요. 다행이에요. 솔직히 전 루시가 웅덩이에 빠졌을까봐 걱정했어요."

"쓸데없는 소린." 톰이 웅얼거렸다. "루시, 야누스에는 전갈이 없지만 아주 위험한 거야. 절대로 만지면 안 돼." 톰이 루시를 꼭 껴안았다. "대체 어딜 갔었던 거니?"

"타바사랑 같이 놀았어. 아빠가 그러라고 했잖아." 톰은 그날 오전에 루시에게 고양이를 데리고 나가 놀라고 했던 게 떠올라 가슴이 쿵 내려앉았다. "가자. 엄마한테 가야지." 전날 밤 일이 다시 떠오르면서 톰은 새삼 이 말의 무게를 느꼈다.

이저벨은 베란다에서 마당 초입까지 달려나왔다. 이저벨은 루시를 안고 안도의 눈물을 흘렸다.

"하느님 감사합니다." 빌이 이렇게 말하며 바이얼릿의 어깨에 팔을 둘렀다. "감사합니다 하느님. 그리고 고맙네, 블루이. 자네가 우리 목숨을 구했어."

그날 오후 이저벨의 머릿속에서는 해나 로엔펠트 생각이 싹 사라졌다. 그래서 톰은 그 이야기를 다시 꺼낼 수 없었다. 그렇지만 해나의 얼굴이 머리를 떠나지 않았다. 전에는 모호한 존재였으나 이제는 살아 있는 사람이었다. 톰이 한 일 때문에 날마다 고통받는 여자였다. 수척한 뺨, 퀭한 눈, 잘근잘근 물어뜯은 손톱 등 모든 게 생생했다. 가장 견디기 힘든 것은 해나 로엔펠트가 자기에게 존경심과 믿음을 보여주었다는 것이었다.

톰은 이저벨의 마음 깊은 곳을 생각하고 또 생각해보았다. 자신은 도저히 떨쳐버릴 수 없는 괴로움을 이저벨은 어떻게 그곳에 묻어둘 수 있는 것일까.

이튿날 톰 가족을 야누스에 데려다주고 파르타죄즈로 돌아오는 길에 블루이가 랠프에게 말했다. "두 사람 분위기가 냉랭하던데, 느끼셨어요?"

"내가 공짜로 조언 하나 해줄까? 다른 사람의 결혼 생활이 어떤지 알려고 하지 마."

"저도 알아요. 하지만 어제 루시가 무사해서 마음이 풀렸을 줄 알았거든요. 이저벨은 루시가 길을 잃은 게 톰 잘못이라고 생각하나봐요."

"신경 끊고, 차나 한잔 끓여봐."

23

이 지역 최대의 미스터리 가운데 하나는 그레이스와 프랭크의 행방이었다. 어떤 사람은 이 일이 바로 독일 사람은 믿을 수 없다는 증거라고 말했다. 프랭크가 스파이여서 전쟁이 끝나고 독일로 다시 불려갔다는 것이었다. 오스트리아 사람이긴 하지만, 그게 그거니까. 바다를 잘 아는 사람들은 두 사람의 실종이 전혀 이상할 게 없는 일이라고 했다. "아니 대체 무슨 생각으로 바다로 나갔대? 머리가 어떻게 된 게 틀림없어. 오 분도 못 버티고 배가 뒤집힐 게 뻔한데." 어떤 이야기가 됐든 사람들이 대체로 하는 말은 해나가 고른 짝을 하느님이 좋게 보시지 않아서 그렇게 되었다는 것이었다. 용서도 좋지만, 독일인들이 저지른 일을 좀 보라고……

포츠 영감이 내건 포상금은 거의 전설처럼 일대에 퍼졌다. 시간이 흐르면서 부서진 부목 한 토막과 제 나름의 가설로 한 재산 벌어보려는 사람들이 금광 지대, 북부, 멀리는 애들레이드에서까지도 찾아들었다. 처음에는 해나도 무얼 보았다거나 바닷가에서 아기 울음소리를 들었다거나 하는 애매한 기억에 근거해 만들어낸 이야기들을 하나하나 주의 깊게 들었다.

시간이 흐르자, 아무리 믿고 싶어도 그 이야기들의 허점이 확연하게 보였다. 바닷가에서 "발견된" 아기 옷이 그레이스가 입었던 옷과 다르다고 해나가 말하면, 포상금을 노리고 온 사람은 이렇게 설득하곤 했다. "잘 생각해보세요! 슬퍼서 지금 제정신이 아니잖아요. 그런데 아기가 뭘 입었었는지 제대로 생각이 나요?" 심지어는 "증거를 받아들이면 편하게 잠을 이룰 수 있다는 걸 아실 텐데요" 이렇게 말하는 사람도 있었다. 그들은 그웬이 응접실에서 몰아내려 하면 독설을 한마디씩 남기곤 했다. 그럼에도 그웬은 고맙다는 인사와 함께 돌아가는 여비로 쓰라며 몇 실링씩을 챙겨주었다.

1월, 마다가스카르재스민이 다시 활짝 피어 관능적인 향기를 짙게 풍겼다. 해나 로엔펠트는 더욱 수척해졌지만 여전히 의례적인 순시를 나갔다. 파출소, 바닷가, 교회. "완전히 정신이 나갔구만." 해나가 나가자 가스톤 순경이 중얼거렸다. 노켈스 목사조차 해나에게 어두운 교회 안에 우두커니 있지 말고 "가까이에 있는 삶에서 주님을 찾아보라"고 충고할 정도였다.

등대 사십 주년 기념식 이틀 뒤, 해나가 밤잠을 이루지 못하고 누워 있는데 끼익하며 우편함 열리는 소리가 들린 듯했다. 스산해 보이는 시계가 새벽 세시를 가리키고 있었다. 주머니쥐인가? 해나는 침대에서 나와 커튼을 살짝 들추었지만 아무것도 보이지 않았다. 달이 없는 밤이었다. 하늘에 점점이 박힌 별 말고는 빛이 전혀 없는 칠흑 같은 밤이었다. 우편함이 덜컹하는 소리가 다시 들렸다. 이번에는 바람의 장난이었다.

해나는 바람막이가 달린 램프를 들고 그웬을 깨우지 않게 조심하면서 앞문으로 나가보았다. 뱀이 검은 어둠을 틈타 쥐나 개구리를 사냥하고 있겠지만 별로 겁나지는 않았다. 맨발이라 발소리가 거의 나지 않았다.

우편함 문이 바람에 살살 앞뒤로 흔들려 안에 들어 있는 무언가가 언뜻 보였다. 램프를 가까이 대자 조그맣고 길쭉한 꾸러미가 보였다. 해나는 꾸러미를 꺼냈다. 손바닥만한 크기에 갈색 종이로 포장되어 있었다. 이게 어떻게 여기에 들어 있는지 알아내려고 주위를 살폈지만 사방에서 조여드는 어둠 때문에 잘 보이지 않았다. 해나는 서둘러 침실로 돌아가 바느질 가위를 꺼내 노끈을 잘랐다. 꾸러미에는 해나의 이름이 쓰여 있었다. 전에 온 편지와 똑같은 단정한 글씨체였다. 해나는 포장을 풀었다.

해나의 손이 움직일 때마다 신문지로 여러 겹 싸인 무언가가 소리를 냈다. 마지막 종이를 벗겨내자, 램프의 부드러운 불빛을 받아 은딸랑이가 빛났다. 아버지가 손녀에게 주려고 퍼스에서 주문 제작한 것이었다. 손잡이에 돈을새긴 천사까지, 틀림없었다. 딸랑이 밑에 쪽지가 한 장 들어 있었다.

아이는 안전합니다. 사랑과 보살핌 속에 있습니다. 절 위해 기도해주십시오.

그게 전부였다. 날짜도, 이름의 머릿글자도, 서명도 없었다.

"그웬! 그웬, 얼른 일어나봐!" 해나가 동생 방문을 쾅쾅 두드렸다.

"이것 좀 봐! 살아 있어! 그레이스가 살아 있다고! 내가 뭐랬어!"

그웬이 또 뭔가 황당한 소리를 듣겠거니 하면서도 침대에서 비틀비틀 나왔다. 하지만 은딸랑이를 보는 순간 그웬도 정신이 번쩍 들었다. 아버지가 퍼스에 가서 어떤 디자인으로 할지 은세공업자와 의논할 때 자신이 그 옆에 있었기 때문이다. 그웬은 동그란 알을 깨고 괴물이 튀어나올까 겁난다는 듯 조심스럽게 딸랑이를 건드려보았다.

해나는 울다가 웃다가, 천장을 보고 웃고 바닥을 보고 웃었다.

"내가 말했지, 응? 우리 그레이스가 살아 있다고!"

그웬은 언니의 어깨에 손을 얹었다. "언니, 일단은 좀 진정해. 내일 아침에 아버지 모시고 파출소로 가자. 경찰은 어떻게 해야 할지 알 거야. 지금은 가서 좀 자둬. 내일 머리가 맑아야 할 테니까."

잠이 올 리 없었다. 해나는 눈을 감으면 모든 게 꿈처럼 사라질까봐 두려웠다. 뒷마당으로 나가 예전에는 프랭크와 그레이스와 함께 앉았던 그네의자에 앉았다. 그리고 천구를 수놓은 헤아릴 수 없이 많은 별을 올려다보았다. 변하지 않는 별빛이 티끌 같은 희망처럼 해나를 달래주었다. 이렇게 광대한 우주 안에서 조그만 생명의 흔적은 들리지도 느껴지지도 않을 것이다. 그렇지만 딸랑이가 있었고, 그 딸랑이가 희망을 가져다주었다. 이건 못된 장난이 아니었다. 딸랑이는 사랑의 증거였다. 아버지가 용서했다는 징표였고, 아이의 손길이, 아이를 사랑한 사람들의 손길이 닿았던 물건이었다. 해나는 고전 수업 시간에 읽은 데메테르와 페르세포네의 이야기를 떠올렸다. 그 오래된 이야기가 갑자기 절절하게 느껴졌고, 어딘지 모를 곳에 잡혀 있던 그레이스가 돌아올 것만 같았다.

끔찍한 여행이 끝나리라는 예감이, 아니 확신이 들었다. 그레이스가 돌아오기만 하면 다시 삶이 시작될 것이고, 두 사람은 지금까지 누리지 못한 행복을 함께 누릴 것이다. 즐거운 기억을 떠올리자 얼굴에 웃음이 번졌다. 프랭크가 기저귀를 가느라 낑낑대던 모습. 아버지의 최고급 양복에 그레이스가 젖을 토하자 아버지가 태연한 척하느라 애쓰던 모습. 해나는 몇 년 만에 처음으로 흥분감에 몸이 달떴다. 내일 아침까지 이 꿈이 이어질 수만 있다면.

의심이 스멀스멀 기어들라치면 해나는 얼른 구체적인 것에 생각을 집중했다. 그레이스가 주로 누워 있다보니 뒤통수 쪽 머리숱이 다른 데보다 적었던 것, 손톱 아래쪽에 조그만 반달들이 있던 것에 대해 생각했다. 기억 속의 아이를 닻으로 삼아 의지만으로 아이를 집으로 이끌어올 것이다. 이 세상에서 오직 이곳에서만 그 아이를 속속들이 알고 기억하고 있으니 결국 여기로 오게 될 거라 해나는 믿었다. 아이도 안전한 이곳을 사랑할 것이다.

마을은 소문으로 분분했다. 고무젖꼭지가 발견됐대. 아니, 치발기래. 아기가 죽었다는 증거가 나왔대. 살아 있다는 증거라던데. 아버지가 아기를 죽였대. 아버지가 살해당했대. 푸줏간에서 채소 가게까지, 편자 박는 장제소에서 교회까지 입에서 입으로 이야기가 퍼지면서 점점 불어났다. 사람들은 흥분감을 감추기 위해 혀를 차거나 부러 입을 삐죽이며 이야기를 전했다.

"포츠 씨, 직접 구입하셨으니 당연히 알아보시겠죠. 추호도 의심하지는 않습니다. 다만 그렇다고 해서 이게 아이가 살아 있다는 증거가 되지는 않는다는 걸 이해하시리라 믿습니다." 권투선수처럼 턱을 치켜들고 가슴을 내민 채 얼굴을 붉히며 덤벼드는 셉티머스를 달래느라 너키 경사가 진땀을 뺐다.

"조사를 해야 할 것 아니오! 대체 누가 왜 지금까지 기다렸다가 이걸 내놓았겠느냐는 거요. 그것도 한밤중에! 포상금을 받으려고 하지도 않고?" 셉티머스의 얼굴이 점점 붉게 달아오르자 수염이 더 희게 보였다.

"무슨 말씀인지 알겠습니다만, 제가 젠장 그걸 어떻게 알겠습니까?"

"말 좀 조심하면 좋겠소! 숙녀들 앞에서!"

"죄송합니다." 너키가 뚱한 얼굴을 했다. "조사하겠습니다. 약속드립니다."

"구체적으로 어떻게요?" 셉티머스가 다그쳤다.

"어…… 제가…… 분명히 조사하겠습니다."

해나의 가슴이 무너졌다. 예전과 똑같았다. 이제 해나는 밤늦게까지 자지 않고 우편함을 보며 또다시 어떤 신호가 오기를 기다리기 시작했다.

"자, 이거 사진 좀 찍어줘." 린치 경관이 말했다. 린치 경관은 펠트 가방 안에서 은딸랑이를 꺼내 거쳐 사진관 카운터 위에 놓았다.

사진사가 어리둥절한 얼굴로 쳐다보았다. "언제부터 아기한테 관심이 있었나?"

"증거물이니까 그러지!" 경관이 대답했다.

사진사가 장비를 설치하는 데 시간이 좀 걸렸다. 촬영 준비를 하는 동안 린치는 견본 삼아 벽에 걸어놓은 여러 얼굴 사진들을 둘러보았다. 지역 축구팀 사진, 해리 가스톤과 어머니 사진, 빌과 바이얼릿 그레이스마크가 딸과 손녀와 함께 찍은 사진을 눈으로 죽 훑었다.

며칠 뒤, 파출소 바깥 게시판에 사진 한 장이 붙었다. 크기를 알 수 있게 자와 나란히 놓고 찍은 딸랑이 사진이었다. 이걸 본 적이 있는 사람은 신고하라는 말도 적혀 있었다. 그 옆에는 손녀 그레이스 엘런 로엔펠트가 무사히 집으로 돌아올 수 있도록 정보를 제공하는 사람에게는 셉티머스 포츠가 포상금을 준다는 공고도 붙었다. 이제 포상금은 3천 기니로 올라갔고, 정보 제공자의 신원은 철저히 보장될 것이었다.

파르타죄즈에서는 천 기니면 농장을 살 수 있었다. 3천 기니면…… 3천 기니를 가지고 무얼 할 수 있을지는 상상의 범위를 넘어서는 일이었다.

"확실해?" 블루이의 어머니가 부엌에서 왔다갔다하며 묻고 또

282

물었다. 어머니는 컬이 생기도록 머리카락에 말아놓은 헝겊 조각을 풀지도 않은 채였다. "생각을 해봐, 제발!"

"몰라요. 잘 모르겠어요, 확실히는. 오래전이라. 하지만 아기 요람에서 그렇게 고급스러운 물건을 본 건 처음이었어요!" 담배를 마는 블루이의 손이 덜덜 떨렸다. 성냥에 불을 붙일 때도 자꾸 헛손질을 했다. "엄마, 나 어떻게 해야 하죠?" 블루이의 붉은 곱슬머리 아래 이마에 땀방울이 송글송글 맺혔다. "그러니까, 어쩌면 무슨 다른 이유가 있을지도 모르잖아요. 아니면 내가 착각한 걸 수도 있고." 블루이는 담배를 힘껏 빨았다가 내뱉으며 이렇게 말했다. "아무래도 다음에 야누스에 갈 때까지 기다렸다가 그때 남자 대 남자로 물어봐야 할 것 같아요."

"남자 대 원숭이겠지! 정말 그렇게 하겠다면 넌 내가 생각했던 것보다 훨씬 더 모자란 녀석이 분명하구나. 3천 기니라고!" 어머니가 손가락 세 개를 펼쳐 블루이의 얼굴 앞에서 흔들었다. "3천 기니는 네가 그 청승맞은 배를 백 년 동안 타도 만질 수 없는 돈이야!"

"그렇지만 톰이잖아요. 이저벨하고요. 그 사람들이 무슨 잘못이라도 저질렀다는 건데. 그게 정말 똑같은 딸랑이라고 하더라도 파도에 떠밀려온 걸 수도 있잖아요. 야누스에는 온갖 것들이 다 밀려온다고요. 톰이 한번은 머스킷 총을 줍기도 했어요! 목마도 있었고요."

"키티 켈리가 널 찰 만도 하지. 야망이라고는 약에 쓰려고 해도 없으니. 머리도 없고."

"엄마!" 블루이는 엄마의 빈정대는 말에 기분이 상했다.

"셔츠 갈아입어. 당장 파출소로 가자."

"하지만 톰이잖아요! 제 친구라고요, 엄마!"

"3천 기니지! 네가 먼저 가지 않으면 랠프 애디콧 영감탱이가 먼저 가서 얘기할걸." 어머니가 덧붙였다. "키티 켈리도 이 정도 돈을 가진 남자 앞에서는 콧대를 세우지 못할 거다. 안 그러냐? 이제 머리 빗어. 그 지긋지긋한 담배는 좀 *끄고*."

24

 랠프의 윈드워드 스피릿 호와 같은 모양의 배를 보고 톰은 처음
에는 헛것을 본 줄 알았다. 오스트레일리아 서해안을 따라 몰아치
던 사이클론의 여파 때문에 배가 거센 파도에 흔들리면서 다가오
고 있었다. 톰은 이저벨을 불러 이저벨의 눈에도 배가 보이는지 물
었다. 야누스로 돌아온 지 일주일도 안 지난 때였다. 3월 중순이나
되어야 육지로 가족을 데려갈 배가 오기로 되어 있었다. 그때 무
어 곳으로 근무지를 옮길 예정이었다. 다른 곳으로 가는 길에 엔진
고장을 일으켰나? 랠프나 블루이가 험한 날씨 때문에 부상을 입었
나?
 위험할 정도로 너울이 일렁여서 부두에 충돌하지 않고 배를 대
는 데 무척 힘이 들었다. "폭풍 때문에 무슨 문제라도 있는 거예요,
랠프 선장님?" 톰이 바람 속에서 목청을 높여 불렀지만 노인은 대
꾸하지 않았다.

배 뒤쪽에서 블루이가 아니라 늘 변함없는 네빌 휘트니시의 주름진 얼굴이 나타나자 톰은 더욱 혼란스러웠다. 그 뒤로 경찰관 네 명이 따라나왔다.

"이런, 랠프 선장님! 무슨 일이에요?"

이번에도 랠프는 대답하지 않았다. 톰은 모골이 송연했다. 벼랑을 올려다보니 이저벨이 이곳에서 시선이 닿지 않는 곳으로 주춤주춤 뒷걸음질을 치고 있었다. 경찰 한 사람이 술 취한 사람처럼 비틀거리며 건널판을 건너와서는 부두 위에서도 한참 중심을 못 잡았다. 다른 사람들도 따라 내렸다.

"토머스 에드워드 셔본이오?"

"그렇습니다."

"올버니 경찰 소속 스프래그 경사요. 이쪽은 스트러그널 순경이고. 너키 경사와 가스톤 순경은 파르타죄즈에서 근무하니까 아시겠죠."

"잘 모릅니다."

"셔본 씨, 프랭크 로엔펠트와 딸 그레이스 사건 때문에 왔습니다."

벼락같은 강타였다. 톰은 순간 숨을 쉴 수가 없었다. 목이 굳고 얼굴이 하얗게 질렸다. 기다림은 끝이 났다. 참호에서 며칠 동안 대기하다가 마침내 돌격 신호를 받았을 때와 느낌이 비슷했다.

경사는 주머니에서 무언가를 꺼냈다. 빳빳한 종이가 돌풍 속에서 파닥거렸다. 경사가 두 손으로 종이를 펼쳤다.

"이게 뭔지 아시겠습니까?"

톰은 딸랑이 사진을 받아들었다. 뭐라고 대답할지 생각하며 벼랑 위를 흘긋 보았다. 이저벨은 이미 사라지고 없었다. 지금까지 아슬아슬하게 유지되던 균형이 무너지려는 순간이었다. 이제는 돌이킬 수 없었다.

톰은 비로소 자기를 짓누르던 무게에서 벗어난 것처럼 깊은 한숨을 내쉬었다. 톰은 눈을 감고 고개를 들었다. 누가 자기 어깨 위에 손을 얹었다. 랠프였다. "톰. 톰, 자네…… 대체 이게 무슨 일인가?"

경찰이 톰을 신문하는 동안 이저벨은 벼랑 근처 무덤가로 몸을 피했다. 로즈메리 덤불이 이저벨의 머릿속처럼 흔들렸다. 이저벨은 조금 전 일을 떠올리며 몸을 떨었다. 가장 키가 작고 젊은 순경이 거들먹거리는 태도로 사진을 보여주었다. 사진을 본 자신이 눈을 크게 뜨고 숨을 제대로 쉬지 못하는 모습을 틀림없이 보았을 것이다.

"누군가가 지난주에 로엔펠트 부인에게 딸랑이를 보냈습니다."

"지난주에요?"

"이 년 전에 편지를 보낸 사람하고 같은 사람인 것 같습니다."

마지막 말은 도무지 이해할 수 없었다.

"남편분과 이야기한 뒤에 부인에게도 몇 가지 물어볼 겁니다. 그동안—" 순경이 머쓱한 듯 어깨를 으쓱했다. "너무 멀리는 가지 마세요."

이저벨은 벼랑 너머를 바라보았다. 공기는 얼마든지 있었지만 루시를 생각하니 숨이 쉬어지지 않았다. 경찰이 아빠를 취조하는 곳 옆방에서 낮잠을 자는 루시. 저 사람들이 루시를 데려갈 것이다. 이저벨의 머릿속이 빙빙 돌았다. 섬 어딘가에 루시를 숨길 수 있을 거야. 아니면 배를 타고 루시와 같이 달아나는 거야. 이저벨은 재빨리 머리를 굴려보았다. 구명보트는 언제라도 출발할 수 있게 준비되어 있었다. 루시를 잠깐 데리고 나가는 척하고…… 어디로 가지? 어디든 상관없었다. 아이를 배에 태우고 누가 알아차리기 전에 섬을 떠날 수 있을 거야. 물살을 잘 타면 북쪽으로 갈 수 있다…… 이저벨은 두 사람이 퍼스 쪽 육지에 안전히 상륙하는 모습을 그려보았다. 그러자 남에서 북으로 흐르는 조류가 떠오르고 남빙양으로 가면 죽음을 피할 수 없다는 생각이 고개를 들었다. 이저벨은 다급하게 다른 방법을 찾아보았다. 이 아이는 자기 아이고, 보트에는 시신 두 구가 실려왔고, 자기들은 딸랑이만 가졌다고 말할 수 있을 것이다. 아무리 터무니없이 들린대도 상관없었다. 지푸라기라도 붙잡을 것이다.

본능적으로 같은 생각이 자꾸 떠올랐다. '톰한테 어떻게 하면 좋을지 물어봐야겠어.' 하지만 이 모든 일이 톰이 초래한 짓이라는 게 떠올라 욕지기가 치밀었다. 휴 오빠가 죽었다는 사실을 들은 날 밤 잠에서 깨어났을 때도 이런 생각을 했었다. '휴 오빠한테 이 끔찍한 소식을 전해야겠어.'

피할 도리가 없다는 생각이 서서히 들기 시작했다. 두려움은 분노로 바뀌었다. 왜? 왜 톰은 잠자코 있지 못한 거지? 가족을 보호해야 할 사람이 가족을 찢어놓다니. 의식 깊은 곳에 묻어놓았던 감정이 요동치기 시작했다. 생각이 점점 어둠 속으로 빠져들기 시작했다. 톰이 이 년 동안이나 이 일을 계획하고 있었다니. 이저벨에게 거짓말을 하고 아기를 빼앗아간 이 남자는 대체 누구지? 이저벨은 해나 로엔펠트가 톰의 팔을 건드리던 모습을 떠올렸고, 두 사람 사이에 대체 무슨 일이 있었던 걸까 생각했다. 이저벨은 풀밭 위에 웩웩거리며 토하기 시작했다.

파도가 벼랑에 거세게 부딪히며 이저벨이 서 있는 몇백 피트 위의 벼랑 꼭대기까지 물을 튀겼다. 그 물보라에 십자가들이 젖고 이저벨의 치맛자락도 축축해졌다.

"이지! 이저벨!" 톰이 부르는 소리가 강풍에 휩쓸려 흩어졌다.

슴새 한 마리가 공중에서 맴을 돌다가 청어 한 마리를 노리고 놀치는 바다로 번개처럼 곤두박질을 쳤다. 그렇지만 행운의 여신과 돌풍은 물고기 편이었다. 물고기는 새 부리에서 몸부림쳐 빠져나와 다시 바다로 떨어졌다.

톰은 아내가 있는 곳까지 걸어갔다. 슴새는 성난 파도 위에서 계속 맴을 돌았다. 바다가 요동칠 때 깊은 산호초 안에 몸을 숨기지 못한 물고기를 쉽게 잡을 수 있다는 걸 알기 때문이다.

"시간이 별로 없어요." 톰이 이저벨을 품으로 당기며 말했다. "루시가 곧 깰 거예요." 경찰은 한 시간 동안 톰을 신문했고, 지금은 경찰 두 명이 삽을 들고 섬 반대편 무덤을 향해 가는 길이었다.

이저벨은 낯선 사람 보듯 톰을 보았다. "경찰 말로는 누가 해나 로엔펠트에게 딸랑이를 보냈다는데……"

톰은 이저벨을 마주보았지만 아무 말도 하지 않았다.

"……누가 이 년 전에 편지를 보내서 아기가 살아 있다고 말해주었대요." 이저벨은 계속 그게 무슨 뜻일까 씨름하고 있었다. 의심이 확신으로 굳어졌다. "톰!" 이저벨은 너무 놀라 눈이 휘둥그레졌고, 이 말밖에 하지 못했다. "아, 톰!" 이저벨이 뒤로 물러섰다.

"무슨 일이든 해야 했어요, 이지. 그동안 당신한테 이야기하려고 했는데. 그저 아이 엄마에게 아이가 무사하다는 걸 알려주고 싶었어요."

이저벨은 멀리에서 들려오는 말을 알아들으려 하는 듯한 표정으로 톰을 보았다. 사실은 바람에 날린 이저벨의 머리카락이 톰의 얼굴에 닿을 정도로 둘은 가까이 있었지만. "난 당신을 믿었는데." 이저벨은 머리카락을 손 안에 그러모으며 무슨 말을 해야 할지 몰라 멍하니 입을 벌리고 톰을 보았다. "대체 우리한테 무슨 짓을 한 거죠? 루시한테 무슨 짓을 한 거예요?"

이저벨은 톰의 어깨에서 단념을, 눈에서 안도감을 보았다. 이저벨이 손을 내리자 머리카락이 장례식 베일처럼 얼굴을 뒤덮었고 이저벨은 흐느끼기 시작했다. "이 년 동안! 이 년 동안 모두 거짓말이었던 거예요?"

"당신도 그 불쌍한 여자를 봤잖아요! 우리가 무슨 짓을 했는지!"

"그 여자가 우리 가족보다 중요해요?"

"우리 가족이 아니에요."

"우리한테는 다른 가족이 있을 수 없잖아요! 이제 루시는 어떻게 되는 거죠?"

톰이 이저벨의 팔을 잡았다. "내 말 들어요. 내가 하라는 대로만 하면 당신은 아무 일 없을 거예요. 경찰한테는 내가 한 짓이라고 말했어요. 내가 루시를 키우자고 했다고. 당신은 그러고 싶지 않다고 했지만 내가 강제로 시켰다고. 그러니 당신도 그렇게만 말하면 아무도 당신을 어쩌지 못할 거예요…… 우릴 파르타죄즈로 데려간 대요. 이지, 내가 당신을 꼭 지켜줄게요." 톰은 이저벨을 다시 품안으로 끌어당겨 머리 위에 입술을 갖다댔다. "내가 어떻게 되든 그건 중요하지 않아요. 감옥에 가겠지만, 내가 나온 다음에 우리―"

갑자기 이저벨이 톰에게 덤벼들어 가슴팍을 주먹으로 마구 쳤다. "'우리'라고 말하지 마요! 이런 짓을 해놓고!" 톰은 이저벨을 막지 않았다. "당신 맘대로 한 일이잖아요! 루시나 내 생각은 조금도 안 하고. 그런데…… 그런데 당신이 앞으로 어떻게 되든 내가 눈 하나 깜짝할 것 같아요?"

"이지, 진정해요. 그렇게 말하지 마요."

"왜 안 돼요?" 이저벨의 목소리는 날카로웠다. "저 사람들이 우리 딸을 데려가버릴 거예요. 당신이 뭘 알아요. 당신이 한 짓을…… 절대 용서할 수 없어!"

"오, 이지―"

"차라리 날 죽이지 그랬어요! 날 죽이는 게 우리 애를 죽이는 것보다는 낫다고요. 당신은 괴물이야! 차갑고 이기적인 괴물!"

톰은 주먹보다도 더 아프게 자기를 때리는 이저벨의 말을 잠자코 들었다. 이저벨의 얼굴에서 이저벨이 그렇게도 자주 속삭이던 사랑의 흔적을 찾아보려 했지만, 섬을 둘러싼 바다처럼 차가운 분노만이 끓어오르고 있었다.

습새가 다시 뛰어들어 이번에는 의기양양하게 물고기를 채어 날아올랐다. 부리에 단단히 물린 물고기는 맥없이 입만 뻐끔거렸다.

"파도가 거칠어서 지금은 출발할 수 없어요." 랠프가 너키 경사에게 말했다. 올버니에서 온 스프래그 경사는 당장 출발해야 한다고 법석을 떨었다. "그렇게 돌아가고 싶으면 헤엄쳐서 가라고 하쇼." 선장이 잘라 말했다.

"그럼 셔본이라도 감시자와 같이 배에 있게 하겠소. 아내와 말을 맞추도록 내버려둘 수는 없소." 스프래그가 고집을 부렸다.

너키 경사는 스프래그 경사가 하는 짓이 영 마음에 들지 않는 듯 랠프를 보며 눈썹을 추켜세웠다.

해질 무렵 네빌 휘트니시가 잰걸음으로 배로 왔다. "뭐요?" 지시대로 톰을 감시하고 있던 스트러그널 순경이 물었다.

"셔본이 인수인계를 해줘야 하오. 점등을 하려면 같이 가야 해요." 휘트니시는 자기 말에 반박하는 것은 받아들이지 않겠다는 듯 필요한 말만 짤막하게 했다.

스트러그널은 곤란해하다 다시 무게를 잡고 말했다. "좋소. 대신 나도 같이 갈 거요."

"관계자가 아닌 사람은 등대에 들어갈 수 없소. 국가가 정한 규정이오. 일이 끝난 후 내가 데리고 오겠소."

톰과 늙은 등대지기는 말없이 등탑을 향해 걸었다. 등대 입구에 다다르자 톰이 조용히 물었다. "무슨 일입니까? 저 없이 점등하실 수 있잖아요."

노인이 짤막하게 말했다. "이렇게 잘 관리된 등대는 본 적이 없어. 자네가 무슨 짓을 했건 나랑은 상관없는 일이야. 자네가 등대에 작별 인사를 하고 싶을 것 같아서. 난 여기에서 기다리겠네." 휘트니시는 등을 돌리고 둥근 창으로 구름을 내다보았다

그래서, 마지막으로, 톰은 백수십 개의 계단을 올라갔다. 마지막으로, 황과 등유로 눈부신 연금술을 펼쳤다. 마지막으로, 몇 마일밖의 뱃사람들에게 신호를 보냈다. 조심하시오.

이튿날 아침, 폭풍은 가라앉고 하늘은 고요한 파란빛을 되찾았다. 바닷가에는 파도가 토해놓은 누런 거품과 바닷풀이 가득했다. 배가 야누스 록에서 멀어져 가는데 돌고래 한 떼가 뱃머리 쪽에서 잠깐 노닐었다. 매끈한 회색 몸뚱이가 여기저기에서 용오름처럼 솟았다 가라앉았다. 이저벨은 퉁퉁 붓고 충혈된 눈으로 선실 한쪽에, 톰은 그 반대쪽에 앉았다. 경찰들은 자기들끼리 근무 당번표나 부츠에 광내는 법 따위에 대해 이야기를 나누었다. 뱃고물 쪽에서는 방수천 안에 든 썩은 시신이 끔찍한 냄새를 풍기고 있었다.

이저벨의 무릎에 앉은 루시가 물었다. "우리 어디 가는 거야, 엄마?"

"파르타죄즈에."

"왜?"

이저벨이 톰을 쏘아보았다. "나도 잘 모르겠어, 루시. 하지만 가야 한대." 이저벨이 루시를 꼭 끌어안았다.

조금 뒤 아이는 엄마 무릎에서 내려와 아빠 무릎으로 올라갔다. 톰은 말없이 루시를 안고 하나하나 마음에 새기려고 했다. 머리카

락에서 나는 냄새, 부드러운 살결, 조그만 손가락의 생김새, 톰의
얼굴에 얼굴을 바싹 갖다댈 때마다 들리는 숨소리.

섬은 멀리 헤엄쳐갔고, 점점 더 조그마해지다가 결국 한 점 기억
으로 남았다. 배에 탄 사람 저마다 다르게 간직한 기억으로. 톰은
이저벨을 쳐다보며 이저벨이 자기를 보아주기를, 야누스 등대 불
빛을 떠올리게 하는 그 미소를 보여주기를 간절히 바랐다. 세상에
서 유일하게 변함없고 기댈 수 있는 것, 자기가 길을 잃지 않았음
을 알려주는 그것을. 하지만 불은 꺼졌다. 이저벨의 얼굴에서는 아
무것도 보이지 않았다.

톰은 등대 불빛의 회전수로 바닷길을 얼마나 왔는지 헤아려보
았다.

3부

The
LIGHT
BETWEEN
OCEANS

25

배에서 내리자마자 스프래그 경사는 주머니에서 수갑을 꺼내들고 톰에게 다가갔다. 버넌 너키 경사가 고개를 흔들며 제지했다.

"절차대로 하는 거요." 올버니에서 온 경사가 더 비중 있는 지서에 근무하기 때문에 실질적으로는 버넌보다 상급자였다.

"절차 따위는 신경쓰지 맙시다. 어린애가 있잖습니까." 너키가 루시 쪽으로 고갯짓을 했다. 루시가 톰에게 달려와 다리에 매달렸다.

"아빠! 아빠, 안아줘!"

늘 듣던 그 말에 톰은 고통을 숨기지 못하고 아이를 바라보았다. 박하나무 꼭대기에서 할미새 한 쌍이 지저귀었다. 톰은 마른침을 꿀꺽 삼키고 주먹을 꽉 쥐었다. "저것 봐 룰루! 저기 재미있는 새가 있어. 집에서는 저런 새 본 적 없지?" 톰은 새에게서 눈길을 떼지 않고 아이를 부추겼다. "가서 자세히 보렴."

부두 가까이에 자동차 두 대가 서 있었다. 스프래그 경사가 톰에게 말했다. "이리 오시오. 앞차에 타요."

톰은 루시를 돌아보았다. 루시는 길고 까만 꼬리를 까닥거리며 노는 새를 보고 있었다. 루시에게 손을 뻗고 싶었지만, 그랬다가는 아이를 울릴 것 같았다. 그냥 가는 편이 나았다.

루시는 톰이 움직이는 걸 알아차리고 팔을 뻗었다. "아빠, 기다려! 안아줘!" 루시가 다시 졸랐다. 목소리에 무언가 불안감이 묻어났다.

"어서 갑시다." 스프래그가 톰의 팔을 잡고 재촉했다.

톰이 무거운 걸음으로 걸어가자 루시가 팔을 벌린 채 쫓아왔다. "아빠, 같이 가." 루시는 놀라 어쩔 줄 몰라하며 아빠를 불렀다. 루시가 넘어져서 자갈길에 엎어져 비명을 지르자, 톰은 더 가지 못하고 몸을 돌려 경찰의 손에서 빠져나갔다.

"룰루!" 톰은 루시를 안아올려 긁힌 턱에 입을 맞췄다. "루시, 루시, 루시, 루시." 톰이 루시의 뺨에 입을 대고 웅얼거렸다. "괜찮아, 아가. 괜찮을 거야."

버넌 너키가 땅을 내려다보며 헛기침을 했다.

톰이 말했다. "루시, 아빠는 지금 가야 돼. 루시가—" 톰이 말을 멈췄다. 톰은 루시의 눈을 들여다보며 머리를 쓰다듬고 마지막으로 입을 맞췄다. "잘 있거라, 아가."

아이가 톰을 놓아주지 않자 너키가 이저벨을 불렀다. "셔본 부인?"

이저벨이 루시를 톰에게서 떼어냈다. "이리 와, 루시. 괜찮아. 엄마랑 있자." 하지만 루시는 계속 소리를 질렀다. "아빠, 아빠랑 같이 갈래, 아빠!"

"톰, 이제 만족해요? 이게 당신이 원한 거잖아요, 아니에요?" 이 저벨의 얼굴에서 눈물이 줄줄 흘러 루시의 뺨으로 떨어졌다.

두 사람의 모습에, 그들의 고통으로 일그러진 표정에 톰은 순간 얼어붙었다. 빌 그레이스마크에게 자기가 지키고 돌보겠다고 약속 한 두 사람이었다. 마침내 톰이 입을 열었다. "이지, 미안해요."

케네스 스프래그가 더는 참지 못하고 톰의 팔을 우악스럽게 잡 고 차에 밀어넣었다. 톰이 차 뒷좌석에 올라타자 루시가 울부짖기 시작했다. "아빠, 가지 마! 아빠! 가지 마!" 루시의 얼굴은 일그러 지고 시뻘게졌고, 눈물이 입으로 줄줄 흘러들어갔다. 이저벨이 달 래려고 했지만 소용없었다. "엄마, 저 사람들 좀 잡아! 나쁜 사람 들이야! 아빠한테 못되게 굴어!"

"알아, 아가. 알아." 이저벨은 루시의 머리에 입을 대고 웅얼거 렸다. "사람들은 가끔 아주 나쁜 짓을 한단다. 아주 나쁜 짓을." 이 저벨은 이보다 더 나쁜 일이 일어나리라는 걸 알았다.

랠프는 배 갑판 위에서 이 장면을 지켜보았다. 집으로 돌아간 랠 프는 힐다의 얼굴을 보았다. 결혼 이십 년 만에 처음으로 힐다의 얼굴을 자세히 들여다보았다.

"왜 그래요?" 남편의 눈길에 힐다가 당황해서 물었다.

"그냥…… 아무것도 아니야." 랠프는 이렇게 말하고 힐다를 오 랫동안 포옹했다.

집무실에서 버넌 너키가 케네스 스프래그에게 말했다. "다시 말하는데, 셔본을 오늘 올버니로 데려갈 수는 없습니다. 때가 되면 이송하겠습니다. 내가 먼저 신문하고 난 다음에요."

"이 사건은 우리 소관이오. 등대는 국유물이기 때문에 절차대로 해야 하오."

"나도 규정은 잘 압니다." 퍼스 북쪽의 경찰이라면 누구나 케네스 스프래그가 거들먹거리며 다니길 좋아한다는 걸 알고 있었다. 자원입대하지 않은 것이 아직도 켕기는지 괜히 군인처럼 굴면서 목에 힘을 주고 다니는 자였다. "적절한 때에 올버니로 보내겠습니다."

"내가 직접 셔본을 신문하고 싶소. 곧 진상이 밝혀질 거요. 내가 여기 온 김에 이송해 가겠소."

"그렇게 원하면 나중에 다시 오면 되지 않습니까. 이 파출소는 내 소관입니다."

"퍼스에 전화하죠."

"뭐라고요?"

"퍼스에 전화를 하겠소. 퍼스 경찰청에서 그렇게 하라고 지시하면 셔본을 두고 가겠소. 아니면 당장 차에 태워 올버니로 갈 거고."

이저벨이 울어대는 아이를 달래 또다른 차에 태우는 데 한참이 걸려 이들이 파출소에 도착했을 때 톰은 벌써 유치장에 들어가 있었다.

긴 여행과 이상한 일들에 지친 루시는 민원실에서 이저벨 무릎에 앉아 징징거렸다. 루시는 계속 이저벨의 얼굴을 건드리고 만지며 보챘다. "아빠 어디 있어? 아빠 보고 싶어." 이저벨의 얼굴은 창백했고 자신도 모르게 얼굴을 찡그리고 있었다. 이저벨은 정신을 다른 데로 돌리려고 접수대 나무 상판에 팬 홈, 멀리서 들려오는 까치 울음소리 등에 주의를 기울였다. 하지만 대답을 재촉하며 자신을 찔러대는 루시의 손가락에 고통스러운 현실로 돌아올 수밖에 없었다.

접수대에는 교통로에 소를 풀어놓았다가 벌금을 내러 온 노인이 영수증을 받으려고 서 있었다. 노인은 기다리는 동안 루시에게 장난을 걸었다.

"이름이 뭐니?" 노인이 물었다.

"루시예요." 루시가 수줍은 듯 말했다.

"그런 줄 알겠지." 영수증을 작성하던 해리 가스톤 순경이 냉소를 지었다.

그때 섬튼 박사가 왕진 가방을 들고 숨을 헉헉거리며 들어왔다. 섬튼 박사는 이저벨에게 건성으로 고개를 끄떡일 뿐 눈은 마주치지 않았다. 이저벨의 얼굴이 붉게 물들었다. 지난번 섬튼 박사에게 검진받은 일이 떠올랐고 결국은 이렇게 비참하게 끝나는구나 싶었다.

"이쪽으로 오시죠." 가스톤이 의사를 민원실 뒤쪽 방으로 안내했다. 그리고 이저벨에게 돌아와 말했다. "의사가 아이를 검사할 거예요. 아이를 이리 주시죠."

"검사요? 왜요? 아이는 아무렇지도 않아요!"

"부인이 결정할 일이 아닙니다."

"전 이 아이의 엄—" 그 말이 나오려는 순간 이저벨은 말을 멈췄다. "루시는 검사받을 필요가 없어요. 제발 아이를 좀 배려해주세요!"

순경은 울부짖으며 발버둥치는 아이를 안고 가버렸다. 아이의 비명이 파출소 전체에 울려퍼져 톰이 있는 유치장에까지 들렸다. 루시에게 무슨 일이 있는 걸까 상상만 해야 하는 톰에게는 더욱 크게 들렸다.

너키 집무실에서 통화를 마친 스프래그는 수화기를 내려놓고 너키 경사에게 짜증을 냈다. "좋소. 경사가 하자는 대로 하지……" 대신 허리춤을 추어올리며 스프래그는 다른 전략을 내놓았다. "그 여자도 감금해야 하오. 공범일 가능성이 있으니까."

"그 아이를 아기 때부터 알았습니다." 너키가 말했다. "한 번도 교회를 빠지지 않았을 정도로 착한 아이입니다. 톰 셔본이 하는 말 듣지 않았습니까. 이저벨 역시 피해자예요."

"그 말을 믿으라고! 그 여자는 순진한 척하는 거요. 내가 그자를 직접 신문하겠소. 그럼 로엔펠트라는 자가 어떻게 죽었는지 알게 되겠지……"

너키는 스프래그의 신문 방식에 대한 이야기는 익히 알고 있었기에 스프래그가 하자는 대로 할 생각이 없었다. "보시오. 난 셔본이 어떤 사람인지 전혀 모릅니다. 어쩌면 살인마 잭일지도 모르죠. 만약 그자가 죄를 지었다면 엄벌을 받을 겁니다. 하지만 그 아내를 가두어봐야 아무 도움 안 될 테니 너무 앞서가지 않으면 좋겠군요.

남편이 강제해 아내가 따랐을 경우에는 책임이 없다는 걸 잘 아시지 않습니까." 너키는 서류 뭉치를 사건기록부 가장자리와 나란히 맞춰 정리했다. "여긴 작은 마을입니다. 일단 오명을 쓰면 벗기 힘들어요. 확실한 증거 없이는 여자를 감방에 넣을 수 없습니다. 한 번에 한 가지씩만 합시다."

스프래그 경사가 뚱한 얼굴로 파출소에서 나가자 너키는 검사실에 들어가 루시를 데리고 나왔다.

"의사 말로는 건강하다는군." 너키는 이렇게 말하더니 목소리를 낮춰 이저벨에게 말했다. "이제 아이를 제 엄마에게 데려갈 거다. 일을 힘들게 만들지 않으면 좋겠구나. 그럼…… 아이에게 작별 인사를 하겠니?"

"부탁드려요! 그러지 마세요!"

"이러지 마라." 여러 해 동안 해나 로엔펠트가 고통받는 것을 보면서 해나가 딱하게도 망상에 빠져 산다고 생각했던 버넌 너키는 이저벨을 보고 이저벨 역시 똑같다는 생각을 했다.

아이는 마침내 엄마 품으로 돌아온 줄 알고 엄마를 꼭 붙들었다. 이저벨은 루시의 뺨에 입을 맞추었다. 그 부드러운 뺨에서 차마 입을 뗄 수가 없었다. 해리 가스톤이 아이의 허리를 잡고 아이를 떼냈다.

지난 이십사 시간 동안 벌어진 일이 결국 이렇게 귀결될 수밖에 없다는 것은 알았지만, 처음 아기 루시를 보았을 때부터 늘 마음 한구석에 두려움이 어려 있었긴 하지만, 막상 그 순간이 닥치자 이저벨은 가슴이 갈기갈기 찢어지는 것 같았다.

"제발!" 이저벨이 눈물을 흘리며 호소했다. "제발 부탁이에요!" 이저벨의 목소리가 방 안에 울려퍼졌다. "우리 아기를 데려가지 마세요!"

그래도 기어이 아이를 빼앗아가버리자 이저벨은 정신을 잃고 쿵 소리를 내며 돌바닥에 쓰러졌다.

해나 로엔펠트는 가만히 앉아 있지를 못했다. 손목시계를 봤다가 벽난로 위 시계를 쳐다보며 동생에게 시간이 얼마나 지났는지 물었다. 어제 아침에 배가 야누스로 출발한 뒤 일 분 일 분이 시지포스가 밀어올리는 바위처럼 힘겹게 지나갔다.

곧 딸을 다시 안을 수 있을지도 모른다니 믿을 수 없는 일이었다. 딸랑이를 본 순간부터 해나는 딸이 돌아오는 순간을 상상했다. 끌어안고, 눈물을 흘리고, 웃을 것이다. 해나가 마당에서 따와 아이 방에 꽂아둔 플루메리아 향기가 작은 집 안을 가득 채우고 있었다. 해나는 웃으며 콧노래를 하며 먼지를 떨고 청소를 하고 서랍장 위에 인형을 놓았다. 그러고 나자 걱정이 몰려왔다. 그레이스에게 뭘 먹이지? 그래서 사과, 우유, 과자를 사오라고 그웬을 내보냈다. 하지만 그웬이 돌아오기도 전에 느닷없이 다른 걸 먹여야 할지도 모른다는 생각이 들었다. 해나는 평소에 먹는 게 거의 없어서 어린 아이가 다섯이나 있는 이웃집 단리 부인을 찾아가 그레이스 나이의 아이에게 뭘 먹여야 하는지 물었다. 해나가 딸을 찾았다는 소문이 아직 퍼지기 전이었기 때문에, 소문내기 좋아하는 패니 단리는 얼른 식료품점 켈리 씨에게 달려가 해나가 완전히 정신이 나가 유령에게 상을 차려주려 한다고 떠들었다. "이웃을 두고 이러쿵저러쿵하긴 싫지만, 아니 그런 사람들 위해서 정신병원이 있는 거 아니에요? 우리 애들도 있는데 좀 이상한 사람이 이웃에 사는 게 좋지만은 않아요. 제 입장이라면 다들 그럴 거예요."

통화는 무척 사무적으로 이루어졌다. "그레이스마크 씨가 직접 오시는 게 좋겠습니다. 따님이 여기 있습니다."

전화를 받은 날 오후 빌 그레이스마크는 황망해하며 파출소로 갔다. 전화통화를 하면서 이저벨의 시신이 수습을 기다리며 널판 위에 놓여 있는 장면을 떠올렸다. 집에 놓은 지 얼마 안 되는 전화를 통해 들려오는 나머지 말들은 하나도 귀에 들어오지 않았다. 죽었다는 말이 분명했다. 막내는 안 된다. 어떻게 자식 셋을 다 먼저 보낸다는 말인가? 하느님이 그렇게 놔두실 리 없다. 로엔펠트의 아기가 어쩌고 하는 소리를 도무지 이해할 수 없었고, 톰과 시신에 관한 이야기도 무슨 말인지 알아듣지 못했다.

파출소에 도착한 빌 그레이스마크는 민원실 뒤쪽 방으로 안내되었다. 거기에 딸이 무릎 위에 손을 모으고 나무의자에 앉아 있었다. 빌 그레이스마크는 딸이 죽었다고 생각했던 터라 이저벨을 보는 순간 눈물이 핑 돌았다.

"이저벨, 이저벨!" 빌이 이저벨을 끌어안으며 속삭였다. "널 다시는 못 보는 줄 알았다."

이저벨의 상태가 이상하다는 걸 빌이 깨닫기까지는 조금 시간이 걸렸다. 이저벨은 아버지를 안지도 눈을 맞추지도 않았다. 창백한 얼굴로 넋 나간 사람처럼 몸을 늘어뜨리고 있을 뿐이었다.

"루시는 어디에 있니?" 빌은 먼저 딸에게 물었다. 그런 다음 가스톤 순경에게 다시 물었다. "루시는 어디 있나? 톰은?" 빌의 머리가 빠르게 돌아갔다. 익사했구나. 무슨 일이 있었어.

"셔본 씨는 유치장에 있습니다." 순경이 책상 위에 놓인 서류에 도장을 찍으며 대답했다. "예심을 받은 뒤 올버니로 이송될 겁니다."

"예심? 무슨 소리인가? 루시는 어디 있나?"

"아이는 아이 엄마와 같이 있습니다."

"아이가 어미와 같이 있지 않은 게 눈에 뻔히 보이지 않나! 대체 아이를 어떻게 한 건가? 이게 무슨 일이야?"

"아이의 친엄마는 로엔펠트 부인인 것 같은데요."

가스톤이 이렇게 말하는데도 빌은 자기가 잘못 알아들은 거라 생각하고 계속 딴소리를 했다. "당장 내 사위를 풀어주게."

"그럴 수는 없습니다. 셔본 씨는 구속 상태입니다."

"구속? 대체 뭣 때문에?"

"지금까지 밝혀진 것만 말하면 공문서 위조에 공무원법 위반이 있네요. 하지만 이건 시작에 불과해요, 영아 탈취도 있으니까요. 야누스 록에서 프랭크 로엔펠트의 시신도 발굴했어요."

"지금 제정신인가?" 빌은 딸을 돌아보았고 그제야 이저벨이 넋이 나간 채 창백한 얼굴로 앉아 있는 이유를 알아차렸다. "걱정마라, 애야. 내가 알아보마. 이게 대체 무슨 일인지는 모르겠지만 엄청난 착오가 있는 게 분명해. 내가 진상을 밝히마."

"그레이스마크 씨, 이해를 못하신 것 같네요." 가스톤이 입을 열었다.

"이해 못하는 게 당연하지. 이런 짓을 하고도 온전할 성싶은가! 말도 안 되는 이유로 내 딸을 파출소로 끌고 오다니. 내 사위를 중상모략하고." 빌이 이저벨에게 말했다. "이저벨, 말도 안 되는 소리라고 얘기 좀 해봐라!"

이저벨은 아무 표정 없이 멍하니 앉아 있기만 했다. 순경이 헛기침을 했다. "셔본 부인은 한마디도 하려 하지 않습니다."

톰은 유치장의 적막이 자기 몸을 짓누르는 것을 느꼈다. 적막은 수은처럼 농밀한 액체였다. 오랜 세월 동안 톰의 삶은 파도와 바람 소리, 등대의 리듬에 맞춰져 있었다. 그런데 갑자기 모든 게 멈추었다. 톰은 무심한 딱새가 유칼리나무 꼭대기에서 영역을 선포하는 노랫소리에 귀기울였다.

익숙한 적막이었다. 톰은 야누스에서 혼자 살던 때를 떠올렸다. 이저벨과 루시와 같이 보낸 세월이 상상에 불과했던 걸까 곰곰 생각해보았다. 톰은 주머니에 손을 넣어 아이의 연보라색 새틴 리본을 꺼냈다. 머리에 맸던 리본이 풀리자 아이가 자신에게 이걸 건네주던 모습이 떠올랐다. "아빠, 이거 갖고 있어." 파출소에서 해리 가스톤이 리본을 압수하려 하자 너키가 끼어들었다. "제발 그만두게. 그걸로 우리 목이라도 조를까봐 그러나!" 톰은 그걸 접어서 간직했다.

톰은 자신이 한 일 때문에 슬픔을 느끼면서도 동시에 안도감이
온몸을 타고 흐르는 걸 느꼈다. 서로 대척하는 물리적 힘이 설명
할 수 없는 반응을 일으키고 여기에 더욱 큰 세번째 힘이 압도적으
로 더해졌다. 아내에게서 아이를 빼앗았다는 생각이었다. 상실감
이 푸줏간에 막 내걸린 고기처럼 생생하고 쓰라렸다. 해나 로엔펠
트도 이런 아픔을 느꼈을 것이다. 이저벨은 이미 여러 차례 느꼈고
지금도 그 고통에 사로잡혀 있을 것이다. 난 어쩌다 아내에게 그런
고통을 안겨준 걸까. 내가 대체 무슨 짓을 한 걸까.

톰은 이 모든 것의 의미를 이해하려고 애썼다. 이 모든 사랑을.
렌즈를 통과한 빛처럼 왜곡되고 굴절된 사랑을.

버넌 너키는 이저벨을 아기 때부터 알았다. 이저벨의 아버지가
자신의 다섯 아이를 모두 가르쳤다. "지금은 집으로 데려가시는 게
좋겠습니다." 너키가 빌에게 무거운 목소리로 말했다. "이저벨과
는 내일 이야기하죠."

"뭐에 대해서―"

"그냥 데려가세요. 저 가엾은 아이를 집으로 데려가세요."

"이저벨!" 이저벨이 현관에 들어서자마자 어머니가 딸을 끌어안
았다. 바이얼릿 그레이스마크 역시 다른 사람들처럼 이게 무슨 일
인지 혼란스러운 상태였지만 이저벨의 상태를 보니 차마 아무것도
물을 수가 없었다. "어서 침대에 눕거라. 여보…… 짐은 안에 들여

났요."

이저벨은 넋이 나간 얼굴로 집 안으로 들어왔다. 바이얼릿은 딸을 안락의자에 앉히고 얼른 부엌으로 가더니 유리잔을 들고 돌아왔다. "따뜻한 물에 브랜디를 탔어. 좀 안정이 될 거다." 이저벨은 기계적으로 음료를 마시고 빈 잔을 테이블 위에 놓았다.

방 안은 따뜻했지만 바이얼릿은 담요를 가져와 이저벨의 무릎에 덮어주었다. 이저벨은 손가락으로 모직 담요의 체크무늬 선을 훑었고, 그 일에 정신이 팔려 어머니가 묻는 말도 듣지 못하는 것 같았다. "뭐 좀 갖다줄까? 배고프지 않니?"

빌이 문 안으로 고개를 들이밀더니 손짓으로 바이얼릿을 부엌으로 불러냈다. "무슨 말 좀 해요?"

"한마디도요. 충격받은 것 같아요."

"그건 나도 마찬가지예요. 도대체 무슨 일인지 모르겠어. 내일 아침에 파출소가 문을 여는 대로 가서 해결하겠어요. 해나 로엔펠트는 몇 년째 정신이 온전치 않고, 포츠 이 늙은이는 돈으로 무슨 일이든 할 수 있다고 생각하는 모양인데." 빌이 조끼 밑단을 잡고 아래로 당겼다. "정신 나간 부녀한테 휘둘리지 않을 거예요. 그 사람들이 돈이 얼마나 많든 간에."

그날 밤, 이저벨은 어릴 적에 쓰던 좁은 침대에 누웠다. 침대는 낯설고 비좁았다. 가벼운 바람이 레이스 커튼을 흔들었고 창밖에서는 귀뚜라미가 울고 별이 반짝였다. 바로 엊그제처럼 느껴지는 그날, 바로 이런 밤에 이 침대에서, 이저벨은 이튿날 있을 결혼식 생각에 들떠 잠을 이루지 못했었다. 톰 셔본을 보내주신 것에 대해 하느님에게 감사했다. 그리고 그를 태어나게 하고, 전쟁중에 안전하게 지켜주고, 자신이 있던 바닷가로 바람에 실어보내 그가 육지에 발을 딛자마자 처음 만난 사람이 자신이게 해준 것에 대해서도.

이저벨은 그 부푼 기대감을 다시 떠올려보았다. 전쟁으로 인한 슬픔과 상실감이 지나가고 드디어 새로운 삶이 꽃필 거라는 생각에 들떴었다. 그렇지만 그 감정은 이제 사라지고 없었다. 모두 착각이고 기만이었던 것처럼 여겨졌다. 야누스에서의 행복했던 삶이 멀고 아득하게 느껴졌다. 이 년 동안 톰은 말로, 침묵으로 이저벨을 속였다. 이저벨이 알아차리지 못한 거짓은 그것만이 아닐지도 몰랐다. 왜 해나 로엔펠트를 만난 일을 한 번도 이야기하지 않았을까? 뭘 감춘 걸까? 순간 톰과 해나, 루시가 행복한 가족을 이룬 모습이 그려졌다. 야누스 록에 있을 때 처음 고개를 들었던 배신감이 지금은 더욱 음흉하고 구체적으로 덮쳐왔다. 톰이 다른 여자를 만났지도, 다른 삶을 살았을지도 모른다. 동부에 여자를, 아니 여자들을 버리고 왔는지도 몰랐…… 아이들도…… 결혼식 전날 밤의 기억과 이 끔찍하고 비참한 현재 사이의 틈으로 쏟아져들어오는 허황한 생각들이 전부 그럴싸하고 설득력 있게 느껴졌다. 등대는 위험을 경고한다. 사람들에게 거리를 유지하라고. 이저벨은 그곳이 안전한 곳이라고 착각했었다.

아이를 잃었다. 놀라고 겁 먹은 루시가 아이가 아는 유일한 사람들에게서 격리되는 걸 눈앞에서 목격했다. 그것만으로도 견디기 힘든 일이었다. 그런데 그게 내 남편 때문에 벌어진 일이라니. 내

인생을 그 사람에게 바쳤는데, 내가 사랑한 남자가 그런 짓을 저질렀다니. 도무지 받아들일 수가 없었다. 나를 돌봐주겠다고 해놓고 나를 파멸시킬 게 분명한 일을 저지르다니.

원망의 화살을 톰에게 돌리자 고통스럽기는 했지만 그 덕분에 자신의 모습은 외면할 수 있었다. 자기를 돌아본다는 건 더욱 견디기 힘든 일이었다. 가슴속 어두운 구석에서 감정이 서서히 형태를 갖추며 자라났다. 복수하고 싶은 충동. 자식을 뺏긴 짐승의 분노. 내일 경찰이 이저벨을 신문할 것이다. 동이 터 별빛이 사라질 즈음 이저벨은 마음을 굳혔다. 톰은 자기가 저지른 일에 대해 고통을 받아야 한다. 톰이 직접 이저벨 손에 무기를 쥐여준 셈이었다.

26

파르타죄즈 곳 파출소는 읍내의 다른 건물들처럼 그 지역에서 나는 석재와 주변 숲에서 벤 목재로 지어졌다. 여름에는 오븐 속처럼 찌고 겨울에는 아이스박스 안처럼 추워서 무덥거나 추운 날에는 제복을 갖추어 입기가 힘들었다. 비가 많이 오면 유치장에 물이 차고 천장이 내려앉았다. 한 번은 천장이 무너져 수감자가 사망한 일도 있었다. 퍼스 경찰청에서 시설 보수비를 지원해주지 않아 제대로 고치지 못하고 땜질만 해놓은 터라 늘 엉망이었다.

셉티머스 포츠는 앞쪽 접수대 근처 테이블에 앉아 자기 사위의 인적 사항 가운데 기억나는 몇 안 되는 사실로 서류 양식을 채우고 있었다. 프랭크의 이름과 생년월일은 알았다. 묘비 제작비 청구서에 적혀 있었으니까. 그렇지만 출생지나 부모 이름은…… "이봐요 젊은이, 부모 이름을 꼭 적어야 하나? 그게 중요한 게 아니잖소." 셉티머스 포츠는 평생 사업상 거래를 하며 갈고닦은 기술을 발휘해 가스톤 순경을 호통치며 몰아세웠다. 순경은 톰의 1차 기소장 양식에는 그 정도만 적으면 되겠다고 물러섰다. 실종일은 쉬웠다. 1926년 앤잭 기념일. 프랭크의 사망일은?

"그건 셔본 씨한테 물어보시오." 포츠가 싸늘하게 말하는데 마침 빌 그레이스마크가 파출소에 들어섰다.

셉티머스가 돌아보았고, 두 사람은 늙은 황소들처럼 서로를 노려보았다. "너키 경사님을 불러오겠습니다." 순경이 웅얼거리며 벌떡 일어나는 바람에 의자가 바닥에 쓰러졌다. 순경은 경사 집무실 문을 기관총 쏘듯 탕탕 두들기더니 잠시 뒤 돌아와 빌을 불렀다. 빌은 거칠게 포츠 옆을 지나 너키의 집무실로 들어갔다.

"버넌!" 문이 닫히자마자 빌이 덤벼들었다. "무슨 일인지 모르겠지만 당장 내 손녀를 제 어미에게 돌려주게. 애를 그렇게 끌고 가다니, 아직 네 살도 안 된 아이를!" 빌은 집무실 바깥쪽을 가리키며 말했다. "로엔펠트에게 일어난 일은 정말 안타깝지만 그렇다고 해서 셉티머스 포츠가 내 손녀를 빼앗아갈 수는 없네."

"네, 받아들이시기 힘든 일인 줄은 압니다……"

"안다고, 맙소사! 어떻게 된 일인지는 모르겠지만 터무니없는 소릴세. 어떻게 몇 년째 정신이 다른 데 가 있는 여자의 말을 듣고 이럴 수 있나?"

"브랜디 한잔 하시겠—"

"브랜디는 필요 없네! 필요한 건 상식이야. 여기 대체 상식이 있긴 한가? 정신 나간 여자의 근거 없는 주장을 듣고 무고한 사람을 감금하다니 말이 돼?"

너키는 책상에 앉은 채 손가락 끝으로 펜을 굴렸다. "해나 로엔펠트를 두고 하시는 말씀이라면, 그 부인은 톰에 대해 한마디도 하지 않았습니다. 블루이 스마트가 시작한 일이에요. 블루이가 딸랑이를 본 적이 있다고 했습니다." 너키가 잠시 멈췄다가 다시 입을 열었다. "이저벨은 아직까지 우리한테 한마디도 하지 않았어요. 말을 하지 않으려고 합니다." 너키는 펜을 물끄러미 보며 돌렸다. "이상한 일 아닙니까? 그게 단순히 착오라면 말이에요."

"이저벨은 충격을 받았네. 아이를 그렇게 빼앗겼으니."

너키가 고개를 들었다. "그럼 이건 어떻게 생각하세요. 왜 셔본이 시인했을까요?"

"그거야……" 빌은 너키의 말을 제대로 알아듣지 못한 채 반박하려다 잠시 아무 말도 하지 못했다. 그리고 되물었다. "무슨 말인가? 시인했다니?"

"죽은 남자와 아기가 탄 보트가 야누스 록으로 떠내려왔다고 셔본이 자백했습니다. 자기들이 아기를 키워야 한다고 이저벨에게 강요했다고도요. 배에 카디건이 있어서 아기 엄마는 물에 빠져 죽었을 거라고 생각했다는군요. 이저벨은 신고하고 싶어했지만 자기가 말렸답니다. 이저벨이 아이를 낳지 못했다고 비난하면서요. 그 뒤로는 거짓말의 연속이었던 것 같습니다. 완벽한 허위였죠. 조사를 해야 해요." 너키는 잠시 머뭇거리더니 목소리를 낮추고 덧붙였다. "프랭크 로엔펠트가 어떻게 죽었는지도 분명하지 않습니다. 셔본이 뭘 숨겼는지 누가 알겠어요? 왜 이저벨에게 입 다물라고 했겠습니까? 아주 지저분한 사건이에요."

읍내는 유래 없는 흥분감에 휩싸였다. 〈사우스 웨스턴 타임스〉 편집장은 동료 기자들에게 이렇게 말했다. "예수 그리스도가 재림해서 우리 모두에게 맥주 한 잔씩 돌리는 것 다음으로 좋은 일이야. 엄마와 아기가 다시 만난데다 의문의 죽음이 있고, 갑부 포츠 영감이 크리스마스 선물처럼 돈을 뿌리고 있잖아! 이런 끝내주는 뉴스거리가 또 어디 있겠어."

아이가 돌아온 다음날에도 해나의 집에는 여전히 종이 리본 장식이 붙어 있었다. 새 인형은 구석에 있는 의자에 버려진 채였다. 오후 햇빛을 받은 인형은 우아한 도자기 얼굴을 빛내며 눈을 크게 뜨고 자길 보아달라고 말없이 부르는 것처럼 보였다. 벽난로 위의 시계는 무심하게 똑딱거리고 오르골에서는 자장가 멜로디가 으스스하고 섬뜩하게 흘러나오고 있는데, 뒷마당에서 울려퍼지는 울음소리에 오르골 소리가 묻혔다.

잔디밭에서 아이가 울부짖고 있었다. 아이가 두려움과 분노로 얼굴을 붉히며 몸부림치자 조그만 피아노 건반 같은 이가 드러났다. 아이는 해나한테서 빠져나가려고 몸부림을 쳤다. 해나는 아이가 소리지르면서 달아날 때마다 아이를 안으려고 애썼다.

"그레이스, 아가. 쉬. 쉬. 그레이스, 이리 와."

아이는 똑같은 소리만 되풀이했다. "엄마한테 갈래. 아빠한테 갈래. 저리 가! 아줌마 싫어!"

파출소에서 엄마와 아이가 다시 만나는 순간 엄청난 소란이 있었다. 여기저기서 사진을 찍어댔고, 경찰과 하느님을 향한 감사와 찬양이 쏟아졌다. 마을 사람들은 소문을 전하느라 바빴다. 꿈꾸는 듯한 아이의 표정, 행복에 겨운 엄마의 웃음 등에 대한 이야기가 퍼져나갔다. "불쌍한 아이 같으니라고. 엄마 품에 안겼을 때는 너무 졸려서 정신이 없는 상태더라고요. 정말 천사 같았어요. 아이가 그 무시무시한 남자의 손에서 무사히 빠져나왔다니 신께 감사드려야 하지 않겠어요!" 패니 단리는 가스톤 순경의 어머니에게서 내용을 하나도 빼놓지 않고 자세히 챙겨들었다. 하지만 그레이스는 졸았던 게 아니라, 섬튼 박사가 조제한 강력한 수면제를 먹어서 정신이 가물가물한 상태였다. 아이가 이저벨과 떨어지는 바람에 심하게 흥분하자 약을 먹였던 것이다.

지금 해나는 겁에 질린 딸에게 한 걸음도 다가가지 못하고 실랑이 중이다. 헤어져 있었던 동안 해나는 아이 생각을 한시도 멈추지 않았었기에, 아이는 그러지 않았으리라는 생각을 조금도 하지 못했다. 셉티머스가 마당에 들어섰을 때 두 사람은 똑같이 고통스러운 모습이었다.

"그레이스, 널 해치지 않아. 어서 엄마한테 와봐." 해나가 빌었다.

"나 그레이스 아냐! 난 루시야!" 아이가 소리를 질렀다. "집에 갈래! 엄마 어디 있어? 아줌마는 내 엄마 아냐!"

아이의 한마디 한마디에 상처를 받으면서도 해나는 이 말밖에 하지 못했다. "아주 오랫동안 널 사랑했어. 아주 오랫동안……"

셉티머스는 그웬이 그레이스와 비슷한 나이였을 때 계속 엄마를 찾아서 어쩔 줄 몰라했던 일이 떠올랐다. 그웬은 죽은 엄마를 아버지가 어디에 숨겨놓기라도 했다는 듯 엄마를 내놓으라 졸라댔었다. 그 생각을 하면 지금도 가슴이 아팠다.

해나가 아버지를 보았다. 아버지의 표정을 본 해나는 아버지가 이 상황을 어떻게 보는지 알고 굴욕감을 느꼈다.

"우리한테 익숙해지려면 시간이 필요해. 인내심을 가지거라." 아버지가 말했다. 아이는 레몬나무와 얼룩꽈리 사이에서 숨을 만한 곳을 발견하고는 그 안으로 들어가 여차하면 달아날 태세를 하고 있었다.

"그레이스는 내가 누군지 전혀 기억 못 해요. 전혀요. 그게 당연하겠죠. 그러니 당연히 내 곁에 오려고도 하지 않아요." 해나가 울음을 터뜨렸다.

"곧 달라질 거다." 셉티머스가 말했다. "지쳐서 저기에서 잠이 들거나 아니면 배가 고파서 나올 거야. 어느 쪽이든 기다리면 돼."

"알아요. 다시 저한테 익숙해져야 한다는 거 알아요."

셉티머스가 해나의 어깨에 팔을 둘렀다. "'다시'가 아니란다. 저 애한테는 네가 전혀 모르는 사람인 거야."

"아버지가 한번 해보세요. 아버지를 보고는 나올지…… 그웬한테서도 달아났어요."

"하루 동안 낯선 사람을 이미 많이 본 상태야. 못난 내 얼굴까지 들이밀 건 없지. 그냥 조용히 편하게 있게 내버려두자꾸나."

"제가 대체 뭘 잘못했길래 이런 일을 겪어야 하는 걸까요?"

"네 잘못이 아니다. 저애는 네 딸이고, 지금 있어야 할 곳에 돌아왔잖니. 시간을 좀 주거라. 시간이 필요해." 셉티머스가 딸의 머리를 쓰다듬었다. "그 셔본이라는 자가 반드시 응분의 대가를 치르게 하겠다. 약속하마."

셉티머스가 집 안으로 들어가보니 그웬이 어둑한 복도에서 해나를 보고 있었다. 그웬은 고개를 흔들며 작은 소리로 말했다. "아빠, 저 불쌍한 애를 보고 있자니 정말 끔찍해요. 저렇게 울어대니 가슴이 찢어질 것 같아요." 그웬이 깊은 한숨을 내쉬었다. "아이도 언젠가는 익숙해지겠죠." 그웬은 어깨를 으쓱했지만 눈빛은 도저히 그렇게 되지 않을 것 같다는 듯 걱정이 가득했다.

파르타죄즈의 자연에 사는 모든 생명체는 자기방어책을 가지고 있다. 빨리 움직이는 것들은 걱정할 필요가 없다. 순식간에 모습을 감춰 목숨을 보존하기 때문이다. 굴드왕도마뱀, 목도리앵무, 주머니여우. 이런 동물들은 조금만 이상한 기미가 보여도 모습을 감춘다. 도망가고 피하고 위장하는 게 이들의 생존 방식이다. 반면 느린 짐승들은 사람이 시야에 들어오면 위협적으로 변한다. 호랑뱀, 상어, 문짝거미 등은 사람 때문에 위협을 느끼면 스스로를 방어하기 위해 공격한다.

가장 무서운 것은 눈에 띄지 않게 가만히 존재하는 것들이다. 우연히 도발하기 전에는 그것들에게 어떤 방어 기제가 있는지 알 수 없기 때문이다. 게다가 그것들은 무작위로 공격을 가한다. 잎이 하트 모양으로 예쁘게 생긴 독나무 잎을 먹었다가는 심장이 멎는다.

이런 종들은 그저 스스로를 보호하려는 것뿐이지만 인간에게는 치명적인 위협이 된다. 우리는 그것들에게 너무 가까이 가지 않기를 바라는 수밖에 없다. 이저벨 셔본도 위협을 느끼고 나서야 방어 기제가 깨어났다.

버넌 너키는 손가락으로 책상을 톡톡 두드렸다. 이저벨은 옆방에서 신문을 기다리고 있었다. 파르타죄즈는 경찰이 할 일이 별로 없는 조용한 곳이었다. 이따금 폭행 사건이나 취객의 난동 정도가 일어나는 곳이었다. 너키 경사한테도 퍼스로 승진해 가서 더 끔찍한 범죄들을 목격할 기회는 있었다. 그러나 너키는 싸움이라면 전쟁 동안에 충분히 겪어본 터였다. 좀도둑질이나 밀주에 벌금을 물리는 정도가 너키에게는 맞았다. 반면 케네스 스프래그는 대도시로 옮겨가지 못해 안달이었다. 그런데 이 건은 대도시로 갈 수 있는 좋은 기회였다. 스프래그는 말 그대로 이 사건을 퍼스로 가는 티켓으로 생각했다. 스프래그는 너키와 달리 파르타죄즈에 사는 사람들을 알지도 못했고, 신경쓰지도 않았다. 너키는 생각했다. 스프래그는 빌과 바이얼릿 그리고 두 사람이 잃은 아들들을 몰라. 너키는 어린 시절 이저벨이 고운 목소리와 얼굴로 크리스마스 때 성가대에서 노래하던 모습을 생각했다. 그런 다음에는 포츠 영감을 떠올렸다. 포츠 영감은 아내가 죽은 뒤 두 딸에게 온 정성을 쏟았는데, 해나가 고른 남편 때문에 큰 상처를 입었다. 불쌍한 해나는…… 외모에 대해서는 특별히 보탤 말이 없지만 정말 똑똑하고 예의발랐다. 이렇게 세월이 흘렀는데도 아이를 찾을 수 있다고 생각하는 걸 보고는 어디 나사가 풀렸나 싶기도 했지만, 결국 일이 그렇게 되지 않았는가.

너키는 심호흡을 한 뒤 문손잡이를 잡고 돌렸다. 너키는 효율적
이면서도 조심스럽게 이저벨에게 말을 걸었다. "이저벨, 질문을 몇
가지 더 해야겠다. 톰이 네 남편이기는 하지만 이건 아주 중대한
문제니까." 너키는 펜 뚜껑을 열고 펜을 종이 위에 올려놓았다. 펜
촉에서 검은 잉크가 한 방울 떨어지자 너키는 이쪽저쪽으로 잉크
방울을 쳐서 기다란 선을 그렸다.

"셔본 말로는 너는 보트를 신고하려고 했는데 자기가 막았다고
하던데, 그게 사실이냐?"

이저벨은 자기 손을 내려다보았다.

"네가 아기를 낳지 못해 화가 나서 자기가 직접 나섰다고 하던
데."

그 말이 이저벨의 가슴을 찔렀다. 톰이 거짓말에 속마음을 섞어
털어놓은 걸까?

"남편을 설득하려고 해보지는 않았니?" 너키가 물었다.

이저벨이 사실대로 이야기했다. "톰 셔본이 스스로 옳은 일을 하
고 있다고 생각할 때는 누구도 말릴 수 없어요."

너키가 부드럽게 물었다. "널 위협했니? 혹시 너한테 손을 댔니?"

이저벨은 입을 다물었다. 지난밤 잠을 이루지 못하고 뒤척일 때
느꼈던 분노가 다시 몰려왔다. 이저벨은 바위 같은 침묵에 빠졌다.

너키는 벌목 노동자들의 아내나 딸이 덩치 큰 가장의 기세에 눌
려 순종적인 삶을 사는 걸 자주 보았다. "남편이 두려웠니?"

이저벨이 입술을 앙다물었다. 아무 대답도 나오지 않았다.

너키는 팔꿈치를 책상에 올리고 몸을 앞으로 숙였다. "이저벨, 아내가 남편이 시킨 대로 할 수밖에 없었던 상황이라면 법적으로 정상참작이 가능해. 형법에 따르면 남편이 억지로 시킨 일에 대해서 아내는 책임이 없으니 그 점은 걱정하지 않아도 돼. 남편의 죄때문에 네가 처벌받는 일은 없을 거다. 이제 한 가지 물어볼 테니, 신중하게 생각하고 답해주면 좋겠구나. 남편이 네게 강요한 것에 대해서는 너한테 책임을 묻지 않을 거라는 걸 명심하고." 너키가 헛기침을 했다. "톰 셔본의 말에 따르면 보트가 떠밀려왔을 때 프랭크 로엔펠트가 사망한 상태였다고 하는데." 너키가 이저벨의 눈을 들여다보았다. "그게 사실이냐?"

이저벨은 깜짝 놀랐다. "당연히 사실이지요!"라는 말이 튀어나오려 했다. 그러나 입을 열려고 하는데 톰의 배신이 머릿속에 떠올랐다. 갑자기 루시를 잃은 것, 분노, 그리고 몰려드는 극심한 피로감에 압도되어 이저벨은 눈을 감아버렸다.

너키 경사가 부드럽게 다시 물었다. "그게 사실이냐, 이저벨?"

이저벨은 자기 결혼반지를 뚫어져라 바라보다 입을 열었다. "전할말 없어요." 그러고는 눈물을 터뜨렸다.

톰은 천천히 차를 마시며 모락모락 솟는 김이 공중으로 흩어지는 것을 쳐다보았다. 가구가 거의 없는 방에 높이 달린 창문을 통해 오후 햇살이 비스듬하게 들어왔다. 턱을 만져보니 턱수염이 자라 있어 면도도 세수도 할 수 없었던 때의 기억이 다시 떠올랐다.

"한 잔 더 마시겠소?" 너키가 차분한 목소리로 물었다.

"아뇨, 괜찮습니다."

"담배 피우시오?"

"아뇨."

"자, 그러니까 등대섬에 보트가 떠밀려왔다. 느닷없이."

"야누스에서 말씀드린 그대로입니다."

"내가 듣고 싶다면 몇 번이라도 말해야 하오! 그래, 당신이 보트를 발견했다는 거로군."

"네."

"그 안에 아기가 있었고."

"네."

"아기 상태는 어땠소?"

"건강했습니다. 울고 있었지만 건강했습니다."

너키가 받아적었다. "보트 안에 한 사람이 더 있었고."

"시신이 있었습니다."

"남자가 있었지." 너키가 말했다.

톰은 고개를 들고 너키가 단어를 바꾼 저의에 대해 생각해보았다.

"야누스에서 왕처럼 군림하는 것에 익숙해 있었을 텐데, 어땠소?"

등대섬의 삶이 어떤지 아는 사람이라면 그 말이 얼마나 어울리지 않는 표현인지 알 것이다. 하지만 톰은 아무 말도 하지 않았다. 너키가 말을 이었다. "무슨 일을 저질러도 아무 문제 없을 거라 생각했겠지. 주위에 아무도 없으니."

"아무 문제 없을 거라 생각했기 때문에 그런 건 아니었습니다."

"그래서 아기를 거기에서 길러도 되겠다고 결정을 내렸다는 거 아니오. 이저벨이 당신 애를 낳지 못했으니. 아무도 모를 거다. 맞소?"

"이미 말씀드렸습니다. 제가 결정을 내렸다고요. 이저벨에게는 제 뜻을 따르라고 했습니다."

"아내를 종종 때렸소?"

톰이 너키를 마주보았다. "그랬을 거라 생각하십니까?"

"그래서 유산이 된 거 아니오?"

톰은 충격을 받은 얼굴이었다. "그 사람이 그렇게 말하던가요?"

너키가 아무 말도 하지 않자 톰이 깊이 숨을 들이마셨다. "무슨 일이 있었는지는 벌써 말씀드렸습니다. 이저벨은 반대했었다고요. 경사님이 제가 저질렀다고 생각하시는 일은 다 제 잘못입니다. 그러니까 그렇게 마무리하시고, 제 집사람은 끌어들이지 마십시오."

"나한테 이래라저래라 하지 마시오." 너키가 날카롭게 말했다. "난 당신 부하가 아니오. 충분히 알아보고 조사한 다음에 결정은 내가 하는 거요." 너키가 의자를 뒤로 밀고 팔짱을 꼈다. "보트에 있던 남자는……"

"남자는 뭐요?"

"어떤 상태였소? 처음 발견했을 때."

"죽어 있었습니다."

"확실하오?"

"살면서 시체는 많이 봤습니다."

"내가 어떻게 그 말을 믿을 수 있겠소?"

"제가 왜 거짓말을 하겠습니까?"

너키는 말을 멈추고 그 질문이 공중에 맴돌아 신문당하는 사람이 그 대답의 무게감을 느끼게 놔두었다. 톰이 불편한 듯 몸을 움직였다. "바로 그거요." 너키가 말했다. "왜 당신이 거짓말을 해야할까?"

"보트가 밀려왔을 때 이미 죽어 있었다는 건 아내가 말해줄 겁니다."

"당신이 억지로 거짓말을 하게 시킨 그 아내가?"

"아니, 이건 완전히 다른 문제입니다. 아기를 거두는 것과一"

"누군가를 죽이는 것 말인가?" 너키가 말을 끊었다.

"아내한테 물어보세요."

"물어봤소." 너키가 조용히 말했다.

"그러면 그 사람이 사망한 상태였다는 걸 아시겠네요."

"난 아무것도 모르오. 이저벨은 그 일에 대해 말하기를 거부했소."

톰은 망치로 가슴을 얻어맞은 느낌이었다. 톰은 너키의 눈길을 피했다. "뭐라고 하던가요?"

"할말이 없다고 했소."

톰이 고개를 떨구었다. "어떻게 그럴 수가." 톰은 웅얼거리다가 이렇게 대답했다. "전 제가 했던 말을 되풀이할 수밖에 없습니다. 그 남자가 살아 있는 모습은 결코 보지 못했습니다." 톰이 손을 모았다. "아내를 다시 만날 수 있다면, 이야기를 할 수 있다면……"

"그럴 일은 없을 거요. 면회 허가도 나지 않겠지만, 당신이 세상에 남은 유일한 사람이라고 해도 당신 아내가 당신하고는 말하고 싶어하지 않을 거란 느낌을 받았소."

수은. 신비롭지만 예측할 수 없는 물질이다. 등대에서 쓰는 수은은 수톤에 달하는 유리 구조물을 떠받칠 정도로 농밀하지만, 수은 한 방울은 손가락을 살짝 가져다대기만 해도 사방으로 달아난다. 톰이 너키에게 신문을 받고 난 뒤 이저벨 생각을 하며 앉아 있자니 그 모습이 자꾸 떠올랐다. 마지막으로 아기를 사산하고 나서, 톰이 이저벨을 달래려고 했을 때가 생각났다.

"괜찮아질 거예요. 당신하고 나하고 단둘이서 평생 살더라도 나한테는 족해요."

이저벨이 눈을 들어 톰의 눈을 쳐다봤을 때 그 눈빛에 톰의 간담이 서늘했다. 절망적이고 자포자기한 눈빛이었다.

톰은 이저벨을 어루만지려고 했지만 이저벨은 물러섰다. "괜찮아질 거예요. 좋아질 거예요. 조금만 더 기다려보기로 해요."

그때 느닷없이 이저벨이 벌떡 일어나더니 문으로 달려갔다. 통증 때문에 순간 몸을 웅크리고는 비틀거리면서 캄캄한 바깥으로 나갔다.

"이지! 제발, 그러지 마요. 그러다 다쳐요!"

"이보다 더한 일도 할 거예요!"

따뜻하고 바람 없는 하늘에 달이 둥싯 떠 있었다. 사 년 전 신혼 첫날밤에도 입었던 이저벨의 길고 흰 잠옷 자락이 흰 종이등처럼 빛나다가 광막한 어둠 속에서 조그맣고 하얀 점이 되었다. "견딜 수가 없어!" 이저벨이 크고 날카로운 목소리로 소리를 지르는 바람에 우리 안에서 잠자던 염소들이 깨어 종을 딸랑거렸다. "더는 못 버티겠어! 내 아기들은 죽는데 왜 나는 살아야 해? 차라리 나도 죽겠어!" 이저벨이 비틀거리며 벼랑 쪽으로 달려갔다.

톰이 달려가 이저벨을 붙들었다. "진정해요, 이지." 그러나 이저벨은 몸부림을 치고 빠져나가 다시 내달렸다. 통증이 극심해지는지 자꾸 몸이 꺾였다.

"나한테 진정하라고 하지 마요. 나쁜 사람! 모두 당신 탓이에요. 난 여기가 싫어요! 당신이 싫어! 내 아기를 돌려줘!" 등대 불빛이 이저벨은 비추지 않고 위쪽 허공을 낫으로 베듯 가르며 지나갔다.

"당신은 아기를 바라지 않아! 그래서 아기가 죽은 거야. 당신이 관심이 없다는 걸 느낀 거라고!"

"이지, 그러지 마요. 안으로 들어가요."

"당신은 아무 감정도 없지, 톰 셔본! 당신 심장을 대체 어떻게 했는지는 모르겠지만 그 안에 들어 있지 않은 건 분명해!"

사람이 감당할 수 있는 것에는 한계가 있다. 톰이 적지 않게 보아온 모습이었다. 독일놈들을 무찌르겠다는 혈기에 불타오른 젊은 이들이 포격과 눈과 기생충과 진흙 속에서도 길게는 몇 년까지 버텼다. 그러다 무언가가 안에 쌓인 채 집으로 돌아온 뒤에는 어두운 구석으로 파고들어갔다. 건드릴 수 없을 정도로 깊은 곳으로. 아니면 때로는 밖으로 폭발하기도 했다. 미친 사람처럼 울고 웃으며 총검을 들고 바로 옆에 있는 사람에게 달려들었다. 맙소사, 전쟁이 끝났을 때 톰 자신의 상태를 생각해보면……

어떻게 이저벨을 탓하겠는가? 이저벨은 자기 한계에 다다른 것이다. 누구에게나 한계가 있다. 누구나. 루시를 앗아가면서 결국 톰이 이저벨을 극한까지 몰아간 것이다.

　그날 밤 늦게 셉티머스 포츠는 구두를 벗고 고급 모직 양말 속의 발가락을 꼼지락거렸다. 등이 쑤셔 낮게 신음소리를 냈다. 셉티머스는 자기 숲에서 벤 자라목으로 만든 튼튼한 침대에 걸터앉았다. 침대 옆 테이블에 놓인 시계가 똑딱거리는 소리 말고는 넓은 방 안에 아무 소리도 들리지 않았다. 셉티머스는 풀 먹인 침대보, 반들거리는 가구, 세상을 뜬 아내 엘런의 초상화 등 값비싼 세간을 둘러보며 한숨을 내쉬었다. 장미 무늬가 새겨진 유리 등갓 아래 전구 불빛이 방 안을 밝혔다. 저녁에 보았던 지치고 겁에 질린 손녀의 모습이 아직도 생생했다. 해나 말고는 모두가 죽었다고 생각했던 아이. 삶이라는 것이 어떻게 펼쳐질지 대체 누가 알 수 있겠는가.
　그 고통, 어미를 잃은 아이의 절망감. 엘런이 죽고 시간이 이렇게 흐른 뒤 또다시 그런 모습을 보게 될 줄은 오늘 마당에서 손녀를 보기 전까지만 해도 상상도 못했었다. 삶의 굴곡이란 굴곡은 다 겪어봤다고 생각했는데 새로운 것이 사악한 야바위꾼처럼 등장했다. 셉티머스는 그 어린 것이 어떤 심정일지 짐작할 수 있었다. 마음 한구석에 의문이 스며들었다. 어쩌면…… 어쩌면 아이를 이저벨 셔본에게서 빼앗은 것이 잔인한 일이었는지도 모른다는 의문……
　셉티머스는 다시 엘런의 초상화를 쳐다보았다. 그레이스와 턱선이 비슷했다. 어쩌면 그 아이는 자기 외할머니처럼 아름다운 여인으로 자랄지도 모르지. 셉티머스는 앞으로 다가올 크리스마스와 생일을 상상해보았다. 행복한 가족은 그가 유일하게 바라는 것이었다. 셉티머스는 해나의 고통스러운 얼굴을 생각했다. 프랭크와 결혼하지 못하게 했을 때 지금과 똑같은 표정을 지었던 것이 떠오르자 죄책감이 들었다.

아니다. 여기가 그 아이가 있을 곳이다. 그 아이의 진짜 가족은 여기에 있는 사람들이다. 그 아이는 최고의 것을 받게 될 것이다. 결국은 진짜 집, 진짜 엄마한테 익숙해지겠지. 해나가 그때까지 버틸 수 있어야 하는데.

눈에 눈물이 고였다. 분노가 치밀었다. 누군가는 대가를 치러야 했다. 자기 딸이 고통받은 것처럼 고통받아야 했다. 어떻게 조그만 아기를 물살에 떠내려온 물건이나 되는 듯 가로채서 차지하려 할 수 있단 말인가?

셉티머스는 가슴속에 파고든 의문을 밀어냈다. 과거를 바꿀 수는 없었다. 프랭크를 인정하지 않았던 세월을 되돌릴 수는 없었다. 그렇지만 지금 해나에게 보상할 수는 있을 것이다. 셔본은 벌을 받아야 해. 반드시 그렇게 되게 만들겠어.

셉티머스는 전등을 끄고 달빛이 엘런의 초상화가 끼워진 은빛 액자에 반사되는 모습을 쳐다보았다. 그리고 이 밤 그레이스마크 가족은 어떤 심정일까 하는 생각을 떨쳐버렸다.

27

친정으로 돌아와서도 이저벨은 계속 루시를 찾았다. 어디 있지? 잘 시간 아닌가? 루시한테 점심으로는 뭘 만들어줄까? 그러다가는 정신을 차리고 새록새록 상실의 고통을 느꼈다. 내 딸은 어떻게 지내고 있을까? 누가 밥을 줄까? 누가 옷을 갈아입힐까? 아이는 얼마나 울고 있을까?

루시에게 쓴 수면제를 억지로 먹이던 모습이 떠올라 이저벨은 목이 메었다. 그래서 다른 기억으로 그 기억을 지우려 애썼다. 루시가 모래밭에서 놀던 모습. 코를 쥐고 물속으로 뛰어들던 모습. 밤에 잠들었을 때의 얼굴. 편안하고 아무 걱정 없이 행복한 얼굴. 이 세상에 아기의 잠든 모습보다 더 신비로운 광경이 있을까. 이저벨은 온몸으로 조그만 아이를 기억했다. 손가락은 머리카락을 빗질할 때의 그 부드러운 감촉을 기억했다. 골반은 아이의 무게, 아이가 다리로 허리를 단단히 감던 느낌을 기억했다. 그리고 부드럽고 따스한 뺨.

이저벨은 시들어가는 꽃에서 꿀을 빨듯 이런 과거의 기억에서 위안을 찾으면서도, 뒤쪽에 무언가 어두운 것, 차마 돌아볼 수 없는 게 있다는 걸 인식했다. 그것이 꿈속에서 흐릿하고 끔찍한 모습으로 이저벨을 찾아와 부르곤 했다. "이지! 이지, 사랑해……" 그렇지만 이저벨은 돌아보지 못하고, 붙들리지 않고 피하려는 듯 몸을 웅크렸다. 꿈에서 깨면 숨이 가쁘고 욕지기가 치밀었다.

하지만 이저벨의 부모는 이저벨이 톰에 대한 헛된 신의를 지키려고 입을 다문 것이라 생각했다. "할말 없어요." 처음 집에 돌아온 날 그렇게 말한 뒤 이저벨은 빌과 바이얼릿이 톰에 대해, 무슨 일이 있었는지에 대해 물어보면 그 말만 되풀이했다.

파출소 안 유치장은 기껏해야 취객이 술에서 깰 때까지 누워 있게 하거나 성난 남편이 정신을 차리고 다시는 아내에게 주먹질을 하지 않겠다고 약속할 때까지 가둬두는 용도로나 쓰였었다. 대개는 근무중인 경관도 굳이 유치장 문을 잠글 필요를 느끼지 않았고, 갇힌 사람이 아는 사람이거나 근무 교대 시간이 지났거나 하면 집무실로 데리고 나와 같이 카드 게임을 하는 일도 드물지 않았다. 물론 달아나지 않는다는 전제하에.

오늘 해리 가스톤은 무척 들떠 있었다. 마침내 진짜 범죄자를 맡은 것이다. 가스톤은 일 년 전 캐리데일에서 밥 히칭을 데려왔을 때 자신이 휴가중이었던 것을 생각하면 여전히 분했다. 밥 히칭은 갈리폴리에서 돌아온 뒤로 내내 정신이 온전치 않더니 어머니 유언장을 두고 충돌하다 끝내 자제력을 잃고 고기 써는 칼로 형을 죽이고 말았다. 밥 히칭은 결국 교수형을 당했다. 그래서 지금 가스톤은 신이 나서 꼬치꼬치 절차를 따졌다. 규정집을 꺼내 글자 그대로 지켜지고 있는지 확인했다.

랠프가 톰을 만나고 싶다고 했을 때도 가스톤은 규정집을 들춰보고 머리를 갸웃거리면서 자못 진지한 척을 했다. "죄송합니다, 애디콧 선장님. 들여보내드리면 좋겠지만 여기 규정에 따르면ㅡ"

"헛소리 하지 말게, 해리 가스톤. 자네 어머니한테 말해야겠군."

"여기 분명히 나와 있는데요ㅡ"

파출소 벽이 무척 얇다보니 버넌 너키가 집무실에서 외치는 목소리가 바로 건너왔다. 너키는 굳이 자기 자리에서 일어나지도 않고 소리를 질렀다. "공연한 까탈 부리지 마, 가스톤. 유치장에 있는 사람은 등대지기지 무법자 네드 켈리*가 아니라고. 들어가시라고 해."

기분이 상한 순경이 불만스러운 듯 열쇠 꾸러미를 짤랑거리며 잠긴 문을 열고는 랠프를 데리고 들어갔다. 계단을 내려가 어둑한 복도를 걸어가자 철창이 있는 유치장 몇 개가 나왔다.

그 가운데 하나에, 톰이 벽에 붙은 캔버스 침상에 앉아 있었다. 톰이 고개를 들어 침울하고 창백한 랠프의 얼굴을 보았다.

"톰." 선장이 말했다.

"랠프 선장님." 톰이 고개를 끄덕였다.

"최대한 빨리 온다는 게 이리 됐네. 힐다가 안부 전해달래." 랠프

---

* 식민지 시절 오스트레일리아에서 악명 높았던 범법자.

가 말했다. "블루이도." 랠프는 주머니를 털듯 인사말을 털어냈다.

톰이 다시 고개를 끄덕였다.

두 사람은 말없이 앉아 있었다. 잠시 후 랠프가 말했다. "내가 있는 게 불편하면……"

"아니에요. 뵈니까 좋네요. 그냥 할말이 없어서요. 죄송해요. 잠깐 가만히 있어도 괜찮을까요?"

랠프는 묻고 싶은 게 많았다. 자기도, 아내도 궁금한 것투성이었다. 하지만 낡은 의자에 묵묵히 앉아 있기만 했다. 날씨는 점점 무더워졌고, 나무벽이 잠에서 깨 기지개를 켜는 짐승처럼 끼익 소리를 냈다. 꿀빨이새와 할미새가 창밖에서 지저귀었다. 가끔 도로로 털털거리며 지나가는 자동차 소리가 귀뚜라미와 매미 소리를 뒤덮었다.

생각이 마구 밀려와 입 밖으로 쏟아져나올 것 같았지만 랠프는 꾹 참았다. 톰의 어깨를 쥐고 흔들고 싶은 충동을 누르기 위해 손을 허벅지 아래에 넣었다. 하지만 더는 견디지 못하고 랠프는 하고 싶은 말을 쏟아냈다. "대체 어떻게 된 일인가? 루시가 로엔펠트의 아기라니 이게 대체 무슨 소리야?"

"사실이에요."

"어떻게…… 도대체……?"

"경찰에 모두 설명했어요. 저도 제가 한 짓이 부끄러워요."

"그럼, 야누스에 있을 때 바로잡아야 한다고 말한 게 이거였나?"

"그렇게 단순한 일은 아니에요." 한참 침묵이 흘렀다.

"어떻게 된 건지 말해보게."

"별로 할말이 없어요. 제가 그때 옳지 않은 결정을 내렸고, 이제 그 대가를 치러야 할 때가 된 거예요."

"제발, 이 친구야, 내가 자넬 도울 수 있게 해주게!"

"해주실 수 있는 일이 없어요. 저 혼자 져야 할 일이에요."

"자네가 무슨 짓을 저질렀든 자네는 좋은 사람이야. 이렇게 망가지도록 두고 보지 않을 거야." 랠프가 벌떡 일어났다. "제대로 된 변호사를 구하겠네. 뭔가 수를 찾아낼 거야."

"변호사라도 할 수 있는 일이 별로 없어요. 차라리 목사가 필요할 것 같아요."

"자네를 두고 무슨 말들을 하는지 아나. 말도 안 되는 개소리를 지껄이고 있다고!"

"사실인 것도 있어요."

"내 얼굴을 똑바로 보고 전부 자네가 한 짓이라고 말해보게! 자네가 이저벨을 윽박질렀다고? 내 눈을 똑바로 보고 말해. 그러면 더 성가시게 하지 않고 내버려두겠네."

톰은 벽널의 나뭇결을 뚫어져라 보았다.

"못하지?" 랠프가 의기양양하게 외쳤다. "자넨 그럴 사람이 아니야!"

"책임은 저한테 있어요. 이저벨이 아니라." 톰은 랠프를 보면서 이저벨에게 해가 미치지 않는 한도 안에서 랠프에게 무슨 말을 하고 무슨 설명을 할 수 있을지 생각했다. 마침내 톰이 입을 열었다. "이지는 고통을 많이 받았어요. 더는 감당하지 못해요."

"자네가 총알받이가 된다고 문제가 해결되진 않아. 일을 제대로 밝혀 풀어야지."

"풀 수가 없어요. 되돌릴 수도 없고요. 다 제 책임이에요."

기적이 가능하다는 게 공식적으로 입증되었다. 그레이스가 돌아온 후로 노켈스 목사의 회중이 눈에 띄게 늘어났다. 특히 여자들이 많이 늘었다. 사랑하는 아들과 남편을 다시 만날 수 있으리란 희망을 버렸던 어머니들과 전쟁 과부들이 다시 기운을 차려 기도를 올렸다. 이제는 가망 없는 것을 두고 기도하는 게 어리석다고 여겨지지 않았다. 성 유다 상 앞에도 사람들이 몰렸다. 무뎌졌던 상실감이 다시 깨어났고, 이미 오래전에 바닥을 드러낸 것 같았던 희망이라는 약물이 쓰라린 그리움을 달래주었다.

제럴드 피츠제럴드가 톰과 마주앉았다. 두 사람 사이의 책상 위에는 사건 기록 서류와 서류를 묶었던 분홍색 끈이 흐트러져 있었다. 톰의 변호사는 키가 작고 머리가 벗어졌고, 강단 있고 날렵해서 정장 차림인데도 경마 기수처럼 보였다. 변호사는 전날 퍼스에서 기차로 내려와 호텔에서 저녁을 먹으며 사건 기록을 읽었다.

"셔본 씨는 정식으로 기소되었어요. 파르타죄즈에는 두 달에 한 번씩 순회판사가 오는데 얼마 전에 다녀갔으니 다음에 판사가 오기 전까지 당신은 이곳에 구금 상태로 있게 될 겁니다. 올버니 형무소보다는 여기에 구금되어 있는 편이 훨씬 나을 거예요. 그동안 예심을 준비하죠."

톰이 무슨 뜻인지 모르겠다는 표정으로 변호사를 쳐다보았다.

"재판에 회부할 만한 범죄를 저질렀는지 판단하는 예비 심리요. 만약 죄가 있다고 판단이 내려지면 올버니나 퍼스에서 재판을 받게 될 겁니다. 경우에 따라서는요."

"그 경우라는 게 뭡니까?" 톰이 물었다.

"기소 내용을 보죠." 피츠제럴드가 말했다. "그럼 알게 되겠죠." 피츠제럴드는 자기 눈앞에 놓인 서류를 다시 보았다. "그물을 아주 넓게 쳐놓았어요. 주 형법, 연방 공무원법, 주 검시관법, 연방 형법. 주법과 연방법을 뒤죽박죽 개밥처럼 섞어놨네요." 피츠제럴드가 웃으며 두 손을 마주 비볐다. "마음에 들어요."

톰이 눈썹을 치켜세웠다.

"무슨 말이냐면, 무슨 죄목으로 얽을지 확실히 몰라서 여기저기 들쑤셔놨다는 얘기예요." 변호사가 계속 읊었다. "법적 의무 태만―이건 이 년 형에 벌금. 시신 불법 처리―이 년 노역형. 시신 미신고―허." 변호사가 코웃음을 쳤다. "이건 벌금 10파운드예요. 거짓 출생신고―이 년 노역형에 벌금 200파운드." 변호사가 자기 턱을 긁었다.

톰이 물었다. "그럼 그건…… 아기를 훔친 것은 어떻게 됩니까?" 톰이 그 표현을 사용한 건 처음이었다. 톰은 자기가 한 말에 움찔했다.

"형법 343조. 칠 년 노역형." 변호사는 입을 다물고 고개를 끄덕였다. "셔본 씨에게 유리한 점은 법은 일반적인 경우를 다룬다는 겁니다. 법령은 일반적으로 일어나는 일에 맞춰 만들어집니다. 그래서 343조는……" 변호사는 낡은 법전을 들고 읽었다. "부모에게서 아이를 빼앗으려는 의도로…… 강제로 혹은 속임수로 아이를 약취하거나 유인하거나 억류한 자는……"

"어떻게 됩니까?" 톰이 물었다.

"아마 이건 성립이 안 될 겁니다. 셔본 씨에게는 다행스럽게도, 누가 데려가기 전에 아기는 엄마 곁을 떠나지 않으니까요. 아기가 사람이 거의 안 사는 섬으로 제 발로 갔을 리도 없고요. 아시겠어요? 이 범죄는 요건이 성립되지 않아요. 셔본 씨가 아기를 '억류' 한 게 아니니까요. 법적으로 말하면 아이는 원한다면 언제라도 떠날 수 있었습니다. 셔본 씨는 아이를 '유인'하지도 않았습니다. '아이를 빼앗으려는 의도'가 있었다는 것도 입증할 수 없고요. 우리는 셔본 씨가 아이의 부모가 죽은 줄 알았다고 할 거니까요. 그러니까 그 죄목은 제외할 수 있을 겁니다. 게다가 셔본 씨는 무공훈장을 받은 전쟁 영웅이잖아요. 나라를 위해 목숨을 걸었고 그동안 말썽 한 번 일으키지 않은 사람에게는 법정에서도 관대한 편입니다."

톰의 얼굴에서 긴장이 풀렸다. 그렇지만 변호사는 표정을 바꾸어 말을 이었다. "하지만 법정에서 싫어하는 건 거짓말입니다. 사실 위증죄는 칠 년 노역형을 물릴 정도로 아주 싫어하죠. 또 만약 거짓말로 실제 범인이 정당한 대가를 치르지 못하게 막는다면, 그건 사법 정의 실현을 방해하는 행위이기 때문에 칠 년 형이 추가됩니다. 무슨 말인지 아시겠어요?"

톰이 변호사를 쳐다보았다.

"법은 잘못을 저지른 사람이 반드시 벌을 받도록 하는 걸 좋아한다는 거죠. 판사들은 그런 종류의 일에 민감합니다." 변호사가 일어서서 창문으로 가 철창 사이로 나무를 내다보았다. "자, 만약 제가 법정에 들어가서 불쌍한 여인의 이야기를 한다고 합시다. 아이를 사산하고 슬픔으로 제정신이 아니어서 잠시 이성을 잃고 옳고 그른 것을 분별할 수 없었던 여인이죠. 남편은 괜찮은 사람이고 늘 자기 의무를 다했지만, 단 한 번 이때만은 아내의 슬픔을 덜어주고 싶었고 그만 감정이 이성을 눌러 아내의 뜻을 따르게 되었다…… 이런 이야기라면 판사한테 먹힐 겁니다. 배심원들한테도 먹히고요. 법원에는 '사면권'이라는 게 있습니다. 형량을 줄일 수 있는 권리라는 거죠. 부인의 잘못에 대해서도 마찬가지고요.

하지만 지금 여기에 있는 사람은 자신이 거짓말쟁이에다 폭력배라는 걸 인정하는 남자예요. 사람들이 자기를 씨 없는 수박으로 생각할까봐 겁나서 갓난아기를 내놓지 않기로 하고 아내에게 거짓말을 하도록 강요한 남자요."

톰이 등을 폈다. "제 말은 달라지지 않습니다."

피츠제럴드가 말을 이었다. "자, 만약에 셔본 씨가 정말 그런 일을 할 수 있는 사람이라면, 경찰이 보기에는 자기가 원하는 것을 얻기 위해 한 걸음 더 갈 수도 있는 사람인 겁니다. 취할 수 있는 것을 거리낌없이 취하는 자라면, 아내를 을러서 자기 말을 듣게 할 수 있는 자라면, 원하는 것을 얻기 위해 사람을 죽일 수도 있지 않겠습니까. 전쟁 동안에 사람을 많이 죽여봤으리라는 건 누구나 아는 사실이고요." 피츠제럴드가 잠깐 말을 멈췄다. "검찰 측에서 그렇게 말할 겁니다."

"그걸로는 기소하지 않았잖아요."

"아직은 아니죠. 하지만 내가 듣기로 올버니 경찰이 이 사건을 차지하려고 몸이 달았다더군요. 전에 만나본 적이 있는데, 한마디로 개자식입니다."

톰이 깊이 숨을 들이마시고 고개를 흔들었다.

"로엔펠트가 죽은 상태였다는 셔본 씨 말을 부인께서 뒷받침해 주지 않은 걸 알고 그자가 무척 신이 났더군요." 피츠제럴드가 붉은 노끈을 손가락에 감았다. "부인이 셔본 씨에게 증오를 느끼는 것 같네요." 피츠제럴드는 노끈을 풀면서 천천히 말했다. "셔본 씨가 아기에 대해 거짓말을 하도록 강요했기 때문에 증오할 수도 있겠죠. 아니면 정말 누구를 죽였기 때문이거나. 하지만 제 생각에는 셔본 씨가 비밀을 누설했기 때문에 그러는 게 아닌가 싶은데요."

톰은 아무 반응도 보이지 않았다.

"로엔펠트가 어떻게 죽었는지를 입증하는 것은 검사 몫입니다. 사 년 가까이 땅속에 묻혀 있었으니 쉬운 일은 아니죠. 남은 게 많지 않으니까요. 부러진 뼈도 없고, 금간 데도 없고, 그런데 심장 병력이 있었죠. 이런 경우에는 검시관이 사인 불명 소견을 낼 가능성이 높아요. 셔본 씨가 한 말이 사실이라면요."

"제가 기소 내용 전부에 대해 유죄를 인정하면요…… 이저벨이 제 말을 따르도록 강제했고, 그밖에 다른 증거가 없다면요…… 아무도 이저벨을 건드릴 수 없는 게 맞습니까?"

"그렇습니다만―"

"그렇다면 전 주어지는 벌을 받겠습니다."

"문제는, 셔본 씨가 예측했던 것보다 훨씬 더 많은 형량을 받을 수도 있다는 겁니다." 피츠제럴드가 서류를 가방에 챙겨넣으며 말했다. "부인이 입을 열기로 결심했을 때 뭐라고 말할지 전혀 알 수 없으니까요. 제가 셔본 씨 입장이라면, 머리가 무척 복잡할 것 같네요."

사람들은 전에도 해나를 쳐다보며 수근거리곤 했지만, 그레이스가 돌아온 뒤로는 훨씬 더 많이 돌아보고 수근댔다. 사람들은 엄마와 딸이 드디어 만났으니 뭔가 기적적인 변화, 화학 작용 같은 것이 일어날 거라 기대했다. 하지만 그들은 실망하고 말았다. 아이는 아파 보였고 엄마는 괴로워 보였기 때문이다. 해나는 생기를 찾기는커녕 더 수척해 보였다. 그레이스가 울부짖을 때마다 해나는 아이를 되찾아온 것이 과연 잘한 일이었는지 고민하지 않을 수 없었다.

경찰은 야누스 등대의 일지를 입수해 해나에게 보낸 편지 필적과 대조했다. 또박또박하고 고른 글씨체가 의심할 바 없이 일치했다. 블루이가 확인한 딸랑이도 의문의 여지가 없었다. 다만 아기는 알아볼 수 없게 달라져 있었다. 해나가 프랭크에게 맡긴 것은 머리색깔이 짙고 몸무게는 12파운드* 남짓한 갓난아기였는데, 운명의 장난으로 바꿔치기라도 당한 듯 겁에 질리고 고집 센 금발머리 아이가 나타나 제 발로 걷고 얼굴이 새빨개지도록 소리를 지르고 두 뺨이 눈물과 침으로 범벅이 될 때까지 울어댔다. 생후 몇 주 동안 아기를 돌보면서 해나가 엄마로서 느꼈던 자신감은 이미 다 무너져내린 상태였다. 아기와 한몸인 듯한 친밀감, 말하지 않아도 알 수 있는 공감이 곧 다시 이어질 거라 생각했는데, 그런 건 흔적도 남아 있지 않았다. 해나는 아이가 어떤 반응을 보일지 전혀 예상하지 못했다. 둘은 서로의 스텝을 전혀 모르는 채 같이 춤을 추는 무

---

* 약 5킬로그램.

용수 같았다.

결국 딸 앞에서 인내심을 잃는 순간이 찾아오자 해나는 겁이 났다. 그레이스는 처음에는 한바탕 애를 먹인 뒤에야 먹고 자고 씻으려 하더니, 이제는 자기 안으로 들어가 마음의 문을 닫아버렸다. 여러 해 동안 해나는 몽상에 빠지기도 하고 악몽을 꾸기도 했지만 이렇게 끔찍한 일이 벌어질 거라고는 상상도 하지 못했다.

해나는 자포자기한 심정으로 아이를 데리고 섬튼 박사를 찾아갔다.

"흠." 둥근 얼굴의 의사가 청진기를 내려놓으며 말했다. "신체적으로는 아주 건강합니다." 의사가 젤리빈이 든 유리병을 그레이스 쪽으로 밀어주었다. "마음껏 먹으렴."

아이는 파출소에서 섬튼 박사를 만났던 기억 때문에 겁에 질려 아무 말도 하지 않았다. 해나가 병을 내밀었다. "괜찮아. 아무 거나 좋아하는 색깔로 먹어봐." 그러나 그레이스는 고개를 돌리고 손가락으로 머리카락을 꼬기 시작했다.

"밤에 이부자리를 적신다고요?"

"자주요. 이 나이에 정상적인 일은 아니죠?"

"지금이 정상적인 상황은 아니지 않습니까." 섬튼 박사가 책상 위의 벨을 눌렀다. 잠시 후 머리카락이 흰 여자가 조심스럽게 노크를 하고 안으로 들어왔다.

"프립 부인, 아이 어머니랑 이야기하는 동안 아이를 잠깐 봐주실래요?"

여자가 미소를 지었다. "가자, 얘야. 어디 네가 먹을 만한 과자가 있나 찾아보자." 그러고는 전혀 활기가 없는 아이를 데리고 나갔다.

해나가 말을 시작했다. "어떻게 해야 할지, 무슨 말을 해야 할지 모르겠어요. 애가 아직도—" 해나가 머뭇거렸다. "이저벨 셔본을 찾아요."

"셔본 부인에 대해 뭐라고 말해주었습니까?"

"아무 말도 안 했어요. 내가 네 엄마고 너를 사랑한다고만—"

"음, 셔본 부인에 대해 뭐라고 말을 해야 합니다."

"뭐라고요?"

"제 생각에는 셔본 부인과 남편이 멀리 가야 했다고 말하는 게 어떨까 싶네요."

"어디로요, 왜요?"

"저 나이에는 그런 건 크게 중요하지 않아요. 자기가 궁금한 것에 대한 대답이 있기만 하면요. 결국에는 잊을 겁니다. 주위에 셔본 부부를 떠올리게 할 만한 게 아무것도 없다면요. 새집에 익숙해질 거예요. 입양된 고아들의 경우라든가 그런 일을 흔히 봤습니다."

"하지만 아이가 자지러지곤 해요. 전 그저 저애를 위해 옳은 일을 하고 싶어요."

"달걀을 깨지 않고는 오믈렛을 만들 수 없습니다. 운명이 어린아이에게 힘든 짐을 안겨주었지만, 그건 부인이 어떻게 할 수 없는 일이에요. 그 부부를 만나지 않고 지내다보면 언젠가는 아이의 기억에서 잊힐 겁니다. 그러기 전까지는 아이가 너무 불안해하거나 화를 내면 잠 오는 약을 조금 주세요. 몸에 전혀 해롭지 않습니다."

28

"그 작자를 만날 생각 같은 건 하지도 마라, 내 말 알아들었니?"

"만나봐야 해요, 엄마. 유치장에 들어간 게 벌써 언제예요! 다 제 잘못이라고요!" 블루이가 속상해하며 말했다.

"말도 안 되는 소리 좀 작작해. 넌 아기를 제 어미에게 돌려줬고, 그 덕분에 포상금으로 3천 기니를 받을 거라고." 스마트 부인이 화덕 위에 올려놓은 다리미를 집어들고 식탁보를 다리며 잔소리를 늘어놓았다. "머리를 좀 써. 넌 네 할 일을 했으니까 이제 그 일에서 손 떼!"

"톰은 초기 개척민보다도 고생하고 있어요. 저러다가 망가질지도 몰라요."

"네가 신경쓸 일 아니야. 뒷마당에 가서 장미 화단의 잡초나 뽑아, 어서."

반사적으로 블루이가 뒷문으로 한 걸음을 옮기는데 스마트 부인이 내뱉었다. "모자란 아들하고 단둘이 이 세상에 남겨지다니!"

그 말에 블루이는 걸음을 멈추고는 구부정한 몸을 죽 펴고 놀랍게도 엄마에게 대거리를 했다. "네, 제가 모자라는지는 모르겠지만, 전 배신자는 아니에요. 친구를 저버리는 사람은 아니라고요." 그러고는 몸을 돌려 앞문을 향해 걸어갔다.

"어디 가는 거냐?"

"밖에요!"

"나가려거든 날 밟고 가!" 스마트 부인이 블루이 앞을 막아서며 소리쳤다.

스마트 부인은 키가 5피트인 반면 블루이는 6피트나 됐다. "죄송해요." 블루이는 백단유 목재를 들듯 가볍게 어머니를 들어 옆에 내려놓았다. 그리고 입을 다물지 못하고 눈을 부릅뜨고 노려보는 어머니를 뒤로하고 문밖으로 나갔다.

블루이는 유치장 안을 들여다보았다. 좁은 공간, 한구석에 놓인 오물통, 바닥에 고정되어 있는 테이블 위의 양철 컵이 눈에 들어왔다. 알고 지낸 지 몇 년이 됐지만 톰이 면도하지 않은 모습은 처음이었다. 머리카락이 흐트러지거나 셔츠가 구겨진 것도 처음 봤다. 톰의 눈 밑에는 깊은 골이 패었고, 광대뼈는 각진 턱 위에 산등성이처럼 솟았다.

"톰! 반가워요." 방문객이 말했다. 그 말에 두 사람 다 긴 항해 끝에 부두에서 만났을 때를, 정말로 만나서 반가웠던 때를 떠올렸다.

블루이는 톰의 얼굴을 보려고 했지만 두 사람 사이에 놓인 철창 때문에 초점이 잘 맞지 않았다. 잠시 블루이는 무슨 말을 해야 할지 고민하다 이렇게 말했다. "어떻게 지내요?"

"좋진 않아."

블루이는 손에 든 모자를 만지작거리다가 용기를 내 불쑥 말했다. "그 포상금 안 받을 거예요. 옳지 않은 일이에요."

톰은 잠시 다른 곳으로 눈을 돌렸다. "경찰들이 올 때 네가 같이 오지 않은 이유가 있을 거라고 생각했어." 화가 났다기보다는 무관심한 듯한 말투였다.

"미안해요! 엄마가 억지로 시켰어요. 이제 엄마 말은 절대로 안 들을 거예요. 그 돈은 삿대로도 건들지 않을 거예요."

"다른 사람이 받느니 네가 받는 게 낫지. 지금 나한테는 아무 상관 없는 일이야."

블루이는 톰이 이렇게 무심한 태도를 보일 거라고는 생각지 못했다. "이제 어떻게 되는 거예요?"

"나도 모르겠어."

"뭐 필요한 거 있어요? 제가 구해다줄 수 있는 게 있을까요?"

"하늘하고 바다가 조금 있으면 좋을 것 같은데."

"그러지 마세요. 전 진심이에요."

"나도 진심이야." 톰은 깊게 숨을 들이마시며 잠시 생각에 잠겼다. "네가 해줄 수 있는 일이 있어. 이지가 잘 지내는지 들여다봐줘. 부모님 집에 있을 거야. 그냥…… 잘 지내는지만 봐줘. 무척 힘들어하고 있을 거야. 그 사람한테는 루시가 전부였으니까." 목이 메어 목소리가 갈라지자 톰이 잠시 말을 멈췄다. "이지한테……

이해한다고 전해줘. 그게 다야. 내가 이해한다고 했다고 전해줘."

젊은이는 자기가 할 수 있는 일이 없다는 걸 절감했지만 대신 톰이 부탁한 일을 신성한 임무라도 되는 듯 받아들였다. 자기 목숨이 달린 일이라 해도 반드시 톰의 말을 전달하겠다고.

블루이가 돌아간 뒤 톰은 침상에 누워 루시는 어떻게 지내는지, 이저벨은 어떻게 버티고 있을지 생각했다. 보트가 야누스에 흘러온 그 순간 이후로 자신에게 다른 선택지가 존재할 수 있었을지에 대해서도 생각해봤다. 그러다가 랠프의 말이 떠올랐다. "전쟁을 머릿속에서 계속 되풀이해보아야 무슨 소용이 있나. 그런다고 바로잡을 수 있는 것도 아닌데." 그래서 대신 먼 곳을 바라보며 마음을 달랬다. 머릿속으로 오늘밤 떠 있을 별들의 정확한 위치를 천장 위에 그려보았다. 시작은 늘 가장 밝은 시리우스였고, 그다음에는 남십자성, 그리고 섬 위의 하늘에서 맨눈으로 쉽게 볼 수 있는 금성과 천왕성 같은 행성들이었다. 톰은 해질녘부터 동틀녘까지 세상의 지붕을 가로질러가는 별자리들의 궤적을 그려보았다. 한 치의 오차도 없는 정확함, 별들의 조용한 질서에서 어떤 자유로움을 느꼈다. 톰이 겪은 일 가운데 별들이 언제 어딘가에서 지켜보지 않은 일은 아무것도 없었다. 시간이 충분히 흐르기만 하면 상처가 아물듯 별들의 기억이 자기 삶의 틈을 메워줄 것이다. 모든 것이 잊히고, 고통은 지워질 것이다. 그때 별자리 도감과 루시가 적은 글귀가 떠올랐다. '영원히 영원히 영원히 영원히.' 그러자 현재의 고통이 다시 밀려들었다.

톰은 루시를 위해 기도했다. "안전하게 지켜주십시오. 행복하게 지내게 해주십시오. 절 잊게 해주십시오." 슬픔에 잠겨 있을 이저벨을 위해서도 기도했다. "이저벨이 마음을 다잡고 원래 모습으로 돌아오게 해주십시오. 너무 늦기 전에."

블루이는 그레이스마크네 현관 앞에서 서성이며 준비한 말을 연습해보았다. 문이 열리고 바이얼릿이 나왔다. 블루이를 본 바이얼릿의 얼굴에 경계의 빛이 떠올랐다.

"무슨 일이죠?" 불쾌한 일은 미리 차단하겠다는 듯 바이얼릿이 딱딱한 어조로 물었다.

"안녕하세요, 그레이스마크 부인." 바이얼릿이 인사를 받지 않자 블루이가 말했다. "저는 블루이 스마트입니다."

"댁이 누군지는 알아요."

"죄송하지만…… 셔본 부인을 잠깐 뵐 수 있을까요?"

"이저벨은 아무도 만나지 않아요."

"전─" 블루이는 물러서려다가 톰의 얼굴을 떠올리고 버텼다. "오래 걸리지 않을 겁니다. 잠깐이면─"

그때 이저벨의 목소리가 어둑한 응접실 쪽에서 흘러나왔다. "들어오라고 하세요, 엄마."

바이얼릿이 얼굴을 찡그렸다. "들어와요. 신발 닦고요." 블루이가 집 안으로 들어서기 전에 현관 앞 매트에 신발 바닥을 닦고 또 닦는 동안 바이얼릿은 내내 블루이의 신발을 노려보았다.

"괜찮아요. 엄마, 나가보셔도 돼요." 이저벨이 의자에 앉은 채 말했다.

이저벨도 톰만큼 얼굴이 상했네. 블루이는 생각했다. 얼굴이 창백하고 공허했다. "고맙습니다. 만나주셔서……" 블루이가 더듬거렸다. 손에 쥔 모자챙이 축축했다. "톰을 만나고 왔어요."

이저벨은 표정이 어두워지더니 블루이에게서 아예 고개를 돌려버렸다.

"아주 안 좋아 보였어요. 정말 안 좋아 보였어요."

"그래서 나한테 그 얘기를 하라고 당신을 보낸 건가요?"

블루이는 모자를 만지작거렸다. "아뇨. 저한테 말을 전해달라고 부탁했어요."

"그래요?"

"이해한다고 전해달라고 했어요."

이저벨은 자신도 모르게 놀란 표정을 지었다. "뭘 이해한다는 거예요?"

"그건 말하지 않았어요. 그냥 그렇게 전해달라고만 했어요."

이저벨은 블루이에게서 시선을 떼지 않았지만, 사실은 블루이를 바라보는 게 아니었다. 한참을 뚫어져라 쳐다보는 이저벨의 눈길에 블루이의 얼굴이 붉게 달아오른 뒤에야 이저벨이 입을 열었다. "말 다 전했으면 이만 가보세요." 이저벨이 천천히 자리에서 일어났다.

"하지만— 저?" 블루이가 놀라서 물었다.

"뭐가요?"

"톰한테 뭐라고 전할까요? 그러니까…… 전할 말 같은 건 없으세요?" 이저벨은 대꾸하지 않았다. "톰은 저한테 늘 잘해주셨어요. 그리고 부인도요…… 두 분 다 잘해주셨어요."

"이쪽이에요." 이저벨이 현관문으로 블루이를 안내했다.

이저벨은 현관문을 닫고는 벽에 얼굴을 기댔다. 온몸이 바들바들 떨렸다.

"이저벨!" 어머니가 달려왔다. "이리 와서 좀 누워. 착하지." 바이얼릿이 이저벨을 방으로 부축해 갔다.

"또 토할 것 같아요." 이저벨의 말에 바이얼릿은 얼른 낡은 도자기 그릇을 이저벨의 무릎 위에 올려주었다.

빌 그레이스마크는 자신에게 사람 보는 눈이 있다고 자부해왔다. 학교 교장으로 지내면서 사람의 성장 과정을 관찰할 수 있었기 때문에, 어떤 학생이 인생을 잘 꾸려나갈지, 어떤 학생이 엇나갈지 하는 빌의 짐작은 거의 틀리는 법이 없었다. 빌은 톰 서본이 거짓말쟁이라거나 폭력적인 사람이라고 생각해본 적이 한 번도 없었다. 루시와 같이 있는 모습만 보아도 아이가 아빠를 조금도 무서워하지 않는다는 걸 알 수 있었다. 이저벨한테도 그 이상으로 자상할 수 없을 것 같았다.

그렇지만 유일한 손녀를 잃고 난 뒤 자신에게 딸밖에 남지 않게 되자, 빌은 직관적 판단을 멀찍이 밀어놓아버렸다. 피는 물보다 진하다는 걸 뼈저리게 느꼈다.

"끔찍해, 버넌. 정말 끔찍해. 이저벨 상태가 이만저만이 아니라네." 술집 구석에 버넌 너키와 마주앉은 빌이 말했다.

"톰에게 불리한 증언을 하기만 한다면 이저벨은 걱정할 게 아무 것도 없어요." 너키가 말했다.

빌이 무슨 뜻이냐는 듯 너키를 쳐다보았다.

"톰이 강제로 시킨 일에 대해서 이저벨은 아무런 책임이 없어요. 그러니까 자기 입장만 이야기하면 되는 거죠. 법적으로 말해 지금 이저벨은 '증인 능력이 있으나 증언을 강제할 수 없는' 증인이에요." 너키가 설명했다. "이저벨의 증언을 인정한다는 이야깁니다. 법원에서 다른 사람의 증언과 마찬가지로 유효하게 받아들인다는 거죠. 하지만 아내가 남편에게 불리한 증언을 하도록 강요할 수는 없지 않습니까. 물론 톰도 묵비권을 행사할 수 있고요. 톰이 원하지 않는다면 이저벨에 대해 불리한 증언을 하도록 강요할 순 없습니다. 톰은 한마디도 하지 않겠다는 걸 분명히 했어요." 너키가 잠시 말을 멈췄다. "이저벨이…… 혹시 아이 때문에 불안해한 적이 있나요?"

빌이 너키를 노려보았다. "말을 다른 데로 돌리지 말게, 버넌."

너키는 그 문제는 더 묻지 않고 화제를 돌렸다. "등대지기라는 자리는 신뢰가 바탕인 자리입니다. 우리나라 전체, 더 크게 보자면 전 세계가 등대지기의 정직하고 성실한 품성에 의존하고 있는 거죠. 등대지기가 공문서를 위조하고 아내를 위협하면서 살도록 내버려둘 수는 없어요. 프랭크 로엔펠트를 묻기 전에 또 무슨 짓을 했는지, 그건 알 수 없는 일이지만 만에 하나 그런 짓을 했다면 말할 것도 없이 안 될 일이고요." 빌의 놀란 표정을 보면서도 너키는 계속 말을 이었다. "안 되죠. 그런 일은 단칼에 막아야 해요. 몇 주 뒤에 치안판사가 올 겁니다. 셔본이 지금까지 진술한 것을 근거로

보면…… 아마 올버니에서 재판을 받게 될 거예요. 올버니 법원은
더 큰 형벌을 내릴 권한이 있죠. 아니면 정말 중죄로 판단한다면
퍼스로 끌고 갈 수도 있고요. 스프래그는 로엔펠트가 야누스에 떠
밀려왔을 때 살아 있었다는 증거를 어떻게든 찾으려고 눈을 부릅
뜨고 있어요." 버넌 너키가 남은 맥주를 비우고 말했다. "셔본에게
는 꽤 불리한 상황이에요. 두말할 필요도 없이요."

"아가, 책 좋아하니?" 해나가 물었다. 해나는 딸과 다시 교감하
게 해줄 수 있을 것 같은 방법은 뭐든지 시도해보고 있었다. 해나
는 어렸을 때 이야기책을 좋아했다. 돌아가신 어머니에 대해 아직
까지 떠오르는 기억 가운데 하나는 따스한 오후에 버몬지 풀밭에
서 『피터 래빗 이야기』를 읽어주시던 모습이었다. 어머니의 담청색
실크 블라우스와 독특한 꽃 향기를 닮은 향수 냄새가 또렷이 기억
났다. 그리고 어머니의 웃음은 무엇보다도 소중한 기억이었다. "이
걸 뭐라고 읽을까?" 어머니가 해나에게 물었다. "이 단어 알지?"
    "당근." 해나가 자신 있게 외쳤다.
    "똑똑한 우리 해나!" 어머니가 웃었다. "정말 똘똘하기도 하지."
기억은 거기에서 끝이 났다. 이야기책이 끝나듯. 그래서 그 이야기
를 머릿속에서 되풀이하고 또 되풀이하곤 했다.
    해나는 같은 책으로 그레이스를 꾀어보려고 했다. "보이니? 토
끼 이야기야. 이리 와서 같이 읽자."
    하지만 아이는 뚱한 얼굴이었다. "우리 엄마한테 갈래. 그 책 싫

어!"

"그러지 말고 한 번만 보자." 해나가 깊게 숨을 들이쉬고는 다시 시도했다. "딱 한 쪽만. 한 쪽만 읽어보고 마음에 안 들면 그만 보면 되지."

아이는 해나의 손에서 책을 빼앗아 해나에게 던졌다. 책 모서리가 해나의 광대뼈에 부딪쳤다. 하마터면 눈에 맞을 뻔했다. 아이는 방에서 뛰쳐나가다가 막 방으로 들어오던 그웬과 부딪쳤다.

"이런, 그레이스!" 그웬이 말했다. "엄마한테 무슨 짓을 한 거야? 가서 미안하다고 말해!"

"내버려둬, 그웬." 해나가 말했다. "일부러 그런 거 아니야. 실수였어." 해나는 책을 집어 책장에 가지런히 꽂았다. "오늘 저녁에는 치킨 수프를 한번 끓여줘볼까봐. 치킨 수프 싫어하는 사람은 없잖아?" 하지만 해나의 목소리에는 자신감이 없었다.

몇 시간 뒤 해나는 부엌바닥에 무릎을 꿇고 딸이 토해놓은 수프를 걸레로 닦고 있었다.

"생각해보면, 그 사람에 대해 우리가 아는 게 뭐가 있어요? 시드니에서 왔다는 것? 그게 정말인지 아닌지 누가 알겠어요. 우리가 확실히 아는 건 파르타죄즈 출신이 아니라는 것뿐이죠." 딸이 잠든 후 바이얼릿이 남편에게 말했다. "사람이 어떻게 그럴 수가 있죠? 이저벨이 아이 없이는 살 수 없을 때까지 기다렸다가 아이를 빼앗아가다니." 바이얼릿은 액자에 든 손녀 사진을 보고 있었다. 벽난로에서 내려 속옷 서랍 안 깊은 곳에 넣어두려는 참이었다.

"당신은 어떻게 생각해요? 솔직하게?"

"어처구니가 없죠. 이저벨 머리에 총만 안 갖다댔다 뿐이지, 다 톰 책임이에요. 이저벨은 셋째까지 잃고 제정신이 아니었을 거예요. 그런데 그걸로 이저벨을 탓하다니…… 그때 규정을 지키느냐 마느냐는 자기한테 달려 있었잖아요. 그렇게 결정을 내렸으면 그대로 했어야죠. 몇 년 뒤에 와서 들쑤실 게 아니라. 이제 와 이렇게 많은 사람을 고통으로 몰아넣다니. 사람은 자기가 내린 결정을 받아들이고 살아야 하는 거예요. 그게 바로 용기라고요. 실수의 결과 역시 받아들여야 하는 거라고요."

빌은 아무 말도 하지 않았다. 바이얼릿은 라벤더 꽃잎이 든 향낭을 정리하면서 계속 말했다. "상처에 소금을 문지른 격이에요. 자기 양심에 거리긴다고, 그걸 이저벨이나 루시보다 우선시하다니—" 바이얼릿이 빌의 손 위에 자기 손을 포갰다. "우리에게도 마찬가지고요. 우리 생각은 손톱만큼도 하지 않은 거죠. 우리가 지금까지 어떤 일을 겪어왔는데……" 바이얼릿의 눈에 눈물이 고였다. "우리 어린 손녀를. 그애한테 쏟은 모든 사랑을……" 바이얼릿이 천천히 서랍을 닫았다.

"이리 와요, 여보. 당신이 얼마나 힘든지 알아요." 빌이 바이얼릿을 꼭 끌어안았다. 최근 들어 부쩍 하얗게 센 아내의 머리카락이 빌의 눈에 들어왔다. 두 사람은 그렇게 껴안은 채 가만히 서 있었다. 바이얼릿은 흐느꼈고, 빌은 이렇게 말했다. "힘든 날은 이제 다 끝났다고 생각했다니 내가 정말 어리석었어요." 느닷없이, 빌한테서도 울음이 터져나왔다. 빌은 바이얼릿을 더 세게 끌어안았다. 그

힘으로 무너지는 가족을 붙들어 일으키기라도 하려는 듯이.

부엌바닥을 다 닦은 해나는 딸이 마침내 잠든 뒤에야 조그만 침대 옆에 앉아 자는 아이의 얼굴을 들여다보았다. 낮에는 불가능한 일이었다. 그레이스는 누가 자기를 보는 것 같으면 얼른 얼굴을 숨겼다. 등을 돌리거나 다른 방으로 달아났다.

해나는 촛불 한 자루의 불빛 아래에서 딸의 얼굴을 자세히 뜯어보았다. 둥근 뺨과 눈썹 모양에서 프랭크가 보였다. 가슴이 두근거렸다. 잠자는 아이에게 말을 걸면 프랭크가 대답할 것만 같았다. 딸의 숨결에 따라 하늘거리며 그림자를 던지는 촛불 빛에 금빛 머리카락, 분홍빛 입 가장자리로 흘러내린 침 줄기가 반짝거렸다.

해나는 자기 마음 한구석에 자라나기 시작한 소망이 무언지 천천히 깨달았다. 그레이스에게서 그 사람들과 그 삶에 대한 기억이 전부 사라질 때까지 아이가 며칠 동안, 필요하다면 몇 년이라도 잠들어 있었으면 하는 마음이었다. 돌아온 아이의 얼굴에서 고통을 본 순간에 느꼈던 공허감이 다시 해나의 가슴속에 찾아들었다. 프랭크가 옆에 있었다면. 어떻게 하면 좋을지, 어떻게 버텨나갈지 프랭크는 알았을 텐데. 삶이 그렇게 여러 차례 프랭크를 쓰러뜨렸어도 프랭크는 늘 웃으며 오뚝이처럼 일어났고 누구도 원망하지 않았지.

해나의 머릿속에 아주 작은 존재가 떠올랐다. 완벽한 아기, 태어난 지 일주일쯤 되었을 때의 모습이었다. 프랭크의 자장가가 들렸다. "자장 자장 아가야." 프랭크가 요람 안을 들여다보며 독일어로 중얼거리던 모습도 떠올랐다. "좋은 꿈 꾸라고 좋은 이야기를 해 주는 거야." 프랭크는 그렇게 말하곤 했다. "마음속에 좋은 생각을 담고 있으면 행복해질 수 있거든. 그게 내가 배운 거야."

해나는 등을 폈다. 그 기억만으로도 다음날을 맞을 용기가 생겼다. 그레이스는 해나의 딸이다. 아이의 영혼 속 어딘가에는, 틀림없이 해나에 대한 기억이 남아 있을 것이고, 언젠가는 엄마를 알아볼 것이다. 아버지의 말처럼 하루하루를 버텨나가기만 하면 되는 것이다. 아이는 머지않아 다시 해나의 딸이 될 거고, 태어났을 때와 마찬가지로 해나의 기쁨이 될 것이다.

해나는 조용히 촛불을 끄고 복도에서 흘러들어오는 불빛을 따라 방에서 나갔다. 자기 침대 위로 올라간 해나는 침대가 텅 빈 듯한 느낌에 가슴이 서늘했다.

이저벨은 부모님 집 뒷문으로 빠져나와 밖에서 서성이고 있었다. 새벽 세시였다. 유령고무나무가 가느다란 손가락 같은 긴 나뭇가지 두 개로 달을 붙들고 있었다. 맨발 아래에서 마른 풀이 바스락거렸다. 이저벨은 자카란다나무에서 불꽃나무로, 불꽃나무에서 자카란다나무로 왔다갔다 걸었다. 오래전에 오빠들과 크리켓을 하던 자리였다.

알 것도 같고 모를 것도 같고, 살아 있는 것도 같고 아닌 것도 같고, 넋이 들었다가 나갔다가 하는 현상은 이저벨이 첫번째 아이를 잃은 뒤에 나타났다. 두 아이를 더 잃고, 루시까지 잃고 난 뒤에는 더욱 심해졌다. 그리고 이저벨이 사랑했던 톰, 이저벨이 남편으로 맞았던 톰마저 속임수의 안개 속으로 사라지고 말았다. 이저벨의 눈을 피해 몰래 빠져나가 다른 여자에게 쪽지를 남기고 딸을 빼앗아갈 계략을 꾸몄다니.

"이해해요." 톰의 메시지를 이해할 수 없었다. 분노와 그리움이 치솟아 뱃속이 뒤틀렸다. 생각이 사방으로 튀어나갔다. 난데없이 아홉 살 때의 기억이 떠올랐다. 타고 있던 말이 길에서 호랑뱀을 발견하고는 갑자기 날뛰며 앞발을 들고 튀어나갔다. 말은 머리를 때리는 나뭇가지도, 절박하게 갈기를 붙든 어린아이도 전혀 신경쓰지 않고 내달렸다. 이저벨은 말이 진정되고 지칠 때까지 말의 목을 껴안고 납작 엎드려 있었다. 마침내 집에서 한참 떨어진 공터에서 말이 멈춰섰다. "다른 방법이 없단다." 아버지가 말했었다. "말이 놀라 날뛰기 시작하면 젖 먹던 힘까지 다해 꼭 붙들고 기도나 드리는 수밖에 없어. 공포에 사로잡힌 짐승을 막을 방법은 없단다."

주변에 이야기를 나눌 사람이 아무도 없었다. 자신을 이해해줄 사람이 아무도 없었다. 삶의 이유였던 가족이 없다면 삶이 무슨 의미가 있겠는가? 이저벨은 자카란다나무 껍질을 손가락으로 쓸다가 나무 줄기에 있는 어떤 자국을 발견했다. 앨피 오빠가 이저벨의 키를 표시해놓은 자리였다. 오빠들이 프랑스로 떠나기 전날이었다. "다녀와서 네가 얼마나 컸는지 볼 거야. 그러니까 쑥쑥 잘 자라야 해."

"언제 올 건데?" 이저벨이 물었다.

오빠들이 서로 마주보았다. 불안하기도 하고, 흥분하기도 한 듯한 모습이었다. "네가 이만큼 컸을 때." 휴 오빠가 말하면서 한 뼘 위에 칼집을 냈다. "네가 이만큼 크면 우리가 돌아와서 또 널 괴롭혀줄 거야."

이저벨은 거기 닿을 만큼 크지 못했다.

도마뱀붙이가 화다닥 달려가는 모습에 이저벨은 현재로, 비참한 현실로 돌아왔다. 달이 머리 위 가지 사이에 끼어서 끙끙대는 동안 이저벨의 머릿속으로 의문이 쏟아졌다. 톰은 대체 어떤 사람인 걸까? 이저벨이 누구보다도 잘 안다고 생각했던 사람인데, 톰이 어떻게 배신을 할 수 있었을까? 두 사람이 함께 지내온 세월은 대체 무엇이었지? 이저벨과 톰의 피가 섞여서 생겨난 영혼들, 이저벨 뱃속에서 살아남지 못했던 그 영혼들은 누구였을까? 어두운 생각이 이저벨의 어깨에 내려앉았다. 내일이 대체 무슨 의미가 있을까?

그레이스가 돌아오고 나서 몇 주 동안 해나는 그레이스를 잃었을 때보다 더 큰 고통을 맛보았다. 오랫동안 피해왔던 진실들을 이제는 받아들이지 않을 수 없었기 때문이다. 세월이 정말 많이 지났다는 것. 프랭크가 정말로 죽었다는 것. 이 몇 년 동안 딸의 삶은 이미 지나갔고 돌이킬 수 없다는 것. 해나의 삶에 그레이스가 존재하지 않던 동안 그레이스는 다른 사람의 삶 속에 존재했다. 해나 없이 살았다. 단 한순간도 해나를 생각하지 않고. 인정하기 부끄러웠지만 해나는 자기가 배신감을 느낀다는 것을 깨달았다. 아기한테서.

빌리 위샤트의 아내가 떠올랐다. 솜 전투에서 죽은 줄 알았던 남편이 살아 돌아왔을 때 위샤트의 아내가 보였던 기쁨이 절망으로 바뀌었던 것이. 가스를 마셔 망가진 채로 돌아온 빌리 위샤트는 전혀 다른 사람이 되어 있었고, 오 년 동안 온갖 고생을 견디던 위샤트의 아내는 물통에 얼음이 단단하게 언 어느 날 아침, 외양간에서 젖 짜는 양동이를 뒤집어놓고 올라가 목을 맸다. 빌리는 여전히 칼을 무서워했기 때문에 자식들이 엄마가 매달려 있는 줄을 끊어야 했다.

해나는 인내와 용기와 이해심을 달라고 기도했다. 매일 아침 그날 하루를 견딜 수 있게 해달라고 빌었다.

어느 날 오후 아이 방 앞을 지나가는데 말소리가 들렸다. 해나는 걸음을 늦추고 살금살금 열린 방문으로 다가갔다. 아이가 마침내 인형을 가지고 노는 걸 보고 가슴이 떨렸다. 아이가 인형놀이를 하도록 계속 시도했었지만 번번이 실패로 돌아갔었기 때문이다. 소꿉이 이불 위에 늘어져 있었다. 인형 하나는 우아한 레이스 드레스 차림이었지만 다른 하나는 속옷 바람이었다. 드레스를 입은 인형 무릎에는 나무 빨래집게가 놓여 있었다. 인형이 "밥 먹을 시간이다"라고 말하자 아이는 조그만 찻잔을 빨래집게에 갖다대고 냠냠하는 소리를 냈다. "착하구나. 이제 잘 시간이야. 잘 자." 인형은 빨래집게를 입술에 가져다대고 입을 맞췄다. "봐요, 아빠." 인형이 말했다. "루시 자요." 인형이 조그만 손으로 빨래집게를 어루만졌다. "잘 자, 룰루. 잘 자요, 엄마." 속옷 차림의 인형이 말했다. "이제 등대에 가야겠어요. 해가 거의 졌어요." 속옷 차림의 인형이 종종

거리며 담요 밑으로 들어갔다. 드레스를 입은 인형이 말했다. "걱정 마, 루시. 이젠 마녀가 널 잡아갈 수 없어. 내가 마녀를 죽였어."

해나는 순간 이성을 잃고 방 안으로 들어가 인형을 빼앗았다. "바보 같은 놀이는 이제 그만둬. 알았어?" 해나가 소리치며 딸의 손을 찰싹 때렸다. 아이는 바짝 긴장했지만 울지는 않았다. 말없이 해나를 바라보기만 했다.

해나는 바로 후회했다. "그레이스, 미안해! 정말 미안해. 아프게 하려던 게 아닌데." 해나는 의사의 조언을 떠올렸다. "그 사람들은 여기 없어. 그 사람들은 나쁜 짓을 했어. 네가 집에 오지 못하게 했단다. 그 사람들은 이제 멀리 갔어." 집이라는 말에 그레이스는 이해가 가지 않는다는 듯한 표정을 지었다. 해나가 한숨을 내쉬었다. "언젠가는, 언젠가는 알게 될 거야."

점심 무렵, 아이에게 화낸 것을 후회하며 해나가 부엌에서 울 때, 그레이스는 다시 그 놀이를 했다. 이번에는 빨래집게 세 개만 가지고. 해나는 그날 밤 늦게까지 가위질과 바느질을 했다. 이튿날 아침 아이가 일어났을 때에는 침대 위에 새 인형이 놓여 있었다. 앞치마에 '그레이스'라는 이름이 수놓인 여자아이 인형이었다.

"루시가 어떤 상태일지 생각하면 견딜 수가 없어요, 엄마." 이저벨이 어머니와 같이 집 뒤쪽 처마 아래 고리버들 의자에 앉아 말했다. "우리가, 집이 그리울 텐데. 어린 것이 무슨 일이 벌어진 건지 영문도 모를 텐데."

"안다, 알아." 어머니가 대답했다.

바이얼릿은 찻잔에 차를 따라 이저벨 무릎 위에 놓아주었다. 딸은 끔찍할 정도로 변해 있었다. 쑥 들어간 두 눈 아래에는 그늘이 생겼고 머리카락은 윤기를 잃은 채 엉켜 있었다.

이저벨은 실타래처럼 얽힌 생각을 정리해보려는 듯 머릿속에 떠오른 생각을 툭툭 내뱉었다. "장례식이 한 번도 없었어……"

"무슨 말이냐?" 바이얼릿이 물었다. 요즘 이저벨이 하는 말은 조리가 없을 때가 많았다.

"내가 잃은 사람들은…… 그냥 사라지고 말았어요. 장례식이라도 있었으면…… 모르겠어요. 달랐을 수도 있을 것 같아요. 휴 오빠는 달랑 영국에 있는 무덤 사진 한 장이었고, 앨피 오빠는 기념비에 이름을 새기기만 했어요. 내 세 아이한테는…… 송가 하나도 제대로 불러주지 못했어요. 그리고 지금……" 이저벨이 울음을 터뜨렸다. "루시……"

바이얼릿은 아들들에게 장례를 치러주지 않은 걸 다행으로 여겼다. 장례식은 명백한 증거 같은 거였다. 아들들이 확실하게 죽어 땅에 묻혔음을 인정하는 것. 그건 배신이었다. 장례식을 치르지 않으면, 어느 날 아들들이 부엌으로 달려들어와 저녁이 뭐냐고 물으면서, 한순간이라도 아들들이 영원히 세상을 떠났다고 믿게 만든—어떻게 그런 일이 있을 수가!—말도 안 되는 실수를 두고 자신과 웃으며 이야기할 것만 같았다.

바이얼릿은 이저벨의 말을 곰곰 생각해보았다. "얘야, 루시는 죽지 않았잖니." 이저벨은 그 말을 귀담아듣는 것 같지 않았다. 바이얼릿은 얼굴을 찌푸리며 말했다. "넌 아무 잘못 없다. 난 그자를 영영 용서하지 않을 거야."

"엄마, 그 사람이 절 사랑하는 줄 알았어요. 세상에서 제가 가장 소중하다고 말했거든요. 그래놓고 이렇게 끔찍한 일을 벌였어요……"

나중에 바이얼릿은 아들들 사진이 담긴 은색 액자를 닦으며 몇 번째인지 모를 정도로 지금 이 상황을 곱씹었다. 일단 아이가 마음속에 들어오면 옳고 그르고가 있을 수 없었다. 바이얼릿은 남편을 증오하면서도 아이를 낳은 여자들을 알았다. 심지어 원하지 않는 아이를 낳은 경우도 있었다. 그런데도 그 여자들은 씨를 준 악한을 증오하면서도 아이는 끔찍이 사랑했다. 아기에 대한 사랑에는 속수무책일 수밖에 없다는 걸 바이얼릿은 누구보다 잘 알았다.

29

"왜 이저벨을 감싸는 건가?"

생각지 않은 질문에 허를 찔린 톰은 조심스럽게 창살 너머의 랠프를 쳐다보았다. "자네 얼굴에 코가 달린 것처럼 뻔한 일이네. 내가 이저벨 이야기를 할 때마다 자네는 완전히 이상해져서 말도 안되는 소리를 하지 않나."

"더 잘 지켜줬어야 해요. 저한테서 지켜줬어야 해요."

"헛소리 말게."

"선장님은 늘 좋은 친구였지만, 그래도…… 저에 대해 모르시는 게 많아요."

"자네에 대해 아는 것도 많지."

톰이 일어섰다. "엔진 문제는 해결됐어요? 블루이 말로는 엔진이 말썽을 일으킨다던데."

랠프가 톰을 주의깊게 쳐다보았다. "좋아 보이진 않아."

"오랜 세월 수고 많이 했지요."

"그래. 그 할망구를 늘 믿었는데. 나보다 먼저 갈 줄은 몰랐네. 프리맨틀에서는 그 배를 퇴역시키려고 해." 랠프가 톰의 눈을 들여다보았다. "자네나 나나, 안 그래도 언젠가는 죽을 목숨이야. 대체 왜 인생의 황금기를 그렇게 버리려고 하나?"

"제 인생의 황금기는 오래전에 끝났어요."

"터무니없는 소리라는 거 자네도 알잖나! 이제 그만 정신 추스르고 뭔가 해야 해! 제발 정신 좀 차리게!"

"저보고 어떻게 하라는 말씀이에요?"

"진실을 말하게. 대체 그게 뭐든. 거짓은 반드시 말썽을 일으키게 되어 있어."

"어떤 때에는 진실도 그러는 것 같아요…… 사람이 받아들일 수 있는 것에는 한계가 있어요. 제길. 그건 제가 누구보다도 잘 알아요. 이지는 절 만나기 전만 해도 밝고 행복한 사람이었어요. 이지가 야누스로 오지 않았다면 이런 일은 일어나지 않았을 거예요. 이지는 야누스가 천국일 거라고만 생각했지, 어떤 삶을 살게 될지는 전혀 몰랐어요. 이저벨을 거기로 데려가면 안 되는 거였어요."

"이저벨도 성인이야, 톰."

톰은 선장을 마주보며 다음 말을 골랐다. "오래전부터 기다려온 일이에요. 결국에는 죄의 대가를 치르는 거예요." 톰은 한숨을 내쉬고 유치장 구석의 거미집을 보았다. 파리 몇 마리가 때 지난 크리스마스 장식처럼 처량하게 매달려 있었다. "전 오래전에 죽었어야 해요. 수백 번도 더 총알이나 총검을 맞았어야 해요. 빌린 목숨으로 지금까지 살아왔죠." 톰이 마른침을 꿀꺽 삼켰다. "루시 없이 지내는 것만으로도 이지는 충분히 힘들어요. 이런 곳에서는 버틸 수 없을 거예요. 이게 제가 그 사람을 위해 할 수 있는 단 한 가지예요. 제가 그 사람한테 조금이라도 보상하는 길이고요."

"불공평해." 아이는 그 말을 계속 되풀이했다. 징징거리는 게 아니라, 이성에 호소하는 듯한 말투였다. 아이는 외국인에게 무엇을 설명하려는 듯 진지한 얼굴이었다. "불공평해. 나 집에 가고 싶어."

어쩌다 한번씩 해나는 아이의 관심을 잠깐 다른 데로 돌리는 데 성공하기도 했다. 함께 케이크를 만들고, 종이 인형을 오리기도 했다. 굴뚝새에게 주려고 문가에 빵 부스러기를 뿌려놓기도 했다. 그러면 조그만 새가 문으로 날아와 철사처럼 가느다란 다리로 종종 뛰면서 마른 빵을 쪼아 먹으며 잠깐 그레이스의 눈길을 사로잡았다.

어느 날 얼룩 고양이가 지나가는 걸 보고 그레이스가 좋아하자 해나는 새끼 고양이가 있는 집이 있는지 묻고 다녔다. 그래서 조그맣고 발이 하얀 검정 고양이를 구해 집으로 데려왔다.

그레이스는 관심을 보이면서도 여전히 경계를 늦추지 않았다. "네 고양이야. 수컷이야." 해나는 새끼 고양이를 아이 손 위에 조심스럽게 올려놓으며 말했다. "그러니까 네가 고양이 돌보는 걸 거들어줘야 해. 고양이 이름을 뭐라고 지을까?"

"루시." 아이는 한순간도 망설이지 않고 말했다.

해나는 움찔했다. "루시는 여자아이 이름이지 고양이 이름이 아니야. 고양이 이름으로는 뭐가 좋을까?"

그레이스는 자기가 아는 유일한 고양이 이름을 댔다. "타바사 태비."

"그래, 타바사 태비라고 하자." '타바사'는 여자 이름이고 '태비'는 얼룩 고양이라는 뜻이라 수컷 검정 고양이한테는 어울리지 않는다고 말하고 싶었지만 해나는 그냥 그렇게 말했다. 아이가 대꾸를 해준 것만으로도 다행이었다.

다음날 해나가 그레이스를 불렀다. "이리 오렴. 타바사한테 고기 좀 줄까?" 그러자 그레이스는 머리카락을 꼬며 대답했다. "타바사는 아줌마 싫어해요. 나만 좋아해요." 악의가 담긴 말은 아니었다. 그냥 사실을 설명하는 것이었다.

"이저벨 셔본을 만나게 해야 하지 않을까 싶은데." 신발 신는 문제로 엄마와 아이 사이에 한바탕 난리가 벌어진 뒤 그웬이 조심스레 말했다.

해나는 기겁했다. "그웬!"

"그런 말 듣고 싶어하지 않는 건 아는데. 그냥 내 생각에는…… 그레이스가 언니를 자기 엄마 친구로 생각하게 되면, 일이 좀 쉽지 않을까 싶어서."

"자기 엄마 친구라고! 네가 어떻게 그런 말을 할 수 있니! 섬튼 박사가 뭐라고 했는지 너도 알잖아. 그 여자를 빨리 잊으면 잊을수록 좋다고!"

하지만 해나도 자기 딸에게 다른 부모와 다른 삶에 대한 기억이 지울 수 없게 깊이 새겨졌다는 사실을 인정하지 않을 수 없었다. 그레이스는 바닷가를 산책할 때면 물속으로 뛰어들고 싶어했다. 대부분의 아이는 달 정도만 알 나이인데 밤이면 그레이스는 가장 밝은 별을 가리키며 말하곤 했다. "시리우스다! 저건 은하수." 자신감 넘치는 목소리에 해나는 섬찟해 얼른 아이를 안으로 데려가 곤 했다. "이제 잘 시간이다. 들어가자."

해나는 원망과 분노에서 벗어나게 해달라고 빌었다. "하느님, 딸을 돌려주셔서 감사합니다. 제가 어떻게 하면 좋을지 알려주세요." 하지만 캔버스 천 쪼가리에 둘둘 말려 묘비도 없는 무덤에 묻혔던 프랭크가 떠올랐다. 해나는 프랭크가 딸을 처음 안았을 때 지었던 표정을 기억했다. 마치 해나가 분홍색 담요에 온 세상을 다 담아서 선물하기라도 했다는 듯한 그 표정을.

해나가 어떻게 할 수 있는 일이 아니었다. 톰 셔본이 법에 따라 정당한 처분을 받는 수밖에 없었다. 법원이 그에게 징역형을 선고한다면…… 눈에는 눈이라고 성경에도 나와 있다. 정의의 심판을 받게 할 것이다.

그러다가 아주 오래전에 배 위에서 봉변을 당할 뻔한 해나를 구해주었던 남자가 떠올랐다. 그 사람이 나타나 자신이 얼마나 안도했었던지도. 그 아이러니에 해나는 흠칫 놀랐다. 사람 속은 정말 알 수 없었다. 해나는 술 취한 남자 앞에서 톰 셔본이 권위 있게 행동하던 모습을 보았다. 그 사람은 자기가 법을 넘어서는 존재라고 생각했을까? 두 장의 편지, 그 가지런한 글씨체. "절 위해 기도해주십시오." 해나는 다시 기도를 올렸다. 톰 셔본을 위해서도. 마음

한구석에는 톰 셔본이 고통받기를 바라는 마음도 있었지만 그가
정당한 대우를 받을 수 있기를 기도했다.

∽

이튿날 오후, 그웬은 아버지와 팔짱을 끼고 잔디밭을 거닐었다.
"여기, 버몬지가 그리워요." 그웬이 웅장한 석회암 저택을 돌아보
며 말했다.

"나도 네가 그립다." 셉티머스 포츠는 이렇게 말하고 몇 걸음 더
걷다가 다시 말했다. "이제 해나 옆에는 그레이스가 있으니 넌 늙
은 아비 곁으로 오거라……"

그웬은 입술을 깨물었다. "그러고 싶어요. 정말로요. 하지만……"

"하지만?"

"아직 언니 혼자는 힘들 것 같아요." 그웬이 팔을 풀고 아버지를
마주보았다. "저도 이런 말 하고 싶지 않지만, 언니가 정말 해낼 수
있을지 모르겠어요. 불쌍한 애는 또 어떻고요. 그렇게 비참하게 지
낼 거라곤 상상도 못했어요."

셉티머스가 그웬의 뺨을 어루만졌다. "나도 그렇게 비참한 시간
을 보냈던 아이를 안단다. 너를 볼 때마다 내 가슴은 무너지는 것
같았지. 네 어미가 죽은 후 몇 달 동안이나." 셉티머스는 걸음을 멈
추고 꽃을 피운 지 꽤 된 붉은 장미의 향기를 맡았다. 절정을 막 넘
어선 벨벳 같은 꽃송이였다. 셉티머스는 그 향을 가슴 깊숙이 빨아
들이고는 허리에 손을 짚고 몸을 폈다.

"전 이게 안타까운 거예요." 그웬은 뜻을 굽히지 않았다. "그애

엄마는 죽지 않았으니까요. 바로 여기 파르타죄즈에 있잖아요."

"그래. 해나가 바로 여기 파르타죄즈에 있지!"

그웬은 아버지를 설득하는 것이 얼마나 어려운 일인지 알고 있었기에 더는 아무 말 하지 않고 걸음을 옮겼다. 셉티머스는 화단을 살폈고, 그웬은 머릿속에서 쨍하고 울리는 조카의 울음소리를 지우려 애썼다.

그날 밤, 셉티머스는 어떻게 하면 좋을지 깊이 고민했다. 엄마를 잃은 여자아이에 대해서라면 셉티머스도 어느 정도 알고 있었다. 마음을 풀어주는 방법에 대해서도. 셉티머스는 계획이 잡히자 편안히 잠에 빠져들었다.

다음날 아침 셉티머스는 차를 몰고 해나의 집으로 가서 큰 소리로 말했다. "좋아. 준비됐니? 우리 파르타죄즈 탐험을 떠나자. 이제 그레이스가 파르타죄즈를 둘러볼 때가 됐어. 자기 고향이 어떤 곳인지 알아야지."

"하지만 전 오늘 교회 커튼을 수선해야 해요. 노켈스 목사님께 약속한 거라……"

"나 혼자 데리고 가겠다. 무사히 데려다주마."

'파르타죄즈 탐험'은 포츠 제재소를 둘러보는 것으로 시작했다. 셉티머스는 해나와 그웬이 어릴 때 짐마차 말에게 사과와 각설탕 먹이는 걸 좋아했던 기억을 떠올렸다. 요즘에는 짐마차 대신 기차로 목재를 운반하지만 폭우에 철로가 유실된다거나 하는 비상사태에 대비해 늙은 짐말 몇 마리를 아직도 기르고 있었다.

셉티머스가 말 한 마리를 쓰다듬으며 말했다. "그레이스, 이 말은 애러벨라란다. '애러벨라'라고 부를 수 있겠니?"

셉티머스가 마구간지기에게 애러벨라를 수레에 매라고 말하자 마구간지기가 잽싸게 움직였다. 잠시 후 마구간지기가 이륜마차에 애러벨라를 매어 마당으로 끌고 나왔다.

셉티머스는 그레이스를 마차에 앉히고 자신도 옆에 올라탔다. "이제 모험을 떠나볼까?" 셉티머스는 이렇게 말하고 늙은 말의 고삐를 쥐고 말을 몰았다.

그레이스는 이렇게 큰 말을 본 적이 한 번도 없었다. 진짜 숲에 가본 것도 이번이 처음이었다. 숲 비슷한 곳에 가본 경험이라고는 그레이스마크네 집 뒤쪽 수풀 안으로 들어갔다가 길을 잃었을 때가 처음이자 마지막이었다. 그때 말고는 내내 나무 두 그루만 보고 지냈었다. 야누스에 있는 노퍽 소나무 두 그루. 셉티머스는 키큰 유칼리나무 사이로 난 오래된 벌목로를 따라 마차를 몰면서 여기저기 보이는 캥거루와 왕도마뱀을 손가락으로 가리켰다. 아이는 동화책 같은 세계에 마음을 빼앗겼다. 가끔 새나 왈라비를 가리키며 물었다. "저건 뭐예요?" 그러면 할아버지는 동물들의 이름을 가르쳐주었다.

"저기, 아기 캥거루요." 그레이스가 길옆에서 천천히 뛰고 있는 유대목 동물을 가리키며 말했다.

"저건 아기 캥거루가 아니야. 저 조그만 녀석은 쿼카라고 한단다. 캥거루 비슷하지만 훨씬 작지. 다 자란 게 저 정도 크기란다."

셉티머스가 그레이스의 머리를 쓰다듬었다. "네가 웃는 걸 보니까 좋구나. 네가 슬펐다는 거 알아…… 예전이 그립겠지." 셉티머스가 잠깐 생각에 잠겼다. "나도 어떤 기분인지 안단다. 사실 나도 그랬었거든."

아이가 궁금한 듯 쳐다보자 셉티머스가 말을 이었다. "우리 엄마하고 헤어져 바다를 건너와야 했어. 배를 타고 프리맨틀까지 왔지. 너보다 겨우 한두 살 정도 더 먹었을 때야. 상상하기 어렵지? 하지만 여기에서 새로운 엄마 아빠를 얻었어. 세러와 월트가 엄마 아빠가 되어주고 날 돌봐줬단다. 해나가 널 사랑하는 것처럼 날 사랑해줬지. 그러니까, 가족이 반드시 하나만 있는 건 아니란다."

그레이스의 표정만 보고는 아이가 이 말을 듣고 무슨 생각을 하는지 알 수 없었다. 그래서 셉티머스는 접근 방법을 바꾸었다. 높은 나뭇가지 틈새로 쏟아져들어온 햇살이 말이 천천히 걸어가는 길 위에 얼룩을 만들었다. "숲이 좋으냐?"

그레이스가 고개를 끄덕였다.

셉티머스가 어린나무를 가리켰다. "한번 보거라. 작은 나무가 자라는구나. 크고 나이든 나무를 베어내면 새 나무가 그 자리에 자란단다. 시간이 흐르면 뭐든 다시 자라나기 마련이지. 네가 내 나이쯤 되면 저 나무는 거인처럼 크게 자라 있을 거야. 아주 잘 자랄 거다." 문득 어떤 생각이 떠올랐다. "이 숲은 언젠가는 네 것이 될 거다. 네 숲이 될 거야."

"내 숲?"

"그래. 지금은 내 거지만 언젠가는 네 엄마와 그웬 이모 것이 될 거고, 그다음엔 네 것이 될 거야. 어떻게 생각하니?"

"내가 말 몰아도 돼요?" 그레이스가 물었다.

셉티머스가 웃었다. "네 손을 할아비한테 주렴. 같이 고삐를 잡자꾸나."

"여기 안전하게 모셔왔다." 셉티머스가 그레이스를 해나에게 넘겨주며 말했다.

"고마워요, 아빠." 해나가 무릎을 굽혀 그레이스와 눈높이를 맞추며 물었다. "오늘 재밌었니?"

그레이스가 고개를 끄덕였다.

"말도 만져봤어?"

"네." 그레이스가 눈을 비비며 작은 소리로 말했다.

"피곤하겠구나. 이제 씻고 자러 가자."

"나한테 숲 줬어." 그레이스가 말했다. 그레이스 입가에 보일 듯 말 듯 미소가 걸려 있었다. 해나의 가슴이 두근거렸다.

그날 저녁 그레이스를 씻기고 침대에 눕힌 뒤 해나는 침대 머리맡에 앉았다. "오늘 재밌었다니 정말 좋네. 오늘 뭘 봤는지 얘기 좀 해줄래?"

"쿼타."

"뭐라고?"

"조그맣고 깡충깡충 뛰는 쿼타."

"아! 쿼카! 정말 귀엽지 않니? 또 뭐 봤어?"

"큰 말. 내가 몰았어."

"말 이름 생각나?"

그레이스는 잠깐 생각했다. "애러벨라."

"애러벨라, 그래 맞아. 멋진 말이야. 다른 친구들도 있어. 삼손, 헤라클레스, 다이애나. 애러벨라는 나이가 아주 많아. 하지만 아직도 힘이 세단다. 할아버지가 애러벨라가 끄는 짐수레 보여주셨니?" 아이는 헷갈리는 듯한 얼굴이었다. 해나가 말했다. "커다란 바퀴가 두 개 달린 엄청 큰 수레. 전에는 숲에서 나무를 베면 거기에 실어 끌고 왔단다." 아이가 고개를 젓자 해나가 말했다. "아가, 너한테 보여주고 싶은 게 정말 많단다. 너도 그 숲을 좋아하게 될 거야."

그레이스가 잠에 빠져드는 동안 해나는 옆에 앉아 이런저런 계획을 세웠다. 봄이 오면 들꽃을 보여줘야지. 그레이스에게 조그만 조랑말도 사줘야지. 셰틀랜드포니가 어떨까. 그러면 말을 타고 같이 좁은 숲길을 따라 돌아다닐 수 있을 거야. 앞으로 수십 년 동안의 풍경이 상상 속에 펼쳐졌고 해나는 감히 꿈을 꾸기 시작했다. "집에 잘 왔어." 해나는 잠든 딸에게 속삭였다. "드디어 집에 와서 다행이야, 내 아가야." 해나는 그날 저녁 작은 소리로 콧노래를 부르며 집안일을 했다.

30

파르타죄즈는 인구가 많지 않고 사람들이 갈 만한 곳도 그다지 많지 않았다. 그래서 피하고 싶은 사람이 있어도 언젠가는 마주치게 마련이었다.

바이얼릿이 딸을 설득해 집밖으로 나가기까지는 며칠이 걸렸다. "어서. 무시모어 가게에 가야 하니까 나랑 잠깐 나갔다 오자. 담요 뜨려면 털실이 더 필요해." 이제 귀여운 카디건이나 앙증맞은 꽃무늬 원피스 같은 걸 만들 일은 없었다. 그래서 요즘 바이얼릿은 아직까지 퇴역군인 요양원에 남아 있는 불쌍한 남자들을 위해 코바늘로 담요를 떴다. 그러다보면 손이라도 바삐 움직일 수 있었기 때문이다. 비록 머리까지 바쁘게 하지는 못했지만.

"엄마, 정말 그럴 기분 아니에요. 그냥 집에 있을래요."

"그러지 말고 같이 가자."

두 사람이 길을 걷는 모습을 사람들이 흘금흘금 쳐다보았다. 몇 사람은 예의상 목례를 했지만 전처럼 "어떻게 지내요?" 혹은 "일요일에 교회에서 봐요" 같은 인사를 건네는 사람은 없었다. 죽음이 아닌 상실을 두고 무슨 위로의 말을 해야 할지 알 수 없었기 때문이다. 어떤 사람들은 모녀를 피하려고 길을 건너가버리기도 했다. 사람들은 얘깃거리를 얻어내려고 신문을 열심히 읽었지만 요새는 신문에서도 새 소식을 찾아볼 수 없었다.

바이얼릿과 이저벨이 잡화점 안으로 들어서는데 막 밖으로 나오던 패니 단리가 깜짝 놀라며 문간에 멈춰섰다. 패니 단리는 뭔가 재미있는 일이 벌어지리란 생각에 눈을 동그랗게 떴다.

가게 안에는 라벤더 향 광택제 냄새가 감돌았고, 계산대 옆 바구니에는 향낭에 넣는 말린 장미꽃이 있었다. 사방 벽에는 다마스크, 모슬린, 리넨, 면직물 같은 직물 두루마리가 줄줄이 걸려 있었다. 무지갯빛 실패와 구름 같은 털실뭉치도 있었다. 무시모어가 늙수그레한 부인을 상대하고 있는 테이블 위에는 브뤼셀 레이스, 프렌치 레이스 등 다양한 레이스 견본이 놓였다. 가게 안쪽에 있는 계산대에서부터 양쪽 벽을 따라서는 손님들을 위한 테이블과 의자가 죽 놓여 있었다.

그중 한 테이블에 두 여자가 등을 보이고 앉아 있었다. 한 사람은 금발이고 다른 한 사람은 검은 머리였는데, 앞에 연노란색 리넨을 펼쳐놓고 고민중인 것 같았다. 그 옆에 뚱한 얼굴로 인형을 만지작거리고 있는 조그만 금발 여자아이가 있었다. 분홍색 원피스에 레이스 장식이 달린 흰 양말로 말끔하게 차려입은 모습이었다.

여자가 천을 살펴보면서 점원에게 가격과 분량에 대해 물어보는 사이 조그만 여자아이는 누가 들어왔나 문가로 눈을 돌렸다. 아이는 인형을 떨어뜨리고 의자에서 뛰어내렸다. "엄마!" 아이가 외치며 이저벨에게 달려들었다. "엄마! 엄마!"

다른 사람들이 무슨 일인지 채 알아차리기도 전에 이미 루시는 이저벨의 다리를 감싸안고는 게처럼 꼭 붙들었다.

"루시!" 이저벨은 아이를 안아올리고 꼭 끌어안았다. 아이가 품 안으로 바짝 파고들었다. "루시, 우리 아기!"

"저 나쁜 아줌마가 나 잡아갔어! 나 때렸어!" 아이는 울먹이며 손가락질을 했다.

"아, 불쌍한 우리 아기!" 이저벨은 아이를 꼭 끌어안고 아이의 감촉을 느끼며 울음을 터뜨리고 말았다. 허리에 착 감기는 다리, 저절로 턱 아래 우묵한 곳으로 들어와 지그소 퍼즐의 마지막 조각처럼 꼭 들어맞는 머리통. 다른 사람, 다른 일은 아무것도 이저벨의 머리에 들어오지 않았다.

해나는 충격에 빠져 이 광경을 쳐다보았다. 이저벨이 자석 같은 힘으로 그레이스를 끌어당기는 것에 굴욕과 절망을 느꼈다. 처음으로 자기가 빼앗긴 게 얼마나 큰 것이었는지 실감났다. 바로 눈앞에 자기가 빼앗긴 것들이 드러나 있었다. 두 사람이 함께한 수없이 많은 날들, 수없이 많은 포옹, 강탈당한 사랑. 해나의 다리가 달달 떨렸다. 바닥에 쓰러질 것 같은 느낌이었다. 그웬이 어쩔 줄 몰라 하며 해나의 팔을 잡았다.

해나는 굴욕감을 억누르고 솟아오르는 눈물을 삼키려고 안간힘을 썼다. 여자와 아이는 한몸인 것처럼 붙어 있었고 그곳은 아무도 들어갈 수 없는 세계였다. 해나는 쓰러지지 않고 꿋꿋이 서 있으려, 너덜너덜해진 존엄을 지키려 안간힘을 쓰느라 속이 뒤집어질 것 같았다. 해나는 겨우 숨을 고른 뒤 테이블에서 가방을 집어들고 걸음이 흔들리지 않게 애쓰며 이저벨을 향해 걸어갔다.

"그레이스." 해나가 불렀다. 아이는 여전히 이저벨의 품에 파고든 채였고, 두 사람 다 꿈쩍도 하지 않았다. "그레이스, 집에 가자." 해나가 아이를 잡으려고 손을 뻗자 아이가 비명을 내질렀다. 그냥 꺅 하는 정도가 아니라 창문이 흔들릴 정도로 온힘을 다해 질러대는 비명이었다.

"엄마, 저 아줌마 가라고 해! 엄마, 빨리!"

가게 안에서 그 장면을 보고 있던 남자들은 당황했고 여자들은 경악했다. 아이의 얼굴이 일그러지고 새파랗게 질렸다. "엄마, 제발!" 아이는 조그만 손으로 이저벨의 얼굴을 붙잡고 악을 썼다. 엄마가 멀리에 있거나 자기 말을 듣지 못하기라도 한다는 듯이. 하지만 이저벨은 아무 대답도 하지 못했다.

"우리 그냥—" 그웬의 말을 해나가 끊었다.

"아이를 놔줘요!" 해나가 차마 이저벨의 이름은 부르지 못하고 소리쳤다. "아직도 모자라요?" 해나는 애써 목소리를 낮췄지만 말투에 진한 적의가 묻어났다.

"어떻게 그렇게 잔인할 수 있죠?" 이저벨이 폭발했다. "아이 상태를 좀 봐요! 아이에 대해 아무것도 모르잖아요. 뭐가 필요한지, 어떻게 돌봐줘야 하는지! 다정하게 대해줄 수 없다면 최소한 상식적으로는 행동해야죠!"

"내 딸 내놔요! 당장!" 해나가 부들부들 떨면서 말했다. 어떻게든 이 가게에서 나가 저 자석 같은 끌림을 끊어야 했다. 해나는 몸부림치며 울부짖는 아이의 허리를 붙잡아 당겼다. "엄마! 엄마한테 갈래! 놔줘!"

"괜찮아, 아가." 해나가 말했다. "네가 속상한 건 알지만 여기 있을 수는 없어." 해나는 아이를 말로 부드럽게 달래면서도 아이가 몸부림쳐 빠져나가지 못하게 꽉 붙들었다.

그웬은 이저벨을 보면서 절망스럽다는 듯 고개를 흔들었다. 그러고는 조카에게 고개를 돌렸다. "쉬, 쉬, 아가. 울지 마." 그웬은 고급 레이스 손수건으로 조카의 얼굴을 닦았다. "집에 가서 사탕 먹자. 타바사 태비가 기다릴 거야. 어서 가자." 해나와 그웬이 아이를 달래며 밖으로 나갔다. 문앞에서 그웬은 이저벨을 돌아보았다. 그웬의 눈에 절망감이 가득했다.

순간 쥐죽은듯 정적이 흘렀다. 이저벨은 멍하니 허공만 보고 있었다. 딸의 감촉을 잃어버릴까봐 움직일 수가 없었다. 바이얼릿은 아무 말 말라는 듯 엄중한 눈빛을 점원들에게 던졌다. 마침내, 연노란색 리넨을 보여주던 점원이 두루마리를 다시 말기 시작했다.

무시모어도 그걸 신호로 앞에 있는 노부인에게 다시 말을 걸었다. "그러니까 두 마 드리면 되지요? 이 레이스로?"

"아…… 네. 두 마만요." 노부인은 최대한 침착한 말투로 대꾸했지만 핸드백에서 동전 대신 머리빗을 꺼내 값을 치르려 했다.

"가자, 얘야." 바이얼릿이 작은 소리로 말했다. 그러고는 소리를 높여 덧붙였다. "다른 털실을 사는 게 나을지도 모르겠구나. 패턴을 다시 보고 정해야겠어."

길에서 어떤 여자를 붙들고 속닥거리고 있던 패니 단리는 두 여자가 밖으로 나오자 흠칫했다. 그리고 차마 고개를 돌려 쳐다보지는 못하고 곁눈으로 두 사람의 뒷모습을 좇았다.

너키는 혼자 좁은 곳 위를 걸으며 파도가 양쪽 해안을 덮치는 소리를 듣고 있었다. 너키는 저녁 식사 뒤에 머리를 식히러 여기에 오곤 했다. 아내가 설거지를 하고 너키는 마른 행주로 그릇의 물기를 닦았다. 아이들이 곁에 있어 같이 접시를 닦던 때가 여전히 그리웠다. 놀이하듯 접시를 닦던 아이들이 이제는 다 커서 거의 어른이 되어 있었다. 너키는 영원히 세 살인 빌리 생각에 미소를 지었다.

너키는 손가락으로 조개껍데기 하나를 쥐고 만지작거렸다. 조개껍데기는 동전처럼 동그랗고 차가웠다. 가족. 가족이 없었다면 자신은 어떻게 됐을까. 세상에서 여자에게 가장 자연스러운 일은 아이를 원하는 것이다. 너키의 아내도 빌리를 되찾을 수만 있다면 무슨 짓이라도 했을 것이다. 자식에 대해서라면 부모들은 오직 본능과 소망이 앞서기 마련이다. 그리고 두려움. 규칙이나 법 같은 건 뒷전이 될 수밖에 없다.

법은 법이지만, 사람은 사람이었다. 그는 이 딱한 일이 처음 시작된 날을 생각했다. 앤잭 기념일에 너키는 숙모 장례식에 참석하러 퍼스에 가 있었다. 너키는 그날의 군중, 가스톤을 포함한 그 폭도를 추적해서 처벌할 수도 있었다. 잠시 자기 고통을 잊기 위해 프랭크 로엔펠트를 제물로 삼은 사람들이었다. 하지만 그래봤자 사태는 악화되기만 했을 것이다. 마을 전체의 수치를 백일하에 드러낼 수는 없었다. 때로는 망각이 정상을 되찾는 유일한 방법이었다.

너키의 생각은 유치장의 죄수에게로 돌아갔다. 톰 셔본은 수수께끼였다. 호두알처럼 입을 꽉 다물고 있었다. 그 단단한 껍데기 안에 뭐가 들었는지 알 수도 없었고 압력을 가해 볼 만한 허점도 없었다. 빌어먹을 스프래그는 그자를 못 잡아먹어 안달인데. 지금은 자신이 최대한 시간을 끌고 있지만 머지않아 스프래그가 셔본을 신문하도록 할 수밖에 없을 것이다. 올버니나 퍼스에 가면 셔본이 어떻게 될지 아무도 알 수 없는 일이었다. 셔본이 하는 꼴을 보면 셔본의 최대의 적은 자기 자신이었다.

그나마 스프래그가 이저벨은 괴롭히지 못하도록 해두었다. "아내가 증언을 하도록 강요할 수 없다는 걸 알지 않습니까. 그러니 내버려두세요. 계속 압박을 가하면 영영 입을 다물지도 모릅니다. 그러길 바라는 겁니까?" 너키는 스프래그 경사에게 이렇게 말했다. "그 여자는 나한테 맡기세요."

빌어먹을. 머리가 복잡했다. 조용한 마을에서 조용히 살고 싶었는데, 이런 일이 생기다니. 골치 아픈 사건이었다. 정말 골이 쑤셨다. 너키의 임무는 사건을 공정하고 철저하게 다루는 것이다. 그리고 때가 되면 올버니에 넘기는 것이다. 너키는 조개껍데기를 바다에 던졌다. 성난 파도가 흔적도 없이 조개껍데기를 삼켜버렸다.

스프래그 경사는 올버니에서부터 먼 길을 온 참이라 온통 땀투성이였다. 스프래그는 소매에서 보풀 하나를 뜯어내고, 천천히 눈앞에 놓인 서류로 눈을 돌렸다. "토머스 에드워드 셔본. 1893년 9월 28일 출생."

톰은 아무 대꾸도 하지 않았다. 숲에서 매미가 시끄럽게 울어댔다. 마치 여름의 열기가 뿜어내는 소리 같았다.

"전쟁 영웅이시구만. 무공훈장도 받았고. 표창장 문구도 읽어봤지. 단독으로 독일군 기관총좌를 함락시킴. 적의 총격 속에서 부하네 명을 안전지대로 피신시킴. 기타 등등." 스프래그는 잠시 뜸을 들였다. "복무중에 사람을 많이 죽였겠군."

톰은 여전히 말이 없었다.

"내 말 안 들리나?" 스프래그가 몸을 앞으로 숙였다. "복무중에 사람을 많이 죽였겠다고."

톰의 숨소리는 흔들림이 없었다. 톰은 표정의 변화 없이 똑바로 앞만 쳐다보았다.

스프래그가 테이블을 쾅 내리쳤다. "내가 질문을 하면 대답을 해, 알겠나?"

"질문을 하면 대답하겠습니다." 톰이 조용히 말했다.

"왜 프랭크 로엔펠트를 죽였나? 이건 질문이야."

"죽이지 않았습니다."

"독일인이라서 그랬나? 여전히 억양이 남아 있었으니까."

"제가 그 사람을 봤을 때는 억양을 알 수 없었습니다. 죽어 있었으니까요."

"전에 이미 그 족속을 무수하게 죽였으니 하나 더 죽여봤자 별로 다를 것도 없겠지?"

톰은 길게 한숨을 내쉬고 팔짱을 꼈다.

"이것도 질문일세, 셔본."

"대체 무슨 말을 하는 겁니까? 저는 루시를 데리고 있었던 데에 책임이 있다고 이미 말했습니다. 보트가 떠밀려왔을 때 남자는 사망한 상태였다고도 말했고요. 시신을 땅에 묻었는데, 그것도 제 책임입니다. 또 뭘 원합니까?"

"오, 정말 용감하고 정직한 사람이야. 감옥에 가는 건 두렵지 않다며 태연히 받아들이네." 스프래그가 노래를 하듯 말하며 비꼬았다. "나한테는 그런 게 안 통해. 알겠나? 살인을 저질러놓고 내빼려는 게 이렇게 명백한데."

톰이 전혀 흔들리지 않자 스프래그는 점점 더 화가 치밀었다. "난 너 같은 종자들을 많이 봤어. 빌어먹을 전쟁 영웅들을 많이 겪었다고. 돌아와서는 평생 남들이 떠받들어주길 바라지. 참전 경험이 없는 사람들을 깔보면서 말야. 전쟁이 끝난 게 언젠데. 전쟁에서 돌아와 엇나가는 네놈 같은 인간을 수도 없이 봤어. 거기서 살아남은 방식으로는 문명국가에서 살아남을 수 없어. 반드시 대가를 치러야 해."

"이건 전쟁하고 아무 상관 없습니다."

"누군가는 상식과 양심을 지켜야 하지. 내가 바로 그걸 위해 여기 있는 거고."

"그 상식이란 게 대체 뭡니까? 제발 생각 좀 해보세요! 제가 전부 부인할 수도 있었습니다. 배에 프랭크 로엔펠트가 없었다고 말했다면 경사님도 알 수 없었겠죠. 저는 로엔펠트의 아내가 남편이 어떻게 되었는지 알기를, 제대로 장례를 치러주기를 바랐기 때문에 사실대로 말한 겁니다."

"아니면 양심의 가책을 덜면서 가벼운 처벌만 받고 빠져나가려고 절반만 말했을 수도 있고."

"뭐가 상식적으로 말이 되는지 묻는 겁니다."

경사는 차가운 눈으로 톰을 노려보았다. "일곱 명. 그 기관총 탈취 작전인가 뭔가에서 일곱 명을 죽였다면서. 아주 폭력적인 사람이 아니라면 그럴 수 있을까. 아니면 무자비한 살인자이든가. 그 영웅적 행동 덕에 네놈은 죽음을 맞을 수도 있다고." 스프래그는 서류를 그러모으며 말했다. "밧줄 끝에 매달린 채로도 영웅인 척하기는 어려울 거야." 스프래그는 파일을 덮고 해리 가스톤을 불러 죄수를 다시 유치장으로 데려가라고 지시했다.

31

무시모어 가게 사건 이후 해나는 거의 집밖에 나가지 않았다. 그레이스의 상태는 더 나빠져 해나가 아무리 애를 써도 점점 더 멀어지기만 했다.

"집에 가고 싶어. 엄마 보고 싶어." 아이가 훌쩍거렸다.

"내가 네 엄마야, 그레이스. 혼란스럽다는 거 알아." 해나가 손가락으로 아이의 턱 밑을 받치며 말했다. "네가 태어난 날부터 널 사랑했단다. 네가 집으로 돌아오길 정말 오랫동안 기다렸어. 언젠가는 너도 알게 될 거야. 틀림없이 그럴 거야."

"아빠 보고 싶어!" 아이는 해나의 손가락을 쳐내며 다시 울어댔다.

"아빠는 우리랑 같이 있을 수 없어. 하지만 아빠도 널 무척 사랑했단다. 아주 많이." 해나는 아기를 안고 있는 프랭크를 생각했다. 아이는 해나를 어리둥절한 표정으로 바라보다가, 화를 내다가, 결국은 포기하고 말았다.

그다음 주 양장점에 갔다가 집에 돌아오던 그웬은 생각에 푹 빠져 있었다. 조카가 어찌될지 걱정이었다. 아이가 그렇게 고통받도록 내버려두는 건 분명히 죄악이었다. 더는 못 본 척하고 있을 수 없었다.

그웬은 공원 가장자리에 있는 수풀 옆으로 지나가다 공원 벤치에 앉아 멍하니 어딘가를 응시하는 여자를 발견했다. 처음에는 고운 녹색 원피스만 보였는데 곧 그 여자가 이저벨 셔본이라는 걸 알아챘다. 그웬은 걸음을 서둘렀지만 사실 이저벨 눈에 뜨일 염려는 없었다. 이저벨은 정신이 딴 데 가 있었다. 이튿날, 그리고 그다음 날도 이저벨은 똑같이 멍한 상태로 그 자리에 앉아 있었다.

그웬이 이미 결심한 상태였는지, 아니면 그레이스가 그림책을 찢어버려 한바탕 법석이 벌어지고 난 뒤에 마음을 정한 것인지는 알 수 없다. 해나는 그레이스를 혼내고는 찢어진 책장을 그러모으며 엉엉 울었다. 프랭크가 딸을 위해 처음 산 그림책이었다. 아름다운 수채화 삽화가 들어 있는 독일어 그림 동화집이었다. "아빠 책을 어떻게 한 거야? 어떻게 이럴 수 있니?" 아이는 자기 침대 밑으로 깊숙이 들어가 몸을 웅크렸다.

"남아 있는 프랭크 물건이 몇 개 되지도 않는데……" 해나는 갈가리 찢긴 책장을 보며 다시 흐느꼈다.

"알아, 알아 언니. 하지만 그레이스는 모르잖아. 일부러 그런 게 아니야." 그웬이 해나의 어깨에 손을 얹었다. "가서 좀 누워 있어. 내가 데리고 나갔다 올게."

"저애도 이 집에 있는 것에 익숙해져야 해."

"아빠 집에만 갔다올게. 아빠가 반가워하실 거야. 그레이스도 바람 좀 쐬면 좋을 거고."

"별로 내키지 않아. 그랬다가 혹시라도—"

"그러지 마 언니. 언닌 좀 쉬어야 해."

해나가 한숨을 내쉬었다. "알았어. 아빠 집에만 갔다가 바로 돌아와야 해."

밖으로 나온 그웬은 조카에게 사탕을 하나 주었다. "사탕 좋아하지, 루시?"

"응." 아이는 대답하다가, 자기를 루시라고 부른 걸 알아차리고 고개를 갸웃했다.

"이제 말 잘 들으면 할아버지 만나러 갈 거야."

아이는 커다란 말과 커다란 나무를 가진 노인 이야기가 나오자 눈을 깜박거렸다. 아이는 사탕을 빨면서 따라왔다. 웃지는 않았지만 소리를 지르거나 울부짖지도 않았다.

사실 공원 옆으로 지나갈 필요는 없었다. 셉티머스의 집에 가려면 묘지와 교회 옆길을 따라가는 편이 더 빨랐다.

"힘드니, 루시? 잠깐 쉬었다 갈까? 할아버지 집까지는 아직 한참 더 가야 하는데 넌 아직 꼬마니까……" 아이는 대답 없이 손가락을 집게처럼 닫았다 열었다 하면서 손에 묻은 사탕이 얼마나 끈끈한지 실험하고 있었다. 그웬은 곁눈으로 이저벨이 벤치에 앉아 있는 걸 확인했다. "네가 먼저 달려가렴. 착하지. 저기 의자로 달려가면 따라갈게." 하지만 아이는 뛰지 않고 인형을 바닥에 질질 끌면서 느릿느릿 걸었다. 그웬은 거리를 두고 따라가며 지켜보기만

했다.

이저벨이 눈을 깜박였다. "루시? 아가!" 이저벨은 루시가 어떻게 여기에 있는지 살펴볼 생각도 못하고 소리를 지르며 루시를 와락 끌어안았다.

"엄마!" 아이가 엄마에게 꼭 매달리며 소리쳤다.

멀찍이 서 있는 그웬이 이저벨 눈에 들어왔다. 그웬은 "괜찮아요"라고 말하는 듯 고개를 까딱했다.

그웬이 왜 이러는 건지 이저벨은 아무래도 상관 없었다. 이저벨은 아이를 끌어안은 채 눈물을 흘리다 몸을 떼고 아이를 뜯어보았다. 이 모든 일에도 불구하고 루시가 여전히 자신의 아이가 될 수 있을지 모른다는 생각이 들었다. 그런 생각을 하자 온몸이 따뜻해졌다.

"우리 아기 살이 빠졌구나. 뼈하고 가죽만 남았네. 말 잘 듣고 잘 먹어야 해. 엄마를 위해서." 아이의 다른 변화들도 하나씩 이저벨 눈에 들어왔다. 가르마 방향이 바뀌었고, 데이지 꽃무늬가 있는 얇은 모슬린 원피스를 입고 버클에 나비가 달린 새 신발을 신고 있었다.

조카가 좋아하는 모습을 보고 그웬은 안도감을 느꼈다. 그레이스는 전혀 다른 아이가 된 것 같았다. 사랑하는 엄마와 함께 있어 편안한 듯했다. 그웬은 어느 정도 기다렸다가 두 사람에게 다가갔다. "이제 데려가야겠어요. 혹시나 여기 계시려나 하고 와봤어요."

"어떻게 된 일인지……"

"너무 끔찍해서요. 모두가 너무 힘들어하니까요." 그웬은 고개를 저으며 한숨을 내쉬었다. "우리 언니는 좋은 사람이에요. 진짜 좋은 사람인데, 힘든 일을 너무 많이 겪었어요." 그웬은 아이 쪽으로 고갯짓을 했다. "다시 데려오도록 해볼게요. 약속할 수는 없지만요. 기다려달라는 말밖에 못하겠네요. 참고 기다리면, 어쩌면……" 그웬은 말을 흐렸다. "하지만 절대 아무한테도 말하지 마세요. 언니는 이해 못할 거예요. 절 용서하지 않을 거고요…… 가자, 루시." 그웬은 아이에게 손을 내밀었다.

아이가 이저벨에게 매달렸다. "안 돼, 엄마! 가지 마!"

"어서, 아가. 엄마를 위해 말 잘 들어야 해. 알겠지? 지금은 가야 해. 하지만 곧 다시 만날 거야. 엄마가 약속할게."

아이는 계속 매달렸다. "지금 말을 잘 들어야 또 올 수 있어." 그웬이 웃는 얼굴로 조심스럽게 아이를 끌어당겼다.

이저벨은 마지막으로 남은 이성을 끌어모아, 아이를 다시 낚아채고 싶은 충동을 억눌렀다. 안 돼. 참고 기다리고 있으면 루시를 다시 데려다주겠다고 했어. 시간이 흐르면 또 어떤 변화가 일어날지 누가 알아?

그레이스를 달래는 데는 한참이 걸렸다. 그웬은 아이를 안아주고 업어주기도 하고 수수께끼와 동요 등 온갖 방법을 동원해 달래려고 애썼다. 자신이 계획한 일을 어떻게 실행할지 아직은 정하지 못했지만 이제 더는 불쌍한 아이가 엄마와 생이별한 채 지내도록 내버려둘 수 없었다. 해나는 원래 고집이 셌다. 그웬은 해나가 고집 때문에 현실을 직시하지 못하는 게 아닌가 걱정됐다. 이 만남을 과연 해나에게 비밀로 할 수 있을지도 의문이었다. 하지만 나중에 들키더라도 시도는 해봐야겠다고 생각했다. 마침내 그레이스가 진정되자 그웬이 물었다. "우리 꼬마 아가씨, 비밀이 뭔지 알지?"

"응." 그레이스가 웅얼거렸다.

"그래. 우리 이제 비밀 놀이를 할 거야. 알았지?"

아이는 무슨 말인지 몰라 그웬을 쳐다보았다.

"이저벨 엄마 사랑하지?"

"응."

"네가 엄마를 다시 만나고 싶어하는 거 알아. 하지만 해나는 그걸 싫어할 수도 있어. 아주 슬퍼할 거야. 그러니까 해나나 할아버지한테는 말하면 안 돼. 알았지?"

아이의 얼굴이 굳었다.

"이건 우리만의 특별한 비밀이야. 그러니까 오늘 뭐 했느냐고 누가 물어보면, 그냥 할아버지 집에 갔었다고 하자. 엄마 만난 이야기는 하면 안 돼. 알겠니, 아가?"

아이는 입술을 앙다물고 진지하게 얼굴을 끄덕였지만 혼란스러운 눈빛이었다.

"그레이스는 똑똑한 아이예요. 이저벨 셔본이 죽지 않았다는 걸 알아요. 무시모어 상점에서 마주치기도 했고요." 해나는 섬튼 박사 진료실을 다시 찾았다. 이번에는 아이 없이 혼자였다.

"전문가로서 말씀드리지만 따님을 낫게 할 유일한 치료약은 시간입니다. 셔본 부인에게서 멀리 떼어놓는 것하고요."

"생각해봤는데…… 아이가 이전의 생활에 대해 이야기하게 해보면 어떨까요. 섬에 살 때의 일들을요. 그게 도움이 될까요?"

섬튼 박사가 파이프를 빨았다. "이렇게 생각해보십시오. 맹장 수술을 했는데 오 분에 한 번씩 봉합 부위가 잘 아물고 있는지 쑤셔본다면 어떻게 되겠습니까? 힘든 일인 줄은 알지만 이 경우에는 최대한 피하는 게 가장 쉽게 낫는 길입니다. 아이는 곧 극복할 겁니다."

하지만 해나가 보기에 그레이스는 조금도 나아지지 않았다. 아이는 장난감을 가지런히 늘어놓거나 침대를 흐트러지지 않게 정리하는 데 집착했다. 고양이가 인형 집을 무너뜨렸다고 때렸고, 엄마를 사칭하는 사람에게는 눈곱만큼의 애정도 보여주지 않겠다는 듯입을 구두쇠 지갑처럼 꼭 닫았다.

하지만 해나는 포기하지 않았다. 아이에게 많은 이야기를 들려주었다. 숲과 숲에서 일하는 남자들에 대해. 퍼스의 학교와 그곳에서 있었던 일들에 대해. 프랭크와 프랭크가 캘굴리에 살 때의 이야기도 빠뜨리지 않았다. 아이는 전혀 관심을 보이지 않았지만 독일어로 노래를 불러주기도 했다. 그리고 인형 옷을 만들어주고 저녁에는 푸딩을 만들어주었다. 그에 대한 반응으로 아이는 그림만 그려댔다. 늘 똑같은 그림이었다. 엄마 아빠와 등대. 등대 불빛이 종이 가장자리까지 환하게 밝히며 사방의 어둠을 몰아내고 있었다.

해나는 그레이스가 응접실 바닥에 앉아 빨래집게와 대화하는 걸부엌에서 바라보았다. 요즘 그레이스는 셉티머스와 함께 있을 때를 빼고는 유독 불안해했다. 그래서 해나는 아이가 조용히 노는 모습에 마음이 놓였다. 해나는 문가로 살그머니 다가가 귀를 기울였다.

"루시, 사탕 먹어." 빨래집게가 말했다.

"냠." 다른 빨래집게가 아이 손끝에서 공기를 받아먹었다.

"중요한 비밀이 있어." 첫번째 빨래집게가 말했다. "그웬 이모랑 같이 가자. 해나가 잘 때."

해나의 등골을 타고 서늘한 기운이 흘렀다.

그레이스는 앞치마 주머니에서 레몬을 꺼내 그 위에 손수건을 덮었다. "잘 자, 해나." 그웬 빨래집게가 말했다. "이제 공원으로 엄마 만나러 가자."

"쪽쪽." 다른 빨래집게 둘이 서로 뽀뽀를 퍼부었다. "내 아기 루시. 이리 와, 아가. 야누스로 가자." 그러더니 빨래집게들은 카펫 위에서 종종거리며 걸어갔다.

물이 끓어 주전자에서 삐 하는 소리가 나자 아이가 깜짝 놀라 고개를 들었다. 아이는 해나와 눈이 마주치자 빨래집게를 집어던지며 말했다. "나쁜 루시!" 그러고는 자기 손을 찰싹 때렸다.

그렇지 않아도 아이의 역할극을 보고 충격에 빠진 해나는 아이가 스스로를 때리는 모습에 절망감마저 느꼈다. 내 딸이 나를 이런 존재로 생각하고 있구나. 사랑하는 엄마가 아니라 악당으로. 해나는 침착하려고 애쓰며 어떻게 해야 좋을지 생각했다.

해나는 떨리는 손으로 코코아를 만들어 응접실로 가져왔다. "재밌는 놀이를 하는구나." 해나는 떨리는 목소리를 가라앉히려 애쓰며 말했다.

아이는 가만히 앉아 있었다. 말을 하지도, 손에 든 코코아를 마시지도 않았다.

"그레이스, 네가 아는 비밀이 있니?"

아이가 천천히 고개를 끄덕였다.

"아주 멋진 비밀일 것 같구나."

조그만 턱을 다시 위아래로 움직이면서도 아이는 어떤 규칙을 따라야 할지 몰라 안절부절못했다.

"우리 게임할까?"

아이는 발가락을 꼼지락거렸다.

"내가 네 비밀을 맞히는 게임. 그러면 너는 말을 한 게 아니니까 비밀을 지킨 거지. 그리고 내가 비밀을 맞히면 상으로 너한테 사탕을 줄게." 해나가 어색하게 웃음을 지어 보이자 아이는 긴장한 표정을 지었다. "뭘까…… 야누스의 아줌마를 만나러 갔구나. 맞아?"

아이는 고개를 끄덕이려다가 멈칫했다. "우린 큰 집에 사는 할아버지를 만났어요. 얼굴이 분홍색이에요."

"화 안 낼게. 가끔 만나니까 좋지 않아? 야누스 아줌마가 널 다정하게 안아줬니?"

"응." 아이가 천천히 대답했다. 이게 비밀일까 아닐까 생각하면서.

삼십 분 뒤 해나는 빨랫줄에 널린 빨래를 걷으면서도 마음을 진정시키지 못했다. 어떻게 내 동생이 나한테 이럴 수 있지? 무시모어 가게에 있던 손님들의 표정이 다시 떠올랐다. 해나만 모르는 무언가를 그들은 아는 것 같았다. 모든 사람이, 그웬까지도 등뒤에서 해나를 비웃고 있었던 것이다. 해나는 빨랫줄에 대롱대롱 매달린 속치마를 내버려두고 집 안으로 달려들어가 그웬의 방문을 거칠게 열어젖혔다.

"어떻게 그럴 수가 있니?"

"무슨 일이야?" 그웬이 물었다.

"네가 한 짓을 몰라서 물어?"

"뭐를 말이야?"

"네가 무슨 짓을 했는지 다 알아. 네가 그레이스를 어디로 데려
갔는지."

동생 눈에 눈물이 고이는 걸 보고 해나는 깜짝 놀랐다. 그웬이
말했다. "아이가 너무 불쌍해, 언니."

"뭐라고?"

"아이가 너무 불쌍하다고! 그래, 내가 이저벨 셔본한테 데려갔
어. 공원으로. 그리고 잠깐 이야기를 나누게 했어. 애를 위해서 한
일이야. 걔는 자기가 누군지도 몰라. 정말 걔를 위해서 그랬어. 루
시를 위해서."

"걔 이름은 그레이스야! 이름은 그레이스고 내 딸이라고. 난 그
저 그애가 행복하기를 바랄 뿐인데—"울음이 터져 해나는 말을
잇지 못했다. "프랭크가 보고 싶어. 아, 프랭크. 당신이 보고 싶
어." 해나가 그웬을 돌아보았다. "그런데 프랭크를 구덩이에 파묻
은 남자의 아내한테 저애를 데려가? 어떻게 그런 짓을 할 수 있니?
그레이스는 그 사람들을 잊어야 해. 둘 다. 내가 저애 엄마라고!"

그웬은 머뭇거리다가 해나에게 다가가 다정하게 끌어안았다.
"언니, 내가 언니 생각을 얼마나 많이 하는지 알지? 언니를 위해서
할 수 있는 일은 뭐든지 다 하려고 노력했어. 그날 이후로 죽. 그리
고 저애가 돌아온 뒤에도 최선을 다했고. 하지만 그게 문제잖아.

여긴 저애 집이 아니야. 저애가 고통스러워하는 걸 더는 못 보겠어. 언니가 고통받는 것도 마찬가지고."

해나는 숨을 몰아쉬었다.

그웬은 어깨를 펴고 말했다. "난 저애를 돌려줘야 한다고 생각해. 이저벨 셔본에게. 다른 방법이 있을 것 같지 않아. 애를 위해서. 그리고 언니를 위해서도. 언니를 위해서도 그게 옳아."

해나는 냉랭한 목소리로 말했다. "두 번 다시 저애는 그 여자를 만나지 못할 거야. 내가 살아 있는 한은 절대로!"

두 자매는 조그만 얼굴이 문틈 사이로 안을 들여다보고 있는 것을 알아차리지 못했다. 이 이상한 집안에서 벌어지는 일을 조그만 두 귀가 모두 듣고 있다는 사실을.

버넌 너키가 책상을 사이에 두고 톰과 마주앉았다. "온갖 종류의 인간을 다 겪어봤다고 생각했는데, 당신 같은 사람이 있을 줄이야." 너키는 앞에 놓인 서류를 다시 들여다보았다. "보트가 떠밀려왔고, 이렇게 생각했다는 거지. '예쁜 아기가 있네. 내가 키워도 아무도 모를 거야.'"

"질문입니까?"

"지금 딴죽 거는 거요?"

"아닙니다."

"이저벨이 잃은 아이가 몇이오?"

"셋입니다. 아실 텐데요."

"그런데 아이를 키우기로 결정을 내린 사람이 당신이었다? 아이 셋을 잃은 여자가 아니라? 애가 없으면 사람들이 남자 구실을 못한다고 생각할까봐 그렇게 했단 말이지. 젠장, 나를 바보로 아나?"

톰은 아무 말도 하지 않았다. 너키가 몸을 앞으로 숙이고 목소리를 낮췄다. "나도 아이를 잃는다는 게 어떤 건지 알고 있소. 그때 우리 집사람이 어땠는지도 알고. 거의 제정신이 아니었지." 너키가 잠시 기다렸지만 톰은 말이 없었다. "이저벨에게는 가혹하게 하지 않을 거요."

"그 사람을 건드릴 수는 없을 겁니다." 톰이 말했다.

너키가 고개를 저었다. "다음주에 판사가 파르타죄즈에 오면 바로 예심이오. 예심이 끝나면 이 사건은 올버니 소관이 될 테고, 스프래그는 두 팔 벌려 당신을 환영할 거요. 스프래그는 지금 잔뜩 벼르고 있는 중이라 거기로 넘어가면 무슨 짓을 하든 내가 막을 방도가 없소."

톰은 아무 반응이 없었다.

"예심 소식을 알려야 할 사람이 있소?"

"없습니다."

너키가 톰을 쏘아보았다. 너키가 나가려는 순간 톰이 말했다. "아내한테 편지를 보내도 되겠습니까?"

"당연히 안 되지. 증인이 될 수 있는 사람하고는 접촉할 수 없소. 뭔가 꿍꿍이를 꾸밀 생각이더라도 규정을 지켜가면서 해야지."

톰이 너키의 속내를 가늠해보며 다시 말했다. "종이 한 장하고 연필만 주십시오. 원한다면 직접 읽어보셔도 됩니다…… 이저벨은 제 아내입니다."

"난 경찰이고."

"예외를 허락한 적이 한 번도 없다고는 못하실 겁니다. 불쌍한
사람을 위해 눈감아준 적이 한 번도 없으실 리가요…… 종이 한
장하고 연필이면 됩니다."

그날 오후 랠프는 이저벨에게 편지를 전했다. 이저벨은 머뭇거
리다가 떨리는 손으로 편지를 받아들었다.

"편지 읽게 난 이만 가볼게." 랠프가 손을 뻗어 이저벨의 팔을
잡았다. "톰한테는 이저벨의 도움이 필요해." 랠프가 무거운 목소
리로 말했다.

"내 딸도 마찬가지고요." 이저벨의 눈에 눈물이 고였다.

랠프가 가고 난 뒤 이저벨은 편지를 방으로 가져가 뚫어져라 쳐
다보았다. 봉투를 얼굴에 가까이 대고 남편의 흔적이 느껴지는지
냄새를 맡아보았다. 아무것도, 어떤 것도 느껴지지 않았다. 이저벨
은 화장대 위의 손톱가위를 집어 봉투 끝을 뜯다가 멈췄다. 울부짖
는 루시의 얼굴이 눈앞에 나타났다. 이저벨은 이 모든 일이 톰 때
문에 시작되었다는 것을 떠올리고 몸을 부르르 떨었다. 이저벨은
가위를 내려놓았다. 그리고 서랍을 열어 편지를 넣고는 천천히, 소
리 없이 닫았다.

베개가 눈물로 젖었다. 낮 같은 달이 창문에 걸렸다. 빛이 너무 흐려 제 갈 길도 밝히지 못하는 달. 해나는 달을 쳐다보았다. 이 세상에는 딸과 나누고 싶은 게 정말 많은데, 아이도 세상도 모두 빼앗긴 것 같았다.

햇볕으로 인한 화상. 처음에는 느닷없이, 아무런 맥락 없이 떠오른 기억에 고개를 갸웃했다. 영국에서 온 가정교사는 햇볕에 화상을 입을 수 있다는 사실 자체를 몰랐다. 그래서 햇볕에 탄 해나를 치료한답시고 뜨거운 물을 채운 욕조에 담갔다. 아버지가 집을 비운 동안 바닷가에서 너무 오래 놀아 화상을 입었는데 "열기를 빼낸다"며 그렇게 한 것이었다. "싫어도 어쩔 수 없어." 가정교사는 열 살밖에 되지 않은 해나에게 그렇게 말했다. "아파도 널 위해서야." 해나가 계속 비명을 질러대자 요리사가 무슨 일인가 보러 왔다가 깜짝 놀라 해나를 김이 모락모락 나는 물에서 꺼냈다.

"이런 말도 안 되는 소리가 어디 있어요!" 요리사가 외쳤다. "화상을 열로 낫게 하다뇨? 나이팅게일은 아니어도 그 정도는 기본으로 알아야죠!"

하지만 해나는 그때 화가 나지 않았다. 가정교사는 진심으로 옳은 일이라고 생각하고 한 일이기 때문이다. 해나에게 최선을 다하고 싶어했고, 해나를 위하려다가 고통을 안겨준 거였다.

해나는 어슴푸레한 달빛을 바라보다 갑자기 분노가 치솟아 베개를 집어던지고 주먹으로 매트리스를 마구 쳤다. "내 딸 그레이스가 돌아왔으면 좋겠어." 해나는 눈물을 흘리며 흐느꼈다. "저애는 우리 그레이스가 아니야!" 해나의 아기는 결국 죽은 것이었다.

톰은 열쇠가 짤랑거리는 소리를 들었다.

"안녕하세요." 해리 가스톤을 따라 들어온 제럴드 피츠제럴드가 말했다. "늦어서 미안합니다. 기차가 번버리를 막 지났을 때 양떼를 만났어요. 그래서 좀 늦었습니다."

"어디 갈 것도 아닌데요 뭐." 톰이 어깨를 으쓱했다.

변호사가 서류를 책상 위에 놓고 뒤적였다. "나흘 뒤에 예심입니다."

톰이 고개를 끄덕였다.

"아직도 마음이 달라지지 않았어요?"

"네."

피츠제럴드가 한숨을 내쉬었다. "뭘 기다리는 거죠?"

톰이 피츠제럴드를 쳐다보았다. 변호사가 다시 말했다. "대체 뭘 기다리고 있는 거예요? 용감한 기사가 언덕을 넘어 구하러 올 일은 없을 거예요. 나 말고는 아무도 없어요. 난 애디콧 선장이 수임료를 지불했기 때문에 여기 온 것뿐이고요."

"선장님한테 돈 낭비하시지 말라고 했습니다."

"돈 낭비가 되면 안 되죠! 돈 들인 보람이 있게 만들어줄 수 있어요, 셔본 씨가 말입니다."

"어떻게요?"

"내가 진실을 말할 수 있도록 해줘요. 셔본 씨가 자유로운 몸이 되어 나갈 수 있도록 해보자고요."

"아내를 망가뜨리고 제가 자유로운 몸이 될 수 있을 것 같습니까?"

"기소 항목 가운데 절반은 제대로 변론할 수 있어요. 적어도 증거를 제시해야만 하게 할 수 있다고요. 셔본 씨가 무죄를 주장하면 검사가 모든 죄목을 전부 입증해야 하니까요. 빌어먹을 스프래그가 오만 잡동사니를 모아 기소를 해놨어요. 내가 그자하고 제대로 붙어볼 수 있게만 해주세요. 내 직업적 자부심을 위해서라도요!"

"제가 모든 죄목에 유죄를 시인하면 저쪽에서 아내를 건드리지 않을 거라고 하셨잖습니까. 변호사님은 법을 잘 아시고, 저는 제가 원하는 게 뭔지 잘 압니다."

"생각한 것과 실제로 겪는 것은 전혀 달라요. 프리맨틀 형무소는 지옥이에요. 사람이 살 수 없는 곳에서 이십 년을 보내야 한다고요."

톰은 피츠제럴드의 눈을 똑바로 쳐다보았다. "사람이 살 수 없는 곳이 어딘지 아십니까? 포지에르, 뷜쿠르, 파스샹달에 가보세요. 거기에 가보시면 잠자리와 먹을 것과 머리 위에 지붕이 있는 곳을 두고 불평할 수 없을 겁니다."

피츠제럴드는 서류를 내려다보며 뭔가 적어넣었다. "유죄 인정을 하라고 하면 그렇게 하죠. 그러면 이것저것 할 것 없이 다 두들겨 맞을 겁니다. 만만치 않을 거예요…… 올버니로 갔을 때 스프래그가 죄목을 더 추가하지 않기를 신께 기도드리는 게 나을 겁니다."

32

"대체 무슨 일이야?" 경사 집무실에 들어와 문을 닫고 멍하니 서 있는 해리 가스톤에게 버넌 너키가 물었다.

가스톤은 안절부절못하며 헛기침을 하더니 고갯짓으로 민원실 쪽을 가리켰다.

"본론을 말하게, 가스톤."

"방문객이 있습니다."

"나한테?"

"경사님을 찾아온 게 아니고요."

너키가 가스톤을 쏘아보았다.

"셔본을 면회하러 온 사람입니다."

"그래? 그럼 어떻게 해야 하는지 알지 않나. 서류 작성하게 하고 안으로 들여보내."

"그게…… 해나 로엔펠트입니다."

경사가 몸을 일으켰다. "아." 경사가 책상 위에 있는 서류 파일을 덮고 턱을 문질렀다. "내가 잠깐 만나봐야겠군."

너키는 파출소 민원실 접수대로 갔다. "로엔펠트 부인, 일반적으로 피해자 가족은 피고인을 만날 수 없습니다."

해나는 말없이 경사를 응시했다. 할 수 없이 너키가 말을 이었다.

"통상적인 일이 아니라서요. 죄송합니다만……"

"규정에 어긋나는 건 아니겠지요? 불법인가요?"

"부인, 제 말을 들어보십시오. 법정에 서는 것만으로도 부인께는 힘든 일일 겁니다. 제 말을 들으세요. 이런 재판은 아주 힘듭니다. 재판을 시작도 하기 전에 이런 일로 마음을 어지럽힐 필요가 없어요."

"그 사람을 봐야겠어요. 내 딸을 죽인 남자를 직접 만나보고 싶어요."

"딸을 죽였다고요? 무슨 말씀이신지……"

"내가 잃어버린 아기는 결코 돌아오지 않을 거예요. 영원히. 그레이스는 전혀 다른 아이가 되어버렸어요."

"무슨 말씀인지 잘 모르겠습니다만, 어떻든 간에 저는—"

"저한테 이 정도 자격은 있지 않을까요?"

너키는 한숨을 내쉬었다. 여자의 상태가 너무 딱해 보였다. 몇 년 동안 귀신처럼 마을을 돌아다녔던 여자가 아닌가. 이렇게라도 하면 그 귀신을 잠재울 수 있을지도 몰랐다. "잠깐만 기다리세요……"

톰은 이야기를 듣고 당황해 자리에서 일어났다. "해나 로엔펠트가 면회를 원한다고요? 왜죠?"

"반드시 응할 필요는 없으니 그냥 돌아가게 해도 괜찮소."

"아뇨……" 톰이 말했다. "만나보겠습니다. 고맙습니다."

"알겠소."

잠시 후 조그만 나무의자를 든 가스톤 순경을 따라 해나가 들어왔다. 가스톤은 창살에서 약간 떨어진 곳에 의자를 놓았다.

"로엔펠트 부인, 문을 열어놓고 밖에서 기다리겠습니다. 아니면 여기에 있을까요?"

"그러실 필요 없어요. 오래 걸리지 않을 거예요."

가스톤은 입을 삐죽이며 열쇠를 쩔렁거렸다. "알겠습니다. 그럼 나가 있죠." 가스톤이 말하고는 복도를 되돌아나갔다.

해나는 아무 말 없이 톰을 찬찬히 살펴보았다. 그의 왼쪽 귀 아래에 갈고리 모양의 총상 흉터가 있었다. 귓불은 통통하고 못이 박인 손가락은 가늘고 길었다.

톰은 사정거리 안의 사냥감이 사냥꾼에게 몸을 맡기듯, 피하지 않고 해나의 면밀한 관찰에 몸을 맡겼다. 그러는 동안 머릿속에 여러 장면이 스치고 지나갔다. 보트. 시신. 딸랑이. 그 모든 게 생생하게 떠올랐다. 또다른 기억도 떠올랐다. 늦은 밤 처갓집 부엌에서 썼던 첫 편지. 긴장한 나머지 속이 울렁대는 가운데 고르고 골라 쓴 단어들. 루시의 부드러운 살결과 웃음. 바닷물 속에서 루시를 잡아주었을 때 바닷풀처럼 물에 떠서 하늘거리던 루시의 머리카락. 아이의 친모가 아는 사람이라는 사실을 알게 되었던 순간. 톰은 등에 식은땀이 흐르는 걸 느꼈다.

"만나주셔서 고맙습니다, 셔본 씨……"

톰은 해나가 욕설을 내뱉거나 의자를 창살에 집어던졌어도 이렇게 놀라지는 않았을 것이다.

"거절할 수도 있었을 텐데요."

톰은 그냥 고개를 살짝 끄덕이기만 했다.

"이상한 일이죠?" 해나가 말을 이었다. "몇 주 전까지만 해도 당신을 생각하면 감사하는 마음뿐이었는데 말이에요. 그런데 알고 보니 그날 밤 배 위에서 제가 두려워했어야 하는 사람은 그 술주정뱅이가 아니라 당신이었어요. 당신이 거기 있다보면 사람이 달라진다고 말했죠. 옳은 것과 그른 것을 구분할 수 없게 된다고요. 그게 무슨 말인지 이제 알겠어요."

흔들림 없는 목소리로 해나가 물었다. "알고 싶은 게 있어요. 정말 전부 당신이 한 짓인가요?"

톰은 천천히 고개를 끄덕였다.

마치 뺨이라도 맞은 듯 해나의 얼굴에 고통이 스치고 지나갔다. "당신이 한 짓이 미안하지 않나요?"

이 질문이 톰의 가슴을 찔렀다. 톰은 마룻바닥의 옹이로 눈길을 돌렸다. "말로 할 수 없을 만큼 미안합니다."

"단 한순간이라도 아이한테 엄마가 있을지 모른다는 생각은 안 했나요? 누군가가 그 아이를 사랑하고 그리워하리라는 생각은 안 들었나요?" 해나는 유치장을 둘러보고 다시 톰에게로 눈을 돌렸다. "왜죠? 대체 왜 그랬는지 이해할 수만 있다면⋯⋯"

톰의 얼굴이 굳어졌다. "왜 그랬는지 말씀드릴 수 없습니다."

"제발 말해주세요."

해나는 진실을 알 자격이 있었다. 하지만 톰 자신이 입을 열면 이저벨을 배신하는 게 되고 만다. 중요한 일은 이미 했다. 루시를 돌려주었고, 그 대가를 지금 치르고 있지 않은가. 나머지는 그냥 무의미한 말일 뿐이었다. "정말 드릴 말씀이 없습니다."

"올버니에서 온 경찰관은 당신이 내 남편을 죽였다고 생각하더 군요. 그랬나요?"

톰은 해나의 눈을 똑바로 보았다. "제가 보트를 발견했을 때 남 편분은 이미 죽어 있었다고 맹세할 수 있습니다. 제가 잘못된 행동 을 했다는 걸 잘 알고 있습니다. 제가 내린 결정 때문에 부인이 얼 마나 많은 상처를 입으셨는지 생각하면 진심으로 죄송할 뿐입니 다. 하지만 남편분은 이미 사망한 상태였습니다."

해나는 깊이 숨을 들이마신 다음 자리를 뜨려고 일어났다.

"원하는 대로 하십시오. 용서를 구하지는 않겠습니다." 톰이 말 했다. "하지만 제 아내는…… 달리 어떻게 할 수가 없었습니다. 아내는 그 아이를 사랑합니다. 아이를 이 세상 그 무엇보다도 소중 하게 여겼습니다. 그 사람에게 자비를 베풀어주십시오."

해나의 얼굴에서 고통이 사라지고 서글픔이 떠올랐다. "프랭크 는 좋은 사람이었어요." 해나는 그렇게 말하고 천천히 복도를 걸어 나갔다.

어둑한 방 안에서 톰은 매미 소리에 귀를 기울였다. 수천 마리가 동시에 맴맴거리며 초를 세는 것 같았다. 톰은 자기가 손을 쥐었다 폈다 하고 있다는 걸 깨달았다. 발로는 갈 수 없는 곳에 그렇게 하 면 갈 수 있을 거라는 듯이. 톰은 손을 내려다보며 잠시 그 손이 저 지른 일들을 생각했다. 세포와 근육과 생각이 모여 톰이란 사람을 구성하지만, 그게 전부가 아닐 것이다. 톰은 현실로 돌아왔다. 무더운 방 안, 묵직한 공기. 지옥에서 톰이 탈출할 수 있도록 해줄 사다리의 마지막 가로대가 사라졌다.

이저벨은 어머니를 거들어 집안일을 하거나, 어머니가 보관해두었던 루시의 그림들을 들여다보거나, 아이를 잃은 슬픔을 더욱 깊이 느끼는 시간 동안은 머릿속에서 톰 생각을 몰아낼 수 있었다. 그러다가도 문득 톰을 떠올렸고, 랠프가 전해줬지만 읽지 않고 서랍 속에 처박아둔 편지를 생각했다.

루시를 다시 공원에 데려오겠다고 약속한 그웬은 그날 이후 이저벨이 날마다 몇 시간씩 기다려도 한 번도 나타나지 않았다. 하지만 딸을 다시 볼 희망이 티끌만큼이라도 남아 있는 한 이저벨은 꾸준히 자리를 지켜야 했다. 루시를 생각하면, 톰을 미워해야만 했다. 그렇긴 했지만…… 이저벨은 편지를 꺼내서 자르다 만 자리를 바라보았다. 이저벨은 편지를 다시 집어넣고 서둘러 공원으로 달려갔다. 기다리기 위해서. 혹시나 하는 희망을 품고.

"제가 뭘 하면 좋을지 말해주세요, 톰. 제가 돕고 싶어하는 거 알잖아요. 제발, 어떻게 해야 할지 말해주세요." 블루이의 목소리는 절박했고 눈가는 촉촉했다.

"더 도울 일이 없어, 블루이." 유치장은 찌는 듯 더웠고, 한 시간 전에 바닥을 닦아서 살균제 냄새가 났다.

"내가 그 빌어먹을 딸랑이를 못 봤다면 얼마나 좋았을까요. 입을 꼭 다물고 있어야 했는데." 블루이가 철창을 움켜쥐었다. "올버니에서 온 경사가 절 찾아와서는 톰에 대해 온갖 것을 물어봤어요. 주먹을 잘 쓰는지, 술을 좋아하는지 그런 것들을요. 랠프 선장님한테도 찾아갔대요. 사람들이 수근거려요. 세상에, 살인 어쩌구 하며 떠들고 있다고요. 술집에 갔더니 사람들이 교수형 이야기를 하고 있더라고요!"

톰이 블루이의 눈을 마주보았다. "자네도 그 말을 믿어?"

"당연히 안 믿죠. 하지만 그런 소문들은 살아서 움직이니까요. 아무 죄 없는 사람이 자기가 하지 않은 잘못을 덮어쓸 수도 있잖아요. 그 사람이 죽고 난 뒤에 잘못했다고 말해봐야 무슨 소용이에요." 블루이는 말없이 표정으로 톰에게 호소했다.

"설명하기 어려운 게 있어." 톰이 말했다. "내가 그렇게 행동한 데에는 이유가 있어."

"무슨 행동을 했는데요?"

"사람들의 삶을 망쳐놓은 행동. 이젠 대가를 치러야 할 때야."

"사람들이 말하는 걸 들었는데, 아내조차도 등을 돌린 걸 보면 뭔가 아주 나쁜 일을 저지른 게 분명하다고 포츠 영감이 떠들고 다닌대요."

"고마워, 친구. 아주 큰 위로가 됐어."

"맞서보지도 않고 그렇게 주저앉지 마요. 제발 부탁이에요!"

"난 괜찮을 거야, 블루이."

하지만 블루이의 발소리가 멀어져가는 동안 톰은 셉티머스 포츠의 말이 맞는다는 생각을 했다. 이저벨은 편지에 답장하지 않았다. 최악의 상태라는 사실을 인정하지 않을 수 없었다. 그래도 톰은 자기가 아는 이저벨을 믿고 매달릴 수밖에 없었다.

읍내 외곽에는 벌목 노동자들이 살던 오래된 오두막들이 있었다. 소박한 판잣집들로, 아예 버려진 것도 있었고 그런대로 쓸 만한 것도 있었다. 읍내에 상수도를 공급하는 펌프장 근처 작은 땅에 옹기종기 모여 있는 그 집들 가운데 하나가 해나 로엔펠트가 사는 집이고 소중한 루시가 붙들려 있는 곳임을 이저벨은 알았다. 이저벨은 공원에서 그웬이 오길 기다렸지만 부질없는 일이었다. 절박한 심정에 이저벨은 루시를 찾아나섰다. 그냥 먼발치에서 보기만이라도 하려고. 어떻게 지내는지만이라도 보려고. 정오였고, 자카란다나무가 늘어선 대로는 아무도 없이 텅 비어 있었다.

판잣집 가운데 한 채는 특히 번듯했다. 새로 페인트칠을 하고 잔디밭도 깎았고 다른 집과 달리 키 큰 산울타리로 담을 둘러놓았다. 방범용이라기보다는 사람들의 시선을 막기 위한 것인 듯했다.

이저벨은 집 뒤쪽에 있는 좁은 길을 따라갔다. 산울타리 너머에서 쇠가 삐걱거리는 소리가 들렸다. 이저벨은 나무 사이의 가는 틈새로 들여다보다 조그만 아이를 보고 가슴이 쿵쾅거렸다. 아이는 세발자전거를 타고 빙빙 돌고 있었다. 혼자서, 슬프지도 기쁘지도 않은 얼굴로, 그저 페달 밟는 데에 몰두하고 있었다. 아주 가까이에 아이가 있었다. 손만 뻗으면 루시를 잡고, 안고, 어루만질 수 있을 것 같았다. 아이 곁에 갈 수 없다는 게 갑자기 너무 터무니없게 느껴졌다. 온 마을 사람이 모두 미쳐버렸고, 자기만 유일하게 정상인 것 같은 느낌이었다.

이저벨은 곰곰 생각했다. 퍼스에서 출발해 올버니로 가는 기차가 하루에 한 번씩 파르타죄즈를 지나가고 올버니에서 퍼스로 가는 기차도 매일 한 번씩 지나간다. 기차가 떠나려는 순간에 객차에 올라타면 아무도 모르지 않을까? 아이가 사라졌다는 걸 아무도 알아차리지 못할 수도 있다. 퍼스에 가면 사람들 틈에 몸을 숨기기도 쉬울 것이다. 그다음에 배를 타고 시드니로 가는 거다. 아니면 영국으로 가든가. 새로운 삶을 사는 거다. 수중에 돈이 한 푼도 없고 은행 계좌조차 없지만 그게 문제라는 생각은 하지 못했다. 이저벨은 자기 딸을 보면서 어떻게 할지 생각했다.

해리 가스톤이 그레이스마크네 현관문을 쾅쾅 두드렸다. 빌은 이 시간에 누가 찾아온 건지 유리 구멍으로 밖을 확인하고 나서 문을 열어주었다.

"그레이스마크 씨." 순경이 형식적으로 고개를 까딱했다.

"잘 있었나, 해리. 무슨 일인가?"

"공무차 왔습니다."

"그렇군." 빌이 나쁜 소식에 대비해 마음을 다잡으며 말했다.

"로엔펠트 양을 찾고 있습니다."

"해나 말인가?"

"아뇨, 딸 그레이스 말입니다."

순경이 말하는 인물이 루시라는 걸 깨닫고 빌은 놀란 눈으로 순경을 쳐다보았다.

"여기에 있나요?" 가스톤이 물었다.

"당연히 여기에 없지. 대체 무슨……"

"그레이스가 해나 로엔펠트 집에 없습니다. 실종됐어요."

"해나가 애를 잃어버렸다고?"

"아니면 유괴당했거나요. 따님은 집에 있습니까?"

"그렇네."

"확실합니까?" 가스톤은 살짝 실망한 기색이었다.

"그렇다니까."

"하루종일 집에 있었습니까?"

"하루종일은 아니지. 대체 무슨 말을 하는 건가? 루시는 어디에 있어?"

바이얼릿이 빌 뒤에 와서 섰다. "무슨 일이에요?"

"따님을 만나봐야겠습니다, 부인." 가스톤이 말했다. "불러주시겠습니까?"

바이얼릿은 마지못해 이저벨의 방으로 갔지만 방에는 아무도 없었다. 바이얼릿은 얼른 뒷마당으로 나가보았다. 이저벨은 그네의 자에 앉아 멍하니 허공을 보고 있었다.

"이저벨! 해리 가스톤이 왔어!"

"왜요?"

"네가 가서 만나보는 게 좋겠다." 바이얼릿의 심상치 않은 어조에 이저벨은 군말 않고 어머니를 따라 현관으로 갔다.

"안녕하세요, 셔본 부인. 그레이스 로엔펠트 일로 왔습니다." 가스톤이 입을 열었다.

"그애가 왜요?" 이저벨이 물었다.

"마지막으로 본 게 언제입니까?"

"여기 돌아온 뒤로는 애 근처에도 가지 않았어요." 바이얼릿이 항변하다 정정했다. "아, 한 번…… 우연히 만난 적은 있어요. 무시모어 가게에서요. 그때 딱 한 번 봤어요."

"맞습니까, 셔본 부인?"

이저벨이 대답하지 않자 빌이 대신 말했다. "당연하지. 대체 무슨 생각을 하길래―"

"아녜요, 아빠. 사실 또 만난 적이 있어요."

빌과 바이얼릿이 놀라 입을 다물지 못한 채 이저벨을 돌아보았다.

"사흘 전 공원에서요. 그웬 포츠가 날 만나게 해주려고 루시를 데려왔어요." 잠시 이저벨은 더 털어놓아야 하나 망설였다. "맹세코 제가 찾아간 게 아니에요. 그웬이 데리고 왔어요. 루시는 어디 있죠?"

"없어졌어요. 사라졌어요."

"언제요?"

"부인이 말씀해주실 수 있을 거라고 생각했습니다." 순경이 말했다. "그레이스마크 씨, 집 안을 둘러봐도 되겠습니까? 확실히 해두려는 것뿐입니다."

빌은 항의하려 했지만 조금 전에 이저벨이 한 말 때문에 어쩐지 불안감이 들었다. "숨길 건 아무것도 없네. 원한다면 보게."

순경은 수학 시간에 커닝을 했다가 빌 그레이스마크에게 회초리를 맞은 일을 아직 잊지 않은 터라, 옷장을 열어보고 침대 아래를 살펴보면서도 교장선생님한테서 회초리가 날아올까봐 마음 한편으로는 불안해했다. 마침내 순경이 빈손으로 현관으로 돌아왔다. "고맙습니다. 아이를 보시면 꼭 경찰에 알려주십시오."

"알려달라뇨!" 이저벨이 격분했다. "수색을 시작하긴 한 거예요? 지금 애를 찾으러 다녀야지 여기에서 뭐 하는 거예요?"

"부인이 상관하실 일이 아닙니다."

가스톤이 가자마자 이저벨은 아버지에게 매달렸다. "아빠, 루시를 찾아야 해요! 대체 어디 간 걸까요? 루시를 찾으러 가야겠어요ㅡ"

"진정해라, 이지. 버넌 너키한테 어떻게 된 일인지 물어봐야겠구나. 파출소에 전화를 넣어서 알아보마."

33

아기 때부터 야누스 록에서 자란 아이는 극한의 삶이 당연한 거라고 여겼다. 처음에 섬으로 오게 된 날의 소동이나 여정이 아이 몸에 기억으로 남아 있는지는 알 수 없었다. 그 기억은 완전히 잊혔다 해도 등대섬에서, 단 세 사람만 사는 세상에서 보낸 나날은 아이 안에 깊숙이 스며들어 있었다. 자기를 키워온 부부에 대한 애착은 질기고 지독했다. 아이는 엄마 아빠를 잃은 것을 슬픔이라고 부를 줄도 몰랐다. 그리움이나 절망감 같은 것도 표현할 줄 몰랐다.

하지만 아이는 뭍에 온 지 몇 주가 지난 지금도 날마다 엄마 아빠를 그리워하고 생각하며 고통받았다. 자기가 뭔가 아주 나쁜 짓을 해서 엄마가 그렇게 우는 것 같았다. 자신을 진짜 엄마라고 말하는 머리카락과 눈 색깔이 짙은 여자는…… 거짓말은 나쁜 건데. 이 우는 얼굴의 아줌마는 왜 계속 그런 거짓말을 하지? 그런데 왜 어른들은 이 아줌마를 야단치지 않지?

아이는 엄마가 파르타죄즈에 있다는 걸 알았다. 아빠는 나쁜 사람들이 데려갔는데, 어디로 갔는지는 알지 못했다. "경찰"이라는 말을 여러 번 들었지만 경찰이 뭔지는 아주 어렴풋하게만 짐작했다. 아이는 많은 대화를 엿들었다. 지나가는 사람들은 이렇게 수군댔다. "이런 난리가 있나. 정말 끔찍해." 자기가 다시는 엄마를 보지 못할 거라고 해나가 하는 말도 들었다.

야누스는 엄청나게 크지만 아이는 구석구석 전부 다 알았다. 난파선 해안, 믿을 수 없는 바위, 바람등성이. 집에 돌아가려면 등대만 찾으면 된다고 아빠가 늘 말했다. 아이는 파르타죄즈가 아주 조그만 동네라는 말을 여러 번 들었다.

해나는 부엌에 있고 그웬이 밖에 나간 사이 아이는 자기 방으로 들어갔다. 방 안을 둘러본 다음 조심스레 샌들을 신었다. 배낭 안에 엄마 아빠와 등대를 그린 그림을 넣었다. 그리고 아줌마가 아침에 준 사과도 넣었다. 인형놀이 할 때 쓰는 빨래집게들도.

아이는 뒷문을 조용히 닫고 마당 뒤쪽의 산울타리에서 빠져나갈 만한 틈새를 찾았다. 공원에서 엄마를 만난 적이 있으니까 거기로 갈 거야. 엄마가 루시를 찾아낼 거야. 엄마랑 같이 아빠를 찾으러 갈 거야. 그리고 집으로 돌아갈 거야.

아이가 집에서 나왔을 때는 늦은 오후였다. 해가 하늘 한쪽으로 기울고 나무 그림자는 이미 고무처럼 길게 늘어져 있었다.

산울타리 사이를 비집고 나온 아이는 가방을 땅에 질질 끌며 집 뒤쪽의 수풀 속으로 들어갔다. 여기에서 들리는 소리는 야누스와 정말 달랐다. 엄청 많은 새가 서로 불러대고 있었다. 돌아다니다보니 숲은 점점 빽빽해지고 나무는 점점 푸르러졌다. 아이는 덤불 속으로 후다닥 달아나는 새카만 비늘투성이 도마뱀을 보고도 놀라지 않았다. 도마뱀은 위험하지 않다는 걸 알고 있었다. 하지만 아이는 야누스와 달리 여기에서는 새카맣고 후다닥 움직이는 게 도마뱀만은 아니라는 사실을 모른다. 다리가 달린 것과 없는 것 사이의 중대한 차이를 배운 적이 없다. 한 번도 뱀을 본 적이 없으니까.

아이가 공원에 도착한 것은 날이 거의 저물었을 때였다. 아이는 벤치로 달려갔지만 엄마는 보이지 않았다. 아이는 가방을 벤치 위로 끌어올리고 벤치에 앉아 텅 빈 사방을 둘러보았다. 그런 다음 가방에서 멍이 든 사과를 꺼내 한입 베어물었다.

이 시간대 파르타죄즈의 부엌은 분주하다. 엄마는 바쁘고 아이들은 배고프다. 종일 숲과 바닷가에서 놀다 들어온 아이들은 더러운 손과 얼굴을 씻느라 법석이다. 아빠들은 보냉 찬장에서 맥주 한 병을 꺼내 마시고, 엄마들은 감자 삶는 냄비와 스튜가 뭉근히 끓는 오븐을 살핀다. 하루가 끝나가고 식구들이 한데 모인다. 하늘에는 어둠이 조금씩 번지고, 이제는 그림자가 길어지는 게 아니라 땅에서 솟은 그림자가 온 세상을 채운다. 사람들은 집으로 돌아가고, 밤은 귀뚜라미, 부엉이, 매미 같은 짐승들이 차지한다. 수천수만 년 동안 변하지 않은 세상이 깨어나, 낮과 사람들과 세상의 변화 따위는 환상일 뿐이라는 듯 펼쳐진다. 길에는 아무도 없다.

너키 경사가 공원에 도착했을 때 벤치 위에는 가방만 덩그마니 놓여 있었다. 그리고 조그만 이빨 자국이 난 사과에는 개미가 까맣게 붙어 있었다.

해가 저물자 어둠 속에서 빛이 반짝이기 시작했다. 어둠 속에 점점이 떠오른 불빛은 창가에 켜놓은 가스등일 수도, 새로 지은 집의 전등일 수도 있다. 파르타죄즈의 대로에는 전기 가로등이 있다. 별들도 맑은 하늘을 밝히고, 은하수는 어둠 위에 흰 얼룩을 죽 문댄다.

불빛 몇 개가 숲속을 도깨비불처럼 떠돌고 있었다. 랜턴을 든 사람들이 숲을 수색했다. 경찰뿐 아니라 포츠의 제재소에서 일하는 사람들, 항만등대국에서 일하는 사람들도 나왔다. 다른 사람들이 시키는 대로 해나는 집에서 초조하게 기다렸다. 그레이스마크네 가족도 아이의 이름을 부르며 숲길을 헤맸다. "루시"와 "그레이스"가 공중에 울려퍼졌다. 사라진 아이는 한 명인데도.

엄마와 아빠와 등대를 그린 그림을 꼭 쥔 채 아이는 동방박사가 별을 보고 아기 예수를 찾아온 이야기를 떠올렸다. 아이는 바다 위에서 야누스의 불빛을 찾았다. 불빛은 멀리 있지 않았다. 빛은 멀어 보이는 법이 없다. 뭔가 이상하다는 생각이 들긴 했다. 흰 빛 사이에 붉은 빛이 있었기 때문이다. 그래도 아이는 그 빛을 향해 갔다.

아이는 물가를 향해 내려갔다. 밀물이라 물이 불었고, 바닷가에는 파도가 휘몰아치고 있었다. 등대에 가면 엄마와 아빠가 있을 것이다. 아이는 길고 좁은 곳을 향해 걸었다. "파르타죄즈 곶의 곶"

이라고 여러 해 전에 이저벨이 톰에게 말했던 곳이다. 바람골이라 파도에 쓸려가지 않으려면 엎드려야 한다고 했던 곳. 작은 아이는 바다 위에 있는 등대를 향해 한 걸음 한 걸음 걸었다.

하지만 아이가 따라가는 것은 야누스의 불빛이 아니었다. 등대는 저마다 표지가 다르다. 하얀 빛 안의 붉은 빛은 뱃사람들에게 파르타죄즈 항 어귀의 여울이 가까이에 있다는 걸 알려주는 섬광이었다. 야누스 록에서는 거의 100마일쯤 떨어진 곳이었다.

바람이 거세어졌고, 파도가 출렁였다. 아이는 계속 걸었다. 어둠이 내려앉았다.

톰은 유치장 바깥에서 흘러들어오는 소리를 들었다. "루시! 루시, 어디 있니?" 그리고 또다른 외침. "그레이스! 어디 있어, 그레이스!"

혼자 유치장에 있던 톰은 파출소 민원실을 향해 소리를 질렀다. "너키 경사님? 경사님?"

열쇠 쩔렁거리는 소리가 나더니 린치 순경이 나타났다. "무슨 일이오?"

"무슨 일이 있습니까? 밖에서 사람들이 루시를 부르는 소리가 들려서요."

밥 린치는 뭐라 대답할지 잠시 망설였다. 이 사람도 알 자격이 있지. 안다고 어떻게 할 수 있는 건 아니지만. "아이가 실종됐소."

"언제요? 어떻게 하다가요?"

"몇 시간 됐소. 집을 나간 것 같은데."

"이럴 수가! 어떻게 그런 일이 일어난 겁니까?"

"낸들 알겠소."

"그래서 지금 어떻게 하고 있습니까?"

"아이를 찾는 중이오."

"저도 함께 찾게 해주세요. 이러고 앉아 있을 순 없습니다." 린치는 표정으로 대답을 대신했다. "제발 부탁입니다! 제가 어디로 도망을 가겠습니까?"

"소식이 오면 알려주겠소. 내가 할 수 있는 건 거기까지요." 린치는 다시 열쇠를 쩔렁거리며 자리를 떴다.

어둠 속에서 톰은 루시를 생각했다. 아이는 늘 호기심이 넘치고 주위를 탐험하기를 좋아했다. 어둠을 무서워하지 않았다. 아이에게 무서워해야 한다고 가르쳤어야 했는데. 톰은 루시에게 야누스록 바깥의 삶에 대비하도록 가르치지 못했다. 그때 다른 생각이 머리를 스쳤다. 이저벨은 어디에 있을까? 지금 상태의 이저벨이라면 무슨 짓을 저질렀을지 몰랐다. 톰은 이저벨이 관련된 일이 아니기를 빌었다.

버넌 너키는 겨울이 아니어서 천만다행이라고 생각했다. 자정을 지나면서 공기가 서늘해졌다. 아이는 면 원피스와 샌들 차림이었다. 1월이라 밤을 무사히 날 수는 있을 것이다. 8월이었다면 이미 추위로 새파래졌겠지만.

이 시간에는 수색을 해봐야 별 의미가 없었다. 다섯시면 해가 뜰 테니 차라리 지금 눈을 붙이고 해가 있을 때 정신 바짝 차리고 찾는 편이 나았다. "말을 전하게." 길 끝에서 가스톤을 만난 너키 경사가 말했다. "오늘밤 수색은 마무리한다고. 동이 트자마자 파출소로 집합하라고 해. 그때 다시 시작할 거야."

새벽 한시였지만 머릿속을 좀 정리하고 싶어 너키는 랜턴을 들고 저녁 때면 산책을 나가는 길로 향했다. 한 걸음 한 걸음 걸을 때마다 랜턴 불빛이 흔들렸다.

해나는 집에서 기도를 드렸다. "무사히 지켜주세요. 그레이스를 지켜주시고 구해주세요. 전에도 목숨을 구해주셨으니……" 해나는 걱정했다. 그레이스 몫의 기적을 이미 다 써버린 거면 어쩌지? 그러다가 이런 생각을 하며 마음을 달랬다. 여기에서 아이가 하룻밤을 버티는 데 기적까지는 필요 없어. 운이 나쁘지만 않으면 돼. 망망대해에서 살아남는 것하고는 다른 일이야. 하지만 공포와 두려움이 이성을 밀어냈다. 기진맥진한 상태라 생각이 뒤죽박죽되었다. 어쩌면 신은 내가 그레이스와 함께 있는 것을 원치 않으시는지도 몰라. 이 모든 일은 내 탓이야. 해나는 기다리며 기도했다. 그리고 신에게 굳은 약속을 했다.

누군가가 해나의 집 문을 두드렸다. 불은 껐지만 자지 않고 있던 해나는 바로 현관으로 달려갔다. 문 앞에 너키 경사가 서 있었다.

그리고 경사의 팔에는 그레이스가 축 늘어져 안겨 있었다.

"아 하느님!" 해나가 아이에게 달려들었다. 아이만 쳐다보느라 너키 경사의 밝은 표정을 보지 못한 해나는 순간 아이가 죽은 것으로 착각했다.

"곳으로 내려가다가 얘한테 걸려 넘어질 뻔했지 뭡니까. 세상모르고 자고 있더군요." 너키 경사가 웃었다. "이 아이는 목숨이 아홉인 게 분명합니다." 너키 경사는 웃고 있었지만 눈가에는 물기가 어려 있었다. 오래전 자기가 구할 수 없었던 아들의 무게가 떠올랐기 때문이다.

해나는 잠에 곯아떨어진 딸을 끌어안느라 경사의 말은 듣는 둥 마는 둥 했다.

그날 밤, 해나는 자기 침대에 그레이스를 눕히고 그 곁에 나란히 누웠다. 숨소리 하나하나, 고갯짓과 발길질 하나하나를 듣고 지켜보았다. 따스한 아이의 몸을 느끼며 안도하다가도 문득 암울한 생각이 그늘을 드리웠다.

함석지붕에 자갈을 뿌리는 것처럼 후두둑 비 내리는 소리가 들리자 해나의 생각은 결혼식 날로, 초라한 오두막 천장에서 비가 새 바닥에 양동이를 대놓고도 사랑과 희망이 가슴에 가득하던 때로 흘러갔다. 무엇보다 희망이 있던 때였다. 어떤 일이 있어도 웃음과 생기를 잃지 않던 프랭크. 해나는 그레이스가 그런 사람이 되기를 바랐다. 그레이스가 행복한 아이가 되길 바랐다. 해나는 그러기 위해서 필요한 일을 할 용기와 힘을 달라고 하느님께 기도를 드렸다.

천둥소리에 아이가 잠을 깼다. 아이는 졸린 듯 해나를 보더니 품으로 파고들며 다시 꿈속으로 빠져들었다. 엄마는 조금 전의 맹세를 떠올리며 소리 없이 울었다.

～

　까만 거미가 유치장 구석 거미집으로 돌아오더니 뒤죽박죽인 실을 다시 살피고 다듬었다. 자기만 아는 설계에 따라, 정해진 위치에 적당한 장력과 각도로 실을 자아 거미집을 만들었다. 거미는 밤이면 기어나와 제멋대로 생긴 깔때기 모양의 거미줄을 수선했다. 거미는 제 나름의 세계를 짜놓고 늘 수선했다. 어쩔 수 없을 때가 아니면 절대 버리지 않았다.

　루시는 무사했다. 안도감이 몰려왔다. 하지만 이저벨에게서는 아무 소식이 없었다. 자기를 용서했다거나 용서할 거라는 기미가 전혀 없었다. 이제 루시를 위해서는 아무것도 할 수 없다는 무력감을 절감한 톰은 아내를 위해 할 수 있는 건 뭐든지 하겠다는 결심을 굳혔다. 톰에게 남은 것은 이제 그것 하나뿐이었다.

　이제 이저벨 없이 살아야 한다면, 놓아주는 편이, 그냥 그대로 내버려두는 편이 더 쉬울 터였다. 톰은 기억 속으로 빠져들었다. 성냥불을 가져다대면 등유 증기에 펑 하고 불이 붙으면서 눈부신 빛이 퍼졌다. 프리즘을 통해 무지개 빛살이 아롱거렸고, 야누스 록 주위의 바다가 마치 숨겨놓은 선물처럼 눈앞에 펼쳐졌다. 톰이 세상에 작별을 고하게 된다면 고통뿐 아니라 아름다움도 기억하고 싶었다. 루시의 숨결, 낯선 두 사람을 믿어주고 가슴과 가슴을 하나로 엮어준 아이. 그리고 이저벨, 예전의 이저벨, 죽음의 세월을 지내온 자신을 다시 삶으로 돌아올 수 있도록 길을 밝혀주었던 이 저벨.

　가랑비가 숲의 냄새를, 흙과 젖은 나무와 커다란 털북숭이 도토리처럼 생긴 꽃을 피운 뱅크셔의 진한 냄새를 유치장 안으로 전해주었다. 갑자기 톰은 작별을 고할 자기 자신의 모습이 여러 가지라는 생각이 들었다. 버려진 여덟 살짜리 아이. 지옥을 헤매며 반쯤 넋이 나간 군인. 겁 없이 자기 가슴을 열어버린 등대지기. 이 삶들이 러시아 인형처럼 톰 안에 차곡차곡 포개져 있었다.

　숲이 톰에게 노래를 들려주었다. 빗줄기는 톡톡 잎을 두드리고 웅덩이에도 떨어졌다. 웃는물총새는 사람이 알 수 없는 농담이라도 들은 것처럼 미친듯이 웃었다. 톰은 자신이 이 연결된 전체의 작은 한 부분이라고 느꼈고, 그것으로 족하다고 생각했다. 날이 바뀌어도, 수십 년이 흘러도 그건 달라지지 않을 것이다. 톰은 자연의 품안에 있었다. 결국 톰을 받아들여 원자들을 다른 형태로 재배열하려고 기다리는 자연의 품안에.

　빗줄기가 굵어지고 있었다. 저 멀리서, 번개가 남겨두고 온 천둥이 우르릉거렸다.

34

애디콧 선장의 집은 몇 걸음 폭의 풀밭 너머로 바다에 면해 있어 마치 물에 발가락을 담근 것처럼 보였다. 랠프는 목재와 벽돌로 지은 집을 잘 관리했고, 힐다는 뒤쪽 모래밭을 열심히 가꿔 작은 꽃밭을 만들었다. 백일홍과 달리아가 마치 춤추는 아가씨들처럼 알록달록 작은 오솔길 가장자리를 장식했다. 오솔길 끝에 있는 새장 안에서는 핀치가 신나게 지저귀며 토종 새들을 어리둥절하게 만들었다.

루시가 실종되었다가 돌아온 다음날, 랠프가 터덜터덜 집으로 걸어가는데 마멀레이드 졸이는 냄새가 창문을 넘어 랠프를 맞았다. 현관에서 모자를 벗는 랠프를 향해 힐다가 오렌지색 막대사탕처럼 반짝이는 나무 숟가락을 들고 달려나오더니 입술 위에 손가락을 대고 랠프를 부엌으로 끌고 갔다. 힐다가 눈을 동그랗게 뜨고 속삭였다. "응접실에 이저벨 셔본이 와 있어요! 당신을 기다리고 있어요."

랠프가 고개를 흔들었다. "세상이 뒤죽박죽이군."

"왜 왔을까요?"

"바로 그게 문제야. 자기가 뭘 원하는지 갈피를 못 잡으니."

작지만 깔끔한 응접실은 군함 모형이나 유리병 안에 든 배 같은
것 대신 성화로 장식이 되어 있었다. 대천사 미카엘과 라파엘, 성
모마리아와 아기 예수, 그리고 여러 성인이 영원한 그들의 자리에
서 준엄하고도 평온한 시선으로 방문객을 응시했다.

이저벨 옆에 놓인 물잔은 거의 비어 있었다. 이저벨은 손에 방패
와 칼을 들고 뱀을 밟고 선 천사의 모습에서 눈을 떼지 못했다. 날
이 흐려 방 안이 어둑한 탓에 성화의 옅은 금빛 물감이 어둠 속에
둥둥 떠 있는 것처럼 보였다.

이저벨이 랠프가 들어온 것을 알아차리지 못하자, 랠프는 잠시
이저벨을 보며 서 있다가 입을 열었다. "그게 내가 처음으로 갖게
된 성화야. 사십 년 전쯤인가 세바스토폴 근처에서 물에 빠진 러시
아 선원을 건져준 적이 있는데, 고맙다고 나한테 그 그림을 줬지."
랠프는 가끔 말을 멈췄다가 이으며 천천히 말했다. "다른 그림들은
상선을 탈 때 구했고." 랠프가 클클 웃었다. "난 독실함하고는 거
리가 먼 사람이고, 그림에 대해서도 아무것도 몰라. 하지만 이 그
림들은 뭔가 나한테 말을 거는 것 같은 느낌이 들어. 힐다는 내가
배를 타고 나가 있을 때 이 사람들이 벗이 되어준다고 하더군."

랠프는 주머니에 손을 찌르고 이저벨이 보고 있는 그림을 향해
고갯짓을 했다. "한때 저 친구한테 온갖 걱정을 주절주절 늘어놓았

지. 대천사 미카엘 말이야. 한 손에 칼을 들고 있는데, 방패도 반쯤 들어올렸단 말이야. 뭔가에 대해 아직 결정을 못 내리고 고민하는 것처럼."

방 안에 정적이 감돌았다. 바람에 덜컹덜컹 흔들리는 창문이 이저벨의 주의를 끌었다. 수평선 끝에서부터 파도가 어지러이 날뛰었고, 또 한차례 소낙비가 내리려는지 하늘은 구름으로 얼룩져 있었다. 이저벨의 마음은 야누스로 달려갔다. 그 광대한 공허로, 톰에게로. 이저벨은 울기 시작했다. 파도처럼 울음이 출렁이며 다시 낯익은 바닷가로 이저벨을 쓸어갔다.

랠프는 이저벨 옆에 앉아 손을 잡아주었다. 이저벨은 울기만 하고 랠프는 그 곁에 가만히 앉은 채로 삼십 분 정도가 흘렀다.

마침내 이저벨이 입을 뗐다. "어젯밤에 루시가 저 때문에 집을 나갔어요. 절 찾으려고요. 그러다 죽을 수도 있었어요. 모든 게 뒤죽박죽이에요. 엄마 아빠한테도 말할 수가 없어요⋯⋯"

노인은 여전히 말없이 이저벨의 손을 잡고 있었다. 이저벨의 손톱은 생살이 다 드러날 정도로 물어뜯겨 있었다. 랠프는 보일 듯 말 듯 천천히 고개를 끄덕였다. "루시는 살아 있잖아. 이젠 안전해."

"전 오직 루시가 안전하기만을 빌어왔어요. 루시가 야누스에 온 순간부터, 최선을 다하고 싶었을 뿐이에요. 그 아이는 우리를 필요로 했고, 우리한테는 그 아이가 필요했어요." 이저벨이 말을 멈췄다가 고쳐 말했다. "전 그 아이가 필요했어요. 아기가 느닷없이 우리 앞에 나타나다니, 기적이었어요. 전 그 아이가 우리와 함께할 운명이라고 확신했어요. 의심할 여지가 없었죠. 갓난아이는 부모를 잃었고, 우리는 아기를 잃었으니⋯⋯"

"우리는 그애를 정말 사랑했어요." 이저벨이 콧물을 닦았다. "그곳은…… 선장님은 야누스가 어떤 곳인지 아는 세상에 몇 안 되는 분이에요. 그곳에 대해 상상할 수 있는 유일한 분일 거예요. 하지만 선장님도 배를 떠나보내본 적은, 부두에 서서 멀어지는 엔진 소리를 들으며 배가 점점 작아지는 모습을 지켜본 적은 없으실 거예요. 몇 년 동안 세상에 작별을 고하고 사는 게 어떤 건지 모르신다고요. 야누스는 현실이었어요. 루시도 마찬가지고요. 그 외에는 모두 존재하지 않는 허상이었죠.

해나 로엔펠트 소식을 들었을 때는…… 그때는 너무 늦어버렸어요. 그때는 도저히 루시를 포기할 수가 없었다고요. 루시에게 그렇게 할 수는 없었어요."

노인은 앉아서 천천히 깊은숨을 쉬며 이따금 고개를 끄덕이기만 했을 뿐 질문을 던지거나 반박하고 싶은 충동을 억눌렀다. 조용히 있는 게 이저벨을, 모든 사람을 돕는 최선의 방법이었다.

"우린 정말 행복한 가족이었어요. 그런데 경찰이 섬으로 오고, 톰이 무슨 짓을 했는지 알게 되자 아무도 믿을 수가 없었어요. 어디도 안전하지 않았어요. 내 마음속조차도. 전 상처받았고 화가 났어요. 겁도 났고요. 경찰이 딸랑이 이야기를 한 순간부터 아무것도 이해하지 못했어요."

이저벨이 랠프를 마주보았다. "제가 무슨 짓을 한 걸까요?" 빈말로 던지는 질문이 아니었다. 이저벨은 해답을, 거울을, 자기가 볼 수 없는 것을 보여줄 무언가를 갈구하고 있었다.

"그건 중요하지 않아. 앞으로 이저벨이 어떻게 하느냐가 중요한 거지."

"전 아무것도 할 수 없어요. 모든 게 무너졌어요. 이제 무얼 하든 아무 의미 없어요."

"그 친구는 이저벨을 사랑해. 그건 의미가 있는 거야."

"하지만 루시는요? 루시는 제 딸이에요." 이저벨은 설명하려고 애썼다. "힐다 아주머니한테 아이 하나를 내주라고 말씀하실 수 있 겠어요?"

"이건 내주는 게 아니야. 돌려주는 거지."

"루시는 우리에게 주어진 아이 아니었나요? 하느님이 우리에게 아이를 보내신 게 아니었어요?"

"하느님이 루시를 돌보라고 하셨던 건지도 모르지. 그래서 이저 벨은 그렇게 한 거고. 그리고 이제는 다른 사람에게 루시를 돌보게 하라는 건지도." 랠프가 훅 숨을 내쉬었다. "이런, 내가 목사도 아 니고 하느님 뜻을 어찌 알겠나? 하지만 이저벨을 지키기 위해 모든 걸, 정말 모든 걸 포기하려는 사람이 있다는 건 알아. 그게 옳은 일 이라고 생각해?"

"어제 무슨 일이 벌어졌는지 아시잖아요. 루시가 어떤 상태인지 도요. 루시한테는 제가 필요해요. 제가 곁에 있어줄 수 없다는 걸 어떻게 설명하죠? 그 나이에 어떻게 이해하겠어요."

"살다 보면 시련이 닥치기도 해. 때로는 삶이 나를 물어뜯고 갉아 먹는 것 같기도 하고. 어떤 때는, 모든 걸 잃었다고 생각했을 때 그 삶이 되돌아와 또다른 걸 뜯어가기도 하지."

"저는 몇 년 전에 이미 모든 걸 잃었다고 생각했었어요."

"지금 상태가 최악이라고 생각할지 모르지만, 지금 톰을 위해 나 서지 않으면 훨씬 더한 상황이 찾아올 거야. 진심으로 하는 말이야, 이저벨. 루시는 어리니까 루시 옆에는 아이를 돌봐주고 잘 키워줄 사람들이 있어. 하지만 톰한테는 아무도 없어. 나는 톰 셔본 같은 사람이 고통을 겪는 건 있어서는 안 될 일이라고 생각해."

성인들과 천사들이 지켜보는 가운데 랠프가 말을 이어나갔다. "그곳에 있을 때 두 사람한테 어떤 일이 일어났는지는 신만이 아시겠지. 하지만 의도는 좋았더라도 거짓에 거짓이 더해지면서 너무 멀리 갔어. 루시를 위해서 했던 일이 누군가에게는 고통이 되었으니까. 물론 이저벨이 얼마나 힘들었을지는 이해해. 하지만 스프래그라는 작자는 고약한 인간이라 그 사람하고 엮일 일은 없었으면 해. 톰은 이저벨의 남편이야. 좋을 때나 힘들 때나, 아플 때나 건강할 때나. 톰이 감옥에서 썩는 걸 보고 싶은 게 아니라면, 아니 톰이—" 랠프는 말을 맺을 수가 없었다. "이게 마지막 기회야."

"어디 가니?" 한 시간 뒤, 바이얼릿은 딸이 서둘러 나가려는 것을 보고 깜짝 놀랐다. "방금 돌아왔잖니."

"나가봐야 해요, 엄마. 할 일이 있어요."

"비가 억수같이 쏟아져. 비가 그칠 때까지만이라도 기다려." 그리고 바이얼릿은 마룻바닥에 쌓인 옷더미를 가리켰다. "오빠들 옷을 좀 정리하기로 했다. 낡은 셔츠랑 신발 같은 거. 누군가한테는 쓸모가 있을지도 모르니까. 교회에 기증할까 해." 목소리가 살짝 떨려 나왔다. "이것들을 정리하는 동안 네가 옆에 있어주면 좋겠구나."

"파출소에 가야 해요. 지금요."

"파출소는 왜?"

이저벨은 어머니를 마주보았고 한순간 털어놓을 뻔했지만 이렇게만 말했다. "너키 경사님을 만나야 해요. 다녀올게요." 이저벨이 외치며 현관으로 달려갔다.

현관문을 여는 순간 이저벨은 문밖에 서 있는 사람 형체를 보고 깜짝 놀랐다. 막 초인종을 누르려던 참인 것 같았다. 비에 흠뻑 젖은 채 서 있는 사람은 해나 로엔펠트였다. 이저벨은 할말을 잃고 굳은 듯 서 있었다.

해나는 문밖에 선 채로 시선을 이저벨 뒤쪽 테이블 위에 놓인 장미 꽃병에 고정하고 말을 쏟아냈다. 이저벨의 얼굴을 보면 마음이 달라질 것 같았기 때문이다. "할말이 있어서 왔어요. 그 말만 하고 갈게요. 아무것도 묻지 말아줘요." 해나는 몇 시간 전에 신에게 한 맹세를 떠올렸다. 맹세를 저버릴 수는 없었다. 해나는 도움닫기하듯 숨을 크게 들이마셨다. "어젯밤에 그레이스가 위험할 뻔했어요. 그애가 어떻게든 당신을 만나려고 집을 나갔었는데, 하느님이 돌보셔서 무사히 발견됐어요." 해나가 하늘을 올려다보았다. "내 심정이 어떤지 알아요? 내 뱃속에서 키우고 낳아 젖을 먹인 딸이, 다른 사람을 엄마라고 부를 때의 심정이?" 해나의 눈빛이 흔들렸다. "하지만 아무리 고통스러워도 받아들일 수밖에 없어요. 내 행복을 그애 행복보다 우선할 수는 없으니까요. 내가 낳은 딸 그레이스는 돌아오지 않아요. 이제 알 것 같아요. 나는 그애 없이 살 수 없어도 그애는 나 없이 살 수 있다는 분명한 사실을요. 이미 벌어진 일 때문에 그애가 고통받게 할 수는 없어요. 당신 남편의 결정 때문에 당신이 고통받게 할 수도 없고요."

이저벨이 아니라고 말하려는데 해나가 다시 말을 이었다. 여전히 장미꽃에 눈을 고정한 채였다. "난 프랭크에 대해서는 그의 영혼까지 알았어요. 하지만 그레이스에 대해서는 아주 조금밖에 몰랐던 것 같아요." 해나가 이저벨의 눈을 마주보았다. "그레이스는 당신을 사랑해요. 어쩌면 그애는 당신 애인지도 모르겠어요." 해나는 고통스러웠지만 힘을 그러모아 말을 이어갔다. "하지만 잘못은 처벌받아야 해요. 지금 이 일이 전적으로 당신 남편의 책임이라고 맹세한다면, 목숨을 걸고 맹세한다면, 그레이스를 당신에게 보내주겠어요."

이저벨은 어떤 이성적 판단을 할 새도 없이 반사적으로 대답했다. "맹세해요."

해나가 말했다. "당신이 그 남자의 유죄를 인정하는 증언을 하고 그 사람이 감옥에 수감되면, 그레이스를 보낼게요." 그러더니 갑자기 눈물을 터뜨렸다. "아, 하느님 힘을 주세요!" 해나는 그렇게 내뱉고는 빗속으로 달려갔다.

이저벨은 머릿속이 멍했다. 방금 들은 말을 반복해 떠올려보며 자기가 잘못 들은 게 아닌가 확인해보았다. 하지만 베란다 위에 젖은 발자국이 있었다. 해나 로엔펠트의 우산에서 떨어진 물방울 자국도 있었다.

이저벨은 방충망에 얼굴을 바짝 대고 밖을 내다보았다. 번개가 조그만 사각형으로 나뉘어 보였다. 잠시 후 천둥이 울리며 지붕을 흔들었다.

"파출소에 간다고 하지 않았어?" 말소리가 이저벨의 상념을 깨뜨렸다. 순간 이저벨은 자신이 어디에 있는 것인지 알지 못했다. 돌아보니 어머니가 있었다. "벌써 나간 줄 알았는데, 무슨 일이니?"

"벼락이 쳐요."

'그래도 루시가 무서워하진 않겠지.' 번쩍이는 빛이 하늘을 가르는 걸 보며 이저벨은 무심코 이런 생각을 했다. 톰은 루시가 아기일 때부터 아이에게 야누스의 등탑을 때리는 번개나 섬을 두들기는 파도 같은 자연의 힘을 엄중히 여기되 두려워할 필요는 없다고 가르쳤다. 이저벨은 루시가 등롱에서 장비를 건드리거나 유리에 손대지 않으려 조심조심 행동하던 모습을 생각했다. 회랑에서 톰의 품에 안긴 아이가 등대 아래 빨랫줄 옆에 서 있는 자신에게 웃으며 손을 흔들던 모습을 떠올렸다. "옛날 옛날에 등대가 있었습니다……" 이렇게 시작하던, 루시가 들려준 수많은 이야기. "어느 날 폭풍이 왔습니다. 바람이 불고 또 불고, 등대지기는 불을 밝히고 루시는 등대지기를 도왔습니다. 캄캄했지만 등대지기는 마법의 불빛이 있기 때문에 무섭지 않았습니다."

루시의 일그러진 얼굴이 떠올랐다. 루시와 함께 살 수 있다. 안전하고 행복하게, 이 모든 일을 잊고. 루시를 사랑하고 아끼고, 루시가 자라는 것을 지켜보며…… 몇 년 있으면 이빨 요정이 동전을 놓고 아이의 젖니를 가져갈 것이다. 루시는 점점 자라고 둘은 함께 이야기를 나눌 것이다. 세상에 대해 또—

루시를 데려올 수 있다. 만약. 이저벨은 침대에 웅크리고 누워 흐느꼈다. "내 딸이 보고 싶어. 아, 루시, 견딜 수가 없어."

해나의 말. 랠프의 호소. 이저벨의 거짓 맹세. 이저벨은 톰이 자기를 배신한 것과 다를 바 없이 톰을 배신했다. 회전목마처럼 이런저런 가능성이 빙빙 돌고 뒤섞이면서 이저벨을 끌어당겼다. 이쪽으로, 또 저쪽으로. 사람들의 말이 이저벨의 귀를 울렸다. 그러나 딱 하나, 톰의 목소리만은 들리지 않았다. 지금 이저벨과 루시 사이를 가로막고 서 있는 사람. 아이와 엄마 사이를 가로막고 있는 사람.

더는 참을 수 없어 이저벨은 서랍으로 손을 뻗어 편지를 꺼냈다. 그리고 천천히 봉투를 뜯었다.

사랑하는 이지

당신이 잘 지내고 있길, 기운을 좀 차렸길 빌어요. 부모님이 잘 돌봐주고 계실 테죠. 너키 경사님이 너그럽게도 이 편지를 쓸 수 있게 해주었어요. 아마 먼저 읽어보고 보내긴 하겠지만요. 당신 얼굴을 보며 이야기할 수 있으면 얼마나 좋을까요.

언제 당신과 다시 이야기할 수 있을지, 그런 날이 오긴 할지 잘 모르겠어요. 늘 우리는 해야 할 말을 할 기회가 언젠가는 올 거라고, 바로잡을 수 있을 거라고 생각하지만, 현실은 그렇지 않으니까요.

그대로 살 수가 없었어요. 스스로 받아들이고 살 수가 없었어요. 당신을 아프게 한 것은, 어떤 말을 해도 모자랄 정도로 미안해요.

누구나 살다보면 좋은 때도 있고 나쁜 때도 있을 텐데, 이렇게 해서 내 행복한 나날이 끝나버린다 하더라도 그것만으로도 족하다고 생각해요. 내 목숨은 이미 오래전에 끝났어야 해요. 그런데 삶이 끝났다고 생각했을 때 당신을 만났고, 당신에게서 사랑을 받았어요. 앞으로 백 년을 더 산다고 해도 그것보다 더 좋은 일은 있을 수 없을 거예요. 이지, 내 모든 것을 다해 당신을 사랑했어요. 아무리 말해도 모자랄 거예요. 당신은 정말 좋은 사람이고 나한테 과분한 사람이에요.

화나고 아프고 아무것도 이해할 수 없을 거예요. 당신이 어떤 심정일지 알아요. 나를 잊겠다고 해도 절대 당신을 원망하지 않아요.

아무리 나쁜 짓을 했다 하더라도 그게 그 사람의 전부는 아닐 거라 생각해요. 내가 할 수 있는 일은 그저 신이, 그리고 당신이, 내 잘못을 용서해주길 갈구하는 것뿐이에요. 우리가 함께했던 하루하루에 대해 당신에게 감사하는 것하고요.

당신의 결정이 어떻든 받아들이고 따를게요.

언제까지나 당신을 사랑하는 남편, 톰

글이 아니라 그림이라도 되는 듯 이저벨은 손끝으로 편지의 가지런한 글씨체와 그 우아한 굴곡을 쓸어보았다. 손으로 만져보면 글자 속에 담긴 뜻이 이해되기라도 할 듯이. 이저벨은 종이 위에서 움직이는, 연필을 쥔 톰의 긴 손가락을 상상해보았다. 이저벨은 되풀이해서 '톰'이라는 단어를 따라 써보았다. 그 단어가 낯설면서도 친근했다. 톰과 같이 하던 게임이 떠올랐다. 톰의 벌거벗은 등판에 이저벨이 손가락으로 글자를 쓰면 톰이 무슨 말인지 맞히고, 또 톰이 이저벨의 등에 글자를 쓰는 게임이었다. 그러나 바로 루시의 손길이 떠올라 이저벨은 그 기억을 지워버렸다. 내 아기의 감촉. 이저벨은 다시 톰의 손을 상상했다. 이번에는 해나에게 편지를 쓰는 손이었다. 이저벨의 생각은 시계추처럼 이쪽저쪽으로 흔들렸다. 미움과 후회 사이에서, 남편과 아이 사이에서.

　이저벨은 편지 위에서 손을 거두고 다시 편지를 읽었다. 이번에는 종이 위에 쓰인 단어들의 의미를 읽어내려고 애썼다. 톰의 목소리가 들렸다. 이저벨은 편지를 읽고 또 읽었다. 자신의 몸이 둘로 쪼개지는 것 같았다. 마침내, 온몸을 떨면서 흐느끼며, 이저벨은 마음을 정했다.

35

파르타죄즈는 비가 내렸다 하면 양동이로 퍼붓듯이 쏟아져 소읍
은 뼛속까지 젖어들곤 했다. 비옥한 토양에서 큰 숲을 키워낸 것도
수천 년 동안 쏟아져내린 그런 폭우였다. 비가 내리며 하늘이 어둑
해지고 기온이 뚝 떨어졌다. 흙길 위에 커다란 물길이 생기고 물이
넘쳐 자동차가 다닐 수 없게 되었다. 강물은 그 흐름이 점점 빨라
지며 오랫동안 헤어져 있던 바다를 향해 달렸다. 다시 바다로, 집
으로 돌아가려는 급박한 흐름은 아무도 멈출 수 없다.

읍내는 고요했다. 몇 마리 남아 있지 않은 말은 마차에 매인 채
쓸쓸히 서 있었고, 빗방울은 눈가리개를 타고 흘러내렸다. 이제는
마차보다 수가 더 많아진 자동차 지붕에서도 빗방울이 튕겼다. 사
람들은 대로에 있는 상점 처마 밑에 팔짱을 끼고 얼굴을 찡그린 채
서 있었다. 학교 운동장 한쪽에서는 말썽꾸러기 몇이 웅덩이 물을
튀기며 장난을 쳤다. 여자들은 빨랫줄에서 미처 걷지 못한 빨래를

보며 씩씩거렸고, 고양이들은 가장 가까운 문으로 슬그머니 기어들어가 심드렁하게 야옹거렸다. 이제는 금박 글자가 흐릿해진 전쟁 기념비 위에도 빗물이 흘렀다. 교회 지붕을 타고 흘러내린 빗물이 이무깃돌 입에서 쏟아져나와 새로 만든 프랭크 로엔펠트의 무덤으로 흘렀다. 빗물은 산 자 죽은 자를 가리지 않고 퍼부었다.

'루시는 무서워하지 않겠지.' 톰도 같은 생각을 하고 있었다. 톰은 자신의 가슴속을 채웠던 느낌을 떠올렸다. 그 조그만 아이가 번개를 보면서 까르르 웃을 때 느꼈던 경이로움과 이상한 떨림. "아빠, 이제 터뜨려!" 아이는 천둥이 울리길 기다리며 소리쳤었다.

"빌어먹을!" 버넌 너키가 소리쳤다. "또 비가 새잖아." 파출소 가까이에 있는 언덕에서 흘러내린 빗물은 '새는' 수준이 아니었다. 건물 앞쪽보다 지대가 낮은 뒤쪽에서 물이 흘러들어왔다. 유치장 안은 위아래에서 물이 흘러들어와 몇 시간 만에 물이 6인치 높이까지 차올랐다. 거미는 안전한 곳을 찾아 거미집을 버리고 떠났다.

너키가 열쇠를 들고 나타났다. "운이 좋군, 셔본."

톰은 무슨 말인지 이해하지 못했다.

"이렇게 비가 올 때는 천장이 무너지기도 하거든. 퍼스에서는 매번 수리해준답시고 시덥잖은 일꾼을 보내서 밀가루풀 같은 걸로 땜질을 하려 한다니까. 그래놓고 재판 전에 죄수가 죽으면 우리더러 뭐라고 하지. 잠깐 나와 있으시오. 유치장 물이 빠질 때까지."

너키는 열쇠를 자물쇠에 꽂은 채로 물었다. "어리석은 짓은 하지 않겠지?"

톰은 너키를 멀거니 바라보며 아무 말도 하지 않았다.

"좋소. 나오시오."

톰은 너키를 따라 파출소 민원실로 나왔다. 경사는 수갑의 한쪽은 톰의 손목에, 다른 쪽은 노출 파이프에 채웠다. "비가 쏟아지는 동안에는 민원이 안 쏟아질 테니까." 너키가 해리 가스톤에게 말했다. 너키는 자기가 한 말장난에 클클 웃었다. "코미디언 저리 가라지."

쏟아지는 빗소리 말고는 아무 소리도 들리지 않았다. 굵은 빗줄기는 어디에 닿든 모두 드럼이나 심벌즈 소리를 만들었다. 바람은 잦아들어 창밖에서 움직이는 것은 물뿐이었다. 가스톤은 대걸레와 걸레를 들고 실내 상황을 개선해보려 애썼다.

톰은 창문으로 도로를 내다보았다. 그리고 지금 야누스 전망대에서 바라보는 풍경은 어떨까 상상했다. 등대지기는 구름 속에 있는 듯한 기분일 것이다. 톰은 이 세상에 무한한 시간이 있다는 듯 쉬지 않고 돌아가는 시곗바늘을 쳐다보았다.

무언가가 톰의 시선을 끌었다. 조그만 형체가 파출소를 향해 다가오고 있었다. 비옷도 우산도 없이, 팔로 몸을 감싸고 고개를 숙인 채 비를 뚫으며. 톰은 그 형체를 바로 알아보았다. 잠시 후 이저벨이 문을 열고 들어왔다. 이저벨은 그대로 앞을 향해 접수대로 걸어왔다. 접수대에서는 해리 가스톤이 윗옷을 벗은 채 물웅덩이를 훔쳐내고 있었다.

"저······" 이저벨이 입을 열었다.

가스톤이 돌아보았다.

"너키 경사님을 만나러 왔어요……"

웃통을 벗고 걸레를 들고 있던 가스톤이 당황하며 얼굴을 붉혔다. 가스톤의 시선이 톰을 향했다. 이저벨은 가스톤의 시선을 따라 움직이다 헉 하고 놀랐다.

톰은 벌떡 일어났지만 벽에서 한 발짝도 떨어질 수 없었다. 톰은 이저벨에게 손을 뻗었고 이저벨은 겁에 질려 톰의 얼굴을 살폈다.

"이지! 이지, 여보!" 톰은 수갑이 채워져 있지 않은 한 팔을 손끝까지 죽 펴 이저벨을 향해 뻗었다. 이저벨은 두려움과 후회와 부끄러움에 사로잡혀 꼼짝하지 못했다. 억누를 수 없는 두려움에 떠밀려 이저벨은 몸을 돌려 밖으로 나가려고 했다.

톰은 이저벨을 보자 몸 전체가 다시 살아난 것 같았다. 이저벨이 또 사라질지 모른다는 생각을 하니 견딜 수가 없었다. 톰은 이저벨 쪽으로 다시 몸을 던졌다. 그러자 그 기세에 수갑이 걸려 있던 파이프가 벽에서 뽑혀나왔고 공중으로 물이 솟구쳤다.

"톰!" 톰이 이저벨을 끌어안자 이저벨이 흐느꼈다. "톰!" 톰이 힘껏 끌어안고 있는데도 이저벨은 계속 덜덜 떨었다. "나 말해야 해요. 말해야—"

"쉬, 이지, 쉬. 괜찮아요. 괜찮아."

너키 경사가 집무실에서 나왔다. "가스톤, 대체 무슨—" 너키는 이저벨과 톰이 파이프에서 쏟아지는 물을 흠뻑 맞으며 부둥켜안고 있는 모습을 보고 말을 멈췄다.

"너키 경사님, 사실이 아니에요. 전부 사실이 아니에요!" 이저벨이 소리쳤다. "프랭크 로엔펠트는 죽어 있었어요. 루시를 키우자고

한 건 저였어요. 톰이 신고하려는 걸 제가 못하게 했어요. 제 잘못
이에요."

톰은 이저벨을 꼭 끌어안고 머리 위에 입을 맞췄다. "쉬, 이지.
이제 이 일은 이대로 둬요." 톰은 몸을 떼고 이저벨의 어깨를 잡은
채 무릎을 구부려 이저벨과 눈을 맞췄다. "괜찮아요, 여보. 아무 말
도 하지 마요."

너키가 천천히 고개를 저었다.

가스톤은 얼른 윗옷을 입고 흐트러진 머리카락을 가다듬었다.
"여자를 체포할까요, 경사님?"

"제발 평생 단 한 번만이라도 생각이라는 걸 좀 해보게, 가스톤.
다 같이 익사하기 전에 저 파이프부터 고치라고!" 너키는 서로에
게서 눈을 떼지 못하고 있는 부부를 돌아보았다. 침묵이 그 자체로
언어였다. "두 사람은 내 집무실로 들어와요."

수치심. 너키 경사가 찾아와 이저벨 셔본이 자백했다는 소식을
전해주었을 때 해나가 느낀 것은 놀랍게도 분노가 아니라 수치심
이었다. 바로 전날 이저벨을 찾아가 거래를 제안했던 것을 떠올리
자 해나의 얼굴은 붉게 타올랐다.

"언제요? 언제 그 얘기를 했나요?" 해나가 물었다.

"어제요."

"어제 몇 시쯤이죠?"

너키는 뜻밖의 질문에 놀랐다. 그게 대체 무슨 상관이란 말인가?

"다섯시쯤입니다."

"그뒤였군요……" 해나가 말꼬리를 흐렸다.

"그뒤라뇨?"

해나의 얼굴이 더욱 붉게 타올랐다. 자신의 고통스러운 희생을 이저벨이 거부했다는 것에 모욕감을 느꼈고, 이저벨이 거짓말을 했다는 것에 몸서리가 쳐졌다. "아무것도 아니에요."

"궁금해하실 것 같아서 말씀드리러 왔습니다."

"네, 그렇군요……" 해나는 경관이 아니라 창틀에 집중했다. 걸레질을 해야 했다. 몇 주째 손을 대지 않아 집 전체가 더러웠다. 해나의 생각은 집안일이라는 익숙한 길을 따라가 안전한 영역에 머물렀다. 마침내 해나가 정신을 차리고 물었다. "그래서…… 그 여자는 지금 어디에 있죠?"

"보석으로 나와, 부모님 집에 있습니다."

해나는 엄지손가락의 거스러미를 뜯었다. "어떻게 되나요?"

"남편과 같이 재판을 받을 겁니다."

"내내 거짓말을 하고 있었어요…… 나를 속였어요……" 해나는 고개를 흔들며 생각에 빠져들었다.

너키가 크게 숨을 들이마셨다. "정말 골치 아픈 사건입니다. 이저벨 그레이스마크는 야누스에 가기 전에는 착한 애였죠. 그 섬에서 사는 게 그 아이한테는 좋은 일이 아니었어요. 누구한테인들 좋은 일일 수 있겠습니까. 사실 셔본도 트림블 도허티가 스스로 목숨을 끊는 바람에 그 자리에 가게 된 거였어요."

해나는 무슨 질문을 해야 할지 알 수 없었다. "감옥에 얼마나 오래 있게 되죠?"

너키가 해나를 보았다. "평생 있게 될 겁니다."

"평생이라고요?"

"형기를 말하는 게 아닙니다. 두 사람은 평생 자유롭지 못할 거예요. 지난 일에서 영원히 벗어나지 못할 겁니다."

"저도 마찬가지일 거예요."

너키는 해나의 의중을 헤아려보다가, 한번 시도해보기로 마음을 정했다. "비겁한 사람이라면 무공훈장을 받을 수 없습니다. 자기 목숨을 걸고 아군을 여럿 구한 사람만 받을 수 있는 거죠. 톰 셔본은 괜찮은 사람인 것 같습니다. 훌륭한 사람이라고도 말할 수 있고요. 이저벨도 착한 아이입니다. 돌봐줄 의사도 없는 섬에서 세 차례나 유산을 했어요. 두 사람과 같은 일들을 겪었다면 누구라도 조금은 망가지지 않을 수 없을 겁니다."

해나는 너키를 쳐다보며 그가 무슨 말을 하려는 것인지 가만히 기다렸다.

"톰 셔본 같은 사람이 이런 상황에 처한 걸 보기가 힘드네요. 그 아내도 마찬가지고요."

"무슨 말씀인가요?"

"제가 말하지 않아도 몇 년 후에는 로엔펠트 부인도 같은 생각을 하게 될 겁니다. 하지만 그때는 이미 너무 늦은 뒤겠죠."

해나는 너키의 말이 잘 이해 가지 않는다는 듯 고개를 갸웃했다.

"정말 그걸 원하시는지 궁금해서 그냥 묻는 겁니다. 재판? 징역? 딸을 돌려받지 않으셨습니까. 다른 방법이 있을 수도 있습니다……"

"다른 방법이라뇨?"

"살인 어쩌고 하는 허튼소리는 이제 접어야 하니 스프래그도 이 사건에 관심을 끊을 겁니다. 이 일이 파르타죄즈 관할로 남아 있는 한 저에게도 재량권이 좀 있고요. 헤이즐럭 소장을 설득해서 톰의 등대지기 업무에 대해 좋은 평가를 내려달라고 할 수 있을지도 모르겠습니다. 또 부인께서 좋은 쪽으로 나서주신다면…… 관대한 처분을 해달란다든가……"

해나의 얼굴이 다시 붉어졌다. 해나는 벌떡 일어났다. 몇 주 동안, 몇 년 동안 가슴에 쌓였던 말들이, 그런 게 있는지도 몰랐던 말들이 쏟아졌다. "구역질나요! 나더러 이래라저래라 하는 사람들의 변덕 때문에 내 삶이 망가지는 게 넌더리 나요. 내 심정이 어떤지 경사님은 아세요? 어떻게 내 집에 와서 그런 소리를 할 수가 있어요! 감히 어떻게?"

"그게 아니라—"

"말 안 끝났어요! 저도 참을 만큼 참았다고요, 아셨어요?" 해나는 고래고래 소리를 질렀다. "다시는 그 누구도 나한테 어떻게 살라고 말할 수 없어요! 처음에는 아버지가 누구랑 결혼해라 마라 하더니, 마을 사람 전체가 야만적인 폭도가 되어서 프랭크를 몰아세웠어요. 그리고 나니 그웬이 그레이스를 이저벨 그레이스마크한테 돌려주라고 날 설득하려고 하고, 난 그러겠다고 했어요— 그러겠다고 했다고요! 놀란 얼굴 하지 마세요. 경사님은 여기에서 대체 무슨 일이 벌어지고 있는지 전혀 모르신다고요!

그런데 이번에는 그 여자가 내 얼굴에 대고 거짓말을 했어요! 그런데 어떻게 이럴 수가 있죠! 어떻게 나한테, 감히 나한테, 또 다른 사람을 먼저 생각하라고 말할 수 있느냐고요!" 해나가 등을 꼿꼿이 폈다. "당장 내 집에서 나가요! 당장! 나가요! 안 나가면—" 해나는 손닿는 가장 가까운 곳에 있는 물건을 집어들었다. 공들여 세공한 유리 꽃병이었다. "던져버릴 거예요!"

너키가 천천히 일어나는 바람에 해나의 손을 떠난 꽃병이 너키의 어깨에 맞고 튀었다. 벽 아랫부분에 부딪혀 산산조각 난 꽃병이 눈부시게 빛났다.

해나는 흠칫했다. 자기가 정말 그런 짓을 저지른 건지, 상상을 한 건지 확신이 서지 않았다. 해나는 놀란 눈으로 너키를 바라보았다.

너키는 미동도 없이 서 있었다. 커튼이 산들바람에 펄럭였다. 통통한 파리 한 마리가 방충망에 붙어 붕붕거렸다. 벽에 붙어 있던 마지막 유릿조각이 중력을 못 이기고 떨어지면서 짤랑 하는 소리를 냈다.

한참 침묵이 흐른 뒤 너키가 말했다. "기분이 좀 풀렸어요?"

해나는 여전히 벌어진 입을 다물지 못했다. 평생 다른 사람을 쳐본 일이 없었다. 험한 소리를 한 적도 거의 없었다. 경찰에게 그런 짓을 한 적은 더군다나 없었다.

"더한 것도 맞아봤어요."

해나가 고개를 떨구었다. "죄송해요."

너키는 허리를 굽혀 큼직한 유릿조각 몇 개를 주워 테이블 위에 올려놓았다. "아기가 발을 다칠까봐요."

"할아버지랑 강가에 나가 있어요." 해나가 말했다. 깨진 유리 쪽으로 손짓을 하며 해나가 말했다. "저도 모르게 그만……" 해나의 말꼬리가 흐려졌다.

"그러실 만합니다. 스프래그 경사가 아니라 나한테 던져서 다행이네요." 너키의 얼굴에 희미하게 웃음이 비쳤다.

"제가 말이 심했어요."

"그럴 때가 있죠. 훨씬 사소한 일을 두고 그러기도 하는데요 뭐. 사람이 늘 자기 행동을 통제할 수 있는 건 아닙니다. 그렇다면 나 같은 사람은 일자리를 잃겠죠." 너키가 모자를 집어들었다. "부인을 그만 괴롭히고 가보겠습니다. 한번 생각해보십시오. 하지만 시간이 많지 않습니다. 치안판사가 와서 그 부부를 올버니로 보내버리면 그때는 저도 아무것도 할 수 없어요."

너키는 현관문을 지나 눈부신 햇살 속으로 나갔다. 태양이 마지막 남은 구름자락까지 날려버리고 있었다.

해나는 빗자루와 쓰레받기를 가져왔다. 무의식적으로 몸이 움직였다. 유릿조각을 쓸어담고 남은 조각이 없는지 꼼꼼히 살폈다. 그리고 쓰레받기를 부엌으로 가져가 오래된 신문에 유릿조각을 쏟은 다음 조심스레 싸서 집밖 쓰레기통에 버렸다. 해나는 아브라함과 이삭 이야기를 생각했다. 하느님이 어떤 식으로 아브라함을 극한까지 몰아넣으며 세상에서 가장 소중한 것을 포기할 수 있는지 시험했던가. 아브라함이 아이의 목에 칼을 가져다대자 하느님은 그제야 그보다 못한 제물을 올려도 좋다고 하셨다. 해나에게는 아직 딸이 남아 있었다.

집 안으로 들어가려는데 얼룩꽈리 덤불이 눈에 들어왔다. 그러자 그레이스가 그 덤불 속에 들어앉았던 끔찍한 날이 떠올랐다. 해나는 잔디밭에 주저앉아 흐느꼈다. 프랭크와 나누었던 이야기들이 떠올랐다. "어떻게 하면 그럴 수 있어? 어떻게 하면 그런 일들을 이겨낼 수 있는 거야?" 해나는 프랭크에게 물었다. "힘든 일이 정말 많았는데도 늘 긍정적이잖아. 어떻게 그게 가능해?"

"내가 선택하는 거지." 프랭크가 말했다. "과거에 사로잡혀 허우적대며 살아갈 건지, 우리 아버지처럼 지난 일을 두고 사람들을 증오하면서 평생을 보낼 건지, 아니면 모든 일을 용서하고 잊을 건지."

"쉬운 일이 아니잖아."

프랭크가 그 특유의 웃음을 지었다. "그런데 그게 훨씬 편해. 용서는 한 번만 하면 되잖아. 원망은 하루종일, 매일매일 해야 하는데, 그러려면 나쁜 일들도 계속 떠올려야 하고." 프랭크가 이마의 땀을 닦는 척하며 웃었다. "명단을 만들어야 할걸. 그것도 아주아주 긴 명단을. 모든 사람을 골고루 적당히 증오하려면 말이야. 제대로 증오하려면 독일식으로 철저히 해야 할 테니까. 하지만—" 프랭크의 목소리가 진지해졌다. "우리는 언제나 선택할 수 있어. 누구나 마찬가지야."

풀밭에 엎드린 해나는 햇살에 점점 긴장이 풀리는 걸 느꼈다. 벌소리와 민들레 냄새, 웃자란 풀 속에서 손끝에 닿은 가시여지 열매의 감촉이 아득해졌고, 지칠 대로 지쳐 있던 해나는 이윽고 잠에 **빠져들었다.**

유치장에 차올랐던 물은 다 빠졌고 옷도 말랐고 어제저녁 이저
벨과의 만남은 이제 기억으로만 남았지만, 톰은 여전히 이저벨의
젖은 몸의 감촉을 느끼고 있었다. 톰은 이저벨과의 만남이 사실이
었길 바라면서도 한편으로는 환상이었으면 했다. 사실이라면, 자
기의 바람대로 이지가 자기에게 돌아온 것이다. 환상이라면, 이지
는 처벌받지 않고 안전할 것이다. 안도감과 두려움이 뱃속에서 뒤
섞였다. 톰은 상념에 잠겼다. 과연 다시 이저벨을 안을 수 있을까.

바이얼릿 그레이스마크는 자기 방에서 울고 있었다. "여보, 뭘 어
떻게 해야 할지, 무슨 생각을 해야 할지 모르겠어요. 우리 딸이 감
옥에 갈 수도 있다니. 어떡해요."

"잘 견뎌냅시다. 이저벨도, 어떻게든 이겨낼 거예요." 빌은 버넌
너키와 나눈 대화에 대해서는 말하지 않았다. 어쩌면 일말의 희망
을 가질 수 있을지도 몰랐지만, 바이얼릿에게는 헛된 기대를 심어
주고 싶지 않았기 때문이다.

이저벨은 자카란다나무 아래에 혼자 앉아 있었다. 루시를 생각
할 때마다 슬픔은 점점 강해진다. 뚜렷한 상처도, 치료법도 없는

고통이었다. 이저벨은 거짓말의 중압감을 내려놓은 대신 꿈꿀 자유도 잃고 말았다. 어머니 얼굴에 떠오른 고통, 아버지 눈빛에 담긴 상처, 루시의 눈물, 수갑을 차고 있던 톰의 모습. 이저벨은 머릿속에 떠오르는 이미지를 애써 밀어내고 형무소는 어떤 곳일지 상상해보았다. 이제, 더는 버틸 기운이 없었다. 투지도 사라졌다. 자신의 삶은 조각조각 흩어져버렸고, 결코 다시는 짜맞추지 못할 것이다. 정신이 무너져내리며 생각은 깊고 어두운 우물로 빠져들어 갔다. 그 안에서 부끄러움과 상실감과 두려움이 이저벨의 숨을 조여왔다.

셉티머스는 손녀와 함께 강가에서 배를 쳐다보고 있었다. "해나는 보트를 아주 잘 몰았단다. 어렸을 때 말이야. 해나는 어려도 뭐든 잘했어. 아주 똑똑해서 늘 나를 긴장시켰단다. 바로 너처럼 말이야." 셉티머스가 아이의 머리를 쓰다듬었다. "내 천사 그레이스!"

"아녜요, 난 루시예요!" 아이가 고집을 부렸다.

"네가 태어났을 때는 이름이 그레이스였거든."

"하지만 루시가 좋아요."

셉티머스는 아이의 얼굴을 들여다보았다. "그럼 이렇게 하자. 사업상 거래를 하는 거야. 중간 지점에서 타협해 루시 그레이스라고 부르자. 어때, 계약 성립?"

잔디밭에서 잠들었던 해나는 얼굴에 드리운 그림자를 느끼고 깨어났다. 눈을 떠보니 그레이스가 조금 떨어진 곳에 서서 자기를 바라보고 있었다. 해나는 얼떨떨해하며 몸을 일으키고 머리카락을 가다듬었다.

"그러면 깰 거라고 했지?" 셉티머스가 웃었다. 그레이스의 얼굴에도 희미하게 웃음이 떠올랐다.

해나가 일어서려고 하자 셉티머스가 말했다. "아니, 그냥 있어라. 자, 우리 공주님, 너도 잔디에 앉아서 엄마한테 배 이야기를 들려주렴. 몇 대나 봤지?"

아이가 머뭇거렸다.

"보자. 손가락으로 몇까지 셌는지 기억나니?"

아이가 손을 들었다. "여섯." 아이는 대답하며 한쪽 손은 손가락 다섯 개를 쫙 펴고 다른 쪽 손은 세 개를 폈다가 두 개를 접었다.

셉티머스가 말했다. "난 부엌을 뒤져서 마실 걸 좀 만들어올 테니 넌 엄마한테 먹보 갈매기 얘기 좀 해주렴. 엄청 큰 물고기를 물고 가는 거 봤지?"

그레이스는 해나한테서 조금 떨어진 잔디밭 위에 앉았다. 아이의 금발머리가 햇빛에 반짝였다. 해나는 그 모습에서 눈을 뗄 수 없었다. 아버지한테 너키 경사가 왔었다는 이야기를 하고, 조언을 구하고 싶었다. 하지만 그레이스가 이렇게 이야기를 들려주고 같이 놀려는 모습을 보인 것은 처음이었다. 이 순간을 망칠 수는 없었다. 버릇처럼 해나는 그레이스의 현재와 아기 때의 모습을 비교하며 잃어버린 딸을 다시 찾으려고 했다. 그러다 해나는 멈칫했다. "우리는 언제나 선택할 수 있어." 프랭크의 말이 귓가에 울렸다.

"우리 꽃목걸이 만들까?" 해나가 물었다.

"꼰노-꼬리가 뭐야?"

해나가 웃었다. "꽃, 목걸이. 자, 왕관을 만들어줄게." 해나는 그렇게 말하고 옆에 있는 민들레꽃을 꺾기 시작했다.

해나는 그레이스에게 엄지손톱으로 줄기에 구멍을 내고 다른 꽃줄기를 거기에 꿰는 법을 보여주면서 딸의 손이 움직이는 모양을 지켜보았다. 해나가 기억하는 아기의 손이 아니었다. 처음부터 다시 알아가야 할, 어린아이의 손이었다. 아이도 해나를 알아가야 할 것이다. "우리는 언제나 선택할 수 있어." 가슴속이 환해졌다. 맑은 공기가 가슴 가득 들어온 것처럼.

36

해는 수평선 위에 걸려 있었고, 톰은 파르타죄즈 부두 끝에 서서 기다렸다. 천천히 다가오는 해나가 보였다. 마지막으로 본 것은 여섯 달 전이었다. 해나는 전과 달라 보였다. 얼굴에 살이 붙고 더 편안해 보였다. 마침내 입을 연 해나의 목소리는 차분했다. "무슨 일로?"

"미안하다는 말을 하고 싶었습니다. 또 고맙다는 말도요."

"고맙다는 말은 필요 없어요." 해나가 말했다.

"선처를 바란다고 말씀해주시지 않았으면 번버리 형무소에서 삼 개월 있는 걸로 끝나지 않고 훨씬 힘들었을 겁니다." 톰은 간신히 형무소라는 단어를 입에 올렸다. 톰이 느끼는 수치심이 말에 고스란히 묻어났다. "이저벨이 집행유예에 그친 것도 부인 덕분이라고 변호사한테 전해들었습니다."

해나는 먼 곳으로 눈길을 돌렸다. "부인을 감옥에 보낸다고 나아지는 건 아무것도 없으니까요. 당신이 몇 년 동안 거기 있게 하는 것도 마찬가지고요. 지난 일은 지난 일이니까요."

"그렇더라도, 쉽지 않은 결정이었을 겁니다."

"처음 당신을 본 건 절 구하러 와주셨을 때였죠. 아무 상관도 없는 사이고 제게 빚진 것도 없는데도 와주셨어요. 그건 대단한 일이라고 생각해요. 그리고 당신이 내 딸을 발견하지 않았다면 그애는 죽었을 거예요. 그것도 생각하려고 애썼어요." 해나가 잠시 침묵하다 말했다. "두 사람을 용서한 건 아니에요. 나한테 거짓말을 했으니까…… 하지만 과거에 끌려다니지 않을 거예요. 과거에 연연한 사람들이 프랭크를 어떻게 했는지 아니까요." 해나가 말을 멈추고 손가락의 결혼반지를 돌렸다. "이상하게 들리겠지만, 프랭크라면 누구보다도 먼저 당신을 용서했을 거예요. 가장 먼저 당신 편에 섰을 거예요. 프랭크는 실수를 저지른 사람들의 편을 들 사람이에요. 그 사람을 기리는 유일한 방법이었어요. 그 사람이 했을 거라 생각되는 일을 하는 것이." 해나는 톰을 마주보았다. 눈가가 촉촉했다. "그 사람을 사랑했으니까요."

두 사람은 물을 바라보며 말없이 서 있었다. 마침내 톰이 입을 열었다. "루시와 같이 보내지 못했던 날들을…… 그걸 돌려드리지는 못할 겁니다. 루시는 정말 사랑스러운 아이예요." 해나의 얼굴 표정을 보고 톰은 덧붙였다. "다시는 그 아이 가까이에 가지 않겠다고 약속드리겠습니다."

이어 하려는 말이 목에 걸렸지만 톰은 용기를 내어 말을 꺼냈다. "부탁을 드릴 입장이 아닌 건 압니다만, 언젠가, 루시가 어른이 되었을 때 우리를 기억하고 우리에 대해 묻는다면, 당신의 마음이 허락한다면, 우리가 그애를 사랑했다는 걸 말씀해주셨으면 좋겠습니다. 우리한테 그애를 사랑할 자격은 없었지만요……"

해나는 마음속으로 무언가를 재보는 듯 잠시 말이 없었다.

"그애 생일은 2월 18일이에요. 모르셨죠?"

"몰랐습니다." 톰의 목소리는 차분했다.

"태어났을 때 목에 탯줄이 두 바퀴나 감겨 있었어요. 프랭크는…… 프랭크가 노래를 불러 그레이스를 재우곤 했어요. 아시겠어요? 나는 아는데 당신들은 모르는 것들도 있어요."

"네." 톰이 조용히 고개를 끄덕였다.

"당신은 잘못한 거예요. 당신 부인도 마찬가지고요. 그건 분명한 사실이에요." 해나가 톰을 똑바로 쳐다보았다. "내 딸이 날 영영 사랑하지 않을까봐 두려웠어요."

"사랑이 아이의 본성인 걸요."

해나는 파도가 밀려올 때마다 조금씩 부두로 밀리는 보트로 눈을 돌리더니, 다른 생각을 떠올리곤 눈살을 찌푸렸다. "여기에서는 아무도 그 이야기를 안 해요. 애초에 프랭크와 그레이스가 어쩌다 보트에 올라타게 되었는지요. 단 한 사람도 그 일에 대해 사과한 적이 없어요. 우리 아버지조차 그 이야기는 하고 싶어하지 않아요. 적어도 당신은 미안하다고 했어요. 그 사람에게 한 일에 대해 대가를 치렀고요."

잠시 후 해나가 물었다. "지금은 어디에 살아요?"

"올버니요. 석 달 전에 출소했을 때 애디콧 선장님이 그곳 항구에서 일자리를 구할 수 있게 도와주셨어요. 아내 가까이에서 살 수 있도록요. 의사들이 아내한테는 충분한 휴식이 필요하다고 해서

당분간은 요양소에서 지내며 보살핌을 받게 하려고요." 톰이 헛기
침을 했다. "이제 가보셔야죠. 잘 지내시기를, 그리고 루— 그레이
스도 잘 지내기를 빕니다."

"안녕히 가세요." 해나는 그렇게 말한 다음 부두를 따라내려갔다.

석양빛을 받아 고무나무 잎이 금빛으로 물들었다. 해나는 딸을
데리러 아버지 집으로 올라갔다.

"이 아기돼지는 집에 있었지……" 셉티머스가 말하면서 자기
무릎 위에 앉은 손녀의 발가락을 간질였다. 두 사람은 베란다에 앉
아 있었다. "오, 누가 오나 봐라, 루시 그레이스."

"엄마! 어디 갔었어?"

해나는 딸의 얼굴에서 프랭크의 웃음과 프랭크의 눈과 프랭크의
머리카락을 보고 다시금 놀랐다. "언젠가는 이야기해줄게." 해나
가 말하며 딸에게 살짝 입맞췄다. "이제 집에 갈까?"

"내일 또 할아버지 집에 와도 돼?"

셉티머스가 웃었다. "오고 싶을 땐 언제든 오거라, 우리 공주님.
언제든지."

섬튼 박사가 옳았다. 시간이 흐르자 조금씩 아이는 새로운, 아니
원래의 삶에 익숙해졌다. 해나가 팔을 뻗자 아이가 품으로 안겨왔
다. 아버지가 웃었다. "그래, 바로 그거야. 좋구나."

"자, 이제 가자."

"나 걸어갈래."

해나는 아이를 내려놓았고, 아이는 엄마를 따라 대문 밖으로 나갔다. 해나는 루시 그레이스가 따라올 수 있게 천천히 걸었다. "저기 웃는물총새 보여?" 해나가 물었다. "웃고 있는 것처럼 보인다, 그치?"

아이는 별 관심을 보이지 않다가 새가 따발총 같은 웃음소리를 터뜨리자 그제야 놀라며 걸음을 멈췄다. 아이는 웃는물총새를 이렇게 가까이에서 본 게 처음이었다. 다시 새가 요란하게 우짖었다.

"또 웃네. 네가 좋은가보다." 해나가 말했다. "아니면 비가 오려고 그러나. 웃는물총새는 비가 오려고 할 때마다 웃는단다. 저 소리 흉내낼 수 있겠니? 이렇게 하는 거야." 해나는 새 울음소리를 꽤 그럴듯하게 흉내냈다. 수십 년 전에 자기 어머니한테 배운 거였다. "어디, 너도 한번 해봐."

아이는 복잡한 새소리를 잘 흉내내지 못했다. "난 갈매기 할래." 그러더니 아이는 자기가 가장 잘 아는 새의 날카롭고 새된 울음소리를 아주 정확하게 흉내냈다. "엄마도 해봐." 해나는 따라해보다 잘되지 않자 멋쩍게 웃었다.

"너한테 배워야겠네." 해나는 그렇게 말했고, 두 사람은 함께 걸었다.

부두 위에 서서 톰은 파르타죄즈를 처음 봤을 때와 떠나기 전에 마지막으로 보았을 때를 생각했다. 피츠제럴드와 너키는 기소 항목을 협상했고, 스프래그의 '오만 잡동사니'들을 떨구어냈다. 변호사는 유괴죄가 성립하지 않으니 관련된 모든 기소를 취하해야 한다고 답변으로 설득했다. 유죄를 시인한 공무원법 등에 대한 위반은 올버니가 아니라 파르타죄즈에서 재판을 받았고, 해나가 피고인을 선처해달라고 탄원한 덕분에 큰 처벌을 면할 수 있었다. 퍼스와 파르타죄즈 사이에 있는 번버리 형무소는 프리맨틀이나 올버니에 비하면 견딜 만한 곳이었다.

해가 물속에 녹아들자 톰은 누그러지지 않는 충동을 느꼈다. 야누스를 떠난 지 몇 달이 지났지만 여전히 백수십 개의 계단을 올라가 불을 밝히고 싶은 마음을 어쩌지 못했다. 하지만 이제는 부두 끝에 앉아 살랑이는 물 위에 앉은 몇 마리 갈매기를 지켜볼 뿐이었다.

톰은 자신이 없을 때에도, 자신이 보지 못했을 때에도 계속되어온 세상, 계속 이어진 이야기를 생각했다. 아마 루시는 이미 잠자리에 들었을 것이다. 톰은 무방비로 잠에 빠진 루시의 얼굴을 상상했다. 톰은 루시가 어떻게 모습이 바뀌었을지, 야누스에서 지냈던 날들에 관한 꿈을 꾸기는 할지, 등대를 그리워하기는 할지 궁금했다. 톰은 이저벨도 생각했다. 요양소의 조그만 철제 침대에 누워 딸을 생각하며, 지난 삶을 생각하며 울고 있을 이저벨.

시간이 흐르면 이저벨은 돌아올 것이다. 톰은 이저벨에게 약속한다. 자기 자신에게 약속한다. 이저벨은 회복할 것이다.

올버니로 가는 기차는 한 시간 뒤에 출발한다. 읍내에 있는 기차역에는 어두워질 때까지 기다렸다가 갈 것이다.

몇 주 후, 올버니의 요양소 정원에서 톰과 이저벨이 철제 벤치의 이쪽 끝과 저쪽 끝에 떨어져 앉아 있었다. 분홍색 백일홍은 한창때를 지나 살짝 갈색으로 시들었다. 달팽이가 과꽃 잎을 타고 올라가고, 꽃잎은 남풍에 흩날렸다.

"그래도 얼굴이 조금 나아졌네요. 그때는, 당신 나오고 처음 봤을 때는 정말 안됐었는데. 잘 지내고 있는 거죠?" 이저벨의 목소리에 걱정이 어려 있었다. 아득히 멀리 있는 것처럼 느껴지긴 했지만.

"내 걱정은 하지 마요. 지금은 당신 건강이 제일 중요해요." 톰은 귀뚜라미 한 마리가 벤치 팔걸이에 앉아 귀뚤거리는 것을 지켜보았다. "의사 말이 퇴원하고 싶으면 언제든 나가도 된대요."

이저벨은 고개를 숙이고 머리카락 한 가닥을 귀 뒤로 넘겼다. "돌아갈 수 없어요. 일어난 일을 무를 수도 없고요. 우리가 겪은 일들 말이에요." 이저벨이 말했다. 톰은 이저벨을 바라보았지만 이저벨은 눈을 마주치지 않고 웅얼거렸다. "게다가, 뭐가 남았나요?"

"뭐가 남았느냐니요?"

"남은 게 있느냐고요. 우리 삶에."

"등대로 돌아가지는 않을 거예요. 그 이야기를 하는 거라면요."

이저벨이 날카롭게 한숨을 내쉬었다. "그 이야기가 아니에요." 이저벨은 옆의 벽에서 인동덩굴을 뜯더니 찬찬히 들여다보았다. 덩굴에 달린 잎을 하나둘 뜯자 조그만 조각이 치마 위에 비뚤비뚤 모자이크 무늬를 만들었다. "루시를 잃다니…… 마치 팔다리가 잘려나간 것 같은 느낌이에요. 아, 말로는 설명할 수가 없어요."

"말은 중요하지 않아요." 톰이 이저벨에게 손을 뻗었지만 이저벨은 물러섰다.

"당신도 똑같은 심정이라고 말해줘요." 이저벨이 말했다.

"그렇게 말하면 더 나아져요?"

이저벨은 뜯어낸 이파리 조각을 모아 조그만 무더기를 만들었다. "내가 무슨 말을 하는지 당신은 전혀 이해 못하죠?"

톰은 괴로운 듯 얼굴을 찡그렸고, 이저벨은 해를 가릴 듯 부풀어오르는 흰구름으로 눈을 돌렸다. "당신 속을 알 수가 없어요. 때로는 당신하고 사는 게 외로웠어요."

톰이 잠시 침묵하다 말했다. "내가 뭐라고 말했으면 좋겠어요?"

"우리가 행복하길 바랐어요. 우리 모두. 루시가 당신 마음속으로 들어갔어요. 어떻게 했는지 루시가 당신 마음을 열었고, 그걸 보는 게 좋았어요." 긴 침묵이 이어졌고, 예전 기억을 떠올리자 이저벨의 표정이 흔들렸다. "그러는 내내 나는 당신이 무슨 일을 벌이고 있는지 몰랐어요. 당신이 곁에 있을 때도, 나를 어루만질 때도, 나는 당신이 비밀을 숨기고 있다는 걸 전혀 몰랐어요."

"이야기하려고 했어요. 하지만 당신은 기회를 주지 않았어요."

그 말을 듣고 이저벨이 벌떡 일어났다. 잘게 찢어진 잎들이 빙빙 돌며 바닥에 떨어졌다. "당신한테 상처를 주고 싶었어요. 당신이 나한테 상처를 준 것처럼. 그거 알아요? 난 복수하고 싶었어요. 그거에 대해서는 할말 없어요?"

"그랬다는 거 알아요. 나도 알아요. 하지만 지난 일이에요."

"그래서 날 용서한다는 거예요? 그냥 그렇게? 아무 일도 아니라는 듯이?"

"그럼 어떻게 할까요? 당신은 내 아내예요."

"나한테 매여 있다는 건가요……"

"평생 당신과 함께하기로 약속했다는 거예요. 지금도 여전히 당신과 평생을 같이하고 싶고요. 내가 뼈아프게 알게 된 것이 있다면, 앞날을 보며 살기 위해서는 과거를 돌이킬 수 있을 거라는 희망을 버려야 한다는 거예요."

이저벨은 고개를 돌리고 다시 인동덩굴을 뜯었다. "우린 어떻게 하죠? 어떻게 살아야 하죠? 날마다 당신을 보면서 당신이 한 일을 원망하면서 살 수는 없잖아요. 나 자신을 부끄러워하면서 살아갈 수도 없고요."

"맞아요. 그러지 마요."

"모든 게 끝났어요. 다시는 바로잡을 수 없어요."

톰은 이저벨의 손 위에 손을 얹었다. "우리가 할 수 있는 한 최선을 다해 바로잡았어요. 우리로서는 최선을 다한 거예요. 이제 있는 그대로 받아들이고 살아야 해요."

이저벨은 벤치에 톰을 남겨두고 잔디밭 옆에 난 길을 따라걸었다. 잔디밭을 한 바퀴 돌고 온 이저벨이 말했다. "파르타죄즈로는 갈 수 없어요. 거긴 이제 내가 있을 곳이 아니에요." 이저벨은 머리를 흔들며 흘러가는 구름을 보았다. "이제는 내가 있을 곳이 어디인지 모르겠어요."

톰이 일어나 이저벨의 팔을 잡았다. "당신이 있을 곳은 내 옆이에요. 장소가 어디든 그건 중요하지 않아요."

"아직도 정말 그런가요?"

이저벨은 인동 줄기를 잡고 멍하니 잎을 어루만졌다. 톰이 덩굴에서 하얀 꽃 한 송이를 땄다. "어릴 때 이걸 먹곤 했어요. 당신도 먹어봤어요?"

"이걸 먹어요?"

톰은 꽃받침 쪽을 이로 물어 꽃 아래쪽에 있는 꿀 한 방울을 빨았다. "아주 잠깐 동안 단맛을 볼 수 있어요. 그래도 해볼 만한 가치가 있어요." 톰은 다른 꽃을 따서 이저벨의 입술에 대주었다.

37

호프타운, 1950년 8월 28일

호프타운에는 이제 별로 볼 게 남아 있지 않았다. 기다란 부두만이 금광의 나들목 역할을 했던 영광의 나날을 기념하듯 남아 있었다. 항구는 1936년에 폐쇄되었다. 톰과 이저벨이 이곳으로 이사오고 몇 년 후였다. 톰의 형 세실은 아버지가 돌아가신 뒤 두어 해밖에 더 살지 못했다. 톰은 형이 죽으며 남긴 유산으로 읍내 외곽에 농장을 샀다. 이 지역 기준으로 보면 넓은 땅덩이가 아니지만 그래도 바닷가를 따라 수 마일 이어지는 농장이었다. 두 사람의 집은 바닷가에서 멀지 않은 언덕에 있어서 넓게 펼쳐진 바다가 내려다보였다. 두 사람은 조용히 살았다. 읍내에는 이따금 나갔고, 일꾼을 고용해 농장 일을 함께했다.

호프타운은 파르타죄즈에서 동쪽으로 400마일 정도 떨어진 넓은 해안지대에 자리했기 때문에 그곳에서 파르타죄즈 사람을 마주칠 일은 없었다. 하지만 이저벨의 부모님이 돌아가시기 전까지 크리스마스에 찾아오시기에는 무리 없는 거리였다. 톰과 랠프는 이 따금 한 번씩 편지를 주고받았다. 그냥 짧고 무덤덤한 인사말만 적혀 있었지만, 속깊은 따뜻함이 느껴지는 편지였다. 힐다가 세상을 뜬 뒤 랠프의 딸네 가족이 랠프의 집으로 들어가서 아버지를 보살폈다. 요즘 랠프는 건강이 좋지 않았다. 블루이가 키티 켈리와 결혼할 때 톰과 이저벨은 선물을 보내긴 했지만 결혼식에는 가지 않았다. 두 사람 모두 파르타죄즈에는 두 번 다시 가지 않았다.

시간이 흐르면서 점점 깊어지는 강처럼 이십 년이라는 세월이 조용히 흘러갔다.

시계가 울렸다. 나가야 할 시간이었다. 요즘은 도로가 포장되어서 차로 읍내까지 가는 데 시간이 얼마 걸리지 않았다. 두 사람이 처음 이곳에 왔을 때와는 딴판이었다. 톰이 넥타이를 매는데 머리가 센 낯선 사람이 슬쩍 눈에 들어왔다. 눈을 한번 깜박이고 나서야 톰은 그게 거울에 비친 자기 모습이라는 걸 깨달았다. 이제는 양복이 헐렁했고, 셔츠 컬러와 목 사이에도 빈틈이 생겼다.

창밖을 내다보니 파도가 솟구치고 있었다. 파도는 자기 몸을 부숴 하얀 물보라를 뿌렸다. 바다는 시간이 흐른 흔적을 조금도 보여주지 않았다. 한겨울 강풍이 사방을 뒤흔드는 소리 외에는 아무 소리도 들리지 않았다.

톰은 궤 안에 봉투를 넣고 경건한 마음으로 뚜껑을 닫았다. 머지않아 그 안의 물건들도 의미를 잃을 것이다. 참호 안에서 잃어버린 말들처럼, 시간 안에 갇힌 채. 시간이 흐르면 모든 것의 의미가 퇴색되고 감정도 의미도 사라진 순백의 과거만 남는다.

암은 몇 달에 걸쳐 이저벨을 갉아들어갔다. 기다리는 것 말고는 할 수 있는 게 없었다. 톰은 몇 주 동안 내내 침대 맡에 앉아 이저벨의 손을 잡아주었다. 톰은 이런저런 것들을 묻곤 했다. "그 축음기 기억해요?" "하숙집 뮤잇 부인은 어떻게 되었을까요?" 이저벨은 보일 듯 말 듯 미소를 지었다. 이따금 이저벨이 힘을 그러모아 말을 하기도 했다. "가지치기하는 것 잊지 마요. 알았죠?" "이야기해줘요. 행복하게 끝나는 이야기." 그러면 톰은 이저벨의 뺨을 쓰다듬으며 속삭였다. "옛날 옛날에 이저벨이라는 아가씨가 살았습니다. 마을에서 제일가는 말괄량이였지요……" 톰은 이야기를 하면서 이저벨의 손에 핀 검버섯이나 살짝 튀어나온 손가락 관절을 보곤 했다. 요즘 들어 반지가 헐거워져 손가락 마디 사이에서 돌아다녔다.

죽음이 다가오자 이저벨은 물도 삼키지 못했다. 톰은 수건을 적셔 그 끝을 이저벨 입에 물려주고, 입술이 터서 갈라지지 않게 라놀린을 발라주었다. 등뒤로 땋아내린 이저벨의 은빛 머리카락도 쓰다듬어내렸다. 톰은 이저벨의 여윈 가슴이 불안하게 오르락내리락하는 것을 지켜보았다. 처음 야누스에 왔을 때 루시가 그랬던 것처럼 불안한 호흡이었다. 숨을 쉰다는 자체가 투쟁이고 승리였다.

"날 만난 걸 후회해요, 톰?"

"난 당신을 만나기 위해 태어났어요, 이지. 그게 내가 이 세상에 있는 이유인걸요." 톰이 말하며 이저벨의 뺨에 입을 맞췄다.

톰의 입술은 수십 년 전 해질녘 바람 부는 바닷가에서의 첫 키스를 기억했다. 자기 마음만을 따르던 대담하고 겁 없던 아가씨. 톰은 이저벨이 루시에게 쏟은 사랑 역시 기억했다. 즉각적이고 맹렬하고 무조건적인 사랑. 상황이 달랐더라면 평생 주고받을 수 있었을 사랑이었다.

톰은 지난 삼십 년 동안 매일매일 이저벨에게 자기 사랑을 보여주기 위해 노력했다. 하지만 이제는 남은 날이 얼마 되지 않았다. 더는 보여줄 수가 없었다. 톰은 마음이 다급해졌다. "이지." 톰이 머뭇거리다 입을 열었다. "나한테 묻고 싶은 말 있어요? 나한테 듣고 싶은 이야기라든가. 뭐든 말해봐요. 난 말을 잘 못하지만, 만약 듣고 싶은 게 있다면 최선을 다해서 대답할게요."

이저벨이 힘겹게 웃음을 지어 보였다. "이제 얼마 안 남았다고 생각하는군요." 이저벨이 고개를 살짝 끄덕이며 톰의 손을 어루만졌다.

톰이 이저벨의 눈을 마주보며 말했다. "아니면 이제야 말할 준비가 되었는지도 모르고요……"

이저벨의 목소리에는 힘이 없었다. "괜찮아요. 이제는 더 필요한 게 없어요."

톰은 한참을 이저벨의 눈을 들여다보며 머리를 쓰다듬다 이마를 마주댔다. 두 사람은 움직이지 않고 한참을 그러고 있었다. 이저벨의 숨소리가 한층 가빠졌다.

"당신을 떠나고 싶지 않아요." 이저벨이 톰의 손을 쥐었다. "무서워요, 여보. 너무 무서워요. 하느님이 날 용서하지 않으면 어쩌죠?"

"이미 오래전에 용서하셨어요. 당신도 스스로를 용서해야 해요."

"편지—" 이저벨의 목소리가 다급했다. "편지, 잘 보관해줄 거
죠?"

"그래요, 잘 간수할게요." 바람이 창문을 흔들었다. 오래전에 야
누스 록에 있을 때처럼.

"작별 인사는 하지 않을래요. 하느님이 듣고 있다가 내가 떠날
준비가 되었다고 생각하면 안 되니까." 이저벨이 다시 톰의 손을
쥐었다. 그러고 나서 말이 이저벨을 떠났다. 이따금 이저벨이 눈을
뜨면 눈에 어떤 빛이 어려 있었다. 이저벨의 숨소리는 점점 얕고
힘겨워졌지만 눈빛만은 점점 영롱해졌다. 마치 어떤 비밀을 알게
되었고 문득 무언가를 깨닫기라도 했다는 듯이.

그러다가 마지막 밤, 이우는 달이 겨울 구름을 갈라놓을 때 이저
벨의 숨소리가 달라졌다. 톰이 이미 잘 아는 그 숨소리로. 그렇게
이저벨은 톰의 곁을 떠났다.

전깃불이 있었지만 톰은 흐릿한 석유램프 불빛으로만 이저벨의
얼굴을 밝혔다. 불꽃이 훨씬 부드럽고 따스했다. 톰은 동이 트면
의사에게 전화할 생각으로 밤새 시신 곁에 앉아 있었다. 옛날처럼,
그렇게 지키고 있었다.

톰은 길을 따라내려가다 처음 여기로 이사왔을 때 이저벨이 심
은 장미나무에서 노란 장미 봉오리를 하나 꺾었다. 벌써 향기가 진
하게 풍겼다. 거의 이십 년 전의 이저벨 모습이 떠올랐다. 이저벨
은 갓 만든 화단에 쭈그리고 앉아 어린 묘목 주변의 흙을 손으로
다지고 있었다. "드디어 장미 꽃밭을 갖게 되었네요." 이저벨이 말
했다. 그때 톰은 파르타죄즈를 떠난 뒤 처음으로 이저벨이 웃는 모

습을 보았다. 그 모습이 사진처럼 뚜렷하게 머리에 남았다.

　장례식이 끝난 뒤 교회에 사람들이 몇몇 남았다. 톰은 예의상 필요한 만큼만 자리를 지키고 있다가 교회를 떠났다. 하지만 마음속으로는 그들이 지금 자신들이 애도하는 사람이 정말 어떤 사람인지 알아주었으면 하는 간절한 생각이 들었다. 부두에서 톰과 만났을 때의 생기 넘치고 도전적이고 장난기 가득하던 이저벨. 톰의 이지. 톰의 하늘의 절반.

　장례식이 끝나고 이틀 후, 톰은 텅 비고 조용한 집 안에 혼자 앉아 있었다. 먼지구름이 일어 자동차가 다가오는 것을 알렸다. 일꾼 중 누군가가 돌아오는 모양이었다. 차가 가까워지자 톰은 다시 밖을 내다보았다. 퍼스 번호판이 붙어 있는 값비싼 새 차였다.

　차가 집 앞에 멈춰서 톰은 현관으로 나가봤다.

　한 여자가 차에서 내리더니 목 뒤쪽에 꼬아 늘어뜨린 금발머리를 얼른 가다듬었다. 그러고는 주위를 둘러보며 천천히 톰이 서 있는 베란다로 다가왔다.

　"안녕하세요." 톰이 말했다. "길을 잃었나요?"

　"길을 잃은 게 아니면 좋겠는데요." 여자가 대답했다.

　"도와드릴까요?"

　"셔본 씨 집을 찾고 있어요."

　"맞게 오셨습니다. 제가 톰 셔본입니다." 톰은 여자가 자신이 누군지 설명하길 기다렸다.

"그럼 길을 잃은 게 아니네요." 여자가 조심스레 웃음을 지어 보였다.

"죄송합니다." 톰이 말했다. "경황이 없어서, 제가 약속을 해놓고 잊어버렸나요?"

"아니에요. 연락드린 적은 없고요, 그냥 뵈려고 찾아온 거예요……" 여자가 잠시 머뭇거렸다. "셔본 부인도요. 편찮으시다고 들었어요."

톰이 어리둥절해하자 여자가 말했다. "저는 루시 그레이스 러더 퍼드예요. 예전 성은 로엔펠트였고요……" 여자가 다시 웃었다. "저, 루시예요."

톰은 믿기지 않는다는 듯 쳐다보았다. "룰루? 우리 룰루." 톰은 혼잣말하듯 말할 뿐, 꼼짝도 하지 못했다.

여자가 얼굴을 붉혔다. "뭐라고 불러야 할지 모르겠어요. 셔본 부인도요." 그러더니 갑자기 무슨 생각이 떠올랐는지 덧붙였다. "부인이 저 때문에 기분 상하시지 않으면 좋겠네요. 제가 갑자기 나타나서."

"집사람은 늘 네가 오길 바랐단다."

"잠깐만요. 보여드릴 게 있어요." 루시 그레이스가 차로 돌아가 앞좌석으로 손을 뻗더니 요람을 안고 돌아왔다. 얼굴에는 애정과 자부심이 그득했다.

"제 아들 크리스토퍼예요. 태어난 지 석 달 됐어요."

담요 안에서 아기 때의 루시와 꼭 닮은 아기 얼굴이 빼꼼히 내다보는 모습에 톰은 가슴이 저릿했다. "이지가 아기를 봤으면 좋아했을 텐데. 네가 와줘서 정말 행복해했을 텐데."

"아. 이런…… 언제……" 루시가 말을 흐렸다.

"일주일 됐어. 월요일에 장례식을 치렀다."

"전 몰랐어요. 제가 방해가 되었다면 전 이만……"

톰은 한참 아기를 들여다보다가 마침내 고개를 들었다. 입가에 그리움이 가득한 미소가 어려 있었다. "들어와라."

톰이 찻주전자와 찻잔을 쟁반에 받쳐들고 돌아왔다. 루시는 아기 요람을 옆에 놓고 앉아 바다를 내다보고 있었다.

"어디에서부터 시작해야 하죠?" 루시 그레이스가 물었다.

"잠깐 그냥 앉아 있으면 어떻겠니?" 톰이 말했다. "익숙해질 때까지." 톰이 한숨을 내쉬었다. "아기였던 루시가. 이게 얼마 만인지."

두 사람은 말없이 앉아 차를 마시며 바다에서 불어오는 바람 소리에 귀기울였다. 바람이 이따금 구름을 밀어내면 잠시 햇빛이 유리를 뚫고 들어와 양탄자 위에 떨어졌다. 루시는 집 안의 냄새를 들이마셨다. 오래된 나무, 벽난로 연기, 광택제 냄새. 루시는 차마 톰을 똑바로 보지 못하고 방 안을 둘러보았다. 성 미카엘의 성화, 노란 장미가 꽂힌 꽃병, 눈부시게 젊고 희망차 보이는 톰과 이저벨의 결혼사진. 책장에는 항해, 등대, 음악 등에 대한 책들이 있었다. 브라운스 별자리 도감이라는 책은 너무 커서 옆으로 누여 있었다. 구석에는 피아노가 있고 위에 악보가 쌓여 있었다.

"어떻게 들었니?" 마침내 톰이 물었다. "이저벨 소식을."

"엄마한테 들었어요. 편찮으시다는 소식을 랠프 애디콧 선장님한테 편지로 알리셨잖아요. 애디콧 선장님이 저희 엄마를 만나러 오셨어요."

"파르타죄즈에?"

"네. 엄마는 다시 파르타죄즈에서 사세요. 제가 다섯 살 때인가 새 삶을 시작하고 싶다고 저를 퍼스로 데려가셨죠. 그러다 1944년에 제가 공군여성보조부대에 입대한 뒤에 엄마는 파르타죄즈로 돌아가셨어요. 그때부터 할아버지가 사시던 버몬지에서 그웬 이모랑 같이 사셨죠. 저는 전쟁이 끝난 뒤에도 퍼스에 남았고요."

"남편은?"

루시가 활짝 웃었다. "이름은 헨리예요! 군에서 만났어요…… 멋진 사람이에요. 작년에 결혼했어요. 전 정말 운이 좋아요." 루시는 먼 바다를 내다보며 말했다. "두 분 생각을 많이 했어요. 궁금하기도 했고요. 하지만―" 루시가 잠시 말을 멈췄다. "그러니까, 크리스토퍼를 낳고 나서야 정말로 이해할 수 있었던 것 같아요. 두 분이 왜 그렇게 하셨는지를요. 왜 엄마가 두 분을 용서할 수 없었는지도요. 저도 제 아기를 위해서라면 무슨 짓이든 할 수 있을 것 같아요. 무슨 짓이든요."

루시가 치마 매무새를 가다듬었다. "기억나는 것들이 있어요. 진짜 기억인지 아닌지 확실하지는 않지만 꿈에서 본 단편들처럼 떠올라요. 등대 불빛은 물론이고요, 등탑도요. 그 둘레에 발코니 같은 게 있었죠? 그걸 뭐라고 하나요?"

"회랑이지."

"아저씨 목말을 탔던 게 기억나요. 아줌마랑 피아노 쳤던 것도요. 나무 위의 새가 안녕 인사 한다는 노래였던 것 같은데. 나머지는 다 뒤죽박죽되어 별로 생각나는 게 없어요. 퍼스로 이사가 새집에서 지낸 것하고 학교 기억이 대부분이에요. 하지만 아무리 그래도 바람과 파도와 바다는 기억해요. 제 핏속에 남아 흐르는 것 같아요. 엄마는 물을 싫어해요. 수영은 절대 안 하세요." 루시가 아기를 쳐다보았다. "더 빨리 올 수가 없었어요. 엄마가…… 그러니까, 엄마가 그러라고 할 때까지 기다려야 했거든요."

톰은 눈앞의 루시에게서 어릴 적 모습을 언뜻언뜻 보았다. 그렇지만 다 자란 여인과 조그만 아이를 연결 짓기는 쉽지 않았다. 처음에는 그 아이를 마음속 깊이 사랑했던 젊은 시절의 자기 자신을 되찾기도 힘들었다. 하지만, 하지만 아직도, 자기 안 어딘가에 그 남자가 있었다. 순간, 종소리처럼 또렷하게, 기억 속 루시의 목소리가 쨍하고 울렸다. "아빠! 아빠, 안아줘!"

"그 사람이 너한테 남긴 게 있어." 톰이 궤 안에서 봉투를 꺼내 루시 그레이스에게 건넸다. 루시는 봉투를 가만히 들고 있다가 열어보았다.

사랑하는 루시

오랜 시간이 지났구나. 정말 긴 시간이었어. 네 곁에 가지 않겠다고 약속했기 때문에 나는 그 말을 지켰지만 내게는 너무 힘든 일이었단다.

난 이제 가고 없겠지. 이 편지가 너에게 전해졌다면 말이야. 하지만 그건 네가 우리를 찾아왔다는 뜻이기 때문에 행복하구나. 나는 네가 올 거라는 희망을 한 번도 버린 적이 없단다.

이 편지가 들어 있는 궤 안에는 네가 아기 때 쓰던 물건이 있단다. 세례식 때 입은 옷, 노란 담요, 네가 어릴 때 그린 그림들. 그리고 내가 널 위해 리넨으로 만든 것들도 있어. 네 잃어버린 삶에 속한 물건들이어서 널 생각하며 잘 간직해두었다. 혹시라도 네가 찾고 싶어할지 몰라서.

이제 다 자라 아가씨가 되었겠구나. 행복하게 지냈기를 바란다. 널 데리고 있었던 것에 대해 날 용서해주렴. 널 보낸 것에 대해서도.

늘 너를 사랑했다는 걸 알아주길 바란다.

사랑한다.

섬세하게 수놓인 손수건, 손뜨개 아기 양말, 새틴 보닛. 이런 것들이 정성스럽게 접혀 궤 안 깊숙이, 이저벨이 어릴 적에 쓰던 물건들 아래에 들어 있었다. 톰도 이저벨이 루시의 물건들을 간직하고 있었다는 건 몰랐다. 지난날의 조각들. 삶의 편린들. 궤 안에서 마지막으로 나온 물건은 새틴 리본으로 묶은 두루마리였다. 루시가 두루마리를 펼쳤다. 아주 오래전에 이저벨이 꾸민 야누스 지도였다. 난파선 해안, 믿을 수 없는 바위…… 아직도 잉크 자국이 선명했다. 톰은 이저벨이 그걸 선물했던 날이 떠올랐다. 그리고 규정을 어긴 것에 자신이 경악했던 것이 생각나 가슴이 찌르는 듯 아팠다. 이저벨에 대한 사랑과 상실감이 불현듯 다시 치밀어올랐다.

지도를 보는 루시의 뺨에 한줄기 눈물이 흘러내렸다. 톰은 단정히 접은 손수건을 루시에게 건넸다. 루시는 생각에 잠긴 채 눈가를 훔친 뒤 말했다. "고맙다는 말을 할 기회가 없었어요. 엄마…… 아빠에게요. 절 구해주고 잘 돌보아주신 것에 대해서요. 전 너무 어렸으니까요…… 그리고 그뒤에는 너무 늦어버렸고요."

"우리한테 고마워할 일은 아무것도 없어."

"두 분 덕분에 제가 살아 있는걸요."

아기가 울기 시작하자 루시는 아기를 안아올렸다. "쉬, 쉬, 아가. 괜찮아. 괜찮아 우리 아기." 루시가 아기를 어르자 울음이 잦아들었다. 루시가 톰을 돌아보았다. "안아보실래요?"

톰이 망설였다. "아이를 안아본 지 오래돼서."

"한번 안아보세요." 루시가 조그만 아기를 톰의 품에 안겨주었다.

"어디 보자, 아가." 톰이 웃으며 말했다. "네 엄마가 아기일 때랑 똑같구나. 코며 파란 눈이며." 아기가 진지한 눈으로 톰을 마주보자 오랫동안 잊고 있던 감정이 밀려왔다. "이지가 널 봤으면 정말 좋아했을 텐데." 아기 입가에 침방울이 반짝거렸다. 톰은 햇빛 때문에 무지개가 어룽거리는 것을 보았다. "이지가 정말 좋아했을 거다." 톰은 목소리가 갈라지려는 것을 애써 참았다.

루시 그레이스가 손목시계를 보았다. "이제 가야 할 것 같아요. 오늘밤에는 레븐스소프에 묵는데, 길에 캥거루들이 돌아다녀서 어두울 때는 운전하기 싫거든요."

"그래." 톰이 꿰 쪽으로 고갯짓을 했다. "짐을 챙겨 차에 실어줄까? 네가 가져가겠다면 말이다. 가져가고 싶지 않다고 해도 이해한다."

"안 가져갈래요." 톰이 낙담한 표정을 짓자 루시가 웃으며 덧붙였다. "그래야 다시 올 핑계가 생기잖아요. 나중에 또 올게요."

톰이 베란다의 낡은 의자에 몸을 기댈 때 해가 파도 위에 가는 빛줄기만 남기고 가라앉았다. 톰의 옆자리에 있는 이저벨의 의자에는 이저벨이 별과 초승달을 수놓아 만든 쿠션이 놓여 있었다. 바람이 잦아들고 수평선 위 구름은 짙은 주홍빛으로 물들었다. 날카로운 섬광이 어스름을 뚫었다. 호프타운 등대에서 보내는 불빛이었다. 요즘에는 등대가 자동으로 회전했다. 항구가 폐쇄된 뒤에는 등대지기도 없어졌다. 톰은 다시 야누스를 떠올렸다. 오랫동안 자기가 돌보았던 빛. 지금도 어둠 속을 가로질러 우주 가장자리를 향해 뻗어나가고 있을 섬광들.

루시의 조그만 아기의 몸무게가 여전히 팔에 남아 있었다. 그 느낌이, 아기 루시를 안았을 때의 기억을, 그보다 전에 아주 잠깐 안아보았던 죽은 아들의 기억을 일깨웠다. 그 아이가 살았다면 얼마나 많은 사람의 삶이 달라졌을까. 톰은 한참 동안 그 생각을 하다가 한숨을 내쉬었다. 그런 생각을 해봤자 아무 의미 없었다. 일단 어떤 길을 따라걷기 시작하면 그 길은 끝이 나지 않는다. 톰은 자신이 살아온 삶을 살았을 뿐이다. 자신이 사랑한 여인을 사랑했을 뿐이다. 이 지구상에서 그 누구도 자신과 같은 길을 간 적도, 갈 일도 없을 거라는 생각이 위로가 되었다. 여전히 이저벨을 생각하면 아팠다. 이저벨의 웃음, 피부의 감촉. 루시 앞에서 억눌렀던 눈물이 얼굴을 타고 하염없이 흐르기 시작했다.

톰은 뒤를 돌아보았다. 저무는 해의 평형추처럼 보름달이 하늘로 밀고 올라오고 있었다. 모든 끝은 다른 무언가의 시작이다. 아기 크리스토퍼는 톰이 결코 상상할 수 없었던 세상에 태어났다. 아마도 그 아이는 전쟁을 겪지 않아도 되겠지? 루시 그레이스도, 톰은 짐작만 할 뿐인 미래에 속한다. 이저벨이 루시를 사랑한 것의 절반만큼만 루시가 자기 아들을 사랑하더라도 아이는 잘 자랄 것이다.

아직도 이 삶에서 가야 할 길이 더 남아 있었다. 지나온 길에서 보낸 하루하루가, 길에서 만난 한 사람 한 사람이, 그 길을 가는 사람을 만들어왔음을 톰은 알았다. 흉터는 기억의 한 종류일 뿐이다. 이저벨은 어디에 있든 톰의 일부였다. 전쟁과 등대와 바다처럼. 곧 삶은 저물고, 무덤 위에는 풀이 자라고, 언젠가 그들의 이야기는 아무도 찾지 않는 묘비가 될 것이다.

톰은 바다가 밤에 굴복하는 것을 지켜보았다. 그러나 빛은 다시 나타날 것이다.

옮긴이 **홍한별**
연세대학교 영어영문학과와 동대학 대학원을 졸업하고 번역가로 활동하고 있다. 옮긴 책으로 『우울한 열정』 『가든 파티』 『몬스터 콜스』 『가족 표류기』 『타블로이드 전쟁』 『새벽의 인문학』 『나는 가해자의 엄마입니다』 등이 있으며, 지은 책으로 『다시 동화를 읽는다면』(공저)이 있다.

문학동네 세계문학
바다 사이 등대

1판 1쇄 2015년 4월 3일 | 1판 5쇄 2020년 4월 13일

지은이 M. L. 스테드먼 | 옮긴이 홍한별 | 펴낸이 염현숙
책임편집 이원주 | 편집 오영나
디자인 강혜림 이원경 | 저작권 한문숙 김지영 이영은
마케팅 정민호 이숙재 양서연 박지영 | 홍보 김희숙 김상만 지문희 우상희 김현지
제작 강신은 김동욱 임현식 | 제작처 영신사

펴낸곳 (주)문학동네
출판등록 1993년 10월 22일 제406-2003-000045호
주소 10881 경기도 파주시 회동길 210
전자우편 editor@munhak.com | 대표전화 031) 955-8888 | 팩스 031) 955-8855
문의전화 031) 955-3578(마케팅) 031) 955-2652(편집)
문학동네카페 http://cafe.naver.com/mhdn | 트위터 @munhakdongne
북클럽문학동네 http://bookclubmunhak.com

ISBN 978-89-546-3537-0 03840

www.munhak.com